U0104300

文 體 與 形 式

趙憲章 著

原書名：《文體與形式》

作　者：趙憲章

中文繁體字版©《文體與形式》2011 年，本書經趙憲章正式授權，通過外圖（廈門）文化傳播有限公司，同意由萬卷樓圖書股份有限公司，出版中文繁體字版本，非經書面同意，不得以任何形式任意重製、轉載

目　　次

中國文藝學的現在和未來

（代前言）

一、文藝學的學科性質

在整個文學研究領域，相對而言，文藝學是一個比較年輕的學科，也是一個學科定位不甚清晰、研究領域比較模糊的學科。因此，在對它的歷史、現狀和未來進行總體鳥瞰之前，有必要對其學科性質做一簡要的界定。

據說，「文藝學」一詞最先是在 19 世紀 40 年代初黑格爾學派的著作中出現的，見之於 1843 年麥登寫的《現代文學史》一書的緒論中[1]。可見，文藝學作為一門學科的出現，當在 19 世紀之後。但是，作為一種思想或理論學說，可以說古已有之。中國古代文論的「言志」說、「緣情」說，西方古代的「模仿」說、「寓教於樂」說，等等，都可以說是文藝學理論的最初源頭。

我們之所以將「言志」、「模仿」等理論學說說成是文藝學的，是因為它們既不是對具體作家、作品或某一特定文藝現象的評論，也不是對某一民族或時代的文學發展所進行的歷史描述或分析，而是關於文學的總體特性與一般規律的概括，因而具有廣泛的普適性。這就是

---

1 見[日]浜田正秀：《文藝學概論》，第 3 頁，中國戲劇出版社 1985 年版。

我們依據自身的經驗所理解的文藝學：所謂文藝學，就是人類對文學藝術（主要是文學）總體特性與一般規律的科學認識，是一種跨時代、跨民族（跨文化）的文學理論。

由此使我們聯想到關於整個文學研究的分類。在我們看來，可以將整個文學研究劃分為文學批評、文學史和文學理論這三大部類。[1]文學批評是對具體作家、作品或文學現象的個別研究，文學史是對文學進程及其發展規律的探討，文學理論則是對文學總體特性的抽象概括，並對文學批評和文學史研究提供基本理論方面的支持。當然，在具體的文學研究中，這三大部類的界限不一定十分清楚，但作為一種理論上的劃分當是無甚異議的。

那麼，文藝學和文學理論又是什麼關係呢？在我們看來，這只是對於同一對象的不同指稱：就「中國語言文學」這一學科來說，文藝學不同於哲學學科中的美學，也不同於藝術學；另一方面，就文學研究領域本身來說，相對文學批評和文學史而言，作為文學研究的三大部類之一，往往被習慣地稱之為「文學理論」。也就是說，「文藝學」是對一個學科的稱謂，「文學理論」則是對文學研究中某一研究領域的稱謂，而在實質及內涵上卻是一回事。至於「文藝理論」，是因為文學作為藝術的總體特性和一般規律，同藝術的總體特性及一般規律總是相互聯繫、密不可分的，文藝學或文學理論研究往往較多的涉及到藝術，因此，「文藝理論」實際上就是「文學理論」的別稱，不必細究。

---

1 在前蘇聯的教科書中，將文藝學劃分為文學理論、文學批評和文學史三大部類，顯然是將文藝學等同於整個文學研究了，或者說是對文藝學的廣義解釋，今不以為訓。

當然，我們說文藝學不同於美學和藝術學不等於說它們之間沒有任何關聯；恰恰相反，文藝學和美學、藝術學的關係非常密切。美學側重從這哲學的角度闡發審美的規律；藝術學主要是研究藝術的總體特性；而文學作為藝術，對它的研究必然地要涉及到美學和藝術學。並且，就其跨時代和跨民族（跨文化）的特點來說，文藝學和比較文學又非常相近，不同的無非是：前者更多的側重文學理論，後者更多的側重文學現象。因此，美學、藝術學和比較文學當是文藝學最直接的相鄰學科，研究文學的總體特性和一般規律當然要涉及文學的藝術特性、審美規律及其跨時代、跨民族（跨文化）的比較研究。由於和美學的密切關係，決定了文藝學具有較強的思辨性，有時它也像美學那樣借助於哲理思辨闡發文學的審美規律；由於和藝術學的密切關係，決定了文藝學、文學理論和文藝理論這三個概念在某些語境中難以截然區分，甚至三者同義，三個概念的交替使用往往是為了行文的方便；由於和比較文學的密切關係，決定了文藝學對文學研究的跨時代、跨民族（跨文化）的特點，從而著眼於文學（藝術）總體特徵和一般規律的探討。

事實上，在中國國務院學位委員會頒佈的研究生培養目錄中，文藝學是被列為「中國語言文學」（一級學科）之下，與「漢語言文字學」、「中國古代文學」、「中國現當代文學」等並列的八個二級學科之一。[1]關於這一目錄的「介紹」，也是將文學基本理論研究作為它的基本內涵，將文學藝術（主要是文學）的總體特性及一般規律的研究作

中國文藝學的現在和未來（代前言）

---

[1] 在中國國務院學位委員會研究生培養目錄中，「文學」門類包括中國語言文學、外國語言文學、藝術學和新聞學四個一級學科。其中，中國語言文學包括文藝學、語言學及應用語言學、漢語言文字學、中國古典文獻學、中國古代文學、中國現當代文學、少數民族語言文學、比較文學與世界文學共八個二級學科。

為它的基本任務。這就是迄今為止中國學術界公認的、最權威的關於文藝學作為一門學科的詮釋。

文藝學的基本任務是研究文學的基本理論，並不等於說這一學科只涉及文學的基本理論。如上所述，文藝學同美學、藝術學和比較文學就有著密切的關係；另一方面，就其內部而言，文藝學還應研究自身發展的歷史，如中國文論史、外國文論史等，甚至延伸到比較文學或比較文化等領域。毫無疑問，就文藝學整個學科的性質而言，這類研究都是不可缺少的；另一方面，這類研究也不可能脫離文藝學的基本任務，應當環繞文學基本理論研究這一中心。如果不能牢牢把握住文學基本理論研究這一中心，文藝學就會失去它存在的理由，例如中外文論史就可以分別放在中外文學史中研究。

二、歷史的回顧

19 世紀之後，文藝學獲得重要發展。在西方，德國古典美學從哲學的高度為文藝學的發展奠定了堅實的理論基礎，特別是它那高屋建瓴的哲理思辨，為從宏觀的角度揭示文學的本質和規律提供了方法論的基礎。德國古典美學之後的馬克思主義學派、文化歷史學派、心理學派當是從 19 世紀到 20 世紀初葉之前文藝學的三大重要學術思潮，他們或從政治的，或從文化的，或從心理的角度對文學的現實意義進行了深刻剖析，特別是在文學的思想、價值和心理意義方面進行了全方位的闡釋，做出了歷史貢獻。20 世紀以來，以俄國形式主義、英美新批評和結構主義為代表的形式理論則從文學本體的意義上確

立了文藝學的學科地位，他們關於文學文本（文學載體）、文學語言、文學結構、文學敘事等形式理論方面的研究，從另一角度豐富了文藝學的內涵。

文藝學在中國的形成和確立和馬克思主義在中國的傳播和確立幾乎是同步的。20 世紀上半葉，先進的中國知識份子肩負救亡與啟蒙的重任，首先接受的是馬克思主義美學和文論，對於同馬克思主義美學相關的文化歷史學派等文藝理論則是「批判地接受」。鑒於當時的語境，中國的文藝學不可避免地表現出對於國學傳統的冷漠、對於馬克思主義美學之外各種理論學派的拒斥，於是，毛澤東《在延安文藝座談會上的講話》及其所代表的文藝學說成了中國文藝界的主流話語。

20 世紀 50 年代至文化大革命結束之前，極「左」思潮和庸俗社會學在中國盛行，馬克思主義美學和文論被教條化、庸俗化，中國意識形態和思想文化的大門被緊緊關閉，國內學界對於 20 世紀西方文藝學的發展幾乎一無所知。這一時期，文藝理論與批評的唯一功能是充當政治和政策的傳聲筒，文藝學的獨立性和學理性喪失殆盡。這是中國文藝學停滯不前的時期，也是其聲名狼藉和最不光彩的時期。

「文革」結束之後，文藝學得到迅速發展。80 年代前後關於文藝與政治的關係等重要文藝思想的撥亂反正是其走向正道的開始，80 年代中期關於文藝學方法的大討論使其在學術界大出風頭，為其後來的發展開闢了新的視域。此後，在大量譯介和借鑒 20 世紀西方文藝學的同時，逐漸形成了自己的話語方式和研究領域，特別是在文學語言、文學敘事和文學文體等領域的開拓性工作，初步顯示了本學科的

特殊價值，同時也初步確立了文藝學作為一個學科的學理形象。

　　首先值得一提的是關於文學語言的研究。由索緒爾所開創的現代語言學對 20 世紀的美學和文論產生了重大影響，英美新批評關於科學語言與藝術語言的劃分、關於語言與意義的理論、關於「向心式」和「細讀式」的文學批評等，都同索緒爾的語言學有著直接或間接的聯繫。80 年代以來，這些觀念和方法對中國的美學和文論產生了重大影響，很多理論批評開始將文學作為「語言事實」進行研究，取得不少成果。這種研究與傳統的文學語言研究不同，即不是將語言作為文學的表達工具，而是將語言作為文學的符號或本體存在，體現了 20 世紀的語言觀、文學觀和方法論。

　　其次是關於敘事學的研究。敘事學肇自法國結構主義，主要是借助結構主義語言學的理論和方法對敘事文學或文學的敘事方法進行深層結構分析，提出了諸如功能與結構、作者與敘述者、敘事話語與敘事語法、敘事視角與敘事時間等概念，表現出文學文本研究的新視野、新思路和新境界。這一研究從 80 年代後期逐步被介紹到中國以後產生了積極影響，特別是近年來已有不少學者開始嘗試借用這一方法研究中國敘事文學，取得了不少使學界稱道的優秀成果。就廣義的「敘事文學」來說，我國的史傳類作品也可列入此類。因此，研究中國文學的敘事策略、敘事時序、敘事結構等當是大有可為的，從中可以窺見中國和西方在敘事方法方面的不同民族風格。[1]

　　還應提到的是關於文體學的研究。中國古代的「文體」概念主要是指文章和文學的類別、體式，而這一意義實際上是西文的 genre 或

[1] 參見《楊義文存・中國敘事學》，人民出版社 1997 年版。

style，即「文類」或「體裁」概念。西方關於文體的研究，即「文體學」（stylistics），源於古希臘的修辭學，主要是指文章和文學的語言風格。現代西方文體學一方面研究語言形式對於文學風格的意義，另一方面也注意非文學作品中的語言及其審美屬性，現已形成一門獨立的學科，並被許多大學確定為正式課程。受這一思潮的影響，我國學界近年來不僅開始重視整理和研究中國古代的文體論，而且開始大量譯介和研究西方現代文體學，還有不少正面闡發文體問題的論文、論著，甚至「叢書」出現。正如作家王蒙所激情表述的那樣：「謝天謝地，現在終於可以研究文體了」，因為「文體是個性的外化。文體是藝術魅力的衝擊。文體是審美愉悅的最初源泉。文體使文學成為文學。文體使文學與非文學得以區分。」[1]

三、形式美學之可能

文學是語言的藝術，語言是文學之最基本的藝術載體和形式符號。中國文藝學近年來對於文學語言、文學敘事以及文學文體的熱情，實際上都是環繞文學語言形式的研究，或者說是由語言形式出發、環繞語言形式對文學的研究，是文學研究領域中的典型的形式美學方法論。由此我們是否可以預言，形式美學是否可能成為中國文藝學新的生長點或突破點？

從美學史和文論史的角度來看[2]，人類關於形式的美學研究始終貫串兩條主線：一是關於形式本身的審美規律，一是歷史與形式的美

1 參見王蒙為童慶炳主編的《文體學叢書》所寫的《序言》。雲南人民出版社 1994 年版。
2 這裡主要是指西方美學史，因為「形式」概念是舶來品，西方美學史是它的故園。

中國文藝學的現在和未來（代前言）

學關係。前者如關於詩詞格律、小說技巧等方面的研究，後者如內容與形式的關係、文學與現實的關係等理論範疇的研究。如果說前者是形式美學的內部研究，是它的現象學，那麼，後者就是形式美學的外部研究，是它的歷史學。這就是形式美學的兩大主題。另外，從美學史和文論史的角度，我們還可以發現兩類不同形態的形式概念：一是物質的、物理學意義上的形式，一是精神的、心理學意義上的形式。前者如畢達哥拉斯學派所發現的黃金分割律、音樂的音程關係等「數理形式」，就是對物理世界之形式美學規律的研究；後者如柏拉圖的「理式」、康德的「先驗形式」、榮格的「原型」等，則是對心理世界之形式規律的研究。事實上，上述兩大主題和兩大形態共同構築了形式美學的理論形態，它們分別是：形式美學的現象學；形式美學的歷史學；形式美學的物理學；形式美學的心理學。這就是我們所認為的整個「形式美學」的邏輯範疇及其理論體系。[1]從近年來中國文藝學研究的新取向可以預言，關於這方面的研究可能會延續相當長的時間，甚至可能成為中國文藝學的主流。

我們做出這一判斷的主要依據是（1）當代文學創作思潮趨向形式化、技術化，需要關於形式理論的支持；（2）中國文藝學的傳統側重文學的思想性研究，[2]現代形式美學意義上的理論研究是我們的弱項，需要相當一段時間進行「補課」；（3）中國文藝學在擺脫了「工具論」之後，迫切需要確立真正的自我，獲得獨立的品格，因此，轉向形式研究是其必由之路。

當然，我們所說的形式美學並不是單純的形式研究，而是通過形

1　參見拙著《西方形式美學》第四章，此不贅述。
2　中國古代的形式研究多是技巧研究，不是現代意義上的形式美學。

式研究內容。以往,我們的文學研究往往跳過形式直奔主題(思想、價值等),文學被簡單化為思想的載體或歷史的文獻,這顯然是政治家、思想家、社會學家對待文學的方式,不是文學研究的本色,不是嚴格意義上的文學研究。中國文藝學如果真正能夠沿著這條路線走下去,真正實現形式研究的轉向,毫無疑問,當是大有可為的。

四、所謂「文化學」熱

當我們以理想主義的心境憧憬中國文藝學的未來的時候,還不得不以現實主義的態度冷靜地思考一些問題,例如當前文藝學所熱衷的「文化學」,就不能不提高警惕。

正如在某些冠以「文化學」的教科書中,「文化」成了哲學與思想史、政治與道德、語言與文字、文學與藝術、科學與技術等諸多學科的雜燴一樣,在某些文學研究計畫中,我們也可以經常發現「Ｘ＋文化」這一公式,即將不能明確表述的研究對象或多種研究對象統統放在「文化」裡。於是,「文化」成了一個無所不包的「筐」,什麼都可以往裡裝。所謂「當代審美文化」就是一個什麼都可以往裡裝的「筐」,從文學藝術到大眾娛樂,從社會意識到生活修飾,無所不包。這就不能不使人懷疑:「文化」有沒有特定的內涵和定義。試想,以沒有特定內涵和定義的「文化」為對象的研究怎能稱之為「學」呢?

當然,「文化學」研究並非沒有成功的先例,例如關於人類早期社會產生的藝術、神話、傳說,以及民俗與民間文學諸領域的研究等。如果究其成功的原因,恐怕主要在於研究對象的「文化性」,即研究對象本身就是一個複雜的集合體,僅限於某一學科(哲學、倫理學、

美學、語言學、社會學、心理學等）展開研究顯然力所不及或以偏概全。也就是說，這類成功的「文化研究」，其對象是非常確定的，絕非大而無當的「文化」。我們之所以稱其為「文化研究」，不在於其對象的不確定性，恰恰相反，而在於對特定對象本身複雜內涵的多途徑、多角度、多方位、多方法的綜合研究。

文化研究在文學研究方面也有成功的例子，例如近年來關於魏晉士人心態與文學的關係研究、唐代方鎮使府與文學的地域性研究、民族融合與文學樣式問題的研究、現代作家與宗教意識的研究，等等。文化研究在這些領域之所以成功，同樣不在於對象的非確定性，恰恰相反，同樣在於對於特定對象所使用的獨特的研究視角和研究方法。這些視角和方法，此前鮮有學者擷取並展開系統深入的探討，故使人頓感面貌為之一新，大有另闢洞天之景象。

可見，無論是對某一對象的綜合研究，還是選取一定的視角切入特定對象的個別研究，文化學對於文學研究的意義主要在於方法，而不在於文化學的「學科」性質。文化和文化學的內涵至今仍被認為大而無當，沒有確定的疆界和知識域，所以，從這一意義上說，目前並不存在嚴格意義上的「文化學」學科。人們之所以將神話、習俗、民族、宗教、社會心理等等及其研究通稱之為「文化」或「文化學」，只是為了表述的方便而已，即將不能確切歸類的研究統統裝在這個「筐」裡。如果不能清醒地意識到這一事實，執意將大而無當的「文化」或「審美文化」作為一個真實的研究對象，甚至試圖構建所謂「中國文化學」或「文化學的文藝學」體系，恐怕只能是捕風捉影了。

可見，「文化」雖然不是一個嚴格的、有著確定內涵的概念，「文化學」雖然不是一個嚴格的、有著明確疆界的科學學科，但是它

們作為在學術界已經通用、並將繼續傳用下去的術語，對於包括文學研究在內的科學研究的意義仍然是巨大的。特別是在學術視野和方法論方面，具有不可低估的意義。正如卡西爾的「文化」定義同樣大而無當，但他將「文化」與「符號」連結在一起，或者說他對文化進行了符號學的定義和闡釋，於是就形成了一種方法，一種對世界和文化進行闡釋的方法論。正是符號學的方法論，使卡西爾獲得巨大成功，使他在哲學、美學、藝術學和語言學諸多領域都卓有建樹。至於卡西爾所研究的領域和對象，則是很具體的，包括神話、語言、思維、人性、國家等，絕非大而無當的「文化」。

卡西爾的成功再次啟示我們，「文化」概念的無疆界性並不妨礙我們使用「文化學」的方法進行文學研究，「文化學」的無疆界性也不等於運用「文化學」的方法進行科學研究的無疆界。運用文化學的方法進行包括文學研究在內的一切科學研究必須有明確而具體的對象和疆界，反之，一切大而化之的空談都不是嚴格意義上的科學和學問，至多是某種學術隨筆之類。文藝學如果沿著這條路線走下去，當是令人擔憂的。[1]

原載《江海學刊》2002 年第 2 期

---

1 當然，文藝學所面臨的困境不止上述研究對象的不確定性。與中國古代文學、漢語言文字學等成熟學科相比，它在許多方面還表現出不成熟。例如，對文獻和學術資源的依賴性不夠，問題意識和學理意識不強，學術規範和學術紀律不嚴，脫離文本分析的玄學味道太濃，過分熱衷於追逐時尚和標新立異等等，這諸多方面都將嚴重阻礙文藝學的學科建設。諸如此類的問題，我已在 2001 年初由暨南大學承辦的「文藝學學科建設研討會」上做過簡要表述。

形式概念的濫觴與本義

　　在美學和文藝理論批評史上，沒有哪一個概念能像「形式」這樣被廣泛地運用，也沒有哪一個概念能像它這樣具有更大的模糊性。目前學界似乎已經覺悟到重新界定這一概念的必要，於是，或從直觀感受出發對其進行新闡釋，或從詞源學的角度考察它的歷史。[1]不可否認，這對於廓清形式概念的內涵，乃至最終構建以「形式」為主要研究對象的「形式美學」是必要的、有意義的，但顯然又是不夠的。如果用釋義學的方法追溯它的原初本義，恐怕不失為一種更有效、更切實、更有說服力的途經。

　　「形式」概念是「舶來品」。從西方美學史的源頭來說，在古希臘羅馬時代就已經產生了形式概念的四種涵義：最早是以畢達哥拉斯學派為代表的自然美學意義上的「數理形式」，繼其後是柏拉圖提出來的作為精神範型的先驗「理式」（form），然後是亞里斯多德的與「質料」相對應的「形式」，最後是羅馬時代出現的與內容相對而言的「形式」。這四種形式概念統治了西方美學兩千五百年，至今仍有它的市場和地位。從某種意義上說，二十世紀以來的各種形式概念及其理論學說，無非是這四種「本義」的繁衍或變種。

---

1 拉丁文的「形式」（forma）一詞源於希臘文「μορφη」和「ειδsos」兩個單詞，前者指可見的形式，後者指概念的形式。拉丁文 forma 一詞毫無改變地為許多近代語言所採納，如義大利語、西班牙語、波蘭語和俄語；在另外的一些語言中，則是稍有改變地得到採用，如在法語中是「forme」，在英語和德語中都是「form」。參見塔達基維奇：《西方美學概念史》，第 296 頁，學苑出版社 1990 年譯本。

（一）

　　人，首先是自然的存在物，是自然界的一部分。因此，人的第一個對象性關係便是人與自然的關係。這一論斷，無論是作為邏輯規定還是作為歷史判斷，都是無可置疑的。就美學史而言，人類所思考的第一個問題當然也就是人與自然的美學關係。這是美學歷史發展的起點，中國和外國、東方和西方，概莫能外。從許慎《說文》對卜辭的甲骨文「美」字的解釋可知，我國古代人的審美意識，就是從「人」與「羊」、與「大羊」，即與「膳食」的關係開始萌生的。也就是說，滿足人的「食欲」，即為「善」、即為「美」。這是窟居巢避、茹毛飲血的原始時代，人類所能夠產生、也是當時所只能產生的審美意識。

　　就西方美學史而言，前蘇格拉底美學便是以自然為主要審美對象的美學，探討人與自然的美學關係是其基本主題。早在遠古時代形成的古希臘神話，就是「用想像和借助想像以征服自然力，支配自然力，把自然力加以形象化」的產物。[1]這一產物及其美學理想的意識形態形式，便是以畢達哥拉斯學派為代表，包括赫拉克利特、德謨克利特等在內的自然哲學的興起。就我們的論題而言，姑且可以將其稱之為「自然美學」。

　　「『數』乃萬物之原。在自然諸原理中第一是『數』理」。[2]這是亞里斯多德對畢達哥拉斯學派哲學信條的概括。按照這一信條，事物的存在是由於模仿數，事物的存在本身就是數；「數」既是世界的來源和性質，又是世界的存在和狀態。於是，探討萬物的數理規律也就

1《馬克思恩格斯選集》，第二卷，第 113 頁，人民出版社 1972 年版。
2 亞里斯多德：《形而上學》，第 12 頁，商務印書館 1959 年版。

成為畢達哥拉斯學派最主要的理論學說。例如，他們最先研究發現了直角三角形斜邊的平方等於兩直角邊的平方和（$a^2 + b^2 = c^2$），被後人稱為「畢達哥拉斯定理」；他們從數的角度提出與春、夏、秋、冬相對應的乾、熱、濕、冷四種基本物性，堪為現代「原型」理論之先河；他們從數的角度歸納出有限與無限、奇與偶、一與多、左與右、陽與陰、靜與動、直與曲、明與暗、善與惡、正方與長方等十對範疇（「始基」），充滿了辯證法；他們從數的原理推演出圓形是最美的平面圖形、球形是最美的立體圖形，並最早發現了「黃金分割律」（$a : b = [a + b] : a$），至今仍被認為是重要的形式美學規律之一⋯⋯。

對數的泛化同時也是對形式的泛化。畢達哥拉斯學派將世界萬物數理化，同時也是對世界萬物的形式化──從形式出發討論美與藝術的規律。球形、圓形、黃金段之所以美，就在於它們的形式在數理關係上絕對對稱、比例協調、整體結構和諧悅目。他們對人體、雕刻、繪畫、音樂等美的規律的探索，也無不是一些「數」的規定。希臘雕刻家波里克勒特（約西元前五世紀）正是在畢達哥拉斯學派的「數理形式」思想的影響下著成了《論法規》一書（已失傳），研究了人體各部分之間的數學比例。他的三件青銅雕像作品──《亞馬孫之女英雄》、《持矛者》和《束髮的運動員》──便是依照他所制定的形式審美「法規」創作的。其中，最著名的《持矛者》充分體現了他對人體「法規」的審美理想：身長與頭的比例是 8：1；全身的重心在一隻腳上而使另一隻腳放鬆；與重心的轉換相適應，全身的動作及肌肉有所改變，從而塑造了一個強壯結實、穩重堅定而又不失機警靈活的戰士形象。難怪裴羅在他的《機械學》中還記下了《論法規》書中的這樣一句格言：「成功要依靠許多數的關係，而任何一個細節都是有意

義的。」[1]

其實，在畢達哥拉斯學派前後的一些哲學家，大都是以自然的原因來說明自然界，企圖在物質的東西中尋找客觀世界統一性的基礎。他們或將「水」說成是萬物的始基（泰勒斯），或將其歸結為「火」（赫拉克利特），或將其概括為火、氣、土、水四個「根」（恩培多克勒），或將其規定為「種子」（阿那克薩哥拉）或「原子」（德謨克利特）。總之，通過自然現象的體察觸及哲學和美學問題，是前蘇格拉底時代哲學和美學的共同點。因此，這種意義上的美學必然是關於自然的形式美學。泰勒斯根據金字塔的影子和人的影子的比例對金字塔的測量，赫拉克利特關於美的相對性、和諧的對立統一性的論述[2]，德謨克利特關於美的本質在於有條不紊、勻稱、各部分之間的和諧、正確的數學比例的言論，等等，基本上是對美與藝術之自然形式的闡釋。這種闡釋相對當時從傳統宗教神話出發的闡釋來說，意義是偉大的；儘管稚拙，但不失其科學價值。

可見，所謂「自然美學」就是這樣一種美學：它首先將自然作為審美對象，用自然科學的理論和方法闡釋人與自然的審美規律，重在揭示自然存在物的審美狀態和運動規律。當然，這裡所說的「自然」，不僅指自然界，有時也包括作為自然存在物的人和被自然化了的社會文化現象。但是，自然美學的基本性質和審美對象決定了它所探討的主題必然是「形式」，即對自然存在物之形式規律的美學研究。因此，即使涉及到人文世界，自然美學也是從對象的形式規律著眼的。前蘇

1 《西方美學家論美和美感》，第 14 頁，商務印書館 1980 年版。
2 赫拉克利特認為，「最美麗的猴子與人類比起來也是醜陋的」，「不同的音調造成最美的和諧……從對立的東西產生和諧，而不是從相同的東西產生和諧」。依次見《古希臘羅馬哲學》，第 27 頁、第 19 頁，商務印書館 1961 年版。

格拉底美學家們之所以用自然規律闡釋人文現象，將人文世界自然化，就在於他們尚沒有將物質與精神嚴格分離和區別開來，把整個客體對象都統一到了自然的名下。而關於自然的審美規律，顯然就是形式的規律。從這一意義上說，自然美學是整個人類美學史的源頭，也必然是形式美學之發軔；換言之，對自然的美學研究本身就是對形式的美學研究。這當是畢達哥拉斯學派「數理形式」概念的哲學規定。

　　具體說來，畢達哥拉斯學派的數理形式概念主要包括三項內涵：1.指世界萬物作為自然存在物的自然屬性和狀態；2.這種屬性和狀態表現為一種數理關係；3.「和諧」是其數理關係的最高審美理想。毫無疑問，這種意義上的「數理形式」，是畢達哥拉斯學派將自然作為基本審美對象的產物，也是前蘇格拉底美學最具有代表性和普遍性的美學概念。儘管當時一些思想理論家沒有使用這一概念，但就其所表述的美學思想來看，無疑是同這一概念相吻合的，或者說認可了這一概念的存在。因此，「數理形式」，無論是在當時還是對後世，都產生了很大的影響。

　　然而，從自然科學的角度闡釋美與藝術的形式規律畢竟有很大的局限性，因為人所面對的社會、自我和精神世界畢竟比自然界要豐富、複雜得多。因此，畢達哥拉斯學派等企圖將整個對象世界數學化、自然科學化，顯然捉襟見肘。隨著人類認識的深化和審美意識的進一步覺醒，古希臘哲學家逐步超越從自然科學闡釋形式的局限，逐步將人的社會生活納入形式理論研究的視野。從赫拉克利特開始，便注意到人的美與猴子美的不同；德謨克利特則更進了一步，他開始將審美判斷的重心從自然轉向了人的精神世界。到了蘇格拉底時代，「自然」正式退居到美學的次要地位，人和社會的美學躍居審美注意的中心。

於是，形式概念也從它的自然科學的「數理」意義轉向了人文科學的「倫理」意義。而蘇格拉底，便是美學形式概念轉型時代的代表人物。

形式概念通過蘇格拉底美學的轉型，關鍵在於他將「功用」引入美的定義，認為「美」必定是合目的的、功用的；功用就是美，有害就是醜，善惡判斷成了美醜判斷前提。例如，他以金盾和糞筐相類比說明，如果金盾不適用而糞筐適用，那麼，就可以說金盾是醜的而糞筐是美的。

「美」「善」合一、以「善」為前提的美論，必然是重視內在精神的美論。蘇格拉底在和當時的重要畫家巴拉蘇斯的談話中認為，繪畫不僅可以描繪可以眼見的一些實在的事物，即畫出美的形象，更應該「描繪人的心境」，即人的「精神方面的特質」和「人在各種活動中的情感」。儘管人的心境、精神和情感本身不象自然物體那樣有比例和顏色，「是不可以眼見的」，但是畫家完全應該「把活人的形象吸收到作品裡去」，通過「活的」「神色」的描繪表現出來。「所以」，蘇格拉底認為，「一座雕像應該通過形式表現心理活動。」[1]

那麼，蘇格拉底在這裡所說的「形式」與以往的概念有什麼不同呢？首先，蘇格拉底的形式已不再是物質與精神不分的形式；其次，蘇格拉底的形式不再是世界萬物的自然屬性和狀態；再次，蘇格拉底已不再強調形式的自然科學意義和數理規律。總之，蘇格拉底美學的形式概念已超越了前此的自然美學，完成了從「數理」向「倫理」的轉型。這一形式概念，實際上就是由他最先提出，後由他的弟子柏拉圖所盡情闡發的「理式」（Form）。[2]

---

1 《西方美學家論美和美感》，第 19－21 頁，商務印書館 1980 年版。
2 「理式」，希臘原文 ειδος，英譯 idea 或 Form，中文可譯為「形式」、「方式」「模式」

（二）

柏拉圖的所謂「理式」，並非由他所首創，而是當時古希臘日常語言中的一個詞（εiδos）。據《希臘哲學史》的作者格思里說，這個詞在希臘歷史家希羅多德、修昔底德那裡已被作為「種」、「屬」的意義在使用。但對這個概念從哲學上加以思考和分析，則是從蘇格拉底開始。就科學知識、認識論方面來說，無論是蘇格拉底還是柏拉圖，或當時的其他哲學家，其理式概念始終沒有脫離「種」、「屬」的原始含義：「種」、「屬」是人作為主體對客體進行抽象概括的產物，也就是哲學上的「共相」（universals，或稱「普遍」、「一般」），與「殊相」（particulars，或稱「特殊」、「個別」）相對應。而「理式」作為柏拉圖哲學的核心概念，正如黑格爾所正確指出的那樣，表明柏拉圖「要求哲學對於對象（事物）應該認識的不是它們的特殊性而是它們的普遍性，它們的類性，它們的自在自為的本體。他認為真實的東西並不是個別的善的行為、個別的真實見解、個別的美的人物或美的藝術作品，而是善本身，美本身，或真本身。」[1]

不同的無非是，柏拉圖的「理式」並不是對現實事物的抽象與概括，而是超驗的、永恆的精神實體。在柏拉圖看來，「理式」作為萬物之「共相」（「種」、「屬」、「普遍」、「一般」），是原型，是正本，現實界只是它的模仿、副本；理式是絕對的真實存在，現實界則千變萬化，是理式的派生和分有（participation）。總之，理式作為「共相」，既不是來自現實事物，也不屬於人的心靈，而是一種派生世界萬物的客觀精神實體，即共相模式和理性範型。

形式概念的濫觴與本義

或「理式」，但無論如何不可譯為「理念」或「觀念」等。詳見下文的論述。
1 黑格爾：《美學》，第 1 卷，第 27 頁，商務印書館 1979 年版。

　　當然，理式作為超驗的客觀精神實體和共相範型，在柏拉圖看來，也有高下等級之別：「我們經常用一個理式來統攝雜多的同名的個別事物，每一類雜多的個別事物各有一個理式。」例如，床有床的理式，桌有桌的理式，等等。「工匠製造每一件用具，床、桌，或是其他東西，都各按照那件用具的理式來製造。」[1]至於那理式本身，並非工匠所造，而是宇宙中普遍的、永恆的原理大法，即「神」造的統攝一切的絕對理式，一切個別事物的理式都由此而派生。這就是柏拉圖所描述的宇宙演進過程：絕對理式（神）→個別事物的理式→個別事物。前者依次為後者的原型和藍本，後者依次為前者的派生和模仿。

　　毫無疑問，柏拉圖的理式論及其所描述的宇宙演進過程是一種典型的客觀唯心主義哲學。但是，當我們撩開這層唯心主義的面紗，就不難窺見他的重大發現：包括人類創造活動在內的世界萬物都有特定的客觀運行規律，都是按照一定的圖式、範型得以生成發展的；因此，世界萬物之間都有必然的內在聯繫，即「共相」、「理式」、「範型」。這不能不說是柏拉圖探索精神世界之客觀規律的一項重要成果，也是人類自我認識、「反躬自問」的一次重大突破。正是在這一意義上，柏拉圖的「理式」主要是一個「範型」意義上的概念，即主要是指一種能夠派生世界萬物的客體精神——共相範型。因此，國內不少學者不同意將柏拉圖的「εiδos」譯為「理念」或「觀念」、「意識」，認為只能譯為「理式」，或譯為「型」、「相」等等，這顯然是不無道理的。柏拉圖的所謂「εiδos」，英譯 Idea 或 Form，中文可譯為「形式」、「方式」、「模式」等。考慮到它指一種觀念性的實體，故譯為「理

---

[1] 柏拉圖：《文藝對話集》，第67－68頁，人民文學出版社1963年版。

式」（理性範式）較妥。正如朱光潛所說，由於柏拉圖的「理式」指真實世界的根本原則，原有「範形」的意義，如一個「模範」可鑄出無數器物，任何個別事物都是由「該事物之所以是該事物」的這個「理式」中「範」得他的「形」的，所以全是這個「理式」的模本。因此，朱光潛認為，柏拉圖的「理式」近似佛家所謂「共相」，似「概念」而非「概念」；「概念」是理智分析綜合的結果，「理式」則是純粹的客觀存在。因此，「εiδοs」只能譯為「理式」，不能譯為「觀念」或「理念」。[1]

我們知道，柏拉圖的理式論深受畢達哥拉斯學派的影響。畢達哥拉斯學派認為「數」是萬物之本，先於可感事物而存在，可感事物是由「數」範型派生出來的。從這一意義上說，柏拉圖的「理式」其實是畢達哥拉斯學派「數」的變種。因此「理式」作為 Form，內含「數理形式」的意義是必然的，這可以從柏拉圖繼續延用「和諧」、「比例」、「對稱」等概念中見出。但是，「理式」作為 Form，又不是指自然物體的形式，而是指觀念形態的形式，是一種「內形式」。前者指自然事物的外部呈現，憑感官直接感受；後者指內在的精神範型，憑理性知識認知。事實上，「理式」概念的這一複雜內涵，已被許多學者注意到了。塔達基維奇在其《西方美學概念史》中就指出過這一點，他說：「『形式』不僅用來表示亞里斯多德的隱德來希，而且也用來表示柏拉圖的理念。將『理念』譯作『形式』在某種程度上也是恰當的，因為在日常希臘語中『理念』（εiδοs）就是指現象、形狀，因此也接近形式 B，但是，在柏拉圖那裡，含義也還是有所不同的。然而，翻譯家們仍然保留了『理念』的原有表述，而選用『形式』作為其等

1 見朱光潛譯柏拉圖《文藝對話集》第 124 頁注①和第 339 頁「譯後記」。

形式概念的濫觴與本義

值詞。由此，形式也就具有了另外一種含義，另外一種形而上學的含義。」[1]「隱德來希」意為事物內在目的的實現及其本質形式；「形式B」指與內容相對而言的形式。這就是說，柏拉圖的「理式」作為Form，一方面具有一般意義上的、與內容相對而言的「形式」的含義（即「形式」B），一方面又蘊含著事物的內在目的性，並表現為一種精神範型。它既是一種實體形式，又不是自然物體，而是精神實在，即「內在形式」實體——理性化了的形式和作為形式的理性。從這一角度說，將「εiδos」譯為「理性形式」、「理念形式」或「精神實體形式」或許更為恰當。只有這一意義上的「形式」（Form），「理式」概念才能作為「範式」、「範型」（範形）、「模式」或「圖式」而存在。

　　柏拉圖的理式論對後世產生了極大的影響。且不說普羅丁的新柏拉圖主義、康德的先驗哲學直接淵源於柏拉圖，即使 20 世紀興起的現象學、存在主義哲學、邏輯實證主義和結構主義等，也無不可以見出柏拉圖的影子。胡塞爾的「意向」、維特根斯坦的「圖式」、海德格爾的「存在」、列維—斯特勞斯的「結構」等概念，無不積澱著柏拉圖理式論的意蘊。這就是柏拉圖理式論的魔力所在：儘管它是唯心主義的，卻從一個側面深刻地揭示了人類認識世界的內在規律——世界的存在不是偶然的，每種事物都有獨特的共相範型並構成多樣性統一；因此，對世界的認識，從本質上說就是對客體之共相範型的理性把握。看來，柏拉圖的「理式」作為範型和 Form，在哲學史和美學史上最主要的貢獻不僅僅是注意到世界萬物的自然形式，而且深刻地揭示出包括人在內的世界萬物的「內形式」——整個宇宙生成演進的內在精神範型。這當是人類認知世界的注意力從「數理」轉向「倫

---

1 塔達基維奇：《西方美學概念史》，第 319－140 頁。

理」、從「自然」轉向「自我」之後所取得的第一個最重要的思維成果。

　　既然每一類雜多的個別事物各有一個理式，那麼，美的事物當然也就有美的理式。這種美的理式，即美的事物之所以美的這種理式，柏拉圖稱之為「美本身」。在柏拉圖看來，「美本身」是絕對的、永恆的，「美的事物」是相對的、易變的，因此，前者才派生後者，為後者所分有。又由於相對的、易變的「美的事物」是個別的、具體的，所以它總是表現為「美麗的色彩」以及「恰當」、「和諧」、「整一」、「快感」等千姿百態、千變萬化的外在形式美。根據柏拉圖的這一理論，「美的事物」之所以美，是由於「美本身」的形式賦予和形式化，也就是說，美的事物僅僅是作為美的理式（Form）的直接現實和存在方式。也正是在這一意義上，柏拉圖將具體的藝術品作為對「美本身」的模仿。正如他在《理想國》（卷十）中所說的「三種床」：一種是神造的床，即床的理式；一種是木匠製造的床，即現實的床；一種是畫家製造的床，即藝術品。前者依次是後者的藍本，後者依次是前者的模仿。於是，柏拉圖認為，藝術是模仿的模仿，與真理隔著三層。

　　值得我們研究的是，柏拉圖在談到藝術對現實的模仿時，認為「圖畫只是外形的模仿」，藝術家「只是在外形上製造床」，只能是「這樣一個製造外形者」。[1]柏拉圖為什麼用「外形」來規定藝術的本體存在呢？究其原因，無非有兩點。首先，從藝術家所直接模仿的對象來看，是客觀事物，而不是理式本身；也就是說，藝術家對理式的模仿是間接的，是通過對現實事物的模仿實現的。而現實事物是各不相同的，它們的不同皆是其「外形」的呈現不同，本質（即理式）卻只有一個。

形式概念的濫觴與本義

1　柏拉圖：《文藝對話集》，第 72 和 69 頁，人民文學出版社 1963 年版。

因此，藝術家對現實事物的模仿只能是「殊相」的模仿而不是「共相」的模仿，而「殊相」的模仿也就是現實事物之「外形」的模仿，「共相」（理式、內形式）並非藝術模仿的直接對象。這就是柏拉圖的邏輯：理式＝共相＝內形式；現實＝殊相＝外形式（外形）。

其次，從藝術家本身來看，他雖然模仿現實事物，但並沒有關於這一現實事物的知識和技能。大悲劇家荷馬對他所描繪的一切並非「無所不通，無論什麼技藝，無論什麼善惡的人事，乃至於神們的事，他都樣樣通曉。」藝術家並不是象有些人所說的那樣：「一個有本領的詩人如果要取某項事物為題材來做一首好詩，他必須先對那項事物有知識，否則就不會成功。」相反，許多畫家雖然能逼真地畫鞋匠、木匠，但對這些手藝卻毫無知識。這當是柏拉圖的又一邏輯：現實事物是運用「知識」對理式的模仿，藝術是利用「無知」對現實事物的虛幻。難怪柏拉圖認為藝術品只能被「放在某種距離以外去看」，以「欺哄小孩子和愚笨人們」信假為真。[1]既然藝術家對自己所模仿的對象沒有「真知識」，他當然只能模仿對象的「外形」嘍！

總之，無論是從被模仿的客體來說，還是從模仿者主體本身來看，藝術的模仿都是一種「外形」的模仿，藝術即理式的「外形」（外形式）。但是，需特別指出的是，柏拉圖事實上是為藝術規定了雙重的形式標準：一方面，藝術來源於觀念形態的形式（理式），即「內形式」；另一方面，藝術作為理式的模仿之模仿，本身是一種「外形式」，即理式取自然萬物之「外形」以現自身。「內形式」是對藝術之本源和本質的規定，「外形式」則是對藝術之存在狀態的規定。這當是柏拉圖美學之「形式」概念的基本內涵。從這一意義上說，柏拉圖

---

1 柏拉圖：《文藝對話集》，第 73 和 72 頁，人民文學出版社 1963 年版。

不僅是製造了理式（內形式）與藝術（外形式）的對立，也看到二者的統一，都統一於「形式」。「內形式」加「外形式」及其二者的辯證統一，當是柏拉圖對藝術的總體把握與概括；「藝術即形式」，當是柏拉圖由他的理式論哲學所必然派生出來的藝術觀念。

　　既然柏拉圖美學之形式概念有「內形式」和「外形式」之別，那麼，二者孰高孰低、孰重孰輕，也就不言而喻了：「外形式」低於、次於、服從於「內形式」。難怪有些學者認為柏拉圖的美學和詩學「重視內容的美，而不重視形式的美。」其實，這一論斷是不確切的。因為我們在這裡所說的「內容」，無非是指柏拉圖的「理式」。而「理式」，如上文已反覆論證過的，意為「共相」、「範型」和「Form」，也是「形式」，是「內形式」，與現代意義上的「內容」概念不能完全等同。所謂「重內容」、輕「外形式」；確切地說，當是重「內形式」，輕「外形式」；或者說是重理式（Form），輕藝術。

　　本來，早年的柏拉圖是非常喜歡文藝的，他能繪畫，懂音樂，據說還寫過一篇史詩和一本悲劇，有很好的文學素養，對荷馬、赫西俄德、伊索等懷有深厚的敬意。只是到了雅典學院時期（西元前三八七年），當他的理式論哲學體系形成以後，才開始用政治家、哲學家的鄙夷態度譏諷和嘲弄藝術，並列舉了藝術的種種罪狀，主張將詩人逐出他的「理想國」。道理很簡單，藝術是和「理式」（內形式）相對立的「外形式」，只是現實事物之「外形」的模仿，因而是不真實的。

　　但是，從柏拉圖給藝術羅列的罪狀來看，諸如認為藝術是虛幻，與知識（理性）無緣，只憑「所謂美的顏色，美的形式……使感官感到滿足，引起快感」，[1]「煽動人的情欲，等等，恰恰又是藝術的特點，

形式概念的濫觴與本義

---

1 柏拉圖：《文藝對話集》，第298頁，人民文學出版社1963年版。

是藝術的「魔力」所在。看來，柏拉圖儘管從理性上極力鄙視藝術，但對藝術本身的特性和規律，卻不失深切的會心。

柏拉圖美學的這一形式概念是繼畢達哥拉斯學派的「數理形式」之後，先亞里斯多德的與「質料」相對應的形式概念之前，古希臘羅馬美學史上最典型的四大形式概念之一，具有承前啟後的作用，因而產生了很大的影響。古羅馬最後一位著名美學家，柏拉圖的直接繼承人，即「新柏拉圖主義」的代表人物普洛丁就認為美只寓於形式中，而不寓於物質中，因為只有形式才能為人們所領略；在他看來，石塊與石雕的不同不是「石料」本身，而是藝術家賦予了石頭以形式，從而在作品中灌注了生氣，這種形式及其所灌注的生氣在原材料中是沒有的。[1]這可視作其宗師柏拉圖「藝術即形式」觀念的注腳。

（三）

「亞里斯多德也像他的前輩一樣，認為藝術是一種摹仿活動。但亞里斯多德的摹仿論不同於柏拉圖，它不是建築在先驗的觀念論的基礎上，而是建築在亞里斯多德的形式與質料、潛能與現實的辯證法的基礎上的」[2]。在亞里斯多德看來，柏拉圖的理式論不能說明事物的「存在」，[3]因為他將理式放在個別事物之先、之上、之外，是與個別事物分離的。要說明事物的存在，就必須在現實事物之內尋找原因。質料、

---

1 參見鮑桑葵《美學史》第 153 頁（商務書館 1985 年版）、吉爾特和庫恩合著《美學史》（上卷）第 150 頁（上海譯文出版社 1989 年版）。
2 B. 阿斯穆斯：《亞里斯多德美學中的藝術與現實》，載《西歐美學史論集》第 79 頁，中國社會科學出版社 1989 年版。
3 「存在」又譯「有」或「是」。亞里斯多德將「形而上學」稱之為專門研究「存在」本身的「第一哲學」。

形式、動力、目的，便被亞氏確定為事物產生、變化和發展的四種內在原因。以房屋為例：磚、瓦等建築材料是質料因，房屋之為房屋的整體型狀和內在結構是形式因，建築師及其技藝是動力因，房屋的作用即為目的因。[1]如果說「形式」規定事物「是什麼」（是 A 而不是 B），是事物的本質和定義，那麼，「目的」則是指「追求什麼」、「為了什麼」，是事物目的之達成（「隱德來希」）。而目的之達成也就是本質的實現，即形式被確定。所謂「目的」，無非是隱含在形式之中並通過形式才得以實現的。所以，目的和形式是一碼事。至於「動力」，是事物的本質和目的實現過程中的動力，因此與形式和目的也屬於同一類原因。惟有「質料」，是用來解釋事物「由何來」的原因，因此與「形式」、「動力」和「目的」的性質不同。所以，亞里斯多德認為，上述「四因」實際上可歸結為「二因」，即「質料因」和「形式因」，而「動力因」、「目的因」都可歸屬於「形式因」。

既然「形式」包括「動力」和「目的」，那麼，亞里斯多德「形式」概念的美學內涵就應當沿著這條思路去闡釋。

首先，按照亞里斯多德的「四因」說，相對質料而言，「形式」之為形式，是指包括美的事物在內的一切事物的本質和定義；換言之，包括藝術在內的一切美的事物之所以是藝術、是美，首先在於它們是作為「形式」而存在，這是包括藝術接受和審美創造在內的整個審美活動賴以生成的現實存在。在亞氏之前，留基伯與德謨克利特認為萬物在元素上的諸差異引致各種質變，這些差異有三：形狀，秩序和位置，一切「實是」（萬物）只因其諸元素的韻律（形狀）、接觸（秩

形式概念的濫觴與本義

---

1 如果說亞里斯多德用「四因」說解釋人造物還具有某種科學性的話（至少相對柏拉圖的理式論而言），那麼，他還用這「四因」去解釋自然物就顯得捉襟見肘了。本文主要是在前一意義上涉及他的「四因」說。

序）和趨向（位置）三者之異遂成千差萬別（如Ａ與Ｎ為形狀相異，
ＡＮ與ＮＡ為秩序相異，Ｚ與Ｎ為位置相異）。亞里斯多德接受了這
一思想，並進而明確提出形式創造差異（質料則不能）的理論，即認
為形式具有獨一無二性，是事物的「存在」、「現實」和「本因」，[1]因
此，人們總是通過形式感受、認識和區別具體事物。正是在這一意義
上，亞里斯多德將美規定為形式，認為「石塊裡是找不到赫爾梅（藝
神）像的」，[2]藝術不在質料（石塊）而在形式（雕像）。這個「形式」
就是「秩序，勻稱與明確」，類似於留基伯和德謨克利特的「形狀，
秩序和位置」。它作為一個有機整體存在於審美主體的頭腦中，是審
美主體接受、規定和範塑客體對象的範型和圖式，即「先驗形式」。
藝術和美的事物便是在這一規律的支配下生成、存在和發展的：它們
的生成無非是質料的形式化；它們的存在無非是這一先驗形式的外
化、物化和凝態化；它們的發展無非是形式對於質料的運動過程及其
辯證的對立統一。

　　其次，按照亞里斯多德的「四因」說，「形式因」包括「動力因」
在內。「動力」即主體的創造活動（「動力因」又譯「創造因」），這也
就規定了「形式」概念的主體性和動態性兩大特徵。在亞氏看來，藝
術和一切人工製作的美的事物作為形式的存在物，其生成過程並非是
自發的，而是「外力」作用的結果。這個「外力」，就藝術來說，就
是審美主體的形式創造。正如亞氏所說：「就製造出來的物品來說，
根源在製作者裡面——它或者是理性，或者是技藝，或者是某種能
力……」。[3]「藝術就是創造能力的一種狀況，其中包括真正推理的過

1「形式因」又稱「本因」。
2 亞里斯多德：《形而上學》，第 53 頁，商務印書館 1959 年版。
3 見《古希臘羅馬哲學》，第 243 頁，商務印書館 1961 年版。

程。一切藝術的任務都在生產，這就是設法籌畫怎樣使一種可存在也可不存在的東西變為存在的，這東西的來源在於創造者而不在所創造的對象本身」。[1]這就是包括藝術在內的人工製品與自然存在物的不同。一棵樹作為自然存在物，它本身就有存在的必然性；但是，一張用木頭製作的床的存在就是偶然的，它之所以存在只是由於工匠將床的形式賦予這木頭。正如安提豐所說，如果一張床種在土裡，如果那腐爛了的木頭獲得了一種長出幼芽的能力的話，那麼，長出來的將不會是一張床，而是木頭。「這就表明，按技藝的規則而形成的結構，不過是一個偶然的屬性。」[2]這個「偶然的屬性」，就是主體賦予質料以形式的創造能力。這是「動力」作為「形式」之內涵的一個方面。「動力」作為「形式」之內涵的另一層意義是規定了「形式」是一個動態概念。根據亞里斯多德的觀點，「質料」之為質料，只是在主體賦予它以形式這一創造過程中才存在。例如，我們說銅是雕像的「質料」、銅是一尊「潛在」的雕像等等，是指雕塑家在雕像過程中將雕像的形式賦予這塊銅（質料），而在這一形式化過程之前和之後，銅就是銅，無所謂「質料」和「潛在」。既然質料的形式化是一種動態過程，那麼，這種動態過程是怎樣展開的呢？在《範疇篇》中，亞里斯多德認為「運動」有六種形態，即生成、毀滅、增加、減少、變化以及位移；[3]在《物理學》中，亞里斯多德又提出事物生成、存在和變化的五種方式：「（１）形狀的改變，如銅產生銅像；（２）加添，如事物正在生長著；（３）減去，如將石塊削成赫爾墨斯神像；（４）組合，如建造一所房屋；（５）性質改變——影響物質材料特性的變

1 轉引自朱光潛：《西方美學史》（上卷），第 54 頁，人民文學出版社 1963 年版。
2 見《古希臘羅馬哲學》，第 247 頁，商務印書館 1961 年版。
3 《亞里斯多德全集》（第一卷），第 11 頁，中國人民大學出版社 1990 年版。

更。」[1]亞氏的這些學說，被認為是其自然哲學中最有價值的部分，[2]生動地描述了客體事物的運動形態，當然也可以看作是亞里斯多德關於文藝和美的事物生成、存在和變化的運動形態的注角。

再次，按照亞里斯多德的「四因」說，「形式因」又包括「目的因」在內。「目的」是質料形式化過程的趨向和終點（「目的因」又譯「極因」），即價值的實現。所謂「『價值』這個普遍的概念是從人們對待滿足他們需要的外界物的關係中產生的」，「是人們所利用的並表現了對人的需要的關係的物的屬性，」「表示物的對人有用或使人愉快等等的屬性」，「實際上是表示物為人而存在。」[3]建築師賦予磚瓦以房屋的形式是為了居住或存放物件等等，藝術家賦予客體事物（質料）以藝術的形式是為了獲得愉悅和美的享受，並受到情感的淨化和真的感悟等等，都是「目的」的達成和「價值」的實現，即藝術創造過程的趨向和終點。亞里斯多德在這一意義上賦予「形式」以「目的」的內涵，便從根本上否定了柏拉圖的藝術有害論，並同超功利的藝術觀劃清了界限，將藝術創作與人的目的和價值聯繫起來，確定了美與審美的功用與意義。

總之，亞里斯多德的「形式」概念，既在本質上規定了藝術和美的現實存在，又在創作上涵括著藝術和審美的主體能動性，還在目的上涉及到藝術和審美活動的功用與價值。本質論、創作論和目的論，即存在、動變和價值，三者構成了一個有機的整體。這就是亞里斯多德「形式」概念之最基本的美學內涵。他的《詩學》實際上就是這一

---

1 亞里斯多德：《物理學》，第 35 頁，商務印書館 1982 年版。
2 敦尼克等主編：《哲學史・歐洲哲學史部分》（上），第 56 頁，三聯書店譯本。
3 依次見中文版《馬克思恩格斯全集》第 19 卷第 406 頁、《馬克思恩格斯全集》第 26 卷（Ⅲ）第 139 頁和第 326 頁。

理論的實踐。在《詩學》的開篇，亞氏就明確提出他所探討的主要是「詩的藝術本身」，包括「它的種類、各種類的特殊功能，各種類有多少成分，這些成分是什麼性質，詩要寫得好，情節應如何安排」，[1]等等。在他看來，除詩人所「模仿的對象」，即「在行動中的人」屬於詩的「質料」以外，上述諸要素都屬於「詩的藝術本身」，即詩的「形式」；所謂詩的創作，就是詩人通過模仿（「動力因」）將現實生活（「質料因」）形式化，最終實現「卡塔西斯」（katharsis）之價值（「目的因」）。

　　既然與「形式」相對的是「質料」，那麼，二者的區別及其相互關係是什麼呢？在亞里斯多德看來，其中最重要的是關於潛能與現實的區別及其相互關係。質料是潛能，形式是現實，質料與形式的關係就是潛能與現實的關係（不是我們今天所說的內容與形式的關係）。「現實的東西就是一件東西的存在，但是它不以我們稱為『潛在』的那種方式存在；例如，我們說，一尊黑梅斯的雕像潛在於一塊木頭中，半截線潛在於整條線中，因為可以把它分出來，我們甚至稱不在研究工作的人為學者，如果他有能力作研究的話；與這些東西之一相反的東西，就是現實地存在著」。總之，「現實之於潛能，猶如正在進行建築的東西之於能夠建築的東西，醒之於睡，正在觀看的東西之於閉住眼睛但有視覺能力的東西，已由質料形成的東西之於質料，已經製成的東西之於未製成的東西」[2]——亞里斯多德正是在這一意義上認為質料是潛能，形式是現實。形式作為現實便是將潛在的質料轉化為現實的存在。當這一轉化完成之時，「我們就不再用它所由構成的質料

1 見《詩學》〈詩藝〉》（合訂本）第 3 頁，人民文學出版社 1962 年版。
2《古希臘羅馬哲學》，第 266 頁，商務印書館 1961 年版。

的名稱來稱呼它了，例如不說塑像是銅，不說蠟燭是蠟或床是木頭」，而是用形式本身，不是用形式「所依託的質料的名稱來稱呼已經成形的新事物」。[1]這是因為，對於現實個體來說，質料的差別只是「個體之別」，如銅球和鐵球都是「球」，僅是「球」之間的差別，並不「別於品種」，即不構成「種差」；而銅球與銅三角儘管質料相同，但由於作為現實存在的「形式」不同，所以就構成了「種差」。這說明，「質料不創造差異」，物種之異「不在質料，而是因為它們在定義上已成為一個對反」，[2]即在形式上的差異。所以，「事物常憑其形式取名，而不憑其物質原料取名。」[3]正是在這一意義上，亞里斯多德將形式確定為事物的「現實」，而質料只是一種「潛能」。

（四）

　　與「內容」相對而言的「形式」概念是在古羅馬時代出現的，其中最具代表性的是賀拉斯在《詩藝》中提出的「合理」與「合式」理論。完全可以這樣說：賀拉斯的「合理」與「合式」，就是「內容」與「形式」概念和範疇的對應物，標誌著現代美學和文藝理論中與內容相對應的「形式」概念最早之濫觴。

　　「要寫作成功，判斷力是開端和源泉（Scribendi recti sapere est et principium et fons）」[4]——這一羅馬古典主義的信條道出了賀拉斯「合理」概念之最重要和最基本的內涵：詩要寫得好，首先要知道什

---

1 亞里斯多德：《物理學》，第 205－206 頁，商務印書館 1982 年版。
2 亞里斯多德：《形而上學》，第 206 頁，商務印書館 1959 年版。
3 亞里斯多德：《形而上學》，第 143 頁，商務印書館 1959 年版。
4 見《〈詩學〉〈詩藝〉》（合訂本），第 154 頁，人民文學出版社 1962 年版。

麼是應該寫和可以寫的，什麼是不應該寫和不可以寫的；也就是說，一個稱職的作家，首先應該能夠對藝術所要表現的對象和內容做出正確的判斷和思考。

　　所謂「合式」（decorum），又譯「得體」、「妥貼」、「妥善性」、「工穩」、「適宜」、「恰當」、「恰到好處」等，是賀拉斯對藝術形式的最高要求，體現了古典主義典雅方正的藝術原則。羅馬貴族階級要求宮廷生活中的一切都必須依照一定的規矩：起居飲食必須切合一定的繁文縟節，言談舉止必須切合一定的身份地位，生活嗜好也根據年齡有一定的習慣。因此，對於詩與文學，他們當然也規定了相應的準則：語言要切合身份，性格要切合年齡，人物要切合傳統等等。就賀拉斯的《詩藝》說來，「合式」主要包括以下幾個方面：1.一部作品應當是有機統一的整體。「在艾米留斯學校附近的那些銅像作坊裡，最劣等的工匠也會把人像上的指甲、捲髮雕得纖微畢肖，但是作品的總效果卻很不成功，因為他不懂得怎樣表現整體。我如果想創作一些東西的話，我絕不仿效這樣的工匠，正如我不願我的鼻子是歪的，縱然我的黑眸烏髮受到稱讚。」[1]2.性格描寫要「合式」。性格的合式分兩種情況，一是遵循傳統（定型化），一是獨創（類型化）。前者指選取傳統題材時必須依照傳統上已「定型」的性格，如必須把阿咯琉斯寫得急躁、無情、尖刻，把美狄亞寫得凶狠、慓悍；後者指選取現實題材時必須依照現實生活中人物的年齡、身世、身份、地位、職業和民族等「類型特點」去描寫，並保持首尾一致。3.選擇題材和語言表述要「合式」，即作者應當選擇本人能夠勝任和駕馭的題材，只有這樣才能遊刃有餘，以便使文辭流暢、條理分明。而所謂「條理」，就是「作者

形式概念的濫觴與本義

1《詩學》〈詩藝〉》（合訂本），第138-139頁，人民文學出版社1962年版。

在寫作預定要寫的詩篇的時侯能說此時此地應該說的話」，即語言表述的「合式」。[1]4.情節展開的方式要恰當。適合在舞臺上演出的情節就在舞臺上演出，將形象直接呈現在觀眾面前；否則，便不在舞臺上演出，讓演員在觀眾面前「敘述」。為了便於情節的展開，一齣戲最好分五幕，劇情衝突應自然而然，儘量避免求助神力來收拾或結局，歌隊「在幕與幕之間所唱的詩歌必須能夠推動情節，並和情節配合得恰到好處。」[2]5.詩格、韻律和字詞句的安排要考究、要小心、要巧妙，絢爛的詞藻運用得要適得其所，家喻戶曉的字句要翻出新意。總之，表達當「盡善盡美」。[3]

　　內容與形式二元範疇在古羅馬時代出現不是偶然的。從大文化背景來看，「希臘化」與「化希臘」之間的衝突，拜金主義與審美追求之間的撞擊，都會導致雙重價值標準的產生和詩人內心的焦慮與痛苦；於是，「靈」與「肉」、「教」與「樂」、「善」與「美」、實用主義與形式主義等構成了當時的審美二元論；就藝術背景來看，從希臘化時代開始便陸續出現了各種新文體，並且各種文體有了明確的界限，史詩、抒情詩、諷刺詩、悲劇、喜劇、挽歌、小品文等，混合體裁幾乎是沒有了，否則就要受到批評界的訕笑。這都為從內容和形式兩個方面分析藝術提供了機遇和可能。於是，包括「內容與形式」在內的諸如「自然美與藝術美」、「模仿與想像」、「天才與技巧」等一系列二元理論範疇被提到文壇並引起爭論，成為當時的熱門話題，用「兩分法」研究和評論審美和藝術問題遂成為時尚。

　　其實，早在西塞羅，就將「合式」原則運用到雄辯術，認為應當

1《詩學》〈詩藝〉（合訂本），第 139 頁，人民文學出版社 1962 年版。
2《詩學》〈詩藝〉（合訂本），第 147 頁，人民文學出版社 1962 年版。
3《詩學》〈詩藝〉（合訂本），第 139 頁，人民文學出版社 1962 年版。

將被柏拉圖稱之為「觀念」的「形式」轉化為事物的「最根本與最正常的個性形式。」[1]賀拉斯則進一步將它轉嫁到詩學，實際上是將「合式」規定為合乎詩和藝術之客觀規律的「個性形式」。於是，「合式」就被廣泛地貫通到藝術形式的一切方面，從而成為一個包羅萬象藝術法則。這樣，「合式」便與「形式」概念並駕齊驅在同一個理論層面了。正因為如此，「合式」與「形式」在內涵上也就合二為一：合式＝形式。

不可否認，「合式」原則早在柏拉圖和亞里斯多德那裡就已經涉及到了，他們的「有機統一」說和亞氏關於「風格必須切合主題」（《修辭學》第三卷第二段）的論述等，就是賀拉斯「合式」概念的來源。但是，希臘時代的「合式」思想只是其「形式」學說中的一個具體觀點，與「形式」概念不屬於同一個理論層面，因為當時根本就不存在與「內容」相對而言的「形式」概念：「形式」在柏拉圖那裡被解釋為「觀念」（「理式」），在亞里斯多德那裡與「質料」相對應。只是到了羅馬時代，由於「合式」被廣泛地貫通到藝術形式的一切方面，成為一個包羅萬象的藝術法則，才上升到與「形式」同一個理論層面並同形式在內涵上合二為一，從而出現了與「內容」相對而言的「形式」——以 decorum 一詞所表述的「形式」內涵。至於柏拉圖的「形式」（εἰδος），只是到了羅馬晚期才被普羅丁所重新提起。

那麼，希臘化和羅馬時代出現的與「內容」相對而言的「形式」概念，在當時主要是什麼涵義呢？

我們已經注意到，賀拉斯在涉及「合式」時有一個最基本的出發

形式概念的濫觴與本義

---

1 參見衛姆塞特、布魯克斯合著《西洋文學批評史》，第71－72頁，中國人民大學出版社1987年版。

點，那就是「怎樣」將詩寫得好，即寫詩的方式、方法是什麼。也就是說，賀拉斯是在寫詩的方式、方法、手段等「技巧規律」的意義上來談論「形式」問題的，因此，他的「形式」（「合式」）概念，指的就是創作的技巧規律。

琉善的觀點與賀拉斯基本一致。他在《宙克西斯——談題材與技巧》一文中對於一些聽眾只讚譽他的演講「內容新奇動聽」很不以為然，認為他們沒有注意到「用字的正確，結構的嚴謹，識力的深刻，警句的微妙，阿提刻風格的美，以及一般藝術技巧的優點」。[1]顯然，在琉善的心目中，與「內容」相對而言的「形式」，就是語言、結構、識力、風格等藝術技巧。

被西方美學史稱之為「亞里斯多德以來最大的批評家」、「古羅馬美學集大成者」的朗吉努斯，同樣是從技巧規律的意義上來談論形式的。不過，他所說的「技巧」，主要是指「語言技巧」，即把形式問題集中在「語言技巧」問題上了，並將其與「思想」和「情感」相對應。正是在這一意義上，《論崇高》被學界稱之為「主要屬於修辭學範圍」的美學著作，[2]當然，正如繆朗山先生所說，他的修辭學是從屬於他的美學的，他並不像一般修辭學者那樣將所有的修辭問題等量齊觀，只是選擇與他的「崇高」範疇有關的問題予以論述。總的說來，他的修辭學美學是主張修辭（形式）為思想情感（內容）服務和二者的有機統一，「內容與形式的統一是朗吉努斯修辭學的最高原則。」[3]

總之，羅馬時代出現的與「內容」相對而言的「形式」概念，儘

1 見《繆靈珠美學譯文集》，第一卷，第 188－190 頁，中國人民大學出版社 1987 年版。
2 朱光潛：《西方美學史》上卷，第 92－93 頁。
3 繆朗山：《西方文藝理論史綱》，第 172 頁，中國人民大學出版社 1985 年版。

管表述方式各異，但是其內涵卻大致相同，都是指作為寫詩方式、方法和手段的「技巧規律」。這種包括語言、修辭、結構、韻律、節奏、技法等因素在內的「技巧規律」，在他們看來，是使一部藝術品成為藝術品的各種內在要素的總和，即藝術本體意義上的「內在美」。無論是琉善所談論的演講技術和繪畫技法，還是賀拉斯的「合式」理論，或朗吉努斯的「辭格」、「措詞」和「結構」等概莫能外，都是將技巧作為藝術的「本體」和「內在美」來探討形式問題的。僅就這一點說來，羅馬時代「內容與形式」的藝術兩分法，與古典希臘時代「藝術即形式」的一元論判斷又是很相似的，都對「形式」作出了藝術本體意義上的規定和價值判斷。這一狀況只是到了黑格爾才發生徹底改變，將「內容」與「形式」放在同一層面納入他對美和藝術的闡釋中，並成為他的最基本的美學方法。而二十紀的形式主義，從某種意義上說又回復到古希臘羅馬時代的「藝術即形式」的判斷。當然，二十世紀形式主義之「形式」概念已經「精細化」了，被賦予多重涵義，遠不是古希臘羅馬美學所能比擬的，或為「原型」，或為「技巧」，或為「語言」，或為「結構」、或為「符號」，但是似乎都可以從這裡發現它的起源。

原載《文學評論》1993 年第 6 期

形式概念的濫觴與本義

康德先驗形式美學

康德的「形式哲學」及其「先驗形式」

康德是德國古典哲學的創始人，同時也是現代西方形式美學的奠基人。這是因為，康德的哲學實際上就是關於形式的哲學，他的美學因而也是關於形式的美學。康德作為西方哲學和美學發展歷史上的樞紐，繼往開來，承前啟後，他的出現具有劃時代的意義。

早在其先驗唯心主義體系的形成時期，即從「先批判期」到「批判期」的過渡時期，康德就把他的先驗哲學稱之為「形式的科學」。[1]1780 年寫出《純粹理性批判》之後，他又多次重複了自己的這一提法。例如，在 1783 年出版的《任何一種能夠作為科學出現的未來形而上學導論》（以下簡稱《導論》）中，為了避免別人的誤解，就提出將他的「先驗唯心主義」改稱為「形式的唯心主義」；[2]在 1787 年為《純粹理性批判》第二版所增加的註釋中，康德又解釋說，他之所以把自己的「先驗觀念論」稱為「形式觀念論」，是為了有「別於『實質觀念論……』，也就是以別於懷疑或否定外界事物本身存在的那種通常的觀念論。」[3]在我們看來，這既是康德對其哲學主題的點睛之

---

1 見康德 1776 年 11 月 24 日給 M·赫茲的信。李秋零譯為「正式的科學」，似乎有誤（見《康德書信百封》，第 51 頁，上海人民出版社 1992 年版）。

2 康德：《任何一種能夠作為科學出現的未來形而上學導論》，第 174－175 頁，商務印書館 1978 年版。

3 目前，康德的《純粹理性批判》不止一個中文譯本，其中在大陸影響較大的有兩個：一為藍公武譯，商務印書館 1960 年版；一為韋卓民譯，華中師範大學出版社 1991 年版。此處引文見藍譯本第 368 頁或韋譯本第 461－462 頁。

筆，也是我們把握康德的美學要義之肯綮。

　　按照哲學史的通常說法，康德哲學是唯物主義和唯心主義、大陸唯理論和英國經驗論的折中與綜合。這並沒有錯。問題是，就康德整個批判哲學的主旨及其所「批判」的側重點來看，卻是唯心主義而不是唯物主義，二者在康德的「批判」視野中並非平分秋色；也就是說，康德的先驗唯心論體系主要是通過對形形色色的唯心主義（而不是唯物主義）的理性批判並同它們劃清界線的前提下建立起來的。康德先驗唯心主義之「先驗」，首先是針對笛卡爾對「感性經驗」的懷疑（康德有時稱其是「經驗的唯心主義」），其次是針對巴克萊對「經驗」的主觀唯心主義的解釋。前者懷疑除「我在」以外的空間中的一切事物的存在，認為他們都是不能證明而值得懷疑的，後者斷言空間和以空間為條件的一切東西都是不可能的，純屬主觀的虛構和幻象；前者通過樹立理性的絕對權威懷疑一切，後者從經院教條主義和「獨斷論」出發用主觀感知代替一切。二者的共同特點是都否定物質世界的客觀存在。正是在這一意義上，康德批評他們的唯心主義是「質料的唯心主義」，[1]即懷疑或否定外界事物本身（「質料」、「實質」、「經驗」、物質）的客觀實在性；同樣是在這一意義上，康德為了避免別人把自己的唯心主義同這種「質料的唯心主義」相混淆，才將自己的「先驗哲學」稱之為「形式的科學」，並主張將其「先驗唯心主義」改稱為「形式的唯心主義」。

　　所謂「形式的唯心主義」，就是說與否定外界事物之客觀實在性的「質料的唯心主義」（實質觀念論）不同，康德承認外界事物的客

1　康德：《導論》，第 118 頁。

觀實在性，並沒有「給自然界捏造全面假象」，僅僅是對認識這一世界的「形式」進行了先驗的和唯心主義的規定：事物本身是實在的、客觀的，但我們認識事物的「形式」卻是先驗的、主觀的。因此，面對別人對他的誤解，康德表現出從未有過的激動並提出強烈地抗議：「我的抗議是如此明確、清楚……我自己把我的這種學說命名為先驗的唯心主義，但是任何人不得因此把它同笛卡爾的……或者同巴克萊的……唯心主義……混為一談。因為我的這種唯心主義並不涉及事物的存在（雖然按照通常的意義，唯心主義就在於懷疑事物的存在），因為在我的思想裡我對它從來沒有懷疑過，而是僅僅涉及事物的感性表象；屬於感性表象的首先有空間和時間，關於空間和時間，以及從而關於一切一般現象，我僅僅指出了它們既不是事物（而僅僅是表象樣式），也不是屬於自在之物本身的規定。」[1]

「不涉及」不等於「不承認」。康德不涉及作為客觀實在的外界事物本身，並非懷疑或否定外界事物本身的客觀實在性。康德之所以「不涉及」外界事物本身，是因為在他看來外界事物本身是一種「物自體」（即「自在之物」），而物自體本身是「不可知」的。物自體是感性的源泉，同時也是認識的界限，是人的認識能力所不能達到的，它作為通向「道德實體」的理性理念，只在信仰中存在。另一方面，「物自體」作為感性世界的締造者，康德認為，「我固然並不認識它的『自在』的樣子，然而我卻認識它的『為我』的樣子，也就是說，我認識它涉及世界的樣子，而我是世界的一個部分。」[2]對於「自在之物」之「為我」和「涉及世界」的樣子，康德稱之為「現象」（又

康德先驗形式美學

---

1 康德：《導論》，第56－57頁。
2 康德：《導論》，第148頁。

譯「出現」):「物自體」是「現象」的源泉和實體,「現象」是「物自體」訴諸於我們主觀的感性表象。也就是說,雖然「物自體」本身是不能認識的,但是我們能夠認識「物自體」之「現象」。

既然世界有「現象」與「自在」之分、可知與不可知之別,那麼,探討人的認識和知識是否與如何可能,也就成了康德認識論的主題。康德認為,在未認識事物之前,首先要確定我們認識事物的能力本身,既不能像唯理論那樣把人的理性認識能力神化、絕對化,也不能像經驗論那樣在對人的認識能力還沒有詳加「批判」的情況下就「獨斷」地否定理性認識的真實性。這樣,康德「批判哲學」的主要任務就成了對理性本身進行「批判」,即審查認識和知識是否與如何可能的問題。而所謂「先驗形式」,在我們看來,就是康德關於人類的認識和知識之「可能性」的基本規定。按照康德的哲學,認識和知識之所以可能,就在於人類先天地具備一套將感覺材料做成知識的認識形式,即「先驗形式」,否則,我們就不可能得到普遍必然的科學知識,也就是說認識不可能發生。

具體說來,康德為認識和知識之可能性所規定的這種「先驗形式」是什麼呢?按照康德的認識論,由於我們的認識涉及感性、知性(又譯「悟性」)和理性三個領域,所以,與此相應必然有三種先驗形式:首先是空間和時間,這是直觀感性的先驗形式。在康德看來,空間和時間不是事物存在的客觀形式,而是直觀表象的主觀形式,物本身存在於空間和時間之外,人們在感知事物的時侯,才從主觀上得出事物的空間序列和時間先後。因此,人們在認識中所觀察到的事物,是人們先驗的感性形式所形成的東西,它與客觀存在的物並不是一回事。其次是知性範疇,在康德看來,人的知性共有十二個範疇,即十二種

先驗形式。範疇不是客觀世界的聯繫和規律性在人們意識中的反映，而是人的主觀的知性形式；客觀事物本身沒有規律性的聯繫，所謂規律性的聯繫是人的知性形式加在客觀事物上面的，也就是說，世界是從意識中得到規律性的。至於理性的先驗形式（圖式），康德只把它作為知性形式的「類似者」構成推理的邏輯元素使知性活動趨向系統統一，不同之處只是理性應用知性形式並不產生關於對象本身的知識，僅產生知性運用所有系統統一之規律或原理，即通過知性在一種間接的方式上表現對象。這樣，作為認識和知識之可能的直接的先驗形式，康德實際上只是設定了最基本的兩種，即作為感性形式的空間和時間以及作為知性形式的十二範疇，理性形式只是作為知性的「範導」使知性活動系統化。

總之，在康德看來，物本身作為「物自體」是不可知的，人只能接觸和認識物的現象；而物的現象之所以是這個樣子，也並不是因為物本身原來是這個樣子，而是因為人的意識形式是這個樣子。也就是說，現象所反映的並不是物本身，而是人的主觀形式，因此，人的認識只能認識意識本身所固有的形式，人的知識也只能是關於這一先驗形式的知識。正是由於在人們認識事物之前在人的主觀意識裡已經先天地存在著這樣一種現成的形式，所以才有認識的發生和知識的形成，它是認識和知識的前提，使認識和知識成為可能；而所謂認識的發生和知識的形成，也就是把認識的對象放到這種現成的主觀形式裡去，是這種現成的主觀形式對於認識對象的「建構」。

這就是康德的現象學：認識的對象不是客體世界本身，而是依存於我們主觀感性的「現象」；認識的對象僅在其與認識活動相關聯時才存在，僅在物自體作用於我們的感官，並產生了作為現象的表象時

康德先驗形式美學

才發生。康德就是這樣把認識的客觀條件完全歸結到了主體自身，於是，認識的現象學的課題就在於：作為認識質料的主觀表象，如何經由感性的形式條件（空間時間）和知性的形式條件（範疇）的規整作用，而最終形成作為認識結果的對象規定。正是在這一意義上，康德哲學的根本品格，就像他所自稱的那樣，是一種「形式的科學」。這種形式科學的核心就是按照規則來思維，即對象建構的學說。

這就是說，康德將認識的對象規定為作為主觀表象的「現象」，主要包含兩個環節，一是作為認識的質料的現象，二是將這一現象做成認識結果所得到的對象。作為前者，對象以感性的直觀形式為條件，現象只存在於我們的主觀感性中，離開我們的主觀感性就無所謂現象的存在。康德將現象作為認識的經驗對象，是為了給認識規定感性的界限，也就是說，認識和知識必須在經驗範圍之內才可能，不能對經驗有非份的「超越」；作為後者，對象是知性按照經驗的形式法則對現象加以聯結的結果，即當「表象的聯結被知性概念規定為普遍有效時，它就通過這個關係而被規定成為對象」，這就是思維的先在框架。[1]感性和知性，既是人類認識的兩種能力，又可以互相聯合。

可見，康德的「先驗形式」並不等於柏拉圖的「超驗形式」（理式）。「超驗」（transzendent，又譯「超越」）和「先驗」（Transzendental，又譯「驗前」）這兩個詞在德文中原是一個字源，首先把它們分開的是康德。「超驗」指超出一切可能經驗界限以外。在康德看來，「超驗」的東西是不合法的。先驗形式之「先驗」雖然不是來自經驗（先天的），但也不背於經驗，而是對於經驗有效的東西，並且是在經驗發生時同

---

1 參見陳嘉明：《建構與範導》，第 109－110 頁。

感性的東西一起起作用。故「先驗」之「先」不完全是時序先後之「先」，更沒有「超越經驗界限」的意思。康德本人對「先驗」這一詞的規定也很明確：「我把所有這樣的知識稱為先驗的，這類知識完全不與對象相關，而是就我們認識對象的方式應為先天可能的而言，與這種認識方式相關」。[1]「先驗……這個詞並不意味著超過一切經驗的什麼東西，而是指雖然是先於經驗的（先天的），然而卻僅僅是為了使經驗知識成為可能的東西說的」。[2]而所謂先天的、使經驗知識成為可能的東西，作為直觀感性的因素，就是空間與時間；作為邏輯的因素，就是康德提出的範疇系統。因此，康德先驗哲學之「先驗」本身就是指一切對經驗和對象的先天形式、先天原則等必然關係的研究，研究其在經驗界限之內知識之先天可能和先天使用的規律，這規律就是形式的規律，它使經驗知識成為可能的和普遍有效的。

這就是說，康德的「先驗形式」只是就構成認識和知識的形式條件而言的，認為這種形式條件是先驗的，並非指認識和知識的內容（觀念）是先驗的。這就是康德的「先驗形式」與「天賦觀念」論最重要的不同。這個不同極為重要。正如人們所公認，科學的認識和知識一定是普遍必然的，不具有普遍必然性的東西絕不是科學的認識和知識。但是，在康德看來，認識和知識的普遍必然性又不能得自於經驗，經驗是雜亂無章的，不具有普遍必然性，所以，普遍必然只能來於「先驗」（先天）。唯理主義的「天賦觀念」論認為具體的認識和知識的內容（觀念）是天賦的，而康德卻只承認認識和知識的形式是「先驗」（先天）的；所謂「天賦觀念」不過是指一些既定的知識內容，而「先

康德先驗形式美學

---

1 康德：《純粹理性批判》，藍譯本第 42 頁。
2 康德：《導論》，第 172 頁注。

驗形式」則是指一切認識和知識所不可缺少的條件。恰恰是在這一點上，康德使「先驗形式」的意義大大超越了「天賦觀念」論，顯示出「質料唯心主義」所不可比擬的高遠與深廣：由於它不像「天賦觀念」論那樣強調內容在時序上先於經驗，而是突出了邏輯（即形式）上的先驗，把其看作是主宰所有認識、構成一切真理的普遍必然的理性力量，所以就為認識和知識的客觀規律性和傳統承繼性鋪墊了堅實的哲學基石。但在另一方面，康德儘管不承認任何具體的知識內容是先天的，但是構造知識所必須的普遍的認識形式卻成為從天上掉下來的或頭腦中固有的東西了。應當說，從形式的角度規定認識和知識的可能性較之從內容的角度規定它顯然具有更大的說服力，但是，無論是「形式唯心主義」還是「質料唯心主義」，由於他們最終都將自己的理論建基在「天賦」上，所以，他們的「形式」或「質料」概念畢竟都是無源之水、無本之木。

　　糾正康德這一理論偏頗的武器不能在其自身的體系中去尋找，因為其「形式唯心主義」本身就決定了他必然將「形式」規定為一種非現實、非物質的先天存在。由於康德把認識的對象限定為主觀表象的現象，也就決定了他必然從先驗的意義上去規定「現象」，這是其「形式科學」之建構性思維所使然。首先，時空作為使先天認識得以可能的感性層次上的形式條件，必然要求把認識對象（現象）規定為只能依存於我們感官的主觀對象，否則，如果對象是與主觀無涉的獨立存在的物自體，怎麼談得上對它們在經驗之先有所規定呢？其次，以普遍必然性為標誌的先天知識的存在，必然要求我們把一切認識對象只能看作是存在於我們心中的主觀現象。因此，形式唯心主義構成康德認識論的哲學基礎。康德強調這種形式唯心主義並不否認外部世界的

存在，相反，它能通過對外部現象的直接知覺，斷定它們存在的實在性，而無須象笛卡爾那樣，雖把外部世界看作是獨立的存在，卻對其實在性抱懷疑態度。當然，困難還不在於指出康德的形式唯心主義比笛卡爾的質料唯心主義的高明之處，而在於對康德提出的「先驗形式」這一命題，如何做出唯物主義的解釋。這一可能還是存在的。

不錯，康德的先驗論並不是像經驗論那樣從感覺經驗出發研究認識問題的。僅從感覺經驗出發研究人的認識問題，實際上只是從人的自然生物存在出發，而人的感覺和知覺形式也是歷史的，從一開始便被制約於人類的整體發展水準。「社會的人的感覺不同於非社會的人的感覺……五官感覺的形成是以往全部世界歷史的產物。」[1]康德的先驗論之所以比經驗論高明，也正在於他是從整體人類的認識形式出發的，而經驗論則是從個體心理的感知和經驗（認識內容）出發。既然這樣，作為人類認識和知識之可能的「先驗形式」，相對個體感知來說，就應當理解為前人所積累下來的精神遺產和既定的思維形式。就一般認識過程來說，由感性上升到理性是人類認識中的飛躍，這個飛躍以實踐為基礎，是在人類社會的集體中以語言符號的形式被固定和完成的。但是，以語言符號為外殼的概念（詞）和判斷、推理形式，對一個尚未識知的或正在識知個體（例如兒童）的感知來說，似乎是「先驗的」認識形式，好像康德講的「先驗的」知性概念加在個體的感性經驗上以形成認識一樣。當然，康德並不認為一般概念是先驗的，而只認為十二範疇才是先驗的「知性純粹概念」。但是，對個體來說似乎是「先驗的」東西，卻是人類集體從漫長的歷史經驗中抽取提升出來的。它們雖然不能從個體的感知中直接歸納出來，卻能夠從

康德先驗形式美學

1《馬克思恩格斯全集》，第 42 卷，第 126 頁，人民出版社 1979 年版。

感性現實的社會實踐的漫長歷史活動中產生出來，並保存在人們的科學、文化之中，不斷積累發展著，使人的認識能力日益擴大。它們的確成了不僅反映世界而且創造世界的思維的主體或主體的思維，這是一種思維理性的財富。人類正是一代一代地把這種理性的財富如同物質的財富那樣傳遞、保存下來，不斷發展，走向自由自覺的共產主義。這些理性形式，對個體來說，成了似乎是先驗的結構了。[1]這對於我們理解歷史與文化傳統的世代延續和繼承問題，似乎又多了一條思路。

關於歷史文化的繼承性問題，特別是人類精神遺產的繼承問題，我們通常只是強調它的內容、實質方面，輕視它的形式、邏輯方面，現在看來，這至少是片面的、機械的。無論是純粹理性還是實踐理性，我們之所以能夠從前人那裡繼承下來，首先不是內容、實質，而是形式和邏輯的東西。我們現在所思考的任何問題，我們精神生活的各個方面，就具體的內容和實質來說，可能和歷史相似，但都不是歷史的重複，嚴格地說，都是「前無古人」、與歷史大不相同的。但是，我們思考這些問題的方式和方法，我們精神生活的形式和狀態，包括我們使用的語言、概念、範疇，卻和前人無大改變，在這方面明顯地表現出種族血統的遺傳性。當然，「西學東漸」使中國近百年來的精神文化生活發生了劇烈的變化，這一劇變的許多因素並非係屬於內部根源，而是來自外部刺激，這種「外部刺激」事實上是另一種形式的遺產承續，即對外來文化遺產的承續。需要指出的是，這種對外來文化遺產的承續主要也是形式或邏輯方面的承續，也就是說，我們主要是從形式或邏輯方面汲取外來文化的，而不是內容或實質方面的簡單承

---

1 參見李澤厚：《批判哲學的批判》，第 75－76 頁和 164 頁，人民出版社 1984 年第 2 版。

續或複製。在這方面，無論是民族的還是外來的，就整個人類精神遺產的承續或借鑒來看，所有成功先例恐怕都是如此；反之，簡單的內容或實質方面的死搬硬套，往往是失敗的、不成功的。這是因為，所謂內容和實質的東西都是具體的、實在的，而具體的和實在的東西只能原樣接受，談不上「批判繼承」的問題。這就是所謂精神文化「傳統」與物質遺產「繼承」二者之最根本的不同：前者是先驗的、形式的；後者則是內容的、實質的。

弄清了這一問題，似乎為我們重新理解康德美學也多了一條思路：從康德的本體論推演出他的美學思想當然是必要的，但其前提應當是首先確定康德哲學的出發點，即從他的認識論探討他的美論。理由很簡單，康德的美論是隸屬於他的認識論的美論。既然康德的認識論是以「先驗形式」為前提和出發點的，那麼，他的美論當然也是如此。也就是說，康德既然將包括美的事物在內的世界萬物看做「現象」，因此，他對美的研究也就絕不是研究美的事物本身（這是不可知的），而是研究人類審美活動的先驗形式——審美判斷力的規律。這種以研究人類審美活動之「先驗形式」的美論，就是我們所說的康德的形式美學。

先驗感性形式與想像力

感性和理性是康德的認識論所要調解的基本矛盾；同時，這一矛盾的調解本身，也構成了康德美論的基本方法和品格。

如前所述，感性、知性和理性，作為認識的三大範圍，也是認識

的三個階段或三種手段，是康德認識論的三個核心概念。《純粹理性批判》中的「先驗原理論」部分就是對這三大問題的個別探討。其中，「先驗感性論」主要探討感性，「先驗分析論」主要探討知性，「先驗辯證論」主要探討理性。而「先驗分析論」和「先驗辯證論」又都隸屬於「先驗邏輯」，它們共同與「先驗感性論」相對應，形成了康德「先驗原理」的兩大組成部分。這也就是說，「理性」概念在康德的「形式科學」中有狹義和廣義之分：作為狹義的「理性」，是康德自己賦予的相對知性而言、比知性更高一級的、超出經驗以外的認識範圍、階段和手段；廣義的「理性」則包括「知性」在內，即通常意義上與「感性認識」相對而言的「理性認識」。在前一意義上，「理性」以「知性」為中介與「感性」發生關係；在後一意義上，「理性」將「知性」包容其中，作為「先驗邏輯」共同與「先驗感性」相對峙。因此，協調和解決感性和理性（包括知性，即廣義的理性；除特別注明的外，本小節主要是在這一意義上使用這一概念）的關係，就成了貫穿康德「形式科學」始終的基本線索。康德關於先驗原理的討論是從感性和理性兩部分展開的，關於審美鑒賞、美與崇高的界定，他也是從這兩方面切入的。

　　「先驗感性論」是康德「形式科學」的起點，事實上也是其「形式美學」的起點。一方面，康德將感性直觀作為認識的起點，並與理性邏輯並列構成「形式科學」的兩大先驗原理；另一方面，康德「先驗感性論」中的「感性論」的德文原文「Asthetik」（英譯 Aesthetic），儘管按其詞源（源自古希臘文 aisthetikog）來說應理解為「感性」，但就其原意來說卻是「適宜於感覺」的意思，並含有「尤其適宜於情感的感覺」之意，因此通常被譯為「美學」，《純粹理性批判》的中文譯

者只是考慮到本篇「並未涉及美的問題」，才沒有譯作「先驗美學」，[1]而《判斷力批判》的中文譯本則譯為「先驗美學」。[2]而就康德自己使用「Asthetik」一詞的本意看來，他也沒有否認這個詞的「美學」涵義，只是鑒於首先將這個詞用於「美學」的鮑姆嘉通所總結出的只是一些審美的「經驗規則」而不是「先驗規律」，才在「所感的」和「所思的」兩種傳統的知識分類的意義上使用了它，即：「先驗感性論」研究「所感的」知識，「先驗邏輯」研究「所思的」的知識。而「美學」所涉及的恰恰是「所感的」知識。因此，將「先驗感性論」作為康德美論的一個組成部分，應當沒有牽強之嫌。

按照康德的認識論，物自體提供經驗的感性材料，認識主體提供先驗形式，任何認識和知識都是感性經驗和先驗形式的結合。「思維無內容則空，直觀無概念則盲。」[3]感性經驗是認識的內容和材料，先驗形式是認識的主體和動力。通過前者，對象被給予我們；通過後者，對象才有可能被思維。只是由於先驗形式有感性和理性之分，人類的認識才有感性和理性之別。也就是說，並不是認識的質料，而是認識的形式，決定不同性質的認識：以空間和時間為先驗形式的認識是感性認識，以知性範疇為先驗形式的認識是理性認識。單就感性認識來說，空間和時間作為感性的先驗形式，就是整理感性材料的主體和動力。沒有客觀對象所提供的感性材料，作為感性形式的空間和時間就無從存在；沒有空間和時間作為感性直觀的先驗形式，人類的感覺也只能是一團混沌的雜多，不能產生感性直覺（認識）。而所謂「感

---

1 見康德：《純粹理性批判》，韋譯本第 59 頁。
2 見康德：《判斷力批判》，上卷，第 111 頁。
3 康德：《純粹理性批判》，藍譯本第 71 頁。

性」，就是「通過我們被對象所激動這種方式來獲得表象的能力（接受性）……因而，對象是通過感性而被給予我們的」，而空間和時間「必須先驗地在心靈中發現」，[1]它是感性認識的動因和主導，保證了感性認識之普遍必然和客觀有效。因此，康德關於感性的研究，也就成了對於感性之先驗形式，即空間和時間的研究。

　　將空間和時間作為整個感性研究的對象是康德「形式哲學」之使然，從而使其「形式唯心主義」既不同於以往的唯物主義也不同於「質料唯心主義」。牛頓認為時空是真實的存在，萊布尼茲將其看作事物的關係或規定，康德則把它規定為感性直觀的形式。在康德看來，時空既不是真實的存在，也不是事物本身的規定，而是人類感知世界的主觀把握方式，只屬於心靈。因而，時空不是來自經驗，但卻不能獨立於經驗，而是一切感性經驗的前提條件，外界感性材料經由這種主觀的先驗形式得以整理安排，從而使外部雜多被規定為在空間上並列或間隔、在時間上同時或相繼等等條理有序的客觀對象。這就是康德自己所宣稱的「形式觀念論」（即「形式唯心主義」、「先驗唯心主義」或「先驗觀念論」）和「經驗實在論」的契合：一方面，認識不是從客體產生，而是主體先驗地賦予客體對象以形式，所以是「形式觀念論」；另一方面，認識的對象雖然不是「物自體」本身，但卻是「物自體」所提供的經驗材料（即「現象」），所以是「經驗實在論」。也就是說，康德一方面強調時空是認識的先驗直觀形式，另一方面又強調這一先驗形式如脫離感性經驗便無意義，並不能獨立存在於經驗材料之先、之上、之外，而是要求主觀的「先驗形式」和由感官得來的客觀「經驗材料」二者的契合。

---

1 康德：《純粹理性批判》，藍譯本第 47－48 頁。

　　注意，我們這裡所說的康德所要求的這種「契合」，只是就感性認識而言的，即：就感性認識而言，是內容（經驗材料、感官質料）和形式（空間和時間）的契合。時空是它的純粹形式，經驗材料（感官質料）是它的內容；時空作為純粹形式先於一切現實的感覺和知覺而被我們先天地知道，因而是純粹直觀，絕對必然的依附於我們的感性；由感官感知得來的質料則屬於後天的經驗，它可以在各種各樣的方式上存在，既可以以感性的形式（時空）存在，也可以以理性的形式（範疇）存在。但是，某些學者卻由此引申為感性和理性的契合，認為康德在這裡所說的「這種感性直觀中積澱有社會理性……即社會理性積累沉澱在感性知覺中」。[1]這顯然是一種曲解。道理很簡單，康德的「時間」和「空間」是為感性而不是為理性規定的「先驗形式」，感性和理性的對立統一是整個康德形式哲學的問題而不是感性內部的問題，這是完全不同的。無論是感性還是理性，都要求內容和形式、質料和形式的契合，這同感性和理性在康德整個形式哲學體系中的對立統一是兩碼事。如果我們將「感性形式」歸結為「理性的積澱」，那麼，我們是否也可以將「理性形式」歸結為「感性的積澱」呢？如果這樣，實際上是攪亂了康德區別感性和理性的初衷，反而把本來由康德區別清楚的問題又混為一談了。康德關於感性和理性的區別既反對了唯理論又反對了經驗論，他強調感性經驗（感覺）是認識的根本材料以反對唯理論，強調先驗形式是認識的主體以反對經驗論。康德將感性和理性並列為兩大先驗原理的重要意義在於確認了感性的獨立自主性，即為感性直觀作為一種獨立自主的認識形式確定了一席之地。這就是前文所述，感性在康德的哲學中不僅僅是認識的一個階

康德先驗形式美學

1　李澤厚：《批判哲學的批判》，第 118-119 頁，人民出版社 1979 年版。

段，還是一種獨立的認識領域和認識手段。作為認識的一個階段，空間和時間為先天綜合判斷之可能，並進而為經驗思維的先天原理，提供了感性方面的依據；作為一種獨立的認識領域和手段，空間和時間通過對外部雜多的規整使感性直觀得以可能。感性直觀本身首先是一種獨立存在的認識形式，其次才與理性相關聯。這才是康德將認識區分為感性的和理性的意義之所在。將康德的「感性形式」說成「理性的積澱」，顯然是沒有充分注意到這一點，事實上是把康德賦予感性的獨立性收回去了，試圖象唯理論那樣將感性重新隸屬於理性的控制之下，這顯然與康德的本意背道而馳。

　　不能將康德的感性形式說成是理性的積澱，還在於康德自己已經為這種感性形式規定了十分確定的內涵，那就是空間與時間。在康德看來，所謂先驗感性形式不是別的，就是空間與時間。空間和時間作為一種獨立的感性認識形式，也是一切被我們稱之為「現象」的事物的存在方式；也就是說，我們的感性所直觀到「現象」是空間和時間中的現象，客觀事物是在契合一定的主觀時空關係的條件下才進入我們的感官並成為我們感性認識的對象的。具體說來，空間和時間又有所不同：「空間」是「外形式」，「時間」是「內形式」。首先，人的外感覺先天地具有空間這一外感性形式，它規整外物對象在我們心中的形狀、大小及其相互關係，從而使外物（質料）作為實在的對象被直觀；其次，人的內感覺先天地具有時間這一內感性形式，它將外物的空間規定進一步排列成先後或同時的序列。也就是說，作為感性經驗的「現象」是從空間被納入時間的，這實際上就是感性認識的完成和理性認識的開始。因此，「時間」，儘管它和空間一樣同屬於感性直觀的形式，但是，它的作用卻是雙重的，即除作為感性直觀的形式外，

還是從感性過渡到理性（知性）的中介。由於恒常性、連續性與同時性是時間的基本規定，也是一切現象存在的樣式，因而，我們能夠通過對時間這三種樣式的先天認識，對作為現象的對象做出先驗的規定，這也就是思維的先天原則。這樣，時間在感性向理性（知性）的過渡中必然是以「圖式」的形態出現的——它一方面與知性範疇同質，一方面又與現象無殊。

也就是說，時間「圖式」（schema，又譯「圖型」、「範型」、「間架」、「構架」），作為感性和知性的中介和交叉點，顯然具有感性和知性的雙重性質：作為感性直觀，它「使範疇成為現實者」；作為知性範疇的感性條件，它又「限制範疇」對經驗的超越。說它是感性的，又不是具體的感性形象、圖像（Bild）、意象（Image），而是一種指向概念的抽象的感性，是感性的抽象化，但是並不等於概念，而是概念的圖式化，實際上是感性的符號，包括圖表、模型之類。康德曾以數學為例來說明先驗圖式的性質：「……」，這樣五個點是形象而不是圖式，但數目字「5」則是圖式而不是形象。又如幾何學的三角形（不是黑板上或紙上畫的三角形），就是圖式而不是形象，我們的形象只能是銳角三角形、直角三角形或鈍角三角形，不可能是一般的三角形（它與圓不同）。形象是特殊的、具體的，圖式則是一般的、抽象的。所有的形象都是感性的，但並非所有的感性都是形象；圖式是感性的但不是形象，因為它是抽象的而不是具體的感性。正因為感性有具體和抽象之別，所以康德稱先驗圖式這種抽象的感性為「純粹的」，即排除了一切經驗內容；另一方面，先驗圖式作為感性條件又限制知性對經驗的超越，即以圖式的方式明確劃定一個可能經驗的範圍，知性範疇如果超出這一範圍，那就會產生既不能在經驗中證實也不能在經

驗中證偽的「假象」，因而是無意義的。先驗圖式就因此成為感性通
往理性（知性）的橋樑。

　　總之，圖式既不是經驗的概念也不是事物的形象，而是一種概念
性的感性結構，是主體建構的方式、原則和功能。那麼，這種概念性
的感性結構是哪兒來的呢？康德將其歸結為「想像力」，認為它是想
像力的產物，只有通過「想像」，圖式才得以實現自身的先驗功能。
正如狗的圖式就不是這個或那個具體的狗的形象，而是具有狗的一般
特徵的「解剖圖」（注意：這「解剖圖」不是被畫在了紙上，而是存
在於人的腦子裡），它作為先驗圖式便「意味著一種規則，我們的想
像力根據它能夠一般的描畫出某種一四足獸的形態」，[1]而不必囿於現
實中看到的某隻具體的獵狗或哈吧狗等形狀。這就是想像過程中「先
驗圖式」的規則和範導作用，也是「先驗圖式」作為一種抽象的感性
結構通過想像力的主動建構。

　　這樣，康德實際上是在感性和理性（知性）之間又設置了「想像
力」這一動力中介。這一設置很重要。時空是先驗感性形式，範疇是
先驗知性形式；前者應用於「現象」，後者應用於思維；前者是經驗
直觀，後者是純粹概念……完全異質的東西就是完全對峙的東西，二
者進行對話必須設置兼有它們各自性質的「圖式」中介。但「圖式」
作為中介又絕不可能憑空出現：時空來自感性，範疇來自知性，那麼，
「圖式」來自哪兒呢？這就是「想像力」。想像力實際上也是介於感
性能力和知性能力之間的第三種能力，它不僅規定了「先驗圖式」的
動力來源，而且生動地展示出感性向理性（知性）升騰的圖景。

---

1 康德：《純粹理性批判》，藍譯本第 144 頁。

　　康德認為，認識之所以可能，首先是一種綜合活動，而「綜合純為想像力的結果」，想像力是「人類心靈的根本能力之一」。[1]時空作為感性形式對經驗雜多的規整，就被康德稱為「形象的綜合」或「想像力的先驗綜合」，以同知性範疇對直觀雜多之「知性的綜合」相區別。在康德看來，「想像力是一種能力，在直觀中表現當時並不存在的一個對象。」直觀和想像力都是感性的，想像力的綜合作為一種自發性的規定者，能依據統覺的統一性先天地規定感官的形式。就這一意義而言，想像力乃是先天的規定感官的一種能力。想像力的這種綜合能力分為「生產性」（又譯「創造性」）的和「再生性」的兩種。前者是自發性的，是主動的規定者，即依據統覺的統一規定感性對象，因此具有先驗功能，這就是作為感性與知性中介的「圖式」；後者是經驗的能力，在聯想中再現先前出現過、而眼下已經消逝了的知覺，它的產物就是形象（圖像）。[2]這就是上文所說的「圖式」與「形象」之不同在來源方面的依據：二者都是想像力的產物，但「圖式」來自生產性的想像力，「形象」來自再生性的想像力。「想像力在一種我們完全不瞭解的方式內不僅是能夠把許久以前的概念的符號偶然地召喚回來，而且從各種的或同一種的難以計數的對象中把對象的形象和形態再生產出來。甚至於，如果心意著重在比較，很有可能是實際地縱使還未達到自覺地把一形象合到另一形象上去……」。[3]

　　可見，康德所說的這種「想像力的先驗綜合」，實際上就是外物通過空間進入時間的「圖式化」過程。因為所謂「圖式化」，也就是

1 康德：《純粹理性批判》，藍譯本第 85 頁、第 135 頁。
2 參見康德：《純粹理性批判》，藍譯本第 110－111 頁或韋譯本第 165－166 頁。
3 康德：《判斷力批判》，上卷，第 72 頁。

康德先驗形式美學

依照「規則」（Regel）對對象的規整。「圖式」與形象、意象、圖像（Bild）之最重要的不同在於後者是直觀所提供的，因此不具有普遍有效性，而經過「想像力的先驗綜合」規整過的「圖式」，當然比後者抽象，但比知性概念具體，介於二者之間，它是由想像力根據概念產生的，因此才兼有形象和概念的雙重性，即一方面是直觀的，另一方面又具有概念的規則作用，但又不是形象和概念本身。也就是說，「圖式」本身雖然不是概念，但是它的產生卻是想像力求助於概念的結果。狗的概念就意味著一種規則，它在時間中表現為「圖式」，我們的想像力根據它就能夠一般的描畫出某種一四足獸的形態而不囿於現實中某隻具體的狗。在這一想像力的進程中，起規則作用的就是「圖式」，而圖式本身又是想像力求助於概念的結果。

康德將「圖式」與「想像」聯繫在一起，必然導致「規則」與「自由」、「有限」與「無限」、「概念」與「直觀」的矛盾：一方面，規則、有限是概念的屬性，另一方面，自由、無限是直觀的特點。就時間圖式在感性向知性的過渡來說，二者應是協調統一的；但是，就感性直觀作為一種獨立的認識範圍和手段來說，如何解決這一矛盾呢？顯然，這一答案應當到人類心智的另一領域，即審美的領域去尋找了。

需要說明的是，空間和時間作為感性直觀的純粹形式只是對象的形式條件，其本身並非是被直觀到的對象。「直觀的純然形式是沒有實體的，在其本身來說，不是對象，而只是對象（作為「現象」）的形式條件，如純粹空間與純粹時間（想像的東西 ens imaginarium），作為直觀的形式來看，這些的確都是某種東西，但它本身並不是被直

觀到的對象。」[1]這就是康德的「形式觀念論」（「形式唯心主義」）與
「經驗觀念論」（「質料唯心主義」）的不同，和他將概念作為形式規
則、從直觀中分離出純粹直觀作為整理感覺質料的形式的作法一樣，
是其整個方法論力圖抽取各種認識因素的「形式」這種努力的一部
分。在他看來，「實在性」是和感覺（即經驗材料）結合在一起的，
而「形式」只是「想像的遊戲」，對象的形式是想像力的產物。[2]而「先
驗圖式」作為從先驗感性形式過渡到先驗知性形式的中介，當然也是
想像力的產物，也就是說，它並不是「實體」。

先驗知性形式與判斷力

與先驗感性形式相對應的是先驗知性形式。康德在將空間和時間
規定為先驗感性形式的同時，又將純粹概念，即「範疇」，規定為先
驗知性形式。

知性，作為感性與理性的中介，它所面對的是這兩座相互對峙的
山峰。如何架設它們之間的橋樑以實現二者的過渡，也就成了知性的
基本任務。這橋樑，在康德看來，就是與想像力相對而言的人的另一
種心理功能判斷力。想像力介於感性和知性之間，判斷力介於知性和
理性之間；如同想像力只是感性的圖式化並不是一種獨立的能力那
樣，判斷力也不是獨立於知性的一種能力。它既不能像知性那樣提供
概念或範疇，也不能像理性那樣提供理念（理性概念），只是以知性
概念為媒介規則現象使之獲得統一性的能力。知性概念將感性所提供

康德先驗形式美學

1 康德：《純粹理性批判》，韋譯本第 307 頁或藍譯本第 240－241 頁。
2 康德：《純粹理性批判》，韋譯本第 251 頁。

的現象規則化，從而產生思想，以實現向理性的過渡。在這裡，感性所提供的「現象」是判斷的材料，使這些材料實現系統統一的「概念」是它的先驗形式。

這裡請注意：概念（concept 或 idea），就康德所賦予的含義來說與「直觀」相對應。無論是直觀還是概念，都有「經驗」與「純粹」之分。空間和時間是「純粹直觀」而不是「經驗直觀」，所以它們是感性的先驗形式；同樣，作為知性先驗形式的概念也是「純粹概念」而不是「經驗概念」。「純粹概念」，也可稱之為「範疇」，康德設想了四類（共十二個）作為知性的先驗形式。它們分別是：（一）量：單一性（或稱「統一性」）；多數性（或稱「雜多性」）；總體性（或稱「全體性」）。（二）質：實在性；否定性；限制性。（三）關係：依附性與存在性」（實體與偶性）；因果性與依存性（原因與結果）；交互性（主動與被動之間的相互作用）。（四）模態：可能性不可能性；存在性非存在性；必然性不必然性（偶然性）。[1]

作為先驗知性形式的「純粹概念」之「純粹」，是相對感覺經驗而言的。也就是說，含有某一對象之實在性「感覺」的概念是「經驗概念」，否則便是「純粹概念」，「純粹概念」不和感覺經驗直接相關。「盤」相對於幾何學的「圓」來說，前者是「經驗概念」，後者則是「純粹概念」。正因為經驗概念和感覺經驗直接相關，所以它只能是後天的、個別的；正因為純粹概念不和感覺經驗直接相關，所以它是先天的、普遍的。當然，不直接和感覺經驗相關並不等於說它可以超

---

1 參見康德：《純粹理性批判》，韋譯本第 111 頁。其中，「依附性與存在性」（實體與偶性），藍譯「偶有性及實體性」（實體及屬性）；「因果性」，藍譯「原因性」；「模態」，藍譯「形相」，宗白華譯為「情狀」。

越經驗，可以思維經驗領域之外的任何事物；概念一旦超越經驗的可能性就失去了意義，那麼，它就不再是知性概念而成為理性概念（即「理念」）了。知性的純粹概念雖然不能超驗的使用，但卻是可能經驗的先驗條件；它雖然不能像經驗概念那樣用來思維某一具體事物，但卻揭示了思維的普遍規律。「圓」作為純粹幾何學的概念和「盤」雖然沒有直接的聯繫，但卻可以在「盤」這一經驗概念中直觀到，並先驗地規定了諸如「盤」一類對象的普遍性形式。

　　康德正是在上述意義上假定了四類（十二個）純粹概念（範疇）作為知性的先驗形式。[1]知性的純粹概念作為先驗形式，它本身並不對我們提供關於事物的任何知識，它只是思想的純粹形式。「沒有感性的材料，範疇就只是知性統一性的主觀形式，而沒有任何對象。」但是，它卻「能在抽調知識的一切內容的這種純然方式上，即邏輯的方式上而被使用」，[2]即先驗地被使用；具體來說，就是能作為規定客體統一性的「法則」而被使用。例如，作為感性形式的「空間」本身只是一種平淡一色的東西，把它規定為圓形、圓錐形或球形的只能是「知性」，因為只有知性才含有構造這些形狀的統一性的基礎。因此，「空間」只能是直觀的普遍形式，是可以規定個別客體的一切直觀的基體，但客體的統一性純粹是由知性按照它本身的性質所包含的條件規定的。從這一意義上說，知性「是自然界的普遍秩序的來源，因為它把一切現象都包含在它自己的法則之下，從而首先先天構造經驗（就其形式而言），這樣一來，通過經驗來認識的一切東西就必然受

右側直書：康德先驗形式美學

---

1 在康德之前，亞里斯多德曾規定過十個範疇，它門分別是：實體、量、質、關係、地點、時間、姿態、具有、主動、被動。
2 康德：《純粹理性批判》，韋譯本第 305 頁和第 312 頁。

它的法則支配。」[1]

可見，相對感性而言，「知性」就是「知識的一種非感性能力」。感性產生直觀，知性產生概念；直觀依據刺激，概念依據機能。也就是說，知性「概念以思維的自發性為基礎，而感性直觀則以印象的感受性為基礎。但是，知性能利用這些概念的唯一方法就是利用它們來進行判斷。……所以，我們就能把知性的一切活動歸結為判斷，因而知性就可以描述為判斷的能力。因為，如上所述，知性乃是思想的能力。思想是通過概念而生的知識。」[2]

康德就是這樣在感性和知性之間插入「想像力」的同時，實際上又在知性和理性之間插入了「判斷力」。如果說「想像力」是感性的圖式化能力，那麼，「判斷力」則是知性以概念為手段規則現象的能力。「如果把一般的知性看作規則的能力，判斷力就是把事物歸攝於規則之下的能力，即辨別某種東西是否從屬於某條所給予的規則（casus datae legis 所給予規則的事例）之能力。」[3]

康德在這裡所說的「把事物歸攝於規則之下的能力」，是就判斷力的一般意義而言的。從一般意義上來說，判斷力就是「把特殊包涵在普遍之下來思維的能力」。[4]但是，其「包涵」的條件又有所不同，這裡的關鍵在於在判斷中普遍的東西是否已經先驗地給定了、規定了。如果普遍的東西（規則、規律、原理）已經先驗地規定好了，那麼，把特殊的東西包涵在它之下的判斷力就是「規定的判斷力」；反

---

1 康德：《導論》，第 96 頁。
2 康德：《純粹理性批判》，韋譯本第 101－102 頁。
3 康德：《純粹理性批判》，第 179 頁。
4 康德：《判斷力批判》，上卷，第 16 頁，商務印書館 1964 年版。

之，如果普遍的東西沒有給定，所給定的只是特殊（知覺、情感、特殊規律等），為此需要去發現、尋找那普遍的東西，以便將特殊包涵在普遍之下來思維，即從特殊上升到普遍，這就是「反思的判斷力」。這樣看來，所謂「判斷力」也可以說是知性在普遍和特殊之間尋求某種關係的能力：「規定的判斷力」由普遍到特殊；「反思的判斷力」由特殊到普遍（「規定的」又譯「決定的」；「反思的」又譯「反省的」）。前者辨識哪種特殊事物屬於已經給定的某一普遍規則，這就是康德在《純粹理性批判》裡所講的「判斷力」；後者辨識已經給定的某特殊事物屬於哪種普遍規則，這就是審美的和目的論的判斷力。

「審美判斷」和「目的論的判斷」都屬於「反思的判斷力，二者的區別在於，前者是「通過愉快或不快的情感來判定形式的合目的性（也被稱為主觀的合目的性）的機能」，後者是「通過知性和理性來判定自然的實在的（客觀的）合目的性的機能」。[1]也就是說，前者是情感判斷，後者是知性和理性判斷；前者是形式判斷，後者是實在判斷；前者是主觀判斷，後者是客觀判斷。二者的共同點是，都含有一種「合目的性」。這是因為，所謂「目的」，就是「有用」，從某種意義上說，「世界上任何東西都是對某東西有用的；世界上沒有什麼東西是無用的」，即使對於「反目的」的東西，例如折磨人的害蟲對於人，也應「從這個觀點來考慮。」[2]從這一意義上說，審美判斷當然也是一種目的論判斷，或者說目的論判斷包括審美判斷在內。這從康德關於目的論判斷的分類中可以見出。

康德是按照「實在」（又譯「實質」）或「形式」、「主觀」或「客

康德先驗形式美學

---

1 康德：《判斷力批判》，上卷，第32頁。
2 康德：《判斷力批判》，下卷，第29頁。

觀」對目的論判斷進行分類的：假如某種目的論判斷是有關存在著的
事物的，那麼，這種判斷就是實在的，否則就是形式的；假如某種目
的論判斷涉及判斷者的情感或欲望，那麼，這種判斷就是主觀的，否
則就是客觀的。「實在」和「形式」、「主觀」和「客觀」的不同組合，
便產生了四種類型的目的論判斷：1.形式且主觀的，如審美判斷；2.
形式且客觀的，如數學命題；3.實在且主觀的，如人的目的；4.實在
且客觀的，即自然目的。康德將審美判斷歸屬在目的論判斷的麾下一
事實說明，不能籠而統之地責備康德美學是「超功利主義」，他並不
是一個絕對的超功利主義者，他賦予了「功利」以自己的目的論涵義。
這一問題，我們將在下文談到。

　　在這四類目的論判斷中，第一類與第四類，即審美所表現的主觀
合目的性和自然界有機體所表現的客觀合目的性，是溝通感性自然與
理性自由的中介和橋樑，因而也就成了康德的《判斷力批判》所著重
「批判」的兩種「判斷力」。前者只涉及對象的某種形式，這些形式
因為與人們主體的某些心理功能（想像力和判斷力）相符合，使人們
從主觀感情上感到某種合目的性的愉快，但並沒有也不浮現出任何確
定的目的（概念），所以是一種「無目的的合目的性」，或稱「形式的
合目的性」和「主觀合目的性」；後者主要指自然界的有機生命（動
植物）的結構和存在具有統一的系統性，似乎符合某種「目的」，這
是一種「客觀的目的性」。前者是自然合目的性的審美（情感）表象，
後者是自然合目的性的邏輯（概念）表象。[1]也就是說，自然在它的

1　注意：這裡的「客觀」和「主觀」並非認識論中的「客觀」和「主觀」，而是說「設想
　　對象如有目的」（客觀）和「不涉及概念的普遍必然性」（主觀）。這個不涉及任何概念
　　的普遍必然性，只涉及客觀對象的形式與主觀感受（快或不快的情感），這種反思判斷
　　力就是審美的判斷。參見李澤厚：《批判哲學的批判》，第 370－371 頁。

形式裡的主觀合目的性絕不是從客體獲致的，僅是判斷力的一個原理在自然的多樣性裡為我們的認識機能安置的一個「類似目的的東西」。因此，所謂「自然形式」也就是「主觀合目的」；所謂「自然美」，也就是「主觀形式的合目的性」。「這樣一來，我們就能把自然的美作為形式（僅是主觀的）的合目的性的概念來表述，而自然的目的則作為概念的一個實在的（客觀的）合目的性來表述。前一種我們通過鑒賞來判定（審美地借助於愉快情緒）後一種通過知性和理性（邏輯地按照諸概念）來判定。」[1]

這就是鑒賞判斷（即「審美判斷」）與自然的目的論判斷在「合目的性」方面的不同：前者是主觀的，後者是客觀的；前者是形式的，後者是實在的；前者是情感的，後者是邏輯（概念）的。這也是審美鑒賞與邏輯判斷（又稱「認識判斷」、「知識判斷」等）的不同，儘管它們都是反思的判斷。就鑒賞判斷來說，康德是從知性的四類先驗形式（範疇）展開分析的。這是因為，儘管鑒賞判斷和目的論判斷本身屬於「反思的判斷力」，但是，對這種判斷力的理性認識仍然是「規定的判斷」。所以，康德在對審美判斷進行「批判」的時候，仍然需運用已經給定的先驗知性形式，即從知性的四類範疇出發探討審美判斷的特殊規律（從一般到特殊）。這就是康德的「鑒賞判斷四契機」：[2]「質」、「量」、「目的」和「情狀」。在康德看來，知性判斷的這四種先驗形式，即判斷的四大邏輯功能，當然也是分析鑒賞判斷的四個「契機」。

---

1 康德：《判斷力批判》，上卷，第 31－32 頁。
2 Moment，中譯「契機」，字義是指「關鍵性的、決定性的」東西，推動的主體，亦即「要點」。

康德先驗形式美學

　　首先，按照「質」來看，「鑒賞是憑藉完全無利害觀念的快感和不快感對某一對象或其表現方法的一種判斷能力」。[1]在這裡，康德區分了鑒賞和快適、善的不同性質：三者都是一種「愉快」，但是，「快適」是官能的感覺，源於人的生理刺激，不僅適用於人，也適用於無理性的動物；「善」只適用於理性的動物一人，但它所肯定的是一種客觀價值（實踐理性），是對於一個客體或一個行為的存在的愉快。無論是「快適」還是「善」，都和某種「利益興趣」結合著並受它的驅使，因此，它們都不是自由的愉快：受生理驅使的「快適」是一種「偏愛」，它的選擇不是依照鑒賞力而是以滿足官能需要為前提；受理性驅使的「善」是一種「尊重」，它包含著一種「命令」以滿足道德準則的需要。唯有鑒賞愉快是一種自由的愉快，因為它是一種「惠愛」，沒有任何利害欲求的限制和束縛。純粹的鑒賞判斷不對事物的「存在」感興趣，因而它就不像「快適」和「善」那樣和「欲求能力」有關係，是一種超越存在之利害關係的「靜觀」；「只有對於美的欣賞的愉快是唯一無利害關係的和自由的愉快；因為既沒有官能方面的利害感，也沒有理性方面的利害感來強迫我們去讚許」，所以，純粹的鑒賞判斷是審美的。

　　其次，按照「量」上來看，「美是那不憑藉概念而普遍令人愉快的」。[2]由於美是超越個人偏愛和利害感的自由判斷，所以，判斷一個事物的美就不只是表達個人的感覺，而是要求每個人「普遍贊同」。判斷某種食物是否合乎我的口味純粹是個人的感覺，但是鑒賞判斷不局限於個人的「口味」而「普遍有效」；否則，或者不是真正的審美

---

1 康德：《判斷力批判》，上卷，第47頁。
2 康德：《判斷力批判》，上卷，第57頁。

鑒賞，或者是受到個人鑒賞力的局限。這是人類的共通感。但是，審美判斷的普遍性又不同於邏輯判斷的普遍性：邏輯判斷的普遍性來自概念，「概念」決定了邏輯判斷的客觀普遍性；邏輯判斷不能過渡到快感及不快感（除非在實踐理性裡，而實踐理性又伴隨著利害關係，不是純粹鑒賞）。所以，審美判斷的普遍性只能是一種「主觀」普遍性，它要求每個人主觀上普遍贊同而不像邏輯判斷那樣客觀普遍有效。這就是說，審美「不含有判斷的客觀的量，而只是含著主觀的量……如果人只依概念來判斷對象，那麼美的一切表象都消失了。」[1]

再次，按照鑒賞判斷裡對象和目的的關係，「美是一對象的合目的性的形式。」[2]即對象在形式方面的合目的性而不是實在目的，或者說是無（實在）目的的（形式的）合目的性。這是因為，按照目的的先驗規定，目的就是概念的對象，概念就它的對象來說就是合目的性，這是合目的性的一般含義；但是鑒賞判斷不是憑藉概念而是憑藉情感，所以，它的合目的性也就不是合乎對象的實在目的而只是對象的合目的性的形式。所謂「合目的性的形式」，也就是說鑒賞判斷不來源於刺激和感動，前者屬於官能，後者屬於道德，都受利害感的限制而不是自由的純粹鑒賞判斷。但是，任何具體的藝術品，比如一首樂曲或一幅繪畫，在給人以美的享受的同時，總有官能刺激或道德感動夾雜於其中，不可能絕對超越「利害感」，也就是說，現實中根本就不存在作為純粹形式的藝術品。康德承認這一事實，於是，他只能將「美」歸結為藝術品中的線條、構圖、顏色、音響等而不是具體的藝術品本身，康德認為，這就是所謂的「純粹形式」，即「純粹美」。

康德先驗形式美學

---

1 康德：《判斷力批判》，上卷，第 51-53 頁。
2 康德：《判斷力批判》，上卷，第 74 頁。

那麼，所謂「審美判斷」當然也就是這樣一種「純粹形式」的判斷了。「美，它的判定只以一單純形式的合目的性，即以無目的的合目的性為根據的」。[1]

　　最後，按照對於對象所感到的愉快的「情狀」上來看，「美是不依賴概念而被當作一種必然的愉快底對象」。[2]一個認識的或感官的表象可能和愉快結合著，能夠引起人們的愉快，但這不是必然的；而「美」和愉快卻具有著必然的關係，也就是說，美的表象必然給人以愉快。但是，美的必然性既不是理論性的必然性也不是實踐的必然性，理論的和實踐的必然性是客觀的和概念的，但美的必然性只是對於一個判斷的普遍贊同的主觀的必然性，是一種「範式」。當然，這並不是說鑒賞判斷是無條件的，只是說它的條件並不像知識判斷那樣依照客觀原理，而是依照「共通感」這一主觀原理。「共同感」本身就含有一個「應該」和必然性的觀念，從而賦於鑒賞判斷範式的有效性，並成為鑒賞判斷和情感普遍傳達的前提。這樣，鑒賞判斷就只是通過情感而不是通過概念，但仍然普遍有效地規定著何物令人愉快或不愉快。

　　這就是康德從四個「契機」出發對「美」所做的分析，也是他關於「美」的四個規定。不言而喻，這四個方面並非對客觀事物本身的美的規定，因為按照康德的「形式科學」，客觀事物本身無所謂美或不美，「美」不在客觀事物本身而在審美主體頭腦中的先驗形式。康德審美判斷的「四契機」，也就是他所認為的先驗地存在於人的頭腦中的審美判斷的四種形式，即審美鑒賞的四種先驗形式。這四種形式之所以先驗地存在於人的頭腦中，如上所述，當然是因為審美判斷作

---

1 康德：《判斷力批判》，上卷，第64頁。
2 康德：《判斷力批判》，上卷，第79頁。

為反思判斷儘管與邏輯判斷很不相同，但是對這種判斷力的理性認識仍然屬於「規定的判斷」。所以，在對審美判斷力進行「批判」的時候，仍然需運用已經給定的先驗知性形式，以知性的四類範疇為「契機」，由此出發探討審美判斷的特殊規律（從一般到特殊）。也就是說，康德的鑒賞判斷「四契機」就是他的知性「四範疇」的美學變種；所謂鑒賞判斷「四契機」，也就是康德為審美判斷所規定的四個先驗形式。在康德看來，我們只有在「質」、「量」、「關係」和「情狀」這四個方面保持上述那樣的主觀精神狀態，才是純粹的審美判斷。這是康德將「美論」隸屬於「認識論」、將「形式美學」隸屬於「形式科學」的必然結果。

美與崇高：形式與無形式

在康德為審美判斷所作的四個規定中，第三個規定是統帥另外三個規定的綱領，具有關鍵性的意義。這第三個規定，即從對象和目的的關係來看「美是一對象的合目的性……的形式」，既包括了「質」的「無利害」性，也涵蓋了「量」的「非概念」性，還涉及到愉快「情狀」的「必然性」。「無利害」、「非概念」和「必然性」都同合目的性的「形式」相勾聯。

首先，康德關於美的「質」的規定之所以將美的愉快同官能的和道德的愉快相區別，是因為官能愉快和道德愉快都與對象的實在有關，而審美愉快只涉及對象的形式；[1]和對象的實在有關就是和對象

---

[1] 注意：康德的「形式」概念與亞里斯多德的「形式」概念不同，亞氏的「形式」概念包括「存在」，康德的「形式」則是相對「實在」而言。

的實際用途或存在價值有關，因而，官能和道德的愉快是有利害關係
的愉快；審美判斷只涉及對象的形式不涉及對象的實在，所以是超脫
任何（生理的或道德的）利害關係的、對對象無所欲求的「自由的」
愉快。這一「質」的規定實際上已經從「本質」上規定了審美判斷只
涉及對象的「形式」。其次，就「量」的角度來說，審美判斷具有普
遍性（普遍贊同），但是，審美判斷的普遍性不同於邏輯判斷的普遍
性：邏輯判斷的普遍性憑藉概念，審美判斷的普遍性不憑藉任何概念
（哪怕是模糊的概念）。憑藉概念的判斷屬於「認識」，因而它的普遍
性是客觀的；但審美判斷「絕不提供我們對於一對象的認識（哪怕是
一模糊的認識）」，「只把一對象的表象聯繫於主體，並且不讓我們注
意到對象的性質，而只讓我們注意到那決定與對象有關的表象諸能力
底合目的的形式」，因而它的普遍性是主觀的，即主觀合目的性形式
的普遍性。[1]再次，美和愉快有著必然的聯繫，但是這一愉快「情狀」
的必然性既不是理論的也不是實踐的，後者是概念的和客觀的，而美
的必然性卻只是依照「共通感」這一主觀原理，因而只是一種主觀「範
式」的有效性。

可見，康德關於審美判斷的「質」、「量」和「情狀」這三個規定
都指向對象和目的的形式的關係：「利害」指涉對象的「實在」，「無
利害」指涉對象的「形式」；指涉客觀實在對象的認識的普遍性借助
於「概念」，「非概念」的普遍性表現為主體表象能力的合目的性的形
式；理論的和實踐的必然性指涉客觀實在，審美愉快作為主觀的必然
性則表現為主觀「範式」（形式）的必然性。將這三個方面統一到第
三個規定，那就是康德關於「美」的完整的規定，即「美是一對象的

1 康德：《判斷力批判》，上卷，第66－67頁

合目的性的形式」。

　　所謂「美是一對象的合目的性的形式」，就是說從對象與目的的關係來看，審美對象並不具有一個目的的表象，但我們卻能在其中知覺到目的的存在；換言之，我們在一對象上面可以知覺到某種目的，卻不能聯繫到任何實在的目的，這就是美。一方面是「有目的」，一方面是「無目的」，「目的」和「無目的」無非是同一事物的兩個方面，即審美判斷中的「二律背反」：我們在一對象上面所知覺到目的只是它的「形式」而不是「實在」的目的。例如一朵鮮花，我們之所以視其為美，是因為覺察它具有一定的合目的性（似乎鮮花是為我們而存在）；而當我們真正判斷這鮮花的合目的性時，卻不能從這鮮花本身找到經驗的證實，它純粹是大自然的造化，並非有意為我們的欣賞需要而存在，因而我們在這鮮花中所覺察到的「目的」，只是我們為了認識自然所採取的一種主觀的先驗原理，即「合目的性的形式」。反之，如果我們對於對象的目的毫無覺察，對象同樣不會被我們判斷為美。例如，從古墓中發掘出來的一件石器，上面有一個洞，如果我們不知道這個洞是為了紮捆用的，甚至根本就沒能覺察到這洞和某一企圖或目的有關，那麼，這石器也不會被我們判斷為美。只有當我們覺察到某對象既有目的又無目的，所謂「有目的」只是合目的性的形式，所謂「無目的」是無實在目的，這樣的對象才能被我們判斷為美。

　　與「美」相對而言的是「崇高」，關於美的分析和關於崇高的分析構成了康德整個「審美判斷力的分析」的兩個部分，是康德審美判斷力批判兩翼。既然美是「形式」，那麼，崇高是什麼呢？崇高就是「無形式」。這是康德關於審美判斷的另一規定。他說：「自然界的美（指客觀世界中的美，包括自然美，但不是單指自然美——引者）

康德先驗形式美學

是建立於對象的形式，而這形式是成立於限制中。與此相反，崇高卻是也能在對象的無形式中發見，當它身上無限或由於它（無形式的對象）的機緣無限被表象出來，而同時卻又設想它是一個完整體：因此美好像被認為是一個不確定的知性概念的，崇高卻是一個理性概念的表現。」[1]

「形式」和「無形式」，「有限」和「無限」，這就是康德關於「美」和「崇高」的區分，也是其為整個審美判斷所設定的「二律背反」：就審美判斷之所以稱之為審美判斷的純粹性而言，美是形式，是有限；就整個審美判斷的經驗運作而言，美又可以表現為「無形式」、「無限」，即「崇高」。「崇高」也是一種美，是美的「特例」或「附錄」。[2]

崇高包括「數學的崇高」和「力學的崇高」。「數學的崇高」就是「無法較量的偉大的東西」，或者說是「一切和它較量的東西都是比它小的東西」。[3]所以，凡能成為感官對象的東西，就不能夠稱做崇高；崇高的東西超越了任何感官對於世界諸物的量的估計尺度，使我們只能思維（想像）它而不能在感官中證實它，例如崇山峻嶺或茫茫戈壁，埃及的金字塔或中國的萬里長城，等等。恰恰是由於這種絕對的「大」（即「偉大」），於是喚醒了我們的超感性能力，使我們的想像力產生了進展到無限的企圖。所以，被稱為崇高的東西並不是那對象本身（對象本身的「形式」我們並不能完整地把握），而是我們的精神情調，這精神情調使反思判斷力活躍起來，於是生發出「崇高」的表象。「數學的崇高」與「數學」本身不同，數學中「數的評量」是通過概念（數

---

1 康德：《判斷力批判》，上卷，第83頁。
2 康德：《判斷力批判》，上卷，第85－86頁。
3 康德：《判斷力批判》，上卷，第87頁、第89頁。

位）進行的，而「數學的崇高」是單純的感性直觀；通過（數位）概念進行「數的評量」是數學，單純直觀中「數的評量」是審美。通過概念進行的數學的評量沒有最大的「量」，所以再大的數字也無所謂崇高；但是通過直觀進行的審美卻有一個最大的「量」，這就是審美主體感官飽和的尺度和閾限，越過了它就會引起感動，激發出崇高的觀念。從這一意義上說，「自然界事物的一切大小的估量最後是審美的（這就是說主觀地，而不是客觀地被規定著的）。」[1]

「力學的崇高」在審美判斷中表現為一種「威力」使我們感到「恐懼」，而一個從力的重壓下解放出來的輕鬆則是一種愉快，因為它是一種從危險的解脫。當然，這威力並不威脅我們的存在（觀看暴風雨不等於處在暴風雨之中），所以力學的崇高並不真正使我們恐懼，只是在我們的想像中產生了力量的不平衡，使我們感受到人類力量的渺小和抵抗的無效，就像道德君子敬畏上帝但並不害怕上帝那樣，否則，便不能對自然的崇高進行審美判斷，對於一個使人真正感到恐懼的對象是不可能產生快感的。高聳下垂的斷崖，狂暴肆虐中的火山，摧枯拉朽的山洪，怒濤沖天的海嘯……，諸如此類的景象，在力的較量中，我們的抵抗顯得太微不足道了。但是，假如我們處在安全地帶，這景象越可怕就越對我們有吸引力，這就是「力學的崇高」。力學的崇高「提高了我們的精神力量越過平常的尺度，而讓我們在內心裡發現另一種類的抵抗的能力，這賦予我們勇氣來和自然界的全能威力的假象較量一下。」[2]在這較量中我們固然發現了我們的局限性，但是我們卻在我們的理性能力裡見到另一種非感性的尺度，這尺度作為

康德先驗形式美學

---

1 康德：《判斷力批判》，上卷，第90頁。
2 康德：《判斷力批判》，上卷，第101頁。

「無限」將不可度量的自然界包括其中，從而使我們在感受自己物理上無力的同時，發現了自己不屈屬於自然的人格上的優越性。縱使我們將失敗在自然界的強力之下，但我們發現我們的人格力量是無限的。康德稱人類在與自然的這種力學的較量中所產生的人格力量為人類的「自我維護」和「自我推重」。於是，「自然界在我們的審美判斷裡，不是在它引起我們恐怖的範圍內被評為崇高，而是因為它在我們內心裡喚起我們的力量……。自然界在這裡稱做崇高，只是因為它提升想像力達到表述那些場合，在那場合裡心情能夠使自己感覺到它的使命的自身的崇高性超越了自然。」[1]這也是審美的崇高不同於宗教迷信之處，宗教的崇高是敬畏，迷信是對於威力的真正的恐怖和屈服，都是自我人格的喪失，而審美的崇高卻是一種自我肯定和「自我推重」。

無論是「數學的崇高」還是「力學的崇高」，都是我們的直觀感性所不能直接把握的「無限」從我們內在心靈的外溢。美的判斷建基於「感性直觀」，所以它有賴於對象的「有限」（形式）；崇高的判斷是「超感性」，所以它並不有賴於對象之有限的形式，而是一種「無形式」（無限）。美和崇高之「形式」和「無形式」、「有限」和「無限」、「感性」和「超感性」的這一區別，也就決定了美的愉快側重於「質」，而崇高的愉快則側重於「量」。美的愉快是想像力與知性在對象形式中的和諧運動，所產生的當然是平靜安寧的審美感受，因此「質」的無利害因素更被注意；崇高則是想像力與理性的撞擊與衝突，所產生的是激動和強烈的審美震撼，因此「量」的主觀普遍性因素也就更為顯著。這種「量」的主觀普遍性在審美活動中表現為道德、倫理、實

---

1 康德：《判斷力批判》，上卷，第 102 頁。

踐理性的力量突破合目的性形式的局限而向理性理念的飛躍,是人類在與自然的劇烈較量過程中對自己的倫理力量、道德尊嚴或生命意識的肯定和自我觀照。但它又不是真正的道德情感和實踐理性,仍然是對自然客體之合目的性形式的判斷,因為自然客體仍然是以其「形式」而不是以其「實在」向人挑戰,因而它仍然是審美判斷而不是實踐理性,是主觀合目的性的形式而不是倫理道德行為。但是很明顯,這種審美感受和鑒賞判斷是趨向於實踐理性的。正是在這一意義上,康德在將美規定為「合目的性的形式」的同時,又將美定義為「道德的象徵」。[1]美作為道德的象徵,典型地表現為「崇高」。

　　美和崇高對於「質」和「量」的不同側重決定了它們具有不同的愉快樣式:「前者(美)直接在自身攜帶著一種促進生命的感覺,並且因此能夠結合著一種活躍的遊戲的想像力的魅力刺激;而後者(崇高的情緒)是一種僅能間接產生的愉快;那就是這樣的,它經歷著一個瞬間的生命力的阻滯,而立刻繼之以生命力的因而更強烈的噴射,崇高的感覺產生了。它的感動不是遊戲,而好像是想像力活動中的嚴肅。所以崇高同媚人的魅力不能合,而且心情不只是被吸引著,同時又不斷地反覆地被拒絕著。對於崇高的愉快不只是含著積極的快樂,更多的是驚歎或崇敬,這就可稱作消極的快樂。」[2]也就是說,如果將美的形式玩味和靜觀作為一種直接地、積極地生命遊戲的話,那麼,崇高的無形式則是生命力的阻滯和超越,崇高所產生的愉快不是直接的快樂,而是通過「生命力」的瞬間阻滯和超越這一中介所間接產生的「驚歎和崇敬」之愉快。因而,崇高的愉快不是「遊戲」式的

康德先驗形式美學

1　康德:《判斷力批判》,上卷,第201頁。
2　康德:《判斷力批判》,上卷,第83-84頁。

愉悅，而是生命力的爆發所引動的激動快感。相對「美在形式」這一
命題中美的愉快的「純粹性」而言，崇高愉快的「無形式」性也就被
康德稱之為「消極的快樂」，即夾雜著道德理性的快樂，而美的鑒賞
則是一種「積極的快樂」。

美和崇高之所以有不同的愉快樣式還在於美的形式與判斷力協
合，而崇高的形式（「無形式」）與判斷力相牴觸，是對於想像力的強
暴。「崇高和美的最重要的和內在的差異是這樣的：如果我們在這裡
正當地把崇高就它在自然對象上來觀察（藝術裡的崇高常常是局限於
和自然協合的條件之下），自然美（那獨立性的）自身在它的形式裡
帶著一種合目的性，對象由於這個對於我們的判斷力好像預先被規定
著了，而這樣就自身構成一個愉快的對象；與此相反，在我們內心，
不經過思維，只在觀賞中激起崇高情緒的，就形式說來它固然和我們
的判斷力相牴觸，不適合我們的表達機能，而因此好像對於想像力是
強暴的，但卻正因此可能更評讚為崇高。」[1]

美和崇高無論有哪些方面的不同，但畢竟都屬於審美判斷。因
此，無論是對於美的分析還是對於崇高的分析，康德都是從審美判斷
的四個契機展開的：「對於崇高和對於美的愉快都必須就量來說是普
遍有效的，就質來說是無利害感的，就關係來說是主觀合目的性的，
就情狀來說須表象為必然的。」[2]從這一意義上說，美作為「形式」
和崇高作為「無形式」，並非在於是否可以從上述四個方面進行分析，
上述四個方面是整個知性判斷的先驗形式，而審美判斷作為先驗知性
判斷中的反思判斷，無疑也是適用的。無論是美的判斷還是崇高的判

1 康德：《判斷力批判》，上卷，第84頁。
2 康德：《判斷力批判》，上卷，第86頁。

斷，同樣具有質的無利害感、量的普遍有效、關係的主觀合目的性，以及情狀的主觀必然性，否則便不是審美判斷而成了「規定判斷」了。這是因為，崇高所高揚的道德理性並非客觀的、實踐的。客觀的實踐理性對情感的影響是一種「強制」和「命令」，崇高判斷中的道德卻是非強制和非命令的，只是道德的理想，即實踐理性的「主觀合目的性的形式」。恰恰是在這一意義上，康德才一方面將美規定為「形式」，一方面又將美規定為「道德的象徵」。所謂「象徵」（SYMBOL），就是「符號」，就是「形式」；「美是道德的象徵」也可以說成「美是道德的符號」或「美是道德的形式」，並非道德本身。同樣是在這一意義上，美的判斷是一種趣味判斷，崇高的判斷是一種情感判斷；「形式判斷」就是「趣味判斷」，「道德判斷」就是「情感判斷」。因此，對於崇高的判斷不僅要求著審美的判斷力，也要求著認識能力的介入。但是，介入崇高判斷中的認識能力同規定判斷中的認識是兩回事，它只是判斷感性的東西在自然的表象裡能夠從事於超感性的用途，而不是判斷客體事物本身。

康德先驗形式美學

有一種觀點認為，康德所說的審美的「對象」不過是一種語法上的對象而不是審美判斷的客觀對象，因而他關於美的形式規定也因此是一種純粹主觀性的形式，根本不涉及客觀存在；與此相反，另一種觀點則認為，康德的「美在形式」所指的就是「外界的形式」，只是這「形式」才引起想像力與知性的協調運動，才使審美活動得以發生。[1]事實上，這兩種說法都是片面的，都是對康德的誤解。

首先，根據康德關於判斷力的哲學規定，審美判斷屬於先驗判

[1] 李澤厚：《批判哲學的批判》，第 373－374 頁。

斷，所謂美作為「形式」的合目的性首先是指主觀「先驗形式」的合目的性，而不是指審美對象本身的合目的性，對象不同主觀相聯繫就無從談起「目的性」。康德從「質」、「量」、「關係」和「情狀」四個方面為美和崇高所作的規定是審美判斷力的「先驗形式」，而不是關於審美對象本身的形式規定，審美對象如果不和審美主體聯繫起來根本就無從談起「利害性」、「概念性」、「目的性」和「必然性」。因此我們認為，康德關於美的形式規定絕不是對審美對象之客觀物理形式的規定，而是對審美主體之先驗形式的規定，這當是毫無疑問的，也是最容易被一般讀者所誤解的。但是另一方面，康德的先驗哲學並不否認物理世界的客觀存在，但是他稱這物理世界為「現象」，所謂「現象」實際上就是我們的感性直觀和知性思維所能達到的客觀世界，即對象的經驗世界。因此，為了易於把握，我們完全可以將康德的「現象」暫且理解為我們的感官所及的客觀世界；但是我們必須清楚，這並不符合康德的本意，就康德的本義來說，客觀世界是不可知的，對於不可知的東西怎麼能夠進行知性判斷呢？這樣，康德關於美的形式規定實際上就具有「先驗」和「經驗」的雙重含義：一方面，康德將審美判斷看做是「先驗判斷」，他關於美的形式規定是指「先驗」意義上的形式；另一方面，所謂「先驗形式」又不可能脫離「經驗」對象而存在，脫離感性經驗的「先驗」不是知性而是理性，審美判斷屬於「知性」而不是屬於理性。也就是說，先驗審美判斷同時又要受到客體對象之經驗形式的影響。正如他自己所說，美的「鑒賞是關聯著想像力的自由的合規律性的對於對象的判定能力。」一方面，在鑒賞判斷裡想像力不是客觀再現，而是自由和自發的任意直觀諸形式的創造者，另一方面，「它在把握眼前某一對象時是被束縛於這客體的一

定的形式，而且在這限度內沒有自由活動之餘地（像在做詩裡）」，也就是說，「對象正是能給予它這樣一個形式」，並且這形式含有多樣的統一，同想像力在和知性的合規律的協調運動中所設想出來的主觀的先驗形式相一致。」[1]「主觀」與「客觀」在康德哲學中本來是對立的，但在這裡卻實現了二者的統一。所謂「美是一對象的合目的性的形式」，就整個審美判斷來說，其目的性的「形式」是先驗的，這表現為「無利害」、「非概念」、主觀的合目的性和必然性等等；但是就審美判斷的經驗過程來說，這「形式」又不可能脫離作為經驗的客觀審美對象，例如線條、顏色、結構、音響等等。線條、顏色、結構、音響等作為審美對象的經驗形式，與審美主體頭腦中的先驗形式相一致，於是才有審美判斷的發生。

正是在這一意義上，康德認為，「如果我們稱任何自然的對象為崇高，這一般是不正確的表達，儘管我們能夠完全正確地把許多自然界對象稱作美。因為一個本身被認做不符合目的的對象怎能用一個讚揚的名詞來稱謂它。我們只能這樣說，這對象是適合於表達一個在我們心意裡能夠具有的崇高性；因為真正的崇高不能含在任何感性的形式，而只涉及理性的觀念：這些觀念，雖然不可能有和它們恰正適合的表現形式，而正由於這種能被感性表出的不適合性，那些理性裡的觀念能被引動起來而召喚到情感的面前。所以廣闊的，被風暴激怒的海洋不能稱作崇高。它的景象只是可怕的。如果人們的心意要想通過這個景象達到一種崇高感，他們必須把心意預先裝滿著一些觀念，心意離開了感性，讓自己被鼓動著和那含有更高合目的性的觀念相交涉

康德先驗形式美學

---

1 康德：《判斷力批判》，上卷，第 79 頁。

著。」[1]

康德所擔心的這種誤解恰恰就是人們習慣上對其形式概念的理解，即將他所說的「形式」（包括「無形式」）單純地理解為感官對象的物理形式，諸如線條、結構、顏色、音響等等，認為康德所說的美受形式的限制只是指美的鑒賞限定在感官對象的形式範圍內，而崇高作為「無形式」只是指超越感性對象的形式。如上所述，就一般意義而言，為了易於把握，我們可以對康德的「形式」概念做這樣的理解，作為權宜之策，無可厚非；但是，嚴格地就康德的本意來說，這是不準確的。因為康德的「形式」和「無形式」並非指涉客觀對象的物理形式，而是指關涉客觀經驗對象的「先驗形式」，客觀對象的物理形式只是「先驗形式」所賴以存在的經驗表象。「儘管我們能夠完全正確地把許多對象稱作美」，但仍然是「不正確的表達」，因為一個不和「目的性」聯繫在一起形式就無所謂美還是不美，也無所謂美或崇高。所謂美在形式，就是說美的事物符合「質」、「量」、「關係」和「情狀」的先驗形式；所謂崇高是「無形式」，並非是說客觀對象本身沒有形式（這是不可能的），也不是說沒有審美判斷的先驗形式（否則，崇高就不屬於審美了），而是對感性形式的超越，即「超感性」。「超感性」所超越的感性形式並非客觀事物的物理形式，而是主觀的先驗感性形式，即空間和時間。

超感性對空間和時間先驗感性形式的超越決定了它趨向理性，但是它仍然屬於「感性」而不是「理性」。因為所謂「理性」，無論是「純粹的」還是「實踐的」，都具有某種客觀實在性；而超感性的理性卻

---

1 康德：《判斷力批判》，上卷，第 84－85 頁。

是主觀的、形式的。當人們面對自然界某種極其巨大的體積、威力時，心理受到壓抑，以至於喚起了某種倫理力量與之抗爭，由這抗爭而引發的愉快就是崇高。但是，這「壓抑」和「倫理力量」都是主觀的、心理的、精神的、形式的，並非客觀實在本身，它所喚起的「理性」當然也只能是理性的「象徵」、「符號」、「形式」，即主觀理想。正是在這一意義上，崇高是對感性形式的超越：一方面，對象之體積或力量無限巨大，審美主體的先驗形式難以完整地容納；另一方面，在這巨大的體積或力量的壓力面前，喚起了審美主體的倫理力量與之抗衡，於是，審美主體所關注的已不是、也不可能是經驗對象本身的感性形式了。也就是說，在崇高判斷中，對象之無限的「大」和無限「力」所引發的道德情操突破了先驗感性形式（空間和時間）的局限而伸展到無限的理性世界，我們所感受到的既非客觀對象的經驗形式也不是美的鑒賞的「先驗形式」，而是一種「無形式」的主體精神，即「崇高感」。這「崇高感」當然不是客體對象本身的「崇高」，而是審美主體的自我肯定，是主體精神世界中倫理力量的高揚和自我肯定。

　　總之，按照康德的先驗哲學，審美判斷（包括崇高判斷），只是客觀事物依照主體觀照它的方式來呈現的，由於觀照方式的不同，於是有不同的審美性質：美是形式，崇高是無形式。我們說「這花是美的」，好像是說這花本身是美的，或者說美是這花本身的特性，而事實並非如此，「這花是美的」只是依照審美主體頭腦中「先驗形式」的性質所做出的判斷；我們說「這狂風暴雨是崇高的」，好像是在說這自然現象本身是崇高的，或者說崇高是這自然現象本身的特性，而事實並非如此，「這狂風暴雨是崇高的」只是依照我們頭腦中「先驗形式」的性質所做出的判斷。「在這性質裡這事物依照著我們吸取它

的方式來呈現自己的。」[1]這就是康德哲學中的一個著名論斷：「人為自然立法。」

　　「自然界本身是怎樣可能的？這一問題的先驗哲學所能達到的最高峰。……這個問題實際包括兩個問題：第一，自然界，在在資料的意義上，就是從直觀上，作為現象的總和來看，是怎樣可能的？空間、時間以及充實空間和時間的東西感覺的對象，一般是怎樣可能的？答案是：這是由於我們的感性的性質的原故，這種性質決定了我們的感性按照它特有的方式被一些對象所感染……。第二：自然界，在形式的意義上，也就是作為各種規則（一切現象必須在這些規則的制約之下被思維連結在一個經驗裡）的總和來看，是怎樣可能的？答案只能是這樣的，即它之所以可能，只是由於我們的理智的性質原故。這種性質決定了感性的一切表象必然被聯繫到一個意識上去，這就首先使我們進行思維的特有方式（即通過規則來思維）成為可能，並且通過這種方式，就使經驗成為可能」。這就是說「自然界的普遍法則是可以先天認識的」這一命題又導致下一命題：「自然界的最高立法必須是在我們心中，即在我們的理智中，」也就是說，「理智的（先天）法則不是理智從自然界得來的，而是理智給自然界規定的」。

　　——這當是康德美學「形式」概念的簡明注腳，同時，從中也可見出他那自然主義的歷史觀。正是在這一意義上，我們認為，康德並不是一個純粹的形式主義者；在他的「形式」概念裡，蘊含著「以人為目的」、「人是自然的主體」、「人是世界的主人」，以及「天人合一」的社會理想。

---

1 康德：《判斷力批判》，上卷，第 124－125 頁。

審美形式的純粹性與目的性

　　康德關於美和崇高的區分實際上是一種審美形態學思想。這一思想的支點是審美形式的純粹性和目的性：美的判斷作為合目的性的形式是純粹的，其形式的純粹性決定了美的純粹性，因而純粹形式的美就是「純粹美」；崇高判斷溶進了道德理性，成為「道德的象徵」，不是純審美，不過是「審美判斷」的一個「附錄」，即「附庸美」。「純粹美」和「附庸美」不過是康德以形式與美的純粹性為標準對美和崇高的繼續解說。如果說由美到崇高是知性到理性、認識到倫理在審美領域中的過渡，那麼，所謂「純粹美」到「附庸美」則是這一過渡的邏輯支點。

　　所謂「純粹美」（又稱「自由美」），諸如線條、顏色、圖案、音響等等，即純粹的形式美，充分體現了康德為美所規定的標準，最符合他關於美的無利害、非概念和無目的等幾個要點。所謂「附庸美」（又譯「依附美」），當然是指其形式的「非純粹性」，其中挾帶著某種道德理性，具有可認識的內容意義，從而有知性概念和目的可尋，幾乎全部藝術和大部分自然對象的美都屬於此類。只要不是純粹以線條等形式而引起美感的對象，如人體、林園、馬匹、建築，等等，就都是「附庸美」。「附庸美」受目的概念的制約，具有道德的以至功利的社會客觀內容。一個人體和一匹馬之所以是附庸美，就因為由它的形體而會使我們想到形體構造的客觀目的，這就不僅有審美的愉快，而且還附加有理知或道德的愉快。總之，單從形式的純粹性著眼，便是「純粹美」的判斷；若考慮到形式的目的性，就產生了「附庸美」。同一個對象常可以從這兩個不同的角度去欣賞，其審美感受也不盡相同。既可以作純形式如線條、構圖的觀賞（「純粹美」），也可以作涉

及內容的觀賞（「附庸美」）。這就是康德美學的主體性：重要的不在客觀存在的美，而在對美的鑒賞；這同時也說明，康德關於純粹美和附庸美的區分並非是關於客觀存在的美的區分，而是關於審美判斷之先驗形式的區分，美的客觀存在對於康德來說並不重要；甚至可以這樣說，康德否認美的客觀存在，他所關心的只是美之為美的可能性，即審美判斷的先驗形式。

　　何為「純粹」？「當先天的知識未雜有經驗的事物在內，則名為純粹的。」「與此相反者為經驗的知識，此僅後天的可能，即僅有經驗而可能之知識。」[1]在先驗感性論裡，康德把感性的質料除去，留下純粹直觀和現象的純粹形式（空間和時間）進行研究；在先驗分析論中，康德抽掉知性所涉及的一切東西，只留下知性的先驗形式（即知性四範疇）進行研究。同理，在審美判斷力批判中，康德所採取的也是這樣一種方法，抽掉了美和崇高的經驗存在和具體事實，留下審美判斷的先驗形式進行分析，因而他稱自己的美學為「先驗美學」。他說，「審美判斷恰好像論理的（邏輯的）判斷那樣，可以分為經驗的和純粹的兩類。第一類說明什麼是快適及不快適，第二類說明一個對象或它的表象是怎樣的美。前者是感官的判斷（質料的審美的〔或譯直感的〕判斷），唯獨後者（形式的判斷）是在固有意義裡的鑒賞判斷。一個鑒賞判斷所以僅在下述限度裡是純粹的，即當沒有單純經驗的愉快混合在它的規定根據裡面的時侯。如果在一個聲明某事物為美的判斷裡有魅力的刺激或情感參加其間，這時候混合的情況就發生了。」[2]可見，康德之所以將崇高判斷稱為審美判斷的「附錄」，就在

---

1 康德：《純粹理性批判》，藍譯本第 28 頁，或韋譯本第 36 頁。
2 康德：《判斷力批判》，上卷，第 61 頁。

於它有（感官）刺激和（道德）情感參加其間，是一種「混合型」的審美判斷，「經驗」和「純粹」的混合，因而是一種非純粹形式（無形式）的審美判斷。

　　「混合型」的審美判斷之所以仍然是一種審美判斷，「附庸美」之所以仍然是一種美，就在於混進這審美判斷裡的感官刺激和道德情感等利害觀念，同實踐理性的利害觀念畢竟有所不同。實踐理性的利害觀念也可以引發快樂情感，但是，它把合目的性放在快樂情感之前，首先是合目的性，然後是快樂情感，這快樂情感是由合目的性引發起來的，快樂情感是合目的性的結果。相反，非純粹性的鑒賞判斷和附庸美的利害觀念則是把合目的性建基於快樂情感之上，沒有快樂情感就沒有合目的性，這合目的性是快樂情感的合目的性，快樂情感是合目的性的先導和基石而不是它的結果。這實際上是一個「寓教於樂」還是「寓樂於教」的問題，即「教」和「樂」誰先誰後、誰以誰為基礎、誰以誰為母體的問題。正是在這一意義上，康德一方面認為「純粹鑒賞判斷是不依存於刺激和感動」，另一方面又不否認或排斥感官刺激和道德情感與鑒賞判斷的混合，不否認或排斥附庸美也是一種美。但是有一點是很明確的，康德斷定「一切的利害感都敗壞著鑒賞判斷並且剝奪了它的無偏頗性」，因而這種混合型的審美判斷只能是一種「粗俗的」審美判斷，這種混進刺激和道德的美只能是一種「附庸美」。「當鑒賞為了愉快、仍需要刺激與感動的混合時，甚至於以此作為讚美的尺度時，這種鑒賞仍然是很粗俗的。魅力的刺激往往不僅作為協助審美時的普遍的愉快而計算在美之內（美卻實際上只應涉及形式），它本身還會被認做美，即愉快的素材被認做形式；這是一種誤解……。當刺激和感動沒有影響著一個鑒賞判斷（儘管它們仍然和

康德先驗形式美學

1

這對於美的愉快結合著），後者僅以形式的合目的性作為規定根據時，這才是一個純粹的鑑賞判斷。」[1]

康德將崇高判斷作為審美判斷的「附錄」，將崇高美作為一種「附庸美」，實際上是將道德情感審美化，或者說是將審美活動道德化。「善的觀念和情操結在一起喚做興奮(Enthusiam)。……就審美觀點上來說『興奮』是崇高的，因它是通過觀念來奮發力量的。這給予心意一種高揚。……每一屬於敢做敢為性質的情操（即是激起我們的力量的意識，克服著每一障礙）是審美上的崇高」。[2]這樣，康德在規定美作為「形式」的純粹性的同時，又規定了美作為「無形式」的附庸性，於是出現了關於審美判斷的雙重價值評定標準：從形式的純粹性來看，美優於崇高；從美的合目的性來看，崇高優於美，是「道德的象徵」。

一方面肯定「美在形式」，一方面又稱「美是道德的象徵」。這一雙重價值標準實際上又是康德的「二律背反」：「美在形式」是它的正題，「美是道德的象徵」是它的反題。從美的純粹性來說，美在「形式」；從美的主觀合目的性來說，美是道德的象徵。所謂「美在形式」，是說美之所以為美建基於形式，是「形式」而不是「質料」決定了美之為美而不是其它；所謂「美是道德的象徵」，是說美的價值在於它是道德的形式（符號），是「道德」而不是形式本身決定了美的存在意義。在這一問題上，學術界存在著兩種誤解，或者將這兩個命題對立起來，認為這是康德美學的「自相矛盾」（朱光潛），或者將這兩個命題合二為一。將兩個命題合二為一又分兩種情況：或者強調康德關於美的形式規定，將康德美學說成是極端的形式主義（我國學術界的

---

1 康德：《判斷力批判》，上卷，第60-61頁。
2 康德：《判斷力批判》，上卷，第113-115頁。

一般看法）；或者強調康德關於美的道德規定，認為康德給「崇高」以更高的價值評價（李澤厚）。實際上，這些說法都是對康德的誤解，因為他們都沒有將這一矛盾同「二律背反」方法聯繫起來。「美在形式」和「美是道德的象徵」在方法論上完全受制於「二律背反」，於是就造成了康德關於美的雙重規定。這絕不是康德自相矛盾，相反，恰恰是康德的辯證法，揭示了審美活動的複雜性；也不是康德厚此薄彼，而是兩個表面上對峙但又各具自身合理性的雙重命題，強調任何一方而無視或否定另一方都是片面的。作為康德之後學的形式主義和表現主義，正是建立在對康德的這一誤讀之上，前者只注意到康德所強調的形式純粹性，後者則只是注意到康德對附庸美的推崇。

康德就是這樣在反對並調和英國經驗論將美當做感官愉快和大陸唯理論將美當做完善的同時，給自己哲學體系中的認識與倫理雙峰對峙之間設定了審美判斷力這一過渡橋樑。而在審美判斷力這一橋樑之內，「美的分析」和「崇高的分析」、「美在形式」和「美是道德的象徵」，又成了這一橋樑本身的兩個極端。也就是說，審美判斷力這一康德哲學的過渡中介本身又錯綜複雜地表現為美的判斷和崇高判斷；前者表現為主觀合目的性的「形式」，是一種「純審美」，後者是主觀合目的性的「無形式」，表現為道德理想。康德的審美形態學思想由此顯現出它的基本輪廓，而支撐這一形態學輪廓的就有兩個價值標準：審美的純粹性和主觀的合目的性。前者表現為形式和美的純粹性，即純粹形式和純粹美；後者表現為形式的超越性和美的附庸性，即「無形式」和「附庸美」。德國資產階級的革命性和不徹底性、進步性和軟弱性，就是這樣由康德運用「二律背反」的語言，曲折地表現在德國古典美學中。儘管康德對美和藝術的社會歷史意義（包括道

德教化作用）等一系列問題有自己的思考，如前所述，「懷有最清晰的信念和極度的滿意，卻永遠沒有勇氣說出來」。[1]這就是康德所處的時代德國的社會現實，也是德國古典美學對歷史與形式問題進行哲學思辨的現實。

審美的價值形態

　　康德的關於美和崇高的劃分是其審美形態學思想的主體，從屬於這一主體的是自然美和藝術美的劃分。自然美有美和崇高之分，藝術美也有美和崇高之別；反之一樣，美的判斷有關於自然美的判斷也有關於藝術美的判斷，崇高有關於自然的崇高也有關於藝術中的崇高。美和崇高、自然美和藝術美，以及純粹美和附庸美等，無非是康德從不同的側面對審美判斷力所展開的分析。同關於美和崇高的劃分一樣，康德關於自然美和藝術美的劃分也是用其「二律背反」的方法進行雙重價值評價的。

　　美的自然是和美的形式溶合在一起而被我們感受到的。這「美的形式」，諸如線條、色彩、結構、音響等，康德稱其為「把大自然引向我們的語言，使大自然內裡好像含有一較高的意義。」例如鳥的歌聲可以宣訴我們的快樂和對生活的滿足，百合花的白色導引我們的心意達到純潔的觀念，並且按照從紅到紫的七色秩序可以達到一系列的觀念：崇高→勇敢→公明→正直→友愛→謙遜→不屈→柔和，等等。「至少我們這樣解釋著自然，不管這是不是它的真實意圖。」[2]可見，

1《康德書信百封》，第 19 頁，上海人民出版社 1992 年版。
2 康德：《判斷力批判》，上卷，第 147 頁。

自然美不等於形式美，我們欣賞自然美時的審美愉快不只是對形式的審美感受，也包含有對自然存在本身的知性感受，即包含著對大自然合目的性的客觀存在的讚賞，於是就超越了審美的主觀合目的性形式而趨向自然的客觀合目的性，而自然的客觀合目的性正是通向道德本體的橋樑。

但是，自然美的合目的性只不過是我們通過想像力對自然的假定，大自然的自由構造本身並沒有給我們提供合目性的的證據：大氣是溶解了的水分，由於熱的散放而和大氣分離，於是產生雪的結晶這種很技巧和非常美的形狀來。所以，康德認為，只要不違反自然目的論的原理，我們就很可以想像雪花的美，或者花卉、羽毛和貝殼的美，按照它們的色彩和形狀，主觀地認為這是大自然本身的機能，是大自然在它的自由中審美地合目的性地來造型。[1]

從這一意義上說，康德認為，自然美不過是我們發現自然的一種技術，即把自然表象為一個按照規律的體系，這規律就是判斷力所涉及的一種合目的性。由於這合目的性，「擴大了我們對自然的概念，這就是從自然作為單純的機械性擴大到自然作為藝術的概念。」[2]這當是我們從自然目的論的觀點所看到的自然美。這種美是自然和我們判斷力的自由活躍的一致，「我們可以把它看為自然給與我們的一種好意」，「顯示出這麼多的美好形式來促進我們的文化」；[3]或者說我們是以好意來看自然的，於是我們才對自然那完全自由的（無利害關係的）形式感覺到愉快。

康德先驗形式美學

---

1 參見康德：《判斷力批判》，上卷，第195–197頁。
2 康德：《判斷力批判》，上卷，第85–86頁。
3 康德：《判斷力批判》，下卷，第30–31頁。

　　自然美不同於藝術美。自然美表現為「效果」，是自然本身訴諸於我們主觀的表象；藝術美則表現為「結果」（作品），它是人們主觀「意圖」的產物。「雖然人們愛把蜜蜂的成品（合規則地造成的蜂窩）稱做一藝術品，這只是由於後者對前者的類似；只要人一思考，蜂蜜的勞動不是築基於真正的理性的思慮，人們就會說，那是她的（本能的）天性的成品，作為藝術只能意味著是一創造者的作品。」人們通常會把一塊被削正的木頭說成是藝術，因為產生這物的原因是人們設想過的一個目的，這物的形式歸原於這一目的。總之，「人們根本上所稱為藝術品的，總是理解為人的一個創造物，以便把它和自然作用的結果區別開來。」[1]因此，我們應當這樣說，「自然美是一美的物品；藝術美是物品的一個美的表象」。[2]所謂「美的物品」，就是自然物本身；所謂「美的表象」，就是客觀事物的主觀映射，其中溶進了人們的主觀意圖，是人們有意識、有目的地創造活動的產物。

　　因此，判斷自然美不需要預先從這對象獲得一概念，知道它是什麼物品，這就是說：不需要知道那物質的合目的性，那純粹形式在判斷自身裡就令人愉快。而要說明一物品作為美的表象呈現給我們的藝術品，那麼，就必須首先有一概念，知道那物品應該是什麼。因為藝術永遠先有一目的作為它的起因（和它的因果性），而物品是以完滿性（多樣性的協調合致）為目標的。所以，「評判藝術美必須同時把物品的完滿性包括在內，而在自然美作為自然美的評判裡根本沒有這問題。」當然，評判自然界有生命的對象一般地也涉及客觀的合目的性，但因此這判斷也不再是純審美的（純粹鑒賞判斷）了。在這場合，

---

1 康德：《判斷力批判》，上卷，第 148–149 頁。
2 康德：《判斷力批判》，上卷，第 157 頁。

自然不再是按照它「顯現」為藝術，而是將其作為「真實的」藝術來
評判了。這種目的論的判斷構成審美判斷的基礎和條件。如在這場合
判斷一美女，人們所想的不外是大自然在她的形體裡表象著婦女軀體
構造的諸目的，這就超出了純粹形式而眺見了一個概念，那對象在這
方式裡通過被邏輯制約的審美判斷而被思考著。[1]當然，不論它是自
然美還是藝術美，人們能夠一般地將美稱做審美諸觀念的表現。但
是，在美的藝術裡，這觀念必須通過客體的一概念所引起；而在美的
自然裡，只需單純的直觀的反省（沒有對象的概念）就能夠喚醒和傳
達那觀念，那客體將被看做是這觀念的表現。因此，自然美的愉快直
接和興趣結合，而藝術美的愉快則是間接地（通過概念）和興趣結合。
藝術美是自然的摹本，它的作用是「以假當真」，或者說它僅僅是一
個為引動我們的愉快而有意製造的技術。因此，我們對它的鑒賞愉快
只喚醒一個間接興趣，藝術只是通過它的「目的」而不是由於「自身」
使我們感興趣，而自然對象使我們感興趣則在於它的內在稟性，所以
可以直接引起我們的興趣。由此看來，就美的純粹性而言，自然美優
於藝術美；就美的合目的性而言，藝術美優於自然美。這是康德在自
然美和藝術美的價值比較上所表現出來的雙重判斷標準。

　　藝術是有目的地創造，科學也是有目的地創造，但這兩種「有目
的」並不相同：前者是技巧，後者是知識。只要具備了某物的知識便
可製作出來的東西是科學並不是藝術，藝術不僅需要知識但更重要的
歐需要技巧。「因此在下列的場合不叫做藝術，即：人能夠做，只要
人知曉什麼是應該做的，因此只充分地知曉這欲求的結果。只是那人
們儘管是已經全部地知曉了，卻還未具備技巧立刻來從事，在這範圍

---

1 參見康德：《判斷力批判》，上卷，第157－158頁。

康德先驗形式美學

內才隸屬於藝術。」就此說來，變戲法不是藝術，而走繩索卻不能否認是一種藝術。「美的藝術作為美的藝術必須看做不是知性和科學的製成品，而是天才的創作，並且因此是通過審美性觀念獲得它的法則，而和那些從理性的諸觀念所規定諸目的在本質上的區別著。」[1]

另一方面，藝術作為技巧，工藝也是技巧，但這兩種「技巧」也不相同。如同康德將美區分為「純粹的」和「附庸的」那樣，他也把藝術區分為「自由的」和「附庸的」（又譯「雇傭的」）。「自由的藝術」就是「美的藝術」，「附庸的」的藝術就是「機械的藝術」。「前者人看做好像只是遊戲，這就是一種工作，它是對自身愉快的，能夠合目的地成功。後者作為勞動，即作為對於自己是困苦而不愉快的，只是由於它的結果（例如工資）吸引著，因而能夠是被逼迫負擔的。」「促進自由藝術最好的途徑就是把它從一切的強制解放出來，並且把它從勞動轉化為單純的遊戲。」[2]

藝術作為「遊戲」不僅表現為它不是「被迫的勞動」，而且還在於它的形式是自由的，它不是自然但又貌似自然，它的技巧表現得自然而然，因而是一種不可重複、不可複製的美，而這是一切工藝製品所不能達到的。工藝作為藝術的附庸性不僅表現為它是一種「被迫的勞動」，還在於它的形式的重複性和機械性，也就是說，它的合目的性不是純粹自由的形式。藝術在形式上的合目的性則「顯得它是不受一切人為造作的強制所束縛，因而它好像只是自然的產物。……自然顯得美，如果它同時相似藝術；而藝術只能被稱為美的，如果我們意識到它是藝術而它又對我們表現為自然。」這是康德美學中的一個深

---

1 康德：《判斷力批判》，上卷，第149頁和第198−199頁。
2 康德：《判斷力批判》，上卷，第150−151頁。

刻的思想。這一思想說明，不管是自然美或藝術美，美只是在非官能、非概念的「純粹判斷」中而令人愉快滿意的。「但藝術卻時時有一確定的企圖來創造出某物。」一旦這「企圖」和愉快的協合是「感官的」或通過「概念」，那麼，這藝術就不是「純粹的」的了，「即不是作為美的藝術，而是作為機械的藝術令人愉快滿意的。」「機械的藝術」和「美的藝術」的不同就在於，後者雖然具有合目的性（意圖），但是它卻像似無目的性（意圖），因此儘管人們知道它是藝術但是仍然被看作自然。[1]

　　至於藝術本身，康德將其分為語言藝術、造型藝術和感覺藝術。就康德自己所說，他的這一分類是「把藝術類比人類在語言裡所使用的那種表現方式」為原則的。這「表現方式」分別建立於文字、表情和音調，三者聯合構成了完滿的傳達，思想、直觀和感覺便由此結合著，於是產生了三種「美的藝術」：以文字語言為表現方式的「語言的藝術」，以表情語言為表現方式的「造型的藝術」，以音調語言為表現方式的「感覺藝術」。

　　「語言藝術」包括雄辯術和詩的藝術。雄辯術是將知性判斷作為想像力的自由活動來進行；詩的藝術相反，是想像力的自由活動作為知性判斷來執行。所以，演說家所揭示的是事理，而演說本身卻好像只是觀念的遊戲，使聽眾樂而不倦；相反，詩人看來好像是用觀念的遊戲來使人消遣，而事實上卻為知性判斷事理提供了那麼多東西。感性與知性兩種認識機能在語言藝術中相互制約，同時又是自由會合和協合一致，而不能顯露出任何矯揉造作，否則便不是美的藝術。

康德先驗形式美學

1　參見康德：《判斷力批判》，上卷，第151－152頁。

　　「造型藝術」「在空間裡創造了表現觀念的形象」，故被康德稱之
為「諸觀念在感性直觀裡的表現」。造型藝術包括形體藝術（雕塑和
建築）和繪畫（含繪畫、園林和裝飾），前者為視覺和觸覺而造型，
是「感性的真實」；後者只為視覺而存在，是「感性的假象」。兩者都
植基於美的理念（美的原型），但其表達形象不同，前者像它在自然
裡存在的那樣立體地表現著諸物的概念，後者則像它在眼簾裡那樣按
照平面顯示給我們，即把感性的假象技巧地和諸觀念結合著來表現。
形體藝術包括雕塑和建築，雕塑像諸物在自然裡存在的那樣立體地表
現著它們的概念；建築的形式不是以自然，而是以某一有意的目的為
規定基礎，是為了這企圖而審美地合目的性地來表現諸物的概念。雕
塑是審美觀念的單純表現，而建築藝術中的審美觀念卻因實用目的而
受到限制。繪畫藝術是「把感性的假象技巧地和諸觀念結合著來表
現」，包括真正的繪畫藝術和園林藝術，前者為「自然的美的描繪」，
後者為「自然產物的美的集合；前者只表現形體的擴張的假象；後者
則是按照真實來表現形體的擴張（其形式是真實地從自然界取來
的）。儘管這樣，園林藝術並不是像建築那樣具有對象的真實的概念
和目的，只是這概念和目的的「假象」，即「想像力在觀照中的自由
遊戲」。園林藝術被大自然的多樣性所裝點，儘管包含著造園者的觀
念，但並不是為了實用，而是像繪畫那樣僅僅是為了觀賞而存在，「以
便想像力在自由活動中拿觀念來消遣」。總之，造型藝術是「藝術家
的精神通過形象把他所想的和怎樣想的給予了表達，而使事實自己來
說話和表情；這是我們幻想的一種通常的活動，即對無生命的什物按
照著它們的形式賦予一個精神，而這精神又從它們訴說出來。」[1]在

1　康德：《判斷力批判》，上卷，第 169–171 頁。

這一意義上，康德將造型藝術稱之為「表情的語言」。

「感覺藝術」包括聽覺（音樂）藝術和視覺（色彩）藝術。聽覺和視覺這兩種感官對於外物的感受是豐富多樣的，有時我們我們很難確定某種感受究竟是以感官為基礎還是以反思為基礎。以感官為基礎的感受是感覺的自由活動，屬於「快適」而不屬於「美」；只有以反思為基礎的形式鑒賞才是美的。前者是快適的感覺，給人以質料的快感；後者是美的遊戲，給人以形式的愉快。當然，如果對某種感覺進行科學分析，例如測定顏色的光譜或聲音的空氣振動速度等對於我們感官的影響，那麼，這就超過了我們的感性直觀，色彩和音調對於我們也只是快適而不是它們的結構的美了。

在對藝術的不同形態進行分析之後，康德還注意到各種藝術的綜合，例如戲劇、歌曲等都是綜合藝術。至於這綜合是否更美些，康德認為那要視具體情況，因為綜合藝術是多種愉快的交錯，但是有一條是肯定的，那就是，「在一切的美術（即『美的藝術』——引者注）裡，本質的東西是成立於形式，這形式是對於觀看和評判是合目的地，在這場合快樂同時是修養並調整著精神達到理念，因而使它能容受許多這類的快感與慰樂。」否則，單純由質料刺激獲得官能快適，不能在理念裡留下任何東西，只能使人精神麻木遲鈍，則是一種「反目的性」。「如果美術不是直接或間接結合著道德諸觀念，而單獨在自身帶著一種獨立愉快，那麼，後者就成為命運的結局了。它們就只供消遣，人們越利用它們來消遣，就越會需要它們」，形成惡性循環。[1]這是康德關於藝術諸形態本身之審美價值判斷的「二律背反」：一方

1 康德：《判斷力批判》，上卷，第 172－173 頁。

康德先驗形式美學

面，藝術的本質「成立於形式」，藝術之為藝術建基於形式，形式的純粹性也就是美的藝術的純粹性；另一方面，藝術的形式又是「合目的地」將快樂與道德修養融為一體，就藝術美自身的價值體系來說（相對於自然美），與道德修養融為一體的藝術當然是一種更有價值的藝術，而以官能快適為能事的藝術則是違反藝術之合目的性的價值體系的。

　　按照這一標準，康德對藝術的審美價值進行了比較。首先，「在一切藝術裡詩的藝術占著最高等級」，詩的藝術是形式的多樣性和思想的豐富性的結合，而這豐富的思想並沒有切合的語言所能表達。它以非概念的方式強化了人的心靈，使心靈感覺到它的自由活動。它觀察大自然的角度是超感性圖式。它用假象遊戲，但並不是用假象來欺騙人，是「運用想像力提供慰樂的遊戲，並想在形式方面和知性的規律協合一致，並不想通過感性的描寫來欺騙和包圍知性。」[1]雄辯術作為說服人的藝術是運用美的假象來欺騙人的技術，從而使人們在評判之前就對辯者有好感而剝奪了他的評判自由。它的誇飾既沒有法庭訟詞的莊嚴，也沒有教堂頌經的虔誠，並可能使道德原則和人的心術受到損害，因而康德認為這是一種應該被放棄的藝術。

　　詩的藝術之後是音的藝術。它不是通過文字語言而是通過感覺來訴說，從而不像詩留給我們思想，但它卻豐富多樣地激動我們的心情；它雖然一過即逝，但深入人心；它雖然「享受」超過「修養」，根據理性判斷比其它藝術有較少價值，但是它以音調作為自己的情感語言，按照聯想規律把自然形式裡的審美觀念傳達出來。這審美觀念

---

1 依次見康德：《判斷力批判》，上卷，第 173 頁和第 174 頁。

不是概念和一定的思想，只是運用感覺的組合形式替代語言的形式，以表達出一個不可名言的思想富饒。康德特別說明，絕不能僅僅「把諸藝術的價值按照著它們對人們的心情所提供的修養來評量，」否則，音樂就將在藝術中居最低位置，因為它只是用諸感覺遊戲著。如果按照舒適性來評量，音樂則占最高位元；如果按照對於認識機能的擴張來評量，造型藝術則遠列前茅，因為它同時把想像力安置在一自由的，卻同時適合著知性的活動裡。音樂和造型藝術走著兩條不同的路：前者是從感覺達到不規定的觀念，後者是從規定的觀念達到感覺；前者是變換著的印象，後者是持久性的。[1]

　　這樣，康德根據藝術的合目的性標準，構劃出了它的價值序列：詩的藝術→音的藝術→造型藝術。單就造型藝術而言，是繪畫藝術在前，形體藝術在後。這一價值序列顯然是其審美形式之純粹性和目的性之「二律背反」規律的具體化。看來，學術界認為康德在美和崇高之間、自然美和藝術美之間，詩的藝術和其他藝術之間更推重前者，顯然是犯了兩個錯誤，即不僅沒有注意到康德審美價值判斷的「二律背反」方法，也沒有注意到康德關於藝術諸形態的價值判斷是就藝術本身的價值形態而言的，也就是說，相對自然美而言，藝術美的價值形態表現為合目的性；反之一樣，相對藝術美而言，自然美當然表現為形式的純粹性。

原連載於《學術月刊》1995 年第 5 期和《外國美學》第 14 輯（商務印書館 1997 年版）

1　參見康德：《判斷力批判》，上卷，第 176 頁。

康德先驗形式美學

黑格爾內容與形式範疇

先驗形式批判

正如蔣孔陽先生所說:「在西方,從亞里斯多德開始,一直到康德,都是偏重於從形式方面來談美,……從黑格爾開始,方才從內容和形式的統一的觀點,把美說成是理念的感性顯現。」[1]那麼,從西方形式美學的歷史傳統來看,黑格爾的這一轉向是以什麼為契機的呢?這恐怕要追溯到黑格爾對康德的先驗哲學的批判;這一批判的重心落實到美學,就是對康德「先驗形式」論的否定。

康德將本來統一的世界劃分為「現象界」與「物自體」,在思維與存在、理想與現實之間劃開了一條鴻溝,並宣佈「物自體」是不可知的,我們的感官和認識所能達到的只是世界的「現象」。這種「二元論」是康德既想革命又不敢革命的矛盾心理的反應,所以他只能將理想寄託在不可知的「彼岸世界」。到了黑格爾的時代,革命形勢發生了新的變化,原來被康德認為是可望而不可及的法國大革命終於變成了現實,事實已證明了康德的理想不僅是合理的,而且是能夠轉變為現實的。於是,通過黑格爾發出了具有時代意義代呼喚:「凡是合乎理性的東西都是現實的,凡是現實的東西都是合乎理性的。」[2]在黑格爾看來,理想與現實、思維與存在本來就是同一的,康德的二元

---

1 蔣孔陽:《德國古典美學》,第 245 頁,商務印書館 1980 年版。
2 黑格爾:《法哲學原理》,第 2 頁,商務印書館 1961 年版。

論是不適合的。這當是黑格爾之所以能夠對康德展開批判，並為人們所接受的重要背景。

在黑格爾看來，康德二元論的根本錯誤主要是將思想僅僅看成是主觀的和抽象的東西。首先，康德並不瞭解思想的「客觀性」的真正意義。康德儘管也涉及到思想的客觀性，但是它與被康德稱之為客觀的「物自體」之間又存在著不可逾越的鴻溝，所以，這種意義上的「思想」仍然是主觀的，並不具有客觀對象的性質。因為康德的所謂的思想的客觀性只是認識成為可能的經驗條件，而這「經驗」條件並不是客觀實在而是主觀表象；何況，認識之所以成為可能，在康德那裡主要是取決於主觀的「先驗形式」而不是「經驗條件」。與此相反，黑格爾認為，思想的「客觀性」的真正的含義應當是：「思想不僅是我們的思想，同時又是事物的自身（an sich），或對象性的東西的本質」。[1]也就是說，思想是內蘊於事物之中的，並構成事物的本質；事物只不過是思想的外在表現，事物之所以成為事物乃是由於它的本質是思想。因此，從邏輯上說，思想與客觀事物之間沒有任何隔閡，它們之間必然是同一的。於是，黑格爾就把這種內蘊於事物之中、並構成事物本質的思想叫做「客觀思想」。「客觀思想」不僅存在於人類的頭腦中，還是一種不依賴於人的頭腦而獨立存在著的超人的、超自然的客觀實在「絕對精神」。這「絕對精神」乃是一種被客觀化、實在化了的人的思想、概念。

康德由於割裂了思維與存在的統一性，也就必然否認認識客觀世界的可能性，所以終於從「二元論」遁入「不可知論」，這根源於康

1　黑格爾：《小邏輯》，第 120 頁，商務印書館 1980 年版。

德所杜撰出來的「物自體」。在黑格爾之前，費希特和謝林已經分別用「自我」和「絕對精神」批判過康德的「物自體」，使之從不可知變為可知。黑格爾進行了同樣的抨擊。在黑格爾看來，物自體不僅是可知的，而且再也沒有比物自體更容易知道的東西了，因為物自體只不過是思想的產物，只是思想之純粹抽象作用不斷進行的產物。本來屬於思想的產物怎麼可能是不可知的呢？物自體既然是可知的，那麼，它與現象界之間的鴻溝也就被填平了。於是，理想與現實，思維與存在、本質與現象也就有了統一性的基礎。當然，黑格爾並不是將它們統一在存在裡，而是將其統一在思維裡，認為思維是事物的本質，現象不過是思維的顯現，終於沒能逃脫唯心主義的泥沼。

就康德所說的可知的（即可以認識的）「現象界」來說，也不是指客觀世界，而是指「物自體」作用於我們的感官時在我們心中所產生的主觀表象，這種主觀表象作為認識的對象是經過先天的認識形式（先驗形式）加以重建過的結果，所以對於「現象」的認識仍然是主觀的，純粹是主觀「先驗形式」的運作。這是康德的認識論的要害，也是黑格爾所著重批判的「形式主義」。

黑格爾認為，康德的「先驗形式」無非是一種無生命的「圖式」，是一種真正的「幻象」，科學認識的有機組織在「先驗形式」的規範下被降低為「圖表」了，認為只要人們把這「圖式」或「圖表」的某一個規定當做某一個形態的賓詞表述出來，就算是已經把握了該形態的性質和生命了。從這一意義上說，康德的「先驗形式」實際上就是一個「調色板」，一切東西一律用某種顏色加以塗抹。「這種方法」，黑格爾認為，「既然它給所有天上的和地上的東西，所有自然的和精神的形態都粘貼上普遍圖式的一些規定並這樣地對它們加以安排整

理，那麼這種方法所產生出來的就至多不過是一篇關於宇宙的有機組織的明白報導，即是說，不過是一張圖表而已，而這張圖表等於一具遍貼著小標籤的骨架，或等於一家擺著大批貼有標籤的密封罐子的香料店，圖表就像骨架和香料店一樣把事情表示得明明白白，同時，它也像骨架之沒有血肉和香料店的罐子所盛的東西之沒有生命那樣，也把事情的活生生的本質拋棄掉或掩藏了起來。」總之，康德為人們所提供的這種認識的「先驗形式」不過是一種空洞的規定，並不具有任何實際的內容；這一標籤所「給予我們的，僅僅只是內容的目錄，內容自身它是不提供的。」因為「形式的知性」在這裡「並不深入於事物的內在內容，……它根本看不見個別的實際存在。」但是，科學的認識所要求的是深入到它的對象裡去，即「深入於物質內容，隨著物質的運動而前進」，進而去觀察和陳述對象的內在必然性。[1]

　　黑格爾的批判顯然是有力的，他不僅抓住了康德的主觀性，而且抓住了他的抽象性，擊中了要害。康德表面上承認「客觀存在」，實際上並不理解「客觀」的真正意義；康德表面上承認對於「現象」認識的可能性，實際上僅僅是一種沒有任何實際內容的主觀上的可能性。一方面是「主觀的」，一方面是「抽象的」，這就是康德的先驗哲學割裂思維與存在之同一性的必然，也是其「先驗形式」概念的嚴重缺憾。康德的這兩大缺憾反映在美學思想上便是割裂審美主體與審美對象的聯繫，只強調審美的主體性及其先驗形式的普遍性和必然性，由此導致了感性與理性、內容與形式、傾向性與真實性的分離和對峙。儘管康德對這種分離和對峙進行解釋時所用「二律背反」似乎是天衣無縫的，這種解釋對於揭示審美活動的豐富性和複雜性也無疑是

---

1 依次見黑格爾：《精神現象學》，上卷，第 34 頁、第 36 頁，商務印書館 1979 年版。

有力的，但是用來解釋美與藝術的規律仍然不是無懈可擊的，特別是逃脫不了藝術家的敏感。席勒就曾對此提出過針鋒相對的意見，認為感性與理性、傾向性與真實性的統一與和諧才是藝術的根本原則。席勒的批判博得了黑格爾的讚賞，他稱讚「席勒的大功勞就在於克服了康德所瞭解的思想的主觀性與抽象性，敢於設法超越這些局限，在思想上把統一與和諧作為真實來瞭解，並且在藝術裡實現這種統一與和解」，從而「證明了美是一種自然的整體，……美就是理性與感性的統一，而這種統一就是真正的真實。」[1]

黑格爾對康德的超越說到底是一種現象學超越：康德的現象學是指把物質運動作為「可知的」現象和經驗對象來研究，以同「不可知」的物自體相對立，目的是為了規定感性和理性、現象與本質的對峙和界限。在黑格爾看來，康德的這種現象學「只理解到現象的主觀意義，於現象之外去堅持一個抽象的本質、認識所不能達到的物自身。殊不知直接的對象世界之所以只能是現象，是由於它自己的本性有以使然，當我們認識了現象時，我們因而同時即認識了本質，因為本質並不存留在現象之後或現象之外，而正由於把世界降低到僅僅的現象的地位，從而表現其為本質。」[2]「現象學」的意義在黑格爾這裡不僅不是以現象與本質的對立為前提，恰恰相反，而是通過現象去認識本質，最終達到絕對知識。當人們觀察事物時，總是由外而內、由現象而本質，即由表現在外的現象以求把握其內在的本質。黑格爾在規定現象學的這種性質時，特別強調意識在其自我發展的過程中必然使其自身的現象和它的本質相同一。現象與本質的同一是黑格爾的現象學

黑格爾內容與形式範疇

---

1 黑格爾：《美學》，第一卷，第 76－78 頁，商務印書館 1979 年版。
2 黑格爾：《小邏輯》，第 276 頁。

區別於康德現象學的根本，也是他與休謨、馬赫主義者等現象主義，以及胡塞爾的現象學的根本不同。

　　黑格爾關於現象與本質的同一論也就決定了他必然摒棄康德的主觀的和抽象（空洞）的「先驗形式」而走向內容和形式的同一論。於是，內容與形式的辯證統一就成了黑格爾哲學的一個重要範疇，同時也是黑格爾美學的一個重要範疇。特別是在黑格爾的美學中，內容和形式的辯證統一論就像一條「阿莉阿德尼之線」，貫穿並牽制著黑格爾所建構的整座美學大廈。由下面的討論我們將發現：從某種意義上甚至可以這樣說，內容與形式的辯證統一是黑格爾的整座美學大廈生成和運作的內在契機和邏輯支點。在西方美學史上，儘管早在古羅馬時代就產生了內容與形式相統一的二元論思想（「合理」與「合適」），但是，真正完成由形式決定論向內容形式統一論的轉折，正如蔣孔陽先生所說，乃是從黑格爾開始。

內容與形式的辯證法

　　黑格爾說：「就內容與形式在科學範圍內的關係而論，我們首先須記著哲學與別的科學的區別。後者的有限性，即在於，在科學裡，思維只是一種單純形式的活動，其內容是作為一種給予的〔材料〕從外界取來的；而且科學內容之被認識，並不是經過作為它所根據的思想從內部自動地予以規定的，因而形式與內容並不充分地互相滲透。反之，在哲學裡並沒有這種分離」（形式邏輯除外）。哲學（包括藝術哲學）裡所說的「內容」並不限於感官上的可知覺性和單純的在時空中的特定存在。「一本沒有內容的書，並不是指沒有印得有字的一冊

空白紙，而是一本其內容有等於沒有的書。……所謂內容，除了意味著富有思想外，並沒有別的意義。但這就不啻承認，思想不可被認作與內容不相干的抽象的空的形式，而且，在藝術裡以及在一切別的領域裡，內容的真理性和紮實性，主要基於內容證明其自身與形式的同一方面。」[1]哲學和藝術中的「內容」既然是指「思想」，即內在於事物本身的「思想內容」，那麼，它與「形式」當然也就會互相滲透而不可分離。這是其不同於哲學和藝術之外的科學（例如自然科學）的重要區別：後者的內容不是「思想」，而是具有感官的可知覺性和時空特定性的物質存在，即亞里斯多德所說的「質料」，「形式」不過是人類的思維活動，即人類對於物質世界進行科學認識的方式和方法，這一意義上的內容與形式當然是互相分離的，並不存在互相滲透的必然性。

就美和藝術來說，所謂內容與形式的統一就是理性與感性的統一。「藝術的內容就是理念，藝術的形式就是訴諸感官的形象。藝術要把這兩方面調和成為一種自由的統一的整體」[2]黑格爾借用希爾特的「特性」說和歌德的「意蘊」說進一步印證了自己的這一觀點。希爾特認為美和藝術的原則是個別標誌組成了個別事物的本質特性，即「藝術形象中個別細節把所要表現的內容突出地表現出來的那種妥貼性」；歌德認為「古人的最高原則是意蘊，而成功的藝術處理的最高成就就是美」。據此，黑格爾解釋說，無論是希爾特和歌德，他們在為美和藝術下定義時都逃脫不了內容和形式兩個方面的規定。所謂「內容」，就是內在的「本質」或「意蘊」；所謂「形式」，就是外在

黑格爾內容與形式範疇

---

1 黑格爾：《小邏輯》，第 280 頁。
2 黑格爾：《美學》，第一卷，第 87 頁，商務印書館 1979 年版。

的「標誌」或「表現的方式」。「遇到一件藝術作品，我們首先見到的是它直接呈現給我們的東西，然後再追究它的意蘊或內容。前一個因素即外在的因素對於我們之所以有價值，並非由於它所直接呈現的；我們假定它裡面還有一種內在的東西，即一種意蘊，一種灌注生氣於外在形狀的意蘊。……藝術作品應該具有意蘊，也是如此，它不只是用了某種線條、曲線、面、齒紋、石頭浮雕、顏色、音調、文字乃至於其它媒介，就算盡了它的能事，而是要顯現出一種內在的生氣、情感、靈魂、風骨和精神，這就是我們所說的藝術作品的意蘊」。「按照這種理解」，黑格爾由此得出結論說，「美的要素可分為兩種：一種是內在的，即內容，另一種是外在的，即內容所藉以現出意蘊和特性的東西。內在的顯現於外在的；就藉這外在的，人才可以認識到內在的，因為外在的從它本身指引到內在的。」[1]

　　既然「內容」是指事物的內在本質和意蘊，「形式」是它的外在標誌和呈現、表現的方式，那麼，二者作為美和藝術的兩種構成因素，它們在美和藝術中的價值關係當然也就不能平分秋色，「內容決定形式」也就成為必然，「一定的內容就決定它的適合的形式」。[2]也就是說，在內容與形式的統一中，內容是第一位的，是起決定作用的因素。道理很簡單，形式是由內容生發出來的，具體的理念內容整體「本身就具有由理念化為特殊個體和確定為外在現象這個過程所依據的原則和標準。……它本身就已包含它採取什麼顯現方式所依據的原則，因此它本身就是使自己顯現為自由形象的過程」。因此，有什麼樣的內容就必定外化出什麼樣的形式。「形式的缺陷總是起於內容的缺

---

1 黑格爾：《美學》，第一卷，第22-25頁。
2 黑格爾：《美學》，第一卷，第18頁。

陷」，不真實的內容不可能產生真實的藝術形象，[1]「文藝中不但有一種古典的形式，更有一種古典的內容；而且在一種藝術作品裡，形式和內容的結合是如此密切，形式只能在內容是古典的限度內，才能成為古典的。例如拿一種荒誕的、不定的材料做內容，那麼，形式也便成為無尺度、無形式，或者成為卑劣的和渺小的」。[2]

　　既然理念內容本身就具有外化為形式的原則和標準，形式不過是理念內容的外化，那麼，由理念內容所外化出來的形式就不可能脫離內容而獨立存在，正是理念內容「灌注生氣於外在形狀」，才使這「形狀」（即形式）成為有生命的藝術整體，成為美和藝術所不可分割的組成部分，否則，形式只能是無生命的軀殼。從這一意義上來說，黑格爾的「形式」是具有著活生生的內容的形式，正如列寧所說：「黑格爾則要求這樣的邏輯：其中形式是具有內容的形式，是活生生的實在的內容的形式，是和內容不可分離地聯繫著的形式。」[3]這就是說，形式的價值不在於它所直接顯現的感性形象本身，而在於它的「直接呈現」能夠指引到「內容意蘊」；形式作為內容的「符號」並不代表它自己，而是代表著、顯現著內容。

　　按照這一思路，形式之所以存在就是為內容服務的，形式的價值就在於它是內容的附庸，本身並沒有獨立自足性和獨立的存在價值。奇怪的是，黑格爾並不承認這一點。在他看來，所謂「內容決定形式」並非導致形式不重要和無獨立性的結論，他說：「為了糾正此點必須指出，事實上，兩者都同等重要，因為沒有無形式的內容，正如沒有

黑格爾內容與形式範疇

1　黑格爾：《美學》，第一卷，第 93－94 頁。
2　黑格爾：《歷史哲學》，第 111 頁，商務印書館 1963 年版。
3　列寧：《哲學筆記》，第 89 頁，人民出版社 1960 年版。

無形式的質料一樣，這兩者（內容與質料或實質）間的區別，即在於質料雖說本身並非沒有形式，但它的存在卻表明了與形式不相干，反之，內容所以成為內容是由於它包括有成熟的形式在內。」譬如，就一本書來看，這本書不論是手抄的或排印的，不論是紙裝的或皮裝的，都不影響這本書的內容。書的謄印和包裝（形式）確是一個「與內容不相干、並外在於內容的實際存在」，因為它是與「質料」相對而言的「形式」，並不是與「內容」相對而言的「形式」，即一種獨立的外在的物性存在。與此相反，與內容相對而言的形式「不但不是和內容漠不相干，反倒可以說這種形式即是內容本身。一件藝術品，如果缺乏正當的形式，正因為這樣，它就不能算是正當的或真正的藝術品。對於一個藝術家，如果說，他的作品的內容是如何的好（甚至很優秀），但只是缺乏正當的形式，那麼這句話就是一個很壞的辯解。只有內容與形式都表明為徹底統一的，才是真正的藝術品」。例如，荷馬的《伊利亞特》之所以是著名的史詩不僅由於它的內容是特洛伊戰爭，莎士比亞的《羅密歐與茱麗葉》之所以是著名的悲劇也不僅由於它的內容是兩個家族的仇恨而導致一對情人的毀滅……，單就藝術作品的故事題材和思想內容還不足以造成它們的不朽，還在於這題材和內容是「詩的形式」，「它的內容是遵照這形式塑造或陶鑄出來的」。[1]

　　不可否認，黑格爾將這兩種「形式」概念區分開來是一大功勞，這是自亞里斯多德提出「質料與形式」以來關於形式概念的又一次嚴格地界定，對於廓清內容與形式的辯證關係，特別是對於批判「形式是內容的附庸」的觀點，也是一個有力的論證。亞里斯多德的與質料相對而言的「形式」，與黑格爾的與內容相對而言的「形式」，確是兩

1　黑格爾：《小邏輯》，第 279 頁。

個不同性質和意義的概念：前者包括主體的「創造」和「目的」，作為事物的現實「存在」，相對來說，當然可以脫離「質料」而獨立存在；後者作為思想「內容」的外在「形式」，就很難想像兩者的分離。

但是，這樣一來，黑格爾便陷入無以自拔的矛盾：既然形式與內容「同等重要」，那麼，為什麼「內容決定形式」而不能是「形式決定內容」呢？既然與內容相對而言的形式具有「獨立性」，那麼，為什麼說「內容之所以是內容是由於它包括形式在內」呢？事實上，從黑格爾的整個哲學體系來看，「理念」作為自然、社會和人類精神的「絕對」，就在於前者派生出了後者，後者是前者的派生物，也是前者的外在表現形式。所以前者必然包括後者而後者只能作為前者的外在表現，後者顯然也就只能作為前者的附庸而存在，不可能具有獨立自足性（克羅齊正是在這一意義上繼承了黑格爾，所以他被稱為「新黑格爾主義者」）。因此，黑格爾的自我辯解顯然是軟弱無力的，並不能自圓其說。由此看來，「內容決定論」必然導致「形式附庸論」；或者說「內容決定論」的另一種說法就是「形式附庸論」。這就是黑格爾辯證法中的形而上學，即「活的東西」裡面的「死東西」，也是黑格爾難以調和與化解、難以自圓其說的矛盾，以至長期以來被後人指責為「形式附庸論」的禍首。

現在需要著重說明的是，黑格爾的「內容決定論」只是邏輯的規定，並非歷史的規定；也就是說，邏輯意義上的「內容決定形式」不等於要求具體的藝術作品內容「超越」形式，二者的和諧整一才是藝術的理想。「內容和完全適合內容的形式達到獨立完整的統一，因而

黑格爾內容與形式範疇

形成一種自由的整體，這就是藝術的中心」，[1]這才是黑格爾關於藝術美的理想標準和尺度。這種和諧整一的思想貫穿了黑格爾《美學》的全書。在這裡，「和諧」表示對立面的統一、平衡，即內容和形式的「完全適合」；「整一」則是這種統一和平衡的結果是「獨立完整」的「自由整體」。在黑格爾看來，凡離開和諧，就失去了美；和諧之所以美，是因為它達到了「整一性」，即內容和形式各要素熔鑄為一個完滿的有生氣的自由整體，一個「生氣灌注」的自由整體。總之，理想的藝術當是精神與物質、意義與形象，即內容與形式的「聯繫和密切吻合」，黑格爾將此稱之為「藝術的要義」。[2]

就一般意義來說，內容與形式的和諧整一不僅僅是藝術的特殊規律，而且是包括物質的和精神的一切創造活動的普遍規律。黑格爾的可貴之處就在於他注意到了藝術的內容與形式和諧整一的特殊性。他說：「在藝術裡，感性的東西是經過心靈化了，而心靈的東西也藉感性化而顯現出來。」感性與心靈的這種交融「一方面既不是單純的機械工作，……另一方面它也不是從感性事物轉到抽象觀念和思想，完全運用純粹思考的那種科學創造。」前者是工藝性的物質創造活動，後者是抽象性的科學創造活動。而藝術創造活動中的內容和形式的統一並非如此。「拿詩的創作為例來說，人們可以把所要表現的材料先按散文的方式想好，然後在這上面附加一些意象和韻腳，結果這些意象就好像是掛在抽象思想上的一些裝飾品。這種辦法只能產生很壞的詩，因為本來只有統一起來才可以在藝術創造中發生效用的兩種活

動，在這裡卻拆散為兩種分立的活動了」。[1]也就是說，藝術創造中的統一是自始至終的，感性與理性、內容與形式始終處在和諧整一的融合之中。這當是黑格爾關於內容與形式的辯證法的閃光點。

具體說來，黑格爾認為，「藝術的內容就是理念，藝術的形式就是訴諸感官的形象。藝術要把這兩方面調和成為一種自由的統一的整體」。[2]這裡有三個要求：一、藝術所要表現的內容必須在本質上適宜於這種表現。否則，內容被勉強納入形式只能是一種拼湊。二、藝術的內容不應該是抽象的，它應像感性事物那樣具體，即具有寓普遍於特殊之中的完整性和具體性，純是抽象的普遍性本身是無法轉化為特殊事物和現象以及普遍與特殊相統一的藝術整體的。三、內容的感性形式和形象也必須同時是個別的，本身是完全具體的、單一完整的。也就是說，藝術在內容和表現兩個方面必須都具有這種具體性，「也正是這種兩方面同有的具體性才可以使這兩方面結合而且互相符合」。例如人體的自然形狀作為一種感性具體的東西就可以用來表現本身也是具體的心靈並與心靈相符合。以古希臘藝術為代表的古典藝術及其代表性藝術門類（雕塑），就是這樣一種理想的藝術。這說明採取外在世界中某一實在的現象來達到某種真實的內容並非偶然的。一方面，具體的內容本身已含有外在感性表現的因素，另一方面，具體的感性事物在本質上就是訴諸於內心生活的，其外在形狀就是為著情感和思想而存在的。「只有因為這個道理，內容與藝術形象才能互相吻合。」[3]

1 黑格爾：《美學》，第一卷，第 49－50 頁。
2 黑格爾：《美學》，第一卷，第 87 頁。
3 黑格爾：《美學》，第一卷，第 88－89 頁。

內容與形式的三重組合

　　既然內容與形式不僅是黑格爾美學的最基本的範疇，而且也是其美學研究的基本的方法，那麼，通過二者的相互關係這根槓桿闡釋美與藝術的本質與規律也就成為必然。通觀黑格爾的《美學》，內容與形式的辯證法貫穿始終；運用這一方法，黑格爾闡釋了一系列重要美學問題。黑格爾關於美的著名定義，即「美是理念的感性顯現」，[1]所包含的就是內容和形式及其相互關係三個方面的規定。其中，「理念」指美的「內容」和「意蘊」；「感性顯現」，指藝術的感性形象，即指美的「形式」；二者的三種不同組合關係也就生成了三種不同的藝術類型。而黑格爾關於藝術類型的劃分不僅描述了藝術發展的總體輪廓，是黑格爾藝術史觀的集中體現，同時也是其整個美學體系的邏輯框架。

　　「藝術的任務在於用感性形象來表現理念，以供直接觀照，而不是用思想和純粹心靈性的形式來表現，因為藝術表現的價值和意義在於理念和形象兩方面的協調和統一，所以藝術在符合藝術概念的實際作品中所達到的高度和優點，就取決於理念與形象互相融合而成為統一體的程度。藝術科學各部分的劃分原則就在於這一點，就在於作為心靈性的更高的真實得到了符合心靈概念的形象。因為心靈在達到它的絕對本質的真實概念之前，必須經過植根於這概念本身的一些階段的過程，而這種由心靈自生發的內容的演進過程就和直接與它聯繫的藝術表現的演進過程相對應……。」[2]

---

1 黑格爾：《美學》，第一卷，第 142 頁。
2 黑格爾：《美學》，第一卷，第 90 頁。

　　黑格爾的這段話比較完整地表達了內容與形式的辯證法對於藝術學的意義。首先，所謂「藝術」，就是用「感性形象」來表現「理念」；其中，「理念」是藝術的內容，「感性形象」是藝術的形式。其次，藝術價值的高低取決於內容與形式互相融合成為統一整體的程度，完美的融合就是完美的藝術，否則便是具有某種缺憾的藝術，或是藝術的初始形態，或者標示著藝術整體的瓦解。這就是黑格爾劃分不同藝術類型的原則：藝術之所以產生不同的類型，「是由於把理念作為藝術內容來掌握的方式不同，因而理念所藉以顯現的形象也就有分別。因此，藝術類型不過是內容和形象之間的各種不同的關係，這些關係其實就是從理念本身生發出來的，所以對藝術類型的區分提供了真正的基礎。因為這種區分的原則總是必須包含在有待分化和區分的那個理念本身裡。」[1]

　　既然關於藝術類型的區分原則包含在理念裡，那麼，我們就有必要從黑格爾的「理念」概念本身談起。

　　我們知道，「理念」是黑格爾哲學的核心概念，也是其整個哲學體系的起點。黑格爾認為，在人類社會和自然界之上、之外、之先，客觀上存在著一種充滿矛盾和不斷運動變化的精神實體，它是萬物之源、宇宙之本、世界之母，這就是「絕對理念」。「絕對理念」的自我運動和發展大體經歷了邏輯、自然和精神三個階段，這三個發展階段同時也是它的三種歷史形態：

黑格爾內容與形式範疇

---

1 黑格爾：《美學》，第一卷，第 95 頁。

一、邏輯形態

邏輯形態的理念是理念發展的自在階段，即在自然界和人類社會之先就存在著的那種理念。這一階段的理念由於沒有受到任何外界的侵擾，所以是純潔無瑕的。就邏輯形態的理念來說，其自身發展也經歷了三個階段。首先是「存在」，這是理念的潛在階段。然後由潛在過渡到「本質」，也就是說，理念具有了一定的質。最後過渡到「概念」，「概念」是理念在邏輯階段的最高層次，因為它實現了「存在」與「本質」的統一。這時，理念本身已不能通過自身的矛盾繼續發展，於是就不得不「異化」為它的對立物──自然。

二、自然形態

理念的自然形態是理念發展的第二大階段。這是從思維產生了存在、從精神派生出了自然的階段。在這一階段，理念由「自在」變為「他在」。這是理念的退化和墮落，由本來潔白無瑕、不為現實所沾染的「純概念」，異化成了外在的物質形式。理念在其自然階段的發展也經歷了三個小階段。首先是機械性。在這一階段，自然界還只是一些零碎的、分散的物質，整個宇宙還處於朦朧混沌的狀態。然後是物理階段。在物理階段，混沌的自然物質開始具體化，出現了單個的物體，如聲、光、電、磁、熱等一些自然現象和風、雨、山、河等一些無機性的自然物。最後是有機性。在有機性階段，自然界出現了有機物和生命。先是植物，再是動物，最後是人。由於人是有意識的，所以，人的出現使理念擺脫了自然的束縛，揚棄了異化，重新開始回復到自身。於是，理念開始過渡到精神形態。

三、精神形態

　　理念的精神形態是理念經歷自然形態的異化之後向自身的複歸，是理念發展的最高階段。理念在這一階段的發展也經歷了三個小階段。首先是主觀精神。主觀精神從個體方面看心靈，即個人意識的成長階段。例如從最低等的感覺發展到理論精神和實踐精神的結合，最後達到自由精神。其次是客觀精神。客觀精神是精神將自身投向外界。每個個體都要求自由，於是便出現了體現人類共同意志的法律、道德、國家等社會意識和政治制度。這便是客觀精神，其中國家是客觀精神的最高體現。但是，由於國家尚保留著軍隊等國家機器這些外在形式，所以，這對於理念來說，還不是它的最終的複歸。而絕對精神，即理念的精神形態的最後階段，才是它的最終、最徹底地複歸和自覺。

　　就理念在精神形態的絕對精神階段來說，它的發展又分三種形式，這就是藝術、宗教和哲學。這三者在內容和本質上是完全相同的，都是絕對理念的復歸；不同的只是它們實現絕對理念復歸的形式不同：藝術是以直觀和形象的形式顯現絕對理念，或者說是以直接的感性的形式顯現理念；宗教是通過情感表象，或者說是以圖畫式的思維實現理念的復歸；而哲學則是以純概念的形式實現理念的徹底復歸。由於絕對理念在其邏輯階段的最高存在形式就是「純概念」，所以，在哲學中，絕對理念得以最高、最理想的復歸，這當然是絕對理念之最高和最理想的形式。

　　這就是黑格爾所勾勒的整個世界的基本輪廓，也是其整個哲學體系的基本構架：

黑格爾內容與形式範疇

理念	邏輯形態			自然形態					精神形態				
						有機性					絕對精神		
	存在	本質	概念	機械性	物理性	植物	動物	人	主觀精神	客觀精神	藝術	宗教	哲學
	→異化					→復歸							

在黑格爾的哲學體系中，如果我們將注意力投向「藝術」，那麼便可發現，藝術同宗教、哲學同屬於理念之精神形態自身發展的最後一個階段。這也就是說，藝術、宗教和哲學的內容是一樣的，都是「理念」，只是形式不同，藝術是以直觀感性的形式顯現理念。正是在這一意義上，黑格爾才將美定義為「理念的感性顯現」。也正是在這一基本觀念的指導下，黑格爾構造了自己的美學體系。可以這樣說，黑格爾美學是其哲學在藝術領域裡的具體運用，也可以說黑格爾的美學是在藝術領域裡對自己哲學體系的回顧。於是，黑格爾便根據內容（理念）和形式（具有直觀感性的形象）的不同組合方式，勾勒了藝術發展的輪廓。

在黑格爾看來，原始時代的人由於處在蒙昧狀態，精神尚未完全覺醒，所以他們和自然一樣僅僅是一種「自在」。由於這一時代的人類精神還沒有實現真正的自覺，他們對於客觀存在的理性內容只能是一種朦朧的認識。因而，當時的人類還找不到一種適合於理念的感性形式來表達它，只能採取符號來象徵朦朧認識到的精神內容。因此，

與這一精神形態相適應的便是「象徵型藝術」。象徵型藝術是藝術發展史上的第一種藝術類型和第一個階段。

由於象徵型藝術的理念內容是朦朧的、抽象的,它的感性形式也就必然是理念的離奇的圖解自然物體。因此,其內容和形式的關係是形式大於內容的象徵關係。例如,人們為了表達「堅硬」這一理念,常常用石頭來象徵。但是,「石頭」除可以用來象徵「堅硬」外還可以用來象徵「平滑」、「圓滑」等等。這說明,「堅硬」和「石頭」的組合關係並不是完全對應與吻合的關係,而是建立在一種偶然聯繫的基礎之上的象徵與被象徵的關係。在這種情況下,被象徵的理念是埋藏在象徵物的感性形式之中的。表現在美學上,便是形式大於內容,是一種心靈承受巨大物質外殼壓迫的「崇高風格」。

象徵型藝術的代表是印度、埃及、波斯等古代東方建築。例如神廟建築,它不僅象徵某種神的理念,而且具有遮風避雨的功能。金字塔不僅象徵埃及法老的精神,而且包含天文、數學等方面的知識。中國的明代建築天安門也是這樣,它象徵大明江山穩固,但同時具有一般建築的功用。在這裡,象徵與被象徵之間只是一種偶然的關係。也就是說,建築物本身與其所象徵的「理念」內容的關係是形式大於內容、壓倒內容,理念在建築藝術中被強大的物質外殼所束縛、所包裹,從而使理念顯得朦朧、抽象。

由於理念內容在象徵型藝術中的朦朧性和抽象性,沒能找到一種適合的感性形象表達自身,因此,黑格爾認為,象徵型藝術並不符合藝術的理想(即黑格爾關於美的定義)。這樣,理念為找到適合表達自己的感性形象就必然在自身的運動過程中拋棄象徵型藝術,過渡到

較高類型的「古典型藝術」。古典型藝術是藝術發展史上的第二大藝術類型和第二個階段。

在古典型藝術裡，理念內容和感性形式達到了完滿的和諧與整一。在這裡，內容中沒有未被表現出來的東西，形式中也沒有不是表現內容的形式。究其原因，就在於在這時期，人類已實現了完全的自覺，對客觀世界已有了明晰的認識。另一方面，古典型藝術的形式也不再是象徵藝術所用的純粹的自然物體，而是靈魂的直接寓所——人的形象。「人體形狀用在古典型藝術裡，並不只是作為感性的存在，而是完全作為心靈的外在存在和自然形態，因此它沒有純然感性事物的一切欠缺以及現象的偶然性與有限性」。「這種形象在本質上就是人的形象。因為只有人的形象，才能以感性的方式把精神的東西表現出來。人在面孔、眼睛、姿勢和儀表等方面的表現固然還是物質的而不是精神之所以為精神的東西，但是在這種形體本身之內，人的外在方面不像動物那樣只是生命的和自然的，而是肉體在本身上反映出精神。通過眼睛，我們可以看到一個人的靈魂深處，而通過人的全體構造，他的精神性格一般也表現出來了。所以肉體如果作為精神的實際存在而屬於精神，精神也就是肉體的內在方面，而不是對外在形象不相干的內在方面，所以這裡的物質（肉體）並不包含或暗示出另外一種意義。人的形象固然與一般動物有許多共同處，但是人的軀體與動物的軀體的全部差異就只在於按照人體的全部構造，它顯得是精神的住所，而且是精神的唯一可能的自然存在。」[1]

基於這種觀點，黑格爾認為古希臘的雕刻是古典型藝術的代表。

1　黑格爾：《美學》，第一卷，第98頁；第二卷，第165－166頁。

因為在古希臘的雕刻裡，神總是作為人而被表現出來的。每一件古希臘的雕刻都完整地表達了它所要表達的一切精神，這些精神也只有某一特定的雕刻才能表達。例如，宙斯的雕像表達的便是宙斯作為眾神之父的一切特徵：威力、權勢，等等；雅典娜的雕像所表達的便是雅典娜作為智慧女神的一切特徵：聰慧與威力的結合。因此，宙斯的雕像不能替代雅典娜的精神，雅典娜的雕像也不能替代宙斯的精神。同義反覆，人們不能把雅典娜的精神強加於宙斯的雕像，也不能把宙斯的精神強加於雅典娜的雕像。他們各自的雕像表達各自的理性，各自的理性也只能在各自的雕像裡得以表達。這就是古典型藝術所實現的內容與形式的和諧整一。

但是，根據黑格爾的辯證法，精神總是無限的、自由的，而古典藝術用以表達精神的雕刻卻是靜止的、有限的、不自由的；因而，精神要發展，就必須衝破這一物質外殼的束縛，於是便導致了古典型藝術的解體和浪漫型藝術的產生。浪漫型藝術是藝術發展史上第三大藝術類型和第三個階段。黑格爾所說的浪漫型藝術不是指十八、十九世紀之交的浪漫主義思潮，而是指古希臘羅馬之後，從中世紀開始的、基督教統治以來的文學藝術。

在浪漫型藝術裡，有限的物質不能完滿地表現無限的心靈，於是便達到了一個與象徵型藝術相反的極端：象徵型藝術是物質壓倒精神，而浪漫型藝術則是精神溢出物質。這是在較高水準上回到了內容與形式的失調。所以，就無限的精神的伸展來說，浪漫型藝術是藝術發展的最高的階段，是對象徵型藝術的否定之否定；就藝術之內容與形式的組合關係來說，象徵型藝術是形式大於內容，浪漫型藝術則與其相反，是內容大於形式，因而它們都不是完美的藝術，只有古典型

藝術是內容與形式的和諧整一,是理想的藝術和藝術的理想。

黑格爾認為,由於浪漫型藝術的精神溢出物質而回到它的自身,即有意識的人回到他的「自我」,所以,浪漫型藝術的顯著特點之一就是把「自我」抬到很高的地位,特別突出藝術的主體性、主觀性。這種「主觀性」由於沉沒到自己的內心世界,所以就和外在客觀世界對立起來,對外在世界採取藐視的態度,完全憑創作主體個人的意志和願望擺弄客觀的感性形象,於是便造成了浪漫型藝術的自我中心主義和個人主義。因此,浪漫型藝術中的人物就不再像古典型藝術中的人物那樣體現倫理、宗教和政治的普遍理想,而只體現主體個人的情感、意志和願望。於是,古典型藝術經常避免的罪惡、痛苦、醜陋之類的消極現象在浪漫型藝術裡佔據了相當的地位,古典型藝術的那種靜穆和悅的氣象也被動作和激情所代替。而這些動作和激情所構成的衝突主要是人物性格自身的內在衝突。

浪漫型藝術的主要種類是繪畫、音樂和詩,它們所使用的物質外殼分別是顏色、聲音和符號。這些物質外殼只對感覺和觀念起暗示作用,屬於觀念性的東西,因而較之雕刻的物質外殼便更具觀念化、非物質化。繪畫中的每一種顏色都能引起特定的感受;音樂中的每一個音符都有一定的聲調和長度;至於詩歌中的語言符號不僅僅有固定的含義,而且同一符號可以表達多重含義,因而這符號純粹是一種觀念化、非物質化了的符號,而其所蘊含的思想和情感卻氣象萬千、紛紜複雜。

——這就是黑格爾整個美學體系的框架:

藝術類型	象徵型藝術	古典型藝術	浪漫型藝術
理念內容	朦朧、抽象	明確、具體	內在、自由
感性形式	理念的離奇的圖解——自然物體	理念的具體形態——人	作用於人的內在感官和觀念的物質——顏色、聲音、語言
內容與形式的關係	形式大於內容	形式與內容和諧	內容大於形式
代表性藝術門類	（古代東方）建築	（古希臘）雕刻	（中世紀之後）繪畫、音樂、詩

黑格爾內容與形式範疇

　　不難看出，黑格爾的美學具有強烈的歷史感。他居然能把自古至今的各類藝術融合為一個整體，並發現它們之間的內在聯繫，將它們的聯繫描述為一個過程，實在令人驚歎不已。在黑格爾看來，這個過程上呈「客觀精神」，下啟宗教、哲學等「絕對精神」，並在整個宇宙的生成和發展中成為一環不可缺少的鏈條。這就是黑格爾的辯證法的魔力，正如恩格斯所說：「黑格爾第一次這是他的巨大功績把整個自然的、歷史的和精神的世界描寫為一個過程，即把它描寫為處在不斷的運動、變化、轉變和發展中，並企圖揭示這種運動和發展的內在聯繫。」[1]而他最大局限是將這樣一個過程看做是理念發展的過程，是理念異化為自然、並最終揚棄自然回歸到自身的過程。這顯然是唯心

1《馬克思恩格斯選集》，第三卷，第63頁。

主義的。

　　就藝術來說，黑格爾同樣把整個藝術發展的歷史描述成理念發展的歷史，是理念不斷擺脫物質外殼（自然）的束縛而逐步走向復歸的歷史。在黑格爾看來，藝術愈向前發展，精神因素的比重就愈上升，物質的因素就愈下降。象徵型藝術物質大於精神，古典型藝術達到了二者的和諧均衡，浪漫型藝術則是精神大於物質。就浪漫型藝術本身來說，其三種主要藝術種類繪畫、音樂、詩歌，也有一個精神逐漸克服物質的過程：繪畫和雕塑相比，其物質外殼不再佔有空間，只佔有平面，較少受到物質的束縛；音樂和繪畫相比，不僅不佔有空間，也不再佔有平面，只佔有時間，因而更具有精神性、非物質性；而詩則更進了一步，它所使用的是語言文字，空間和時間都不佔有，只是作為喚起感覺的符號而起作用，它的物質性已降到最低的限度。由此看來，黑格爾的這種藝術史觀不僅僅是唯心主義的，同時也是非常簡單化的。決定藝術的不同類型及其發展的因素是非常複雜的，不可能僅僅由內容和形式的組合關係來決定。單就藝術的「形式」或「感性形象」來說，也不是用「物質」可以簡單地概括得了的。

內容對形式的超越與藝術解體

　　在黑格爾的內容與形式的三重組合關係中，最值得我們思考的是浪漫型藝術的內容對形式的超越。在他看來，由於這種超越導致了藝術的解體，從而使「浪漫型藝術雖然還屬於藝術的領域，還保留藝術的形式，卻是藝術超越了藝術本身。」[1]也就是說，藝術本身是理念

―――――――――――――――

1　黑格爾：《美學》，第一卷，第 101－102 頁。

的感性顯現，即內容與形式的和諧整一，但是，由於作為浪漫型藝術的內容是個人的內心生活，具有強烈的個體性和主觀性，以至於使感性形象無法完全徹底地顯現出來，感性形象對於浪漫型藝術實際上已經淪為沒有價值的東西了。因此，黑格爾認為，浪漫型藝術是「藝術超越了藝術本身」。

在我們看來，所謂「藝術超越了藝術本身」主要有三層含義：首先，這說明黑格爾是把形式作為藝術之所以成為藝術的本體特性的。就內容來說，藝術作為絕對精神的復歸，與主觀精神和客觀精神，特別是與宗教和哲學等絕對精神是同樣的，都是「理念」；藝術的特殊性就在於它的形式是感性形象，是「理念的感性顯現」。這是黑格爾關於藝術美的基本理論前提，也是他關於浪漫型藝術的理論前提。正是在這一意義上，黑格爾才將內容超越了形式的浪漫型藝術稱之為「藝術超越了藝術本身」，所謂內容對「形式」的超越就是理念對「藝術本身」的超越，因為「形式」被黑格爾規定為「藝術本身」。

其次，就藝術的價值判斷來說，所謂「藝術超越了藝術本身」顯然是對浪漫型藝術的否定。按照黑格爾的藝術概念，最理想的藝術是以古希臘為代表的古典型藝術，因為只有它才是內容與形式的完美契合，象徵型和浪漫型藝術都沒有達到這一點。正是在這一意義上，黑格爾認為「浪漫型藝術雖然還屬於藝術的領域，還保留藝術的形式，卻是藝術超越了藝術本身」。也就是說，藝術的藝術性，即「藝術的形式」，對於浪漫型藝術來說，只是徒有其表了。

由上述兩點引出第三點，也是最重要的一點，就是浪漫型藝術預示著藝術的解體。浪漫型藝術雖然同象徵型藝術一樣都因為內容與形

黑格爾內容與形式範疇

式的失衡而不是理想的藝術，但是，其內容與形式失衡的性質卻大不相同的：「象徵型藝術在摸索內在意義與外在形象的完滿統一，古典型藝術在把具有實體內容的個性表現為感性觀照的對象之中，找到了這種統一，而浪漫型藝術在突出精神性之中又越出了這種統一」。[1]在這裡，黑格爾以是否達到了「內容與形式的統一」為圭臬，描述並區分了三種藝術類型從「摸索」到「找到」，再到「越出」這一圭臬的歷史過程。象徵型藝術雖然沒有「找到」這種統一，但是，它作為藝術發展史上的初始形態無可厚非，其「摸索」本身已經孕育著未來和希望。浪漫型藝術就不同了。浪漫型藝術作為藝術發展史上的最後一個階段，其內容與形式的失衡則意味著對於藝術理想和理想藝術的否定，所謂「越出」，就是藝術「越出」了藝術性。在我們看來，這就是被人們議論很多的黑格爾的「藝術解體論」的實質之所在。

對於黑格爾的這一思想，美學界多持批評態度，認為這是黑格爾所描述的「藝術末日」，是不科學的，只能說明他的審美理想基本上還停留在古代。「正如他的整個辯證法一樣，黑格爾的美學也專門面向過去，這是非常符合他的模式的。就是這個思想家，一方面頑強地鼓吹藝術進步的思想，同時卻把這種進步局限於過去的時代。……黑格爾給藝術宣佈了死刑，但這個死刑並沒有執行。」[2]在我們看來，對於黑格爾的這一思想尚須具體分析。

我們知道，按照黑格爾美學的邏輯，理念進入戲劇詩階段後，經過悲劇到達喜劇（正劇被黑格爾一筆帶過，慣用的三段式在這裡缺少了一段），最終走完了在藝術領域的全部行程，開始向宗教轉化了。

---

1 黑格爾：《美學》，第二卷，第6頁。
2〔蘇〕阿爾森‧古留加：《黑格爾小傳》，第140頁，商務印書館1978年版。

所以，黑格爾說：「到了喜劇的發展成熟階段，我們現在也就達到了美學這門科學研究的終點」。因為在喜劇精神的「主體性本身已達到了自由和絕對，自己以精神的方式進行活動，……而不再和客觀世界及其個別特殊事物結成一體」，形象這種有限世界的形式已不足以體現絕對理念了，「到了這個頂峰，喜劇就馬上導致一般藝術的解體」。[1]黑格爾將喜劇作為藝術發展的最高和最後的形式是很有見地的，關於這一問題我們暫且不談。單就黑格爾在這裡所說的「一般藝術的解體」來看，顯然是指他在哲學體系中關於藝術的邏輯規定。如前所述，按照黑格爾的哲學體系，理念進入藝術之後，它的發展將被宗教和哲學所代替。但是，這並非黑格爾關於藝術、宗教和哲學的歷史規定，歷史中的藝術、宗教和哲學是並存的，所謂「藝術解體」只是一種邏輯推理，是黑格爾關於理念自我發展的邏輯規定。因此，如同主觀精神和客觀精神只有邏輯的終點而沒有歷史的終點一樣，包括藝術在內的絕對精神也應該只有邏輯的終點而沒有歷史的終點。這就是黑格爾的「體系」與「方法」的矛盾。綜觀黑格爾的《美學》，正如朱立元先生所說：黑格爾「只是在進行『理念感性顯現』的抽象的邏輯演繹時，才在一般意義上談論『藝術解體』；而一旦進入藝術史的敘述或藝術家和作品的評析時，就幾乎看不到『藝術解體』一類字眼，更多的倒是對藝術發展充滿信心的議論和預言。」[2]上文所引阿爾森·古留加對黑格爾的批評顯然沒有注意到這一點，沒有注意到黑格爾為藝術所宣佈的「死刑」只是邏輯意義上的而不是歷史意義上的死刑；這「死刑」之所以「沒有執行」，就在於它是邏輯的而不是歷史的，所

黑格爾內容與形式範疇

---

1 黑格爾：《美學》，第三卷（下），第334頁，商務印書館1981年版。
2 朱立元：《黑格爾美學論稿》，第302-303頁，復旦大學出版社1986年版。

以也就不可能「執行」，真實的、實際的藝術發展的歷史應當具有永恆的生命力。

但是，這並不是說黑格爾的「藝術解體論」不具有任何客觀真實性。儘管他的這一理論主要是關於藝術發展的邏輯規定，但是仍然包含著藝術歷史發展規律的天才猜測。追求邏輯與歷史的統一是黑格爾方法論的基本特點。

首先，黑格爾的美學隸屬於他的哲學，他的美論隸屬於他的認識論，這樣，從哲學認識論的角度去規定藝術，藝術的認識功能顯然弱於宗教和哲學。在黑格爾看來，隨著歷史和人類認識能力的發展，理念越來越不滿足於通過藝術的感性形式來顯現自己了，必然要求通過宗教、哲學等理念的更高發展形式來認識自己以回歸到自身，這是導致藝術解體並為後者所替代的歷史必然。於是，「藝術就否定了它自己，就顯示出意識有必要找比藝術更高的形式去掌握真實。」[1]正如奧甫相尼科夫所說，由於黑格爾只是將藝術作為「絕對精神自我認識過程的第一階段，所以它向認識的最高形式（向宗教和哲學）的轉化是不可避免的，而且是同世界理性的普遍進步相聯繫的。思維在社會發展的更高階段上是反對藝術的，而且照黑格爾看來，它取得了勝利。」[2]儘管我們現在仍然「可以希望藝術還會蒸蒸日上，日趨完善，但是藝術的形式已不復是心靈的最高需要了。我們儘管覺得希臘神像還很優美，天父、基督和瑪利亞在藝術裡也表現得很莊嚴完善，但是這都是徒然的，我們不再屈膝膜拜了。」[3]可見，僅僅從人類認識能

1　黑格爾：《美學》，第二卷，第 288 頁。
2　〔蘇〕米‧費‧奧甫相尼科夫：《黑格爾哲學》，第 319 頁，三聯書店 1979 年版。
3　黑格爾：《美學》，第一卷，第 132 頁。

力的歷史發展來說，黑格爾的「藝術解體論」顯然無可厚非；如果尋找這一理論的謬誤和局限的話，那麼，這是黑格爾將美學隸屬於哲學、將美論隸屬於認識論的謬誤和局限，是黑格爾本人以及他那個時代所無法解決的難題。

其次，從黑格爾將浪漫型藝術定位在中世紀宗教藝術之後的藝術來看，他將藝術的解體與宗教和哲學的繁榮聯繫在一起也不無道理。宗教和哲學的繁榮對古典藝術，特別是對於以古希臘藝術為代表的古典藝術的審美原則，無疑是一個嚴重的衝擊，古希臘藝術的和諧、靜穆被失調的比例和過分的誇張代替了，藝術的思想性、觀念性，即其認識功能被大大地強化了。就這一意義來說，中世紀以來的藝術實際上就是古典藝術原則的失落，即所謂「藝術的非藝術化」。所謂「藝術的非藝術化」實際上是以古典藝術為圭臬的，是非古典藝術的非古典化。這恰恰是藝術發展的必然和真實，是黑格爾以扭曲的形式揭示了藝術發展的客觀真理。

值得一提得是，黑格爾不只一次提到「我們現時代的一般情況是不利於藝術的」，這是因為，現時代的個人「都隸屬於一種固定的社會秩序，顯得不是這個社會本身的一種獨立自足的既完整而又是個別的有生命的形象，而只是這個社會中的一個受局限的成員」。[1]這一思想，顯然與馬克思關於資本主義生產同某些精神生產部門，例如同藝術和詩歌相敵對的思想是一致的。[2]馬克思比黑格爾高明的地方就在於，他運用異化理論，特別是運用剩餘價值理論對這一問題進行了更加深入地探討，得出了唯物主義的結論。實際上，無論是黑格爾還是

黑格爾內容與形式範疇

---

1 黑格爾：《美學》，第一卷，第 14 頁和第 247 頁。
2 見《馬克思恩格斯全集》，第 26 卷，第 296 頁。

馬克思，他們的藝術史論都涉及到一個共同的話題，那就是藝術與功利是敵對的、不相容的，功利和利害是導致藝術的非藝術化、即藝術解體的直接根源。就這一點來說，黑格爾的藝術解體論不能輕易否定，仍然具有現實意義，仍然是一個值得我們繼續探討的課題。特別是人類社會進入商品社會之後，商品經濟對於社會意識形態的浸透和腐蝕，必然對人們的審美情趣和藝術本身發生作用。這作用恐怕就是黑格爾和馬克思所說的「藝術解體」和「敵對性」。

形式與道：中西美學元概念

　　眾所周知，現在被我們所廣泛使用的形式概念並非來自中國美學和藝術批評的傳統，而是「舶來品」，西方美學史是它的故園。早在古希臘時代的畢達哥拉斯學派，就開始用「數理形式」來解釋和規範世界萬物，他們所發現的「黃金分割律」，關於人體、雕刻、繪畫和音樂等比例關係的解說等，都是關於事物「數理形式」的美學規定。此後，蘇格拉底及其弟子柏拉圖的「理式」（英譯 Form,不應譯為 Idea）概念則是對世界萬物之源的形式規定，即認為前者是後者的「共相」和「原型」，後者是前者的「殊相」和「模仿」，「美的事物」之所以美，不在事物本身的線條、色彩和結構等等，而在於「美的理式」，即「美本身」。「美本身」就是美的理式，現實事物的美不過是它的派生和分有。亞里斯多德的「形式」是相對「質料」而言的，前者是事物的「現實」和「存在」，後者是事物的「潛能」和「原料」，事物的生成就是將形式賦予質料，即質料的形式化。羅馬詩人賀拉斯提出來的「合理」與「合式」從「理」和「式」兩方面將美和藝術一分為二，認為只有二者的統一才是真正的美和藝術，從而開闢了西方美學的二元論傳統。這四種形式概念不僅是西方美學的第一個高峰——整個古希臘羅馬美學的核心概念，同時也深深地影響了整個西方美學發展的全過程。[1]

---

1 關於古希臘羅馬美學中的形式概念，可參見本書《形式概念的濫觴與本義》一文。

　　西方美學發展的第二個高峰是以康德、黑格爾為代表的德國古典美學。在康德看來，審美判斷之所以可能，主要不是取決於審美客體，而是取決於審美主體，取決於審美主體頭腦中的「先驗形式」。這「先驗形式」，就「質」來說是無利害觀念的，就「量」來說是不憑藉概念的，就「關係」來說是形式的合目的性，就「情狀」來說具有愉快的必然性……。只有這些先驗的形式條件，判斷才有可能是審美的，或者說審美判斷才有可能發生。在黑格爾所構建的龐大的客觀唯心主義的體系中，「形式」則被嚴格地置於「內容」的對立面。如果說康德的形式美學所承襲的是古希臘的「一元論」，那麼，毫無疑問，黑格爾所承襲的則是古羅馬的「二元論」，是賀拉斯「理」「式」辯證關係理論的繼承和發展。康德所研究的是人類思維的形式，「內容」在康德那裡被規定為淩亂的感性材料，「形式」則是整理、綜合感性材料的主觀思維框架。由於這主觀思維框架（即「先驗形式」）是先天的，那麼，也就是說，它統帥、主導內容而又不依賴於內容，和內容是相互分離並且是對立的。與康德不同，黑格爾的「內容」是指在宇宙中客觀存在著的理念、精神、思想、意蘊，「形式」則是內容的感性顯現，於是，形式和內容就成了不可分割的統一體，美和藝術的歷史也就成了理念（內容）不斷揚棄物質（形式）的歷史。

　　西方美學的第三個高峰在 20 世紀，20 世紀的西方美學是形式崇拜的美學。從俄國形式主義開始，「形式」就被明確地界定為藝術的本體存在，稍後發展起來的英美新批評堅持相同的文學觀，他們的共同特點是將形式規定為文學所具有的「文學性」，認為使文學之所以成為文學的「文學性」不在作品的「內容」裡，而在作品的「形式」（主要是指「文本」Text）中。於是，音韻、詞義、語境，以及含混、

隱喻、張力、反諷等修辭手段便成了他們最關心的話題，以索緒爾為代表的現代語言學就成了這一派的哲學基礎。此外，20 世紀的西方美學還有一個來源於現代心理學的形式崇拜者，主要代表是「原型批評」和「格式塔」美學。就原型批評之「原型」概念的歷史淵源來說，「原型這個詞就是柏拉圖哲學中理式」[1]；就形式美學的思想基礎來說，原型批評導源於精神分析。原型批評認為在文化和文學藝術中有某種永恆不變的東西，即人類社會從原始時代就已存在，並影響到現在的精神「原型」。這「原型」就是「集體無意識」，或稱「宇宙形象」，它作為「種族記憶」被永久地保留下來，給每個個體提供了一整套預先設定的「形式」，使每個後來人必然地首先進入這個「形式」，從而形成一種人類所共同和共通的「心靈意象」，在文化藝術的歷史發展中反覆出現。格式塔心理學美學從整體性原則出發，通過藝術與視知覺辯證關係的實驗研究，提出了諸如「圖－底關係」、「隧道效應」、「力的結構」等一系列具有操作性的審美原則。這些審美原則的共同特點是將審美對象（藝術）作為「格式塔」[2]，在主客體關係中探討「形」的結構，從而建立了一種「非心非物」的審美心理學，[3]並利用實驗手段揭示和驗證「心」「物」之間的「完形」規律。總之，西方美學中的許多理論體系和學說，多是環繞「形式」概念展開的，「形式」傳統象一條絲線貫穿整個西方美學的始終，「形式」概念成了整個西方美學史的「元概念」。

　　我們說「形式」概念來自西方，是西方美學的元概念，並非意味

1　榮格：《心理學與文學》，第 53 頁，三聯書店出版社 1987 年版。著重號為引者所加，「理式」即「形式」。
2　「格式塔」，德文原文 Gestalt 一詞的音譯，「完形」是它的中文意譯，英譯 Form 或 Shape。
3　高覺敷語。見《心理學史》，第 42 頁，中國大百科全書出版社 1985 年版。

著包括中國在內的東方古典美學沒有關於形式的美學思想。歷史和文化的差異可能會對一個民族的審美觀念或藝術風格產生重大影響，但是，就對美和藝術的理性反思來說，這是人類審美活動的共同要求。因此，對於關涉到美和藝術的本質和本體存在的形式問題，世界美學當是處在同一的地平線上，不同的歷史文化背景只可能對形式美學的理論形態造成影響。事實是，在中國古代美學、文藝學和藝術批評中，關於形式的研究和評論是極為豐富的。例如常為人們所引用的陸機在《文賦》中關於語言風格的論述，王世貞在《藝苑巵言》中關於詩文篇法、句法、字法的論述，王驥德在《曲律》中關於戲曲句法的論述，洪邁在《容齋隨筆．詩詞改字》中關於作詩煉字的論述，以及中國古代大量的格律理論，書畫批評中的筆法、技法理論，小說研究中的技巧理論，豐富的文體理論、構思理論，等等，不勝枚舉。可以毫不誇張地說，中國古代美學、文藝學和藝術批評中有關這方面的言論不會比任何一個民族遜色。既然如此，與西方美學相比，它有怎樣的特點呢？

　　首先，中國古代美學關於文學藝術的篇法、句法、字法、筆法、技法、格律等形式方面的言論，同西方形式美學，特別是同 20 世紀的西方形式美學所研究的對象屬於相同的課題。但是，西方形式美學有著明確地哲學基礎，20 世紀西方形式美學關於文學形式的探討不是就語言談語言、就技巧談技巧，而是將語言、技巧上升到了哲學的層面，即從世界觀的高度研究語言的審美本質和藝術規律。於是，語言，在 20 世紀西方形式美學那裡已經不僅僅是傳統意義上的文藝作品中的語言了，而是人作為語言符號的動物通過審美和藝術活動所展開的人性畫面。儘管他們對於語言的分析也是很具體甚至是很瑣細

的，例如燕卜蓀關於語言歧義的分析，在可操作性方面絕不亞於中國古代形式美學，但是，有一點卻是很清楚的，他們的研究，包括每一個細部的研究，都根源於和受制於他們的語言哲學，都和他們的哲學世界觀密切相聯，是其整個哲學思想的具體化或有機組成部分。原型批評和格式塔美學也是如此，他們的形式理論，包括格式塔美學關於藝術形式的操作性研究，同樣根源於和受制於他們所從屬的心理科學。中國形式美學就不同了。「其為物也多姿，其為體也屢遷……」，為什麼？陸機沒有進一步地解釋，只是對具體現象的經驗總結。「首尾開闔，繁簡奇正，各極其度，篇法也。抑揚頓挫，長短節奏，各極其致，句法也。點掇關鍵，金石綺彩，各極其造，字法也」。為什麼？王世貞也沒有溯其根源，只是憑藉藝術經驗對篇法、句法和字法的概括。「春風又綠江南岸」的「綠」字為什麼比「到」、「過」、「入」、「滿」好？「高蟬正用一枝鳴」的詩句為什麼不取「抱」、「占」、「在」、「帶」、「要」而最終定為「用」字？無論是王、魯二氏還是洪邁都沒有從語言哲學或世界觀的角度進行解釋，完全是一種審美和藝術的經驗。這就是中國古代形式美學的經驗性。因此，如果說西方形式美學的理論形態是思辨性的，那麼，中國形式美學的理論形態則是經驗性的。

這是因為，就思維方式而言，建基在哲學世界觀之上並受其統轄的形式研究必然是思辨性的，它的基本特點是從某種世界觀出發，將人類的審美和藝術活動看做整個自然和宇宙生成和發展的一個有機組成部分，「自上而下」地、解剖式地分析或綜合美和藝術的形式規律。因此，它的基本概念也必然是純粹的、抽象的、確定性的。從畢達哥拉斯學派關於形式的數理分析到柏拉圖的「理式」、亞里斯多德的「質料與形式」，再到康德的「先驗形式」、黑格爾的「內容與形式」，

直至 20 世紀，整個西方形式美學都是如此。中國形式美學由於是建基在審美和藝術的經驗之上，它的思維方式也就必然從審美和藝術的經驗出發，通過渾整的、具象的概念進行意會性地表述。這就是作為經驗形態的中國形式美學的重要特點。[1]

　　中西形式美學之所以存在著經驗性和思辨性的重大差別，是同他們與科學的親疏關係密切地聯繫在一起的。從畢達哥拉斯學派開始，西方形式美學就同數學結下了不解之緣。此後，物理學對於亞里斯多德，天文學對於康德，現代實驗科學和系統論對於 20 世紀的西方形式美學等，都產生了直接的影響，從而孕育了富於科學理性精神的哲學思想家，西方形式美學的主要成果便是出自他們的手筆。於是，西方美學關於形式的闡釋必然是思辨理性的產物，都有明確而堅實的思辨哲學作為它的理論基石。中國美學就不同了。中國美學家多為政客、教徒或作家，少同自然科學結緣，他們往往側重於從政治的，或從道德的，或從創作實踐的經驗出發談論美和藝術問題，其中包括談論審美和藝術的形式問題。於是，中國美學關於形式的言論必然是某種政治的、道德的或藝術創作的經驗之談，即從某種政治的、道德的或藝術創作的實踐經驗出發對於美和藝術的形式規律進行經驗性的概括和總結。

　　從經驗出發的根本在於從審美主體出發，從審美主體的意向出發，即側重於從主體出發研究和規範形式的意義和規律。因此，形式，在中國美學中鮮有獨立自足的意義，而是為審美主體的思想、情感等內容服務的，或者說只是內容的附庸和手段。這一特點不僅表現在中

---

1 參照拙著《文藝學方法通論‧文藝學經驗方法》，江蘇文藝出版社 1990 年版。

國古代美學明確地將謀篇佈局、煉詞造句等語言形式說成是為內容服務的，而且還表現在中國形式美學所創造的基本概念和範疇上。例如，所謂「感物吟志」（劉勰：《文心雕龍‧明詩》），「感物」是手段，「吟志」是目的；「擬容取心」（劉勰：《文心雕龍‧比興》），「擬容」是手段，「取心」是目的；「寓情於景」（劉熙載：《藝概‧詩概》），「景」是手段，「情」是目的；「意與境渾」（王國維：《人間詞話》），「境」是手段，「意」是目的……。在這裡，「物」、「容」、「景」和「境」作為藝術的形式，本身並沒有獨立自足性，是為表達「志」、「心」、「情」和「意」等內容服務的，它們的意義和價值僅僅在於是否可以更加完美地表達作品的內容而已。就這一點來說，中國美學中的形式概念就與西方大不相同。如前所說，在西方美學的一元論和二元論兩大傳統中，都明確地賦予了形式以獨立自足性，並沒有將形式僅僅作為內容的附庸，更多地是強調二者的辯證關係。

　　不錯，中國形式美學也強調內容和形式的辯證關係，例如所謂「意象俱足」（薛雪：《一瓢詩話》）、「形神無間」（陸時雍：《詩境總論》）、「情景交融」（方東樹：《昭昧詹言》），以及老子的「大音希聲，大象無形」（《老子》第四十一章），劉勰的「辭約而旨豐」（《文心雕龍‧宗經》）和劉禹錫的「境生於象外」（《董氏武陵集記》）等，都是充滿辯證法的精彩表述。但是，中國形式美學關於內容和形式辯證關係的論述是建立在「內容決定形式」這一基本觀念之上的，辯證地分析二者的關係最終還是要歸結到「形式為內容服務」上。強調「意象俱足」、「形神無間」、「情景交融」的根本在「意」、「神」、「情」，而不在「象」、「形」、「景」；「希聲」和「無形」的根本不在強調「聲」「形」本身之弱小，而在強調「音」「象」之巨大；同理，「辭約」的

目的和價值不在「辭」本身的簡約，辭本身是繁是簡沒有任何意義，它的意義在於是否有利於「旨豐」。這就是中國美學在內容和形式辯證關係的論述中所隱含著的一條總綱：內容是首要的，形式是次要的；為了內容的完善必須要求形式的完美；形式之物理空間的有無、大小和繁簡取決於內容的需要，最終是由內容決定的。從這一意義上來說，中國美學當是「內容的美學」。

需要說明的是，我們套用「內容」和「形式」這一對概念解釋「意」和「象」、「形」和「神」、「情」和「景」等，未免有牽強之嫌。且不說古漢語中根本就不存在「內容」這個詞，「內容」的涵義是通過「意」、「神」、「情」等大量具有相對意義的經驗概念得以表現的；即使古漢語中存在的「形式」概念，在美學和文藝理論中通常是用「形」來表示它的涵義，與西方美學中的「形式」概念也是大不相同的。中國古代美學和文藝理論中「形」的主要涵義是「形象」（形體）、「形狀」（樣子），是外在的，一般僅限於同「神」相對應。「神」指精神、氣質，是內在的。僅就這一點而言，中國美學中的「形」似乎是和西方美學中的「形式」最為接近的概念，那麼，「形神」關係當然也就是「形式和內容」的關係嘍。所謂「形者神之質，神者形之用」（范縝：《神滅論》），所謂「以形寫神」（顧愷之語，見《歷代名畫記》）、「形神畢出」（徐大椿：《樂府傳聲・頓挫》）、「形神俱似」（賀裳：《皺水軒詞筌》）、「形神無間」（陸時雍：《詩鏡總論》），所謂「意得神傳，筆精形似」（張九齡：《宋使君寫真圖贊並序》）、「行真而圓，神和而全」（白居易：《記畫》），等等，都是關於形神辯證關係，即內容和形式關係的精妙論述。但是，中國美學中的「形」畢竟是相對「神」而言的「形」，不像西方美學中的「形式」概念那樣具有非常寬泛的涵

義，更不像西方美學中「形式」概念已經被提升到了宇宙和美的本體或本質意義的層面：在柏拉圖那裡，它是派生萬物的「理式」；在亞里斯多德那裡，它是萬物生成和發展的存在、動力和目的；在康德那裡，它又成了人類認識世界的先驗圖式……。這些豐富而複雜的涵義，是中國美學「形」的概念所絕對沒有的。中國美學中的「形」「神」關係，只是西方形式美學中的一個方面（內容與形式的關係）。也就是說，在西方美學史上，自柏拉圖和亞里斯多德以來，形式（理式）一直是某種美學體系的「元概念」，它不僅具有本質論或本體論的美學意義，甚至有時被規定為整個宇宙的本質或本體。因此，我們有理由這樣說：整個西方美學就是以「形式」為核心的美學，即「形式的美學」。

但是，如前所述，由於「形」在中國美學中只是一個同「神」等相對而言的普通概念，因而並不能被提升到宇宙和美的本體或本質這一層面，顯然不是中國美學的「元概念」。如果我們一定要尋找中國美學的「元概念」的話，那麼，它絕不應該是「形式」，而應該是「內容」，其中包括「神」、「志」、「心」、「意」、「情」等等所有具有「內容」涵義的概念。這是因為，與形式相對而言，內容在中國美學中具有決定性的意義，因而也應當是中國美學的核心。但是，這些眾多的具有「內容」涵義的概念在中國美學中並不具有宇宙和美的本體或本質的意義，只有「道」才被提升到這樣的層面，當屬所有具有「內容」涵義的概念的總概念。也就是說，與西方美學將「形式」概念提升到宇宙和美的本體或本質的層面一樣，中國美學中的「道」，也屬於宇宙和美的本體論或本質論層面上的概念，屬於中國美學的「元概念」。因此，當我們說西方美學是「形式的美學」的同時，也可以說中國美

學是「道的美學」。

何謂「道」？在中國哲學中，「道」被奉為宇宙、自然、人生、事理，包括物質世界、精神世界和審美世界的原理大法，上至理論體系所揭示的立天、立地、立人之道理，下至技藝操作所必須遵循的原理、規則和方法，都可以稱之為「道」。與「道」相對而言的是「器」，「形而上者謂之道，形而下者為之器」（《易‧繫辭上》）。也就是說，「器」是形象的、具體的、個別的、偶然的事物，「道」則是觀念性的、抽象的、普遍的、必然的「理」，它實際上是作為一種「方法」指向欲達之目的。所謂「文以明道」、「文以載道」、「文以貫道」，講的就是「文」的價值和意義，即「文」為昌明、乘載、容納「道」服務，是「道」的載體和器皿。一方面，中國美學強調「道」的決定作用，認為「道勝者，文不難而自至」（歐陽修：《答吳充秀才書》），反對「文與道離」和片面追求辭采的形式主義；另一方面，中國美學也認為「道」與「文」是一個不可分離的整體：「妙而不可見之謂道，形而可見者之為文。道非文，道無自而明；文非道，文不足以行也。是故文與道非二物也」（王禕：《文原》），二者應當相輔相成。「有道而不藝，則物形於心，不形於手」（蘇軾：《書李伯時山莊圖後》）。

可見，儘管我們可以嚴格地說，中國古代美學並沒有與「內容」和「形式」完全對應的一對範疇，那麼，我們完全可以這樣說，中國美學存在著與西方美學中的「形式」處於同一理論層面的概念，這個概念不是「形」，也不能是「神」，而是「道」。與其說「形」是「形式」最為接近的概念，不如說「道」是同西方美學中的「形式」概念具有更重要的相似性，因為儘管它們處於不同的美學體系之中，屬於兩種不同的審美符碼，但是，都不是一般的美學概念，即不是「美學

中的概念」，而是關涉到美學總體觀念的概念，是貫融或統領整個民族美學品格的「總概念」，具有其它概念所無法比擬和超越的包容性和概括力。正是在這一意義上，「形式」成了西方美學的「元概念」，「道」則是中國美學的「元概念」；西方美學多從「形式」出發論美，中國美學多從「道」出發論美；「形式」是西方美學的核心，「道」是中國美學的核心。無論是「形式」還是「道」，由於它們都被提升到了宇宙本質論或本體論的層面，從而充分地表徵著西方美學和中國美學的不同特點：前者是「形式的美學」，後者是「道的美學」。

本文為國際學術會議論文，原載《文化：中西對話中的差異與共存》（南京大學出版社 1999 年版），外文版 *Culture:Diversité et coexistence dans le dialogue Chine-Occident*（譯林出版社 1998 年版）。

形式與道：中西美學元概念

心理與完形

　　就整個現代文論史來看，如果說社會學的批評是十九世紀文藝學方法的主潮，那麼，二十世紀文藝學方法的主潮當是形式批評。但是，我們在做出這一論斷的時候，千萬不可忽略介於這兩大主潮之間的另一種文藝學方法——文藝心理學方法。文藝心理學在十九世紀末至二十世紀初的西方文論史上據有極其重要的地位，當時出現的「移情說」、「距離說」，以及精神分析學派的潛意識理論等，均產生了重大的影響。其中，完形心理學派的「完形」理論，一方面植根於心理學，一方面又是一種形式研究，是一種關於心理形式的研究，從而架設了從文藝社會學向形式批評過渡的橋樑。

　　完形心理學派，又稱格式塔心理學派，二十世紀初葉發源於德國，主要代表人物有韋特墨、苛勒和考夫卡等三人。韋特墨於 1912 年發表的《運動視覺的實驗研究》一文，初次提出了關於完形心理學的基本觀點，標誌著這個學派的創立。

　　完形心理學方法最突出的特點是整體性原則，主要是針對元素分析心理學而提出的。元素分析心理學把一切心理現象都看成是各種感覺元素的集合，認為心理現象的解釋必須求之於感覺的分析。而完形學派則認為，整體是先於部分而存在的但它又不等於部分的總和。它所具有的形式與性質不是決定於其中的部分，而是決定於作為一個整體的情境。這種依存於整體的性質就是所謂「完形性」。事物的性質都是由整體決定的，所以任何事物都是一個完形。因此，他們反對元

素主義把整體分解為孤立的部分，然後再用孤立的部分來說明整體的研究方法，而主張從有意義的整體出發來理解制約於整體的部分。

苛勒的學生、德裔美國美學家魯道夫‧阿恩海姆便是這一方法的推崇者、完形心理學的追隨者，是將完形方法推廣到美學和文藝學領域並取得相當成就的代表人物。他從五十年代起開始發表的《藝術與視知覺》（1954）、《作為藝術的電影》（1956）、《走向藝術心理學》（1966）、《視覺思維》（1969）、《建築形式的動態》（1977）等重要著作，為文藝研究移植完形心理學方法展示了廣闊的前景。從文藝學方法論的角度來看，完形方法可以說是自精神分析進入文藝學領域以來，在文藝心理學方法方面的重大拓展和進一步的深化。它融匯了從經驗批判主義到現象學、結構主義和分析美學，以及現代物理學等最新知識，創造了現代人觀察與把握文藝世界的新方法、新模式，獨具慧眼，別具一格，很值得我們思考與研究。下面就讓我們從三個方面對這一方法作一簡略的考察。

整體性思維原則

「格式塔」，是德文「gestalt」一詞的漢文音譯。在德文中，它是「形式」或「形狀」的同義詞。英文往往將它譯成「from」（形式）或「shape」（形狀）。無論是「形式」還是「形狀」，「形」，是完形心理學研究的出發點和主要對象。但是，完形心理學的「形」，又不完全等同於一般意義上的客觀物體的表現形態。任何「形」，在完形心理學那裡都是經由主體知覺活動重新組織或建構過了的經驗中的「整體」。換言之，人們可以將任何一種物理（心理）現象看做一個整體；

而只有將研究對象看做一個整體，才能得出科學的結論。「所謂格式塔心理學，就是一種反對元素分析而強調整體組織的心理學理論體系」。[1]因此，漢文一般又把「gestalt」譯為「完形」。

完形心理學派的一個重要論點就是：「部分相加不等於整體」。曲調、圖形作為一個整體，大於孤立內容的總和。每一種物理（心理）現象都是一個完形，都是一個「被分離的整體」。整體並不是由若干元素膠合而成的，是先於部分而存在並且制約著部分的性質和意義。所以，他們堅決反對馮特及其構造主義，反對條件反射說和聯想說等一切元素分析方法，稱它們是「磚塊和灰泥的心理學」（brick-and mortar psychology）.

魯道夫·阿恩海姆正是從這一觀念出發開始了他的藝術研究。他在他的第一部重要著作《藝術與視知覺》的開篇就這樣寫道：「看起來，藝術似乎正面臨著被大肆氾濫的空頭理論扼殺的危險。近年來，真正堪稱為藝術的作品已不多見了。」它們似乎在那些空談藝術的定義、對藝術進行線型的決定論分析的洪流中被淹沒了，以至於「在我們眼前出現的是一具被大批急於求成的外科醫生和外行的化驗員們合力解剖開的小小的屍體。由於這批人總是喜歡用思考和推理的方式去談論藝術，就不可避免的給人造成一種印象：藝術是一種使人無法捉摸的東西。」在阿恩海姆看來，這都是由於人們習慣於「依賴固定的公式和處方」對藝術進行元素分析所造成的。而現代科學業以證明，「對自然界的大多數現象的描述，僅僅通過對其局部進行個別分析的方法是無法完成的。對於大多數藝術家來說，『整體不能通過各

心理與完型

---

1 楊清：《現代西方心理學主要派別》，第 252 頁。遼寧人民出版社 1983 年版。

部分相加的和來達到」的思想，並不算什麼新奇的東西了。……無論在什麼情況下，假如不能把握事物的整體或統一結構，就永遠也不能創造和欣賞藝術品」。正如馮‧厄稜費爾在他那篇首次提到「完形」這個名字的論文中指出的那樣，如果讓十二名聽眾同時傾聽一首由十二個樂音組成的曲子，每一個人規定只聽取其中的一個樂音，這十二個人的經驗相加的和就絕不會等同於僅有一個人聽了整首曲子之後所得到的經驗。這是因為，「某一整體式樣中各個不同要素表象看上去究竟是個什麼樣子，主要取決於這一要素在整體中所處的位置和起的作用。」由此，阿恩海姆聲稱，隨著對完形心理學的研究，增加了他對藝術的興趣，他「才試圖把現代心理學的新發現和新成就運用到藝術研究之中，」決心應用完形心理學的原則重新解釋藝術。因為在他看來，「用這種觀點去解釋藝術中的理論問題和實踐問題，是再恰當不過了。」[1]

那麼，阿恩海姆所反對的文藝研究中的「元素分析」方法是指什麼呢？

由阿恩海姆自己的論斷中可以看出，他所反對的元素分析方法首先是指自康德、黑格爾以來的哲學美學的方法。哲學美學將整個宇宙作為一個過程，將美與藝術放在自己所假想的宇宙生成規律中去描述，運用思辨推理的方法解剖藝術。他們所分析的每個藝術的規律實際上是他們的哲學方法的具體化。他們最感興趣的實際上就是阿恩海姆最討厭的關於「美與藝術的本質」之類的抽象、空洞的議論及其由概念到概念的思辨推理。

---

1 阿恩海姆：《藝術與視知覺》，第 1—8 頁。中國社會科學出版社 1984 年版。

　　其次，阿恩海姆所反對的文藝學的「元素分析」方法還指自丹納以來的社會歷史主義的方法。阿恩海姆曾以他的學生安娜‧蓋倫‧布魯克小姐的一個試驗為例對社會歷史主義的方法展開批評。在這一試驗中，被試者先是被要求描述他們對並排放在面前的兩幅風格上極為不同的畫的印象。隨後，把其中一幅拿走，換上另外一幅，然後讓被試者注意這一新的組合會使留下的那幅看上去有什麼與先前不同的地方。試驗結果表明，留下的那幅畫的變化是如此之大，以至看上去與先前迥然不同。阿恩海姆認為，這樣一種試驗證明：「用歷史性的觀點來觀看藝術作品（以衡量現代風格的標準來看過去的畫），會造成多大的歪曲。」在阿恩海姆看來，這是因為：藝術品給人帶來的感受完全是由作品本身所決定的，藝術品本身就是一個整體，而對於藝術品的「任何『觀看』都是在一套關係中觀看，而知覺對象所處的關係網絡又決非簡單。……出現於視域中的任何一個事物，它的樣相或外觀都是由它在總體結構中的位置和作用決定的，而且其本身會在這一總體結構的影響下發生根本的變化。」將同一件藝術品放在不同的組合結構中，按照完形心理學的相似性原則，這件藝術品的某種因素就會與處於同一結構中的其他藝術品中的某種因素重新組合成不同的視覺整體，因而便產生不同的美感效應。阿恩海姆認為，文學藝術中的隱喻手法、色彩搭配、音調組合等都可以運用這一原理說明[1]。而運用社會歷史的觀點和方法，只能就某某一方面的某一因素進行闡釋，不能實現對於文學藝術的整體性把握。對於藝術的整體性把握不僅意味著將某一作品看做一個整體，而且還意味著將作品及其「觀看」、客體及主體建構、作品本身及其環境，等等，都看做一個整體，

1 阿恩海姆：《視覺思維》，第107—118頁。光明日報出版社1986年版。

一個過程，一個在各種關係網絡中交互作用著的整體。

　　阿恩海姆的老師苛勒聲稱：「有些批評家們認為完形心理學不斷地重複『整體』這個詞，忽略部分的存在，因而就拋棄了一切科學程式的那個奇異的工具：分析。從下述事實可以斷定，這實在是一種極其易於令人發生誤解的說法，我們早已發現每當我們論及一個單元或者是一個確定的整體時，必須提到分離的作用。」[1]苛勒關於完形心理學整體性原則的辯解是不無道理的。他們在強調整體時並非不顧及部分，主張綜合時並非沒有分析。他們所反對的只是那種將部分視為孤立的部分，將分析變成脫離綜合的「分割」的方法。所不同的是，完形心理學在論及部分、進行分析時是從整體、從綜合出發的。阿恩海姆將這一認知方式（順序）稱為「自上而下」，即「一種從整體到部分的步驟」。這一步驟與今天的電腦恰恰相反。電腦的「處理方式是自下而上的，或者說，是自部分到整體的。它總是從『要素』或『成分』出發，得到這些成分所能組成的一切可能的『結合』，從來不越出這些成分特有的界限。」[2]這是電腦之所以永遠不能代替人腦的最大局限。而人類的藝術活動則是生命形式的、隨機的，它在「分析」的同時更強調「綜合」，在觀看（接受）「部分」時一刻也不能脫離「整體」。正是在這一意義上，認定完形心理學更加強調「整體」和「綜合」也是不無道理的。同時，也正是在這一意義上，同是文藝心理學的完形方法與精神分析方法迥然相異。

　　佛洛德及其精神分析由人的心理（人格）結構理論出發，將潛意識和性本能作為審美與藝術判斷的圭臬。他對於美與藝術的分析實際

---

1 W・苛勒：《完形心理學》，第191—192頁。1929年紐約版。
2《視覺思維》，第132頁。

上就是關於潛意識與性本能的分析，美與藝術的分析實際上成了他用以證明自己潛意識理論的工具。我們不否認美、藝術與潛意識和性有著某種關係，但僅僅從這一方面進行解剖分析，而對文學藝術的歷史意義、對文學藝術作為「社會意識」或作為語言本體的意義等諸方面忽略不計，顯然也是片面的，也是一種過於側重「分析」而忘記了「綜合」、過於側重於「部分」而忘記了「整體」的「元素主義」。阿恩海姆儘管很少提及佛洛德及其精神分析，也沒有明確地將自己與精神分析對立起來。但是，就其文藝心理學方法的基本特點來看，特別是就其竭力反對「元素分析」、強調美與文學藝術研究中的整體性原則和「綜合」方法來看，文藝學的完形方法顯然與精神分析方法大相逕庭。精神分析，顯然是阿恩海姆所反對的另一種「元素分析」方法。

概言之，無論是哲學美學的思辨推理、社會歷史方法的因果分析，還是精神分析方法的潛意識和性本能理論，都是側重由文學藝術的某一個方面（元素）出發去把握對象，都是側重通過某一方面（元素）的分析來實現對於對象的規律性把握。而這些，都是文藝學的完形方法所竭力避免和反對的。在阿恩海姆看來，藝術並不是作為某種「元素」而存在，而是作為一個統一的、完整的、有機的整體而存在。這個「整體」，就是「形」和「完形」。它有自身的內部結構，它本身就是一個整體，並且服從於一個更大的整體。只有將文學藝術作為「形」和「完形」，才能實現對於對象的整體性把握；換言之，只有著力探討文學藝術的「完形」規律，才能認識客體的真諦。

——阿恩海姆及其完形心理學正是從這裡出發，將整體性原則貫徹到自己的文藝學體系中。

文學藝術作為「形」

將文學藝術作為「形」，通過「形」的研究實現文學藝術的研究，是阿恩海姆及其文藝學完形方法貫徹整體性原則的邏輯前提。「形」，實際上是他全部理論的出發點，也是其文藝學研究的主要對象。

我們知道，對於文學藝術之「形式」的重視，從 20 世紀初「俄國形式主義」就已經開始了。自此以後，無論是「新批評」還是結構主義、符號學，藝術形式一直被看作文學藝術的「本體」（實際上類似於我們通常所說的廣義的「藝術語言」的概念。）因為在他們看來，文學藝術品首先是作為形式而存在的，沒有形式就沒有現象本身，美與藝術只不過是一種「有意味的形式」，它所包容的思想、情感和意味滲透在形式之中，而不是游離其外。藝術和形象的關係不像人體與衣服的關係，而像人體與皮膚的關係：人體由皮膚得以表現，皮膚的形態就是人體的形態。文藝心理學的完形方法在文藝觀念上顯然與上述「本體理論」是一致的。在它的心目中，藝術是作為「形」而存在的。這個「形」，不是藝術中的「形」，而是藝術作為「形」，是積澱著內容的「形」。因而他們認為只有通過「形」的研究才能實現文學藝術的研究，對於「形」的研究本身就是對於文學藝術的研究。

其實，對於「形」的興趣，早在十九世紀的一些哲學著作中就初露端倪。馬赫在其《感覺的分析》（1885）一書中，就認真討論了形（形式）和感覺的關係。他將不同樂音的排列產生不同形狀的現象稱為「時間形式的感覺」。他通過研究發現，人們可以改變方形或菱形的大小，但它們的形式不變；人們可以把曲調的各個樂音都升高或降低一階或數階，但曲調的形式不變。這一思想給後來的格式塔心理學

家們以很大的啟發。完形心理學的直接先驅厄稜費爾便由此進一步提出「形質」（gestalqualrtüt，又譯「完形特質」）的概念。「完形」，作為一個心理學名詞也由此被確定下來。按照厄稜費爾的解釋，完形有兩大基本特徵：1.完形不等於各要素之和，而是一個全新的整體，例如一個三角形交叉線條之和；一個圓也不是相互鄰近的數個點的集合；一首曲調也不是某些樂音的連續相加。它們都是一個具有高度組織水準的全新的知覺整體。2.一個完形在他各構成成分的大小、方向、位置等改變的情況下仍然存在或不變，即上面所說，方形或菱形大小的變化其形式不變、樂音高低的變化其曲調形式不變。這就是所謂完形的「變調性」。後來的完形心理學便是在上述關於完形特徵的兩大定性理論基礎上豐富和發展起來的。

1912 年，韋特墨發表了《運動知覺的實驗研究》一文。在這篇文章中，韋特墨報告了自己利用一種速示器對於「似動現象」的實驗研究。這種速示器是利用靜態圖片的連續投影而造成動態錯覺的機械。本來是兩條靜止不動的直線的投影，但當將它們先後放映的間隔控制在一定的時間（十五分之一秒）時，就會看到一條直線象另一條直線移動的現象。這就是形（格式塔）的「似動現象」。「似動現象」說明完形所具有的性質不在於各部分之和，而在於整體。「似動現象」作為一個完形，不是用孤立的兩條線所能解釋的，關鍵在於兩個刺激在時間上發生了一種動的交互作用，所以才能變靜為動。韋特墨的這一重要發現，為完形的整體性原則找到了實驗依據，從而標誌著完形心理學作為一門科學學科的正式確立。

由此可見，完形心理學從它萌發的那一天開始，便將作為整體的「形」看成是自己研究的出發點和主要對象，「形」的內在結構和力的圖式，「形」對於一般感覺和視知覺的關係等，成了完形心理學最

心理與完型

關心的問題。魯道夫・阿恩海姆，這位完形心理學派的追隨者，正是從這裡獲得了研究美與藝術的靈感，受到了啟示，發現了對於美與藝術審視的新角度。因為在他看來，「從這一理論的首次開始到本世紀上半葉的整個發展過程中，也大都涉及了藝術問題。」[1]完形心理學和藝術正是在「形」上確定了它們的同構關係。

《藝術與視知覺》是阿恩海姆早期的一部重要著作。這部著作的中心論題就是探討藝術作為形式與視知覺的關係，著重通過視覺的簡化傾向和組織本能的研究等來揭示藝術的「完形」性質。在本書的引言中，阿恩海姆針對那些空洞的藝術理論，即所謂「元素分析」方法，提出了藝術研究必須借助「語言媒介」的設想。在他看來，藝術首先是作為語言本體（形式）而存在的，欣賞主體對於藝術的感知是通過藝術語言來進行的。因而，對於藝術的分析首先應當從語言本體出發，將藝術語言作為藝術分析的基本媒介和主要對象。

完形心理學既然是從「形」出發，而「形」又是通過感官才能把握得到的，因此，它對於自己要研究的對象（形、形式），便特別強調由直接經驗出發的「自然觀察法」。如圖：

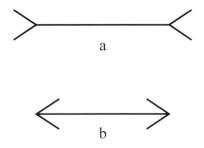

a

b

1《藝術與視知覺》，第 4 頁。

　a、b 兩直線的長度本來是相等的，可是在我們的視覺中，b 線似乎比 a 線短。按照傳統心理學的解釋（如構造主義的內省分析），這種感覺就是不真實的，是一種「錯覺」。但在完形心理學看來，由於a、b 兩直線各附加了兩方向不同的「燕尾」，於是，這些附加的「燕尾」實際上便成為兩直線的「環境」，兩直線事實上就和這些「燕尾」發生了一定的關係。也就是說，兩直線各自組成了一個新的完形。在這一條件下，將它們看做是一短一長，完全是真實的。反之，將這兩條直線從它們的整體（完形）中抽象出來進行分析（測量），也就使部分脫離了整體。在這種情況下再去判斷 a、b 兩直線相等，才是不真實的。因為這一感覺（判斷）不是來自對於完形的直接的經驗，不是通過「自然而然地觀察」，而是通過抽象得到的。但是藝術卻是「世界上最為具體的事物」，[1]阿恩海姆雖然不反對對藝術進行抽象分析，但它認為脫離具體的抽象只能導致藝術的肢解。

　正是基於完形心理學的這樣一種思想，阿恩海姆痛切地感到以往「我們忽視了通過感覺到的經驗去理解事物的天賦。我們的概念脫離了知覺，我們的思維只是在抽象的世界中運動，我們的眼睛正在退化為純粹是度量和辨別的工具」。這同時也是一種審美能力的退化。「由於不能憑藉自己的視覺去理解大師們的傑作，就使許多人儘管經常進出於畫廊之間，並收集了大量有關繪畫藝術的資料，到頭來還是不能欣賞藝術。他們天生具有的通過眼睛來理解藝術的能力沉睡了，因此很有必要設法喚醒它」。而喚醒它的最好、最得力的辦法就是借助於藝術的語言媒介 ——「形」，只有「形」才是「自然而然」的視覺經驗的直接對象。阿恩海姆自稱他的《藝術與視知覺》「這本書所要達

心理與完型

1《藝術與視知覺》，第 1—8 頁。

到的目的之一，就是對視覺的效能進行一番分析，以有助於指導視覺
並使它的技能得到恢復。」[1]

　　可見，阿恩海姆及其文藝學的完形方法對於「形」的研究總是同
對於視覺的研究聯繫在一起的。因為在他看來，「藝術乃是一種視覺
形式。……藝術家在展示如何組織一個視覺式樣方面都是專家，藝術
家瞭解形式的多樣性變化，以及創造這些多樣性形式的技巧，他們具
有培養想像力的手段。他們習慣於將複雜的東西視覺化，他們喜歡以
視覺形象來構想現象和問題。」[2]視覺，作為最高層次，最有秩序的
知覺，阿恩海姆認為「乃是思維的一種最基本的工具（或媒介）」，「是
人類認識活動中最有效的感官」，[3]並非像傳統理論所認為的那樣僅僅
屬於認識的低級階段。它本身就是認識，就包含著理解，就意味著抽
象和概括。總之一句話，視覺與思維同一的。因為視覺並非機械地複
製外物，而是積極地創造和組織，具有強烈的選擇性、抽象性和「完
形」能力。一個在焦急等待女友的小伙子可以很快地在人群中認出自
己所期待的人；一個立方體的藝術投影並非一個立方體，而是由幾條
線構成的矩形；一列被隧道斷成兩截的火車肯定會被看成是一個運動
中的連續的整體……這些本來屬於理性和理解力範疇的東西在視覺
中同樣存在。因此，阿恩海姆認為，應該在視覺與思維之間架設一座
橋樑。視覺活動中包含思維的成分，思維活動中包含感性成分。視覺
與思維、感性與理性是互補的。阿恩海姆在其《視覺思維》這部帶有
總結性著作中所著重探討的這一課題，可以說是他的藝術作為「形」
的觀念的哲學基礎。因為只有確立了視覺與思維的同一性，才能證明

1《藝術與視知覺》，第 1—8 頁。
2《視覺思維》，第 426—427 頁。
3《視覺思維》，第 62、39 頁。

將藝術作為「形」進行把握和認識的科學性和正確性。

在主客體關係中探討形的結構

文學藝術既然是作為形而存在,那麼,這也就意味著我們將任何一首詩、一首曲子、一幅畫,甚至一種意象、一種顏色或一個動作等,都可以看作一個形(完形)。在完形心理學看來,只要是自然而然地觀察到的經驗,都必然帶有完形的特點,每個完形又都是一種組織或結構,而不同組織水準的完形又往往伴隨著不同的感受。有些完形給人的感受是愉悅的,有些則不然。而那些給人以愉悅感受的完形則是組織得最好、最規則和具有最大限度的簡單明瞭的完形。這種完形就是一個「好的完形」(pragnant)。

那麼,一個「好的完形」有哪些組織規律呢?這正是完形心理學家們所著力探討的課題。他們通過大量的實驗和研究,發現了「好的完形」一系列的組織原則。這些組織原則既不是純粹的客體屬性,也不是純粹的主體屬性,而是在主客體交互作用中產生的。換言之,完形心理學是在主客體交互作用中去探討完形的規律的。這同時也是阿恩海姆文藝學的完形方法的另一個重要特點。

現以「圖一底」關係的結構原則為例。

所謂「圖一底」關係,就是判定哪些形從背景中突出出來構成「圖」,哪些仍留在背景中作為「底」,即圖形與背景的關係。完形心理學家們發現,凡是被封閉的面部都容易被看成「圖」,而封閉這個面的另一個面總是被看成底;面積較小的總是被看作「圖」,而面積

較大的總是被看成「底」；圖形與被背景的區別愈大，圖形愈突出從而愈易為人們所感知，圖形與背景的區別愈小，圖形愈不突出從而愈難為人們所察覺。此外，材料的質地、顏色、凹凸、方向、光線、簡化程度等也是影響判定「圖—底」關係的因素。完形心理學在這方面進行了詳盡的分析。

在多數情況下，分辨「圖—底」關係是不困難的；但有些圖形在知覺中會出現「圖—底」頻繁交替的情況，在前一分鐘被視為圖的東西，在後一分鐘就變成了底，再過一分鐘又變成了圖。

a　　　　　　　b

如上圖所示，根據完形「圖—底」關係的有關原理，圖 a 和圖 b 都是封閉的區域，因而都容易被看做「圖」；然而，圖 a 看上去卻成了在一個平面上挖出的一個「洞口」。這是因為，根據「圖—底」關係的另一原理，凸起的部分容易被看作「圖」，凹下去的部分容易被看作「底」。然而這一視覺經驗還可以隨著觀看者的注意點的轉移而轉移。如果觀看者的注意力被吸引到圖中的鼓漲部分，當然會產生上述印象；但如果觀看者的注意力被吸引到圖中那各鼓漲部的尖尖的夾角時，視覺經驗就會改變了，圖 a 看上去便成了「圖」，圖 b 看上去

便成了「洞口」(「底」)。藝術家往往利用「圖一底」關係突出主題，增強層次感；也可以像現代藝術家那樣，利用這種模稜兩可的手段玩弄捉迷藏的遊戲，使人們覺得，日常看到的現實不可絕對信任。正像布洛克的那幅油畫那樣（如下圖），我們觀看這個式樣時，式樣中的那兩張臉的公共輪廓線就會隨著我們把它歸屬於不同的臉而發生巨大的變化。當我們把它歸屬到左邊的臉時，它就是凸起的（豐滿的）、積極的，當我們把它歸屬到右邊的臉時，它就便成了凹進的、被動的。

　　許多超現實主義的藝術家便是經常利用這種手法作出「謎語」式的式樣去包括兩種互相排斥的不同事物。阿恩海姆認為，「他們設計這樣一種構圖的最終目的，就是要使觀看者對現實所具有的那種盲目信任感覺完全解體。以這種方式畫出的繪畫作品，能使我們感受到某事物的物質存在，然而在你稍一恍惚的情況下，它又變成了形狀完全不同的另一件事物，而且同樣也是一件實實在在的事物。」[1]這一解釋對於我們理解現代藝術，看來是不無啟發的。

　　完形心理學所發現的形的這類結構原則，顯然不是就視覺或對象

1《藝術與視知覺》，第 305 頁。

哪一方面而言的，而是在主客體的相互關係及其交互作用中加以闡釋
的，這種結構實際上也是主客體交互作用中所產生的一種新質。

首先，在阿恩海姆及其完形理論看來，視覺是「作為一種積極的
探索工具」，「絕不是一種類似機械複製外物的照相機一樣的裝置。它
不像照相機那樣僅僅是一種被動的接受活動，外部世界的形象也不是
像照相機那樣簡單地印在忠實接受一切的感受器上。相反，我們總是
在想獲取某件事物時才真正地去觀看這件事物。這種類似無形的『手
指』一樣的視覺，……完完全全是一種積極的活動」，具有高度的選
擇性。「它不僅對那些能夠吸引它的事物進行選擇而且對看到的任何
一種事物進行選擇。」[1]因此，視覺所看到的「形」，絕非外物原有的
物理形式，它已被視覺主體改造過了、重建過了，已經生成了一種新
質。所謂「圖─底」關係的原則，正是完形心理學在主客體相互關係
中對於「形」的結構的新發現。

那麼，視覺作為一種積極的探索工具，它所捕捉的究竟是什麼
呢？阿恩海姆認為，「觀看」，實際上是意味著尋找事物的某幾個最突
出的特徵。如天空的蔚藍色、天鵝的長頸、書本的長方形、金屬的光
澤、香菸的挺直，等等。僅僅由幾條簡略的線條和點組成的圖樣，就
可以被人看作是一張「臉」。所以，一個敏捷的漫畫家，僅僅通過精
心選擇的幾筆，便能把一個人的形象活靈活現地勾畫出來；從一件複
雜的事物上面選擇幾個突出的標記或特徵，便能喚起人們對於複雜事
物的回憶。總之，僅僅少數幾個突出的特徵，就能決定對於一個直覺
對象的認識，並能創造出一個完整的整體。

1《藝術與視知覺》，第48—49頁。

　　因此，阿恩海姆認為，一個物體的形狀，從來就不是單獨由個物體在眼睛上的形象所能決定了的。一個球體的背面是眼睛所看不見的，然而這個隱藏在背部的球半面，即理應與看得見的前半面圓形形狀同屬於一個整體的那一部分，在實際知覺中，往往也能變成眼前知覺對象的一個組成部分；我們事實上所看到的往往不是半個球，而是一個完整的球。這是由於人們在觀看的時候，觀看者所具備的有關觀看對象的知識已經參與進去了，以至於當我們看見一個人的面部時，連他的背後的頭髮也成了我們所接受到的整體因素的一部分。觀看一只手錶時，總是把它看成為一種內部裝有複雜機器的整體。這種以各種各樣的知識與眼前物體的可見部分相結合而造成的「完形」的能力，被完形心理學稱之為視覺的「完形的傾向性」。

　　由此，阿恩海姆認為，「形狀不僅是由那些當時刺激眼睛的東西決定的，眼睛所得到的經驗，從來都不是憑空出現的，它是從一個人畢生所獲取的無數經驗當中發展出來的最新經驗。因此，新的經驗圖式，總是與過去所曾知覺到的各種形狀的記憶痕跡相聯繫」。此外，視覺所得到的經驗還與觀看者個人的強烈需要有關。「一個焦急等待他的女朋友的小伙子，一眼便能從對面的成百的女性中認出自己所要等待的女朋友；……一個精神分析學派的批評家從每件藝術品中所看到的，差不多都是子宮和生殖器……。」也就是說，「每個觀看者都可以自動地選取一種最適合自己心理狀態的解釋。」[1]這些都是視覺主體能動性和創造力的最好說明。

　　但是，這並不等於說視覺所看不到的形不受客體的任何制約，純

1《藝術與視知覺》，第58—61頁。

粹是主觀的、隨意的。不是這個意思。完形心理學在強調主體能動作
用的同時，一刻也沒有脫離對於客體結構的分析。在阿恩海姆看來，
視覺對象自有視覺對象自己的完形本質；沒有視覺對象自身的完形
性，視覺主體也就根本不可能產生「完形的傾向性」。

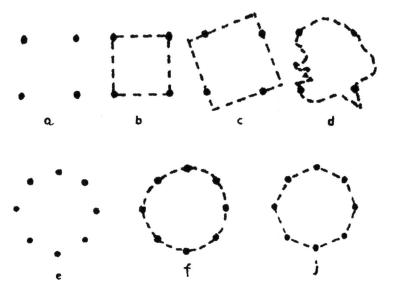

　　如上圖所示，當人們觀看圖 a 時，大部分人會自動地把這個圖形
看成一個正方形（圖 b），而不會看成圖 c，更不會看成像圖 d 所示的
那類圖形。因為圖 b 比圖 c 和圖 d 都簡單。如果在圖 a 中再加四個點
（如圖 e），人們就會把它看成一個圓形（圖 f），而不會把它看成是
一個八邊形（圖 j）。因為方形或圓形是最簡單的圖形。這就是人的眼
睛傾向於把任何一個刺激或樣式看成是已知條件所允許的最簡化的
形狀的規律。「要正確地解釋簡化，不僅要顧及到主體的經驗圖式，
而且還必須顧及到那喚起這一經驗圖式的刺激物。事實上，只有把簡

化看作是物理式樣本身的客觀性質而不顧及個別人的主觀經驗時，才能真正理解簡化的本質。」[1]主體的簡化傾向是受刺激物本身的結構所制約的，視覺經驗是在客體式樣本身所允許的條件下產生的。如果在圖 a 上面另加一些點，人們就有可能將它看做圖 c 或圖 d；而在現有的條件下（僅四個對稱的點），按照簡化原理，就只能傾向於將圖 a 看做圖 b。

——阿恩海姆就是這樣，始終把握主體與客體兩個方面，始終在主客體相互作用中探索形的結構的奧秘。

那麼，視覺刺激物本身的結構究竟是什麼在起作用呢？換言之，外物作用於視覺的究竟是什麼呢？阿恩海姆通過大量的藝術研究發現，作用於視覺的決定性因素是「力」，藝術形式的結構講到底是一種力的結構，只有力的結構（圖式）才能作用於人的感官——視覺。因而，不同的力的結構（圖式）便產生不同的刺激。

例如，一個頂點向下的三角形，看上去就沒有其頂點朝上的穩定；一種稍微從垂直或水準方向傾斜的線條，看上去就似乎正在從垂直或水準方向傾斜（或正向其靠攏）。所有這些感受，在格式塔心理學家們看來是因為每一個形，說到底都是某種緊張力的呈現，並且存在於某種特定的「力」場之中。也就是說，任何一種能夠導致視覺重新組織的形，首先是因為它本身存在著一種「力」，本身就是一種力的式樣，如下圖所示。每一個「好的完形」，都有其內在的張力，都可以被看做是一種「力的結構（圖式）」。我們在繪畫和雕塑中所看到的運動，實際上便是類似這種視覺形狀（當然會更複雜）象某些方向

1《藝術與視知覺》，第 66 頁。

心理與完型

上的聚集或傾斜。正如康定斯基所說，它們所包含的都是一種「具有傾向性的張力」。

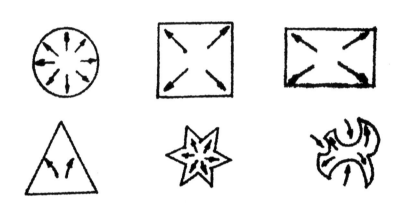

　　在這一問題上，完形心理學極力反對主體移情說和聯想主義。「按照聯想主義的解釋，這種運動並不是在作品中直接看到的，而是觀賞者在觀看過程中把自己以往的經驗加入到作品中去的。由於我們都學會了在經驗中把運動同奔跑的人或傾瀉而下的瀑布聯繫起來，一當我們看到這樣一個與運動有著必然聯繫的形象時，即使從中並沒有直接知覺到真正的運動，也會將位移的因素強加給它。……然而，那些每天出現在我們眼前的用快鏡頭拍攝下來的照片，卻向我們表明，雖然從某些專門拍攝動態姿勢的照片中能看到足球運動員或舞蹈演員那栩栩如生的運動，但在相當一部分這樣的照片中，運動員和舞蹈演員卻是僵硬地凝凍在半空中，看上去像是得了半身不遂症似的。在一幅優秀的繪畫或一件雕塑作品中，人的身體看上去總是在以一種自由的

節律運動著；而在一幅低劣的作品中，身體就顯得呆板和僵硬。」[1]可見，作品具有「動」的張力，不在於其表現的題材本身是否「動」，而在於能否讓欣賞者從中知覺到具有「傾向性的張力」。「知覺式樣的這種『運動』性，並不是過去的運動經驗向知覺對象之中的投射，而是一種獨立的知覺現象，它直接地或客觀地存在於我們所觀看到的物體中。」同時，「知覺活動又是能動的活動」，「知覺活動所涉及的是一種外部作用力對有機體的入侵，從而打亂了神經系統的平衡的總過程。我們萬萬不能把刺激想像成是把一個靜止的式樣極其溫和地打印在一種被動的媒質上面，刺激實質上就是用某種衝力在一塊頑強抗拒的媒質上面猛刺一針的活動。這實質上是一場戰鬥，由入侵力量造成的衝擊遭受到生理力反抗，它們挺身而出來極力去消滅入侵者，或者至少要把這些入侵的力轉變成為最簡單的式樣。這兩種互相對抗的力相互較量之後所產生的結果，就是最後生成的知覺對象。」[2]

　　很清楚，阿恩海姆對於形的結構原則的探討，自始至終是從主體與客體的相互關係著眼的。可以這樣說，在阿恩海姆的文藝學理論中，既沒有完全屬於主體的範疇，也沒有完全屬於客體的範疇；同時也可以說，它們又都是既屬於主體又屬於客體。主體與客體已經完全融為「一體」——「藝術完形」這一整體。

原載《當代文藝探索》1987 年第 4 期，略有修改。

心理與完型

---

1 《藝術與視知覺》，第 569—570 頁。
2 《藝術與視知覺》，第 573 頁。

語言・形式・本體

俄國形式主義

「倘若人們想確定本世紀文學理論發生重大轉折的日期，最好把這個日期定在 1917 年。在那一年，年輕的俄國形式學派理論家維克多・什克洛夫斯基發表了開創性的論文《作為技巧的藝術》。自那時起，特別是過去二十多年以來，各種文學理論大量湧現，令人為之瞠目。」[1]

伊格爾頓在這裡所說道「俄國形式學派」，指的是十月革命之前至 1930 年間活躍在俄國文壇上的兩個學術研究組織。一個是成立於 1915 年，以羅曼・雅格布森為代表的「莫斯科語言學小組」；一個成立於 1916 年，以維克多・什克洛夫斯基為代表的彼得格勒「詩歌語言研究會」。這兩個組織集合了當時俄國一批優秀的語言學家、文藝理論家。他們的共同點是試圖通過文學的語言的研究發現藝術的一般規律，即應用語言學的方法和模式重建文藝學的體系，所以被托洛茨基等反對派指責為「形式主義」。「俄國形式主義」作為這兩個組織的代名詞，於是便由此延續至今。

彼得格勒「詩歌語言研究會」的一位重要成員伯里斯・艾漢鮑姆在歷數俄國形式主義理論時認為：「作為美學理論的形式主義和作為科學體系方法論的形式主義都不是我們的特徵。我們的特徵只是努力

---

1 特里・伊格爾頓：《文學原理引論・作者序》，第 1 頁。文化藝術出版社 1987 年版。

創立一種只研究文學材料的、獨立的文學科學。」在他看來，以往的文學研究只是「利用陳舊的美學、心理學、歷史學公理，因此忽略了文藝研究應有的主題，以致使其本身作為科學存在已成為一種虛幻。」[1]這也就是說，傳統的思辨方法、社會歷史學方法和心理學方法並沒有就文學自身展開研究，因為這些方法所關心的僅僅是文學的「外部規律」，忽略了對文學自身材料及其規律的研究，因而並不是一種「獨立」的文學科學。如果企圖使文藝研究科學化，使文藝學真正成為一門獨立的科學，就必須研究文學之所以成為文學的東西——文學不同於其它人文學科的獨特性。

那麼，這種獨特性是什麼呢？雅格布森在其《現代俄國詩歌》（1921）中做了明確的表述。他說：「文學研究的對象不是文學，而是文學性——即使一部特定作品成為文學作品的那種東西。在此之前，文學史家更注重於充當警員，因打算逮捕某個人，就利用任何時機，抓住所有碰巧走進房子和街上過路的人。文學史家們運用了一切——人類學、心理學、政治學、哲學。他們創造的不是一種文學，而是多種簡樸學科的一個大雜燴。他們似乎忘記了他們的文章已迷入相關的學科——哲學史、文化史、心理學史等等——而這些卻可以有理由地只把文學名著當作有缺陷的、從屬的文獻來使用。」[2]

——這就是俄國形式主義提出的第一個重要理論：「文學性」問題。

所謂文學的「文學性」，也就是指文學的獨特性。一部完整的、

---

1 艾漢鮑姆：《「形式主義」方法論》，載哈澤德‧亞當斯編《柏拉圖以來的批評理論》，第828—846頁。哈考德‧佈雷絲‧喬發諾維奇出版公司1971年版。
2 載《柏拉圖以來的批評理論》，第828—846頁，著重號為引者所加。

正式的文學作品應當是人的客觀顯示生活和主觀內在生活的全面反映，它不僅能給人以美的享受，而且能給人以真理的啟迪、道德的教化和心靈的陶冶，必然包容著社會、歷史、心理、文化和哲學等諸種成分。而按照俄國形式主義「文學性」的理論，這些作用或成分都屬於文學作品中的「非文學」因素，因而不能成為文學研究的對象。這一觀點顯然是極端片面的，因為它的出發點不是「完整的」文學事實，而是文學中的某一方面的事實；更重要的是，俄國形式主義者忘記了這樣一個基本情況：社會、心理、哲學等這些所謂「非文學」的因素和成分一旦進入文學作品之後，一旦被作家美化和藝術化之後，難道還是原來意義上的「非文學」因素和成分嗎？這些因素和成分難道不會裂變、重新組合，從而變成文學的因素嗎？一個讀者從作品中所受到的感化難道能與他在講堂、教科書和家長的教訓中所得到的教育相提並論嗎？

當然，俄國形式主義提出「文學性」問題也有他們自己的思路，其目的無非是通過文學研究對象（範圍）的界定將藝術學從哲學、社會學、心理學等其它科學學科中解放出來，徹底擺脫依附性而走向獨立，從而將文藝學建立在客觀的、科學的基礎之上。這一出發點顯然與二十世紀以來文藝學獨立意識的覺醒、文藝研究崇尚科學的精神相一致。從這一意義上說，俄國形式主義確是開一代先河。它率先提出「文學性」的命題，並由此生發出的一系列理論學說，影響了整整一個世紀，正如佛克瑪和布蟻思所說：「當前歐洲每一種文學理論幾乎都從俄國形式主義那裡得到啟發。」[1]不瞭解俄國形式主義就無法真正理解當代西方文論。如果沒有俄國形式主義的影響，今日的西方文

語言‧形式‧本體

---

1 佛克瑪、布蟻思：《二十世紀文學理論》，第 11 頁。1977 年倫敦版。

論就會改寫。這並不是言過其辭。

　　那麼，「使一部特定作品成為文學作品的那種東西」究竟是什麼呢？既然不是哲學、社會學、心理學、倫理學、文化學和人類學等方面的東西，當然也就不會是作品的「內容」方面。因為任何「內容」，既可以用文學的方式，也可以用非文學的方式來表達。按照俄國形式主義的邏輯，文學與非文學的區別不能是內容，而應是形式。形式決定了文學作品的文學性。正如艾漢鮑姆引用什克洛夫斯基的觀點所概括的那樣，在俄國形式主義看來，「詩的」感覺和藝術感覺是我們關於形式的感覺。傳統的觀點把形式當作包裹皮，當作可以裝液體（內容）的容器；而俄國形式主義則認為形式本身具有自己獨立的意義。「藝術事實證實，藝術的獨特性並不包含在各組成成分之中，而是在于成分的創新使用。」「新形式的目的不是要表達新內容，而是要改變已經失去美學品質的舊形式」。因此，從本質上來說，「文學是一種特殊的現象秩序，一種特殊的材料秩序，……文學的演變其實是形式的辯證演變。」[1]

　　那麼，構成文學這一「特殊的現象秩序」的「特殊材料」，是什麼呢？換言之，文學得以存在的方式是什麼呢？顯然是它的語言。因而，語言及其規律便成了俄國形式主義文學研究的本體。這是因為，按照現代語言學的理論，文學語言不同於一般的實用語言。實用語言以交際功能為其主要目的，而文學語言只是自指的符號，只強調自身的聲、形、排列和組合，它本身便具有美學功能。所以，文學的語言完全是獨立自足的、自成系統的，與作者、讀者、社會、歷史、政治

---

[1] 載《柏拉圖以來的批評理論》，第 828—846 頁。

等外在條件是沒有關係的。這就決定了文學作為語言的藝術的獨特性，決定了文學研究參照語言學的方法和模式的必然性。

縱觀整個二十世紀的美學和文學批評，俄國形式主義對文學「獨特性」的這一新發現具有廣泛的代表性。自從克羅齊於 1902 年在其《作為表現的科學和一般語言學的美學》中提出「美＝直覺＝表現＝語言」的公式以後，多少美學家和文學批評家正是沿著這一思路展開了自己的文藝研究。從英美「新批評」到結構主義，從韋勒克到凱塞爾，從「有意味的形式」到「情感的邏輯形式」的藝術本質論，等等，無不是由此出發構造自己的理論體系的。可以這樣說，俄國形式主義關於文學之獨特性（文學性）的理論成了整個二十世紀形式主義批評的理論基石，成了文藝學本體方法的出發點：文學作品之「獨特性」、「文學性」是文藝學的主要對象，由此出發去研究文學便是從文學的存在方式 —— 語言本體出發。

既然文學作品的「文學性」是它的語言形式，那麼，文學語言又是怎樣具體表現「文學性」的呢？這就是什克洛夫斯基提出的「陌生化」技巧。如果說雅可布森的「文學性」是俄國形式主義的一個代表性理論的話，那麼，什克洛夫斯基的「陌生化」則是俄國形式主義的另一代表性理論。

按照傳統的觀點，藝術是形象的思維，即通過熟悉的形象去認識、領會和解釋不熟悉的事物。什克洛夫斯基認為，這一觀點實際上是一種「精力節省論」，即「借助已知的東西來闡明未知的東西」，以便使理解和把握事物的含義的過程變得輕而易舉。而藝術的目的恰恰相反，它不是使不熟悉的變得熟悉，而是使熟悉的變得陌生；不是節

省精力，而是投入更多的精力。「文藝之所以存在，就是為了使人恢復對生活的感覺，使人感覺到事物，使石頭顯示出石頭的質感。藝術的目的是要人感覺事物，而不僅僅是指導事物。藝術的技巧就是使對象陌生，使形式變得困難，增加知覺的難度和時間的長度，因為知覺過程本身就是審美目的。」而「形象思維，在任何情況下，都包容不了藝術的各個方面。」它只是詩的語言技巧中的一種技巧，如此而是已。[1]

什克洛夫斯基就是這樣通過對形象思維論的挑戰提出了「陌生化」理論。縱觀什克洛夫斯基關於「陌生化」的全部論述，我們可以這樣描述一下他的這一思路：

1.在日常生活中，由於對周圍的事物太熟悉、太習慣了，於是使人的感知變得「自動化」了：常在海邊不知大海美，深居高山不知高山秀；天天做、天天見的東西變得習以為常、不假思索、視而不見、聽而不聞。這是人的知覺與感官的純化和異化。

2.藝術的目的正是使習以為常的事物變得陌生，以喚起人們的注意，恢復人的知覺與感官的豐富性。托爾思泰在《戰爭與和平》中以一個非軍人的眼光看戰場，使戰爭顯得如此荒唐；魯迅在《祥林嫂》中以一個書生的眼光回憶主人翁的一生，將中國婦女的命運表現得那麼悲愴；還有諸如運用兒童的眼光去看成人的世界的一些作品，將世俗偏見揭露得淋漓盡致，等等，從其選擇的世界來看，我們是那樣熟悉，但又不為我們所注意、所思考，只有通過藝術才引起我們的警覺。

---

1 什克洛夫斯基：《作為技巧的藝術》，載李‧來蒙和瑪利昂‧雷斯澤英譯本《俄國形式主義批評：理論四篇》第6—12頁。內布拉斯加大學出版社1965年版。

這不就是「陌生化」的效果嗎？正是陌生化，使讀者好像第一次知覺到事實上早已在自己周圍並已十分熟悉的事物，從而產生一種新奇感和求知欲。

3.熟悉的事物之所以變得陌生，就在於「技巧」使形式變得異常，遏止了思維的慣性和「自動化」，從而增加了對於形式感覺的難度和長度。例如詩中的誇張、比喻、用典；現代派中的荒誕劇和繪畫等，如果它們都是明白如話、一覽無遺，藝術性何在？意味何在？美是「過程」，而不是目的。如果僅僅是為了某種政治的、哲學的、思想文化的目的去看、去讀一部作品，恐怕不會得到真正的美的享受；美的享受是過程的享受。蒙娜麗莎的畫像所呈現的無非是一個女子，只有細細觀看達·芬奇的用筆、用光、用色的微妙變化，才能品味出這位藝術大師的真諦。

如果僅就上述三個方面來看，什克洛夫斯基的「陌生化」確有幾分道理。首先，這一理論是建立在對人的異化的批判的基礎之上，由此規定了藝術對於人的本質的復歸的重要作用。從這一意義上說，「陌生化」理論有一定的獨創性和深刻性。至於什克洛夫斯基最終將「陌生化」歸結到形式的「陌生化」，這是和他的整個形式主義體系分不開的。

既然陌生化是形式的陌生化，那也就不僅僅是諸如用典、比喻等詞語或句法意義上的「陌生化」，當然還包括作品結構層次的「陌生化」。為此，什克洛夫斯基又提出了「故事」和「情節」兩個概念。所謂「故事」，指作品的素材所構成的一連串的事件；而「情節」，則是「故事」的變形。「變形」的目的是為了使「故事」變得陌生、新

語言·形式·本體

奇。由此，什克洛夫斯基認定文學不是生活的摹仿和反映，而是它的
「變形」：生活素材在藝術形式中出現時，總是展現出新奇的、與日
常現實全然不同的面貌。這當然是由文學的語言特性所決定的：文學
的語言不是指向外界，而是指向自身。於是，什克洛夫斯基斷言：藝
術總是獨立於生活，它的顏色從來沒有反映過飄揚在城堡上頭那面旗
幟的顏色。為了說明藝術語言本體的獨特性、獨立性，什克洛夫斯基
居然得出如此極端的結論，顯然是錯誤的。

　　這絕不是什克洛夫斯基一個人的錯誤，而是俄國形式主義的錯
誤，是整個二十世紀形式主義的錯誤，整個文藝學本體批評的錯誤！
並且是它們由語言的崇拜所導致的一個不可避免的錯誤！

　　無論怎樣，以羅曼・雅格布森和維克多・什克洛夫斯基為首的俄
國形式主義的功績不能一筆抹殺。他們的對於「文學性」的熱情、關
於「陌生化」的獨到見解、關於文學語言特性的分析、對於文學技巧
的重視，等等，於傳統的社會歷史批評、心理文化批評等確是一個有
力的反撥。將藝術的觀察點由作家、社會引向文學自身，引向文學的
本體，引向作品的「內在規律」，不能不說他們在這一方面開一代先
河。早在十八世紀末，康德就曾提出「在一切的美術裡，本質的東西
是成立於形式」的論斷。[1]隨著黑格爾美學的崛起，「形式」立即被「理
念」所壓倒，崇尚作品的「內容」和思想性一直佔據十九世紀文藝學
的主流。儘管漢斯立克等人曾掀起過形式崇拜的熱潮，宣稱「音樂就
是音響運動的形式」，但並未扭轉十九世紀人們注重文學藝術內容分
析的大趨勢。歷史進入二十世紀以後，只是首先通過俄國形式主義的

---

1 康德：《判斷力批判》（上），第172頁。

努力,「形式」的崇尚才逐漸形成氣候,並躍居二十世紀的文藝學思潮之首。特別是英美「新批評」和結構主義,都是在俄國形式主義的直接或間接影響下,走向了形式批評的道路。這是一個不可低估、需要認真研究的文藝現象。

形式主義批評成為二十世紀文藝學的主潮當然不僅僅是俄國形式主義的影響,而是由其深刻的文化背景和多重因素決定的。從科學技術的發展來看,二十世紀是一個突飛猛進的時代,原子能的利用、電腦的發明、航空航太技術及資訊處理技術的開發等一系列輝煌的成就使人類認識自然和改造自然的能力空前提高,並對人的觀念、思維方式及社會生活的各個方面產生了深刻的影響。二十世紀的美學和文藝學強調理論研究的「客觀性」、「科學性」,試圖借助自然科學的某些原則和方法進行美與藝術的研究,提出「整體性」、「系統性」、「功能和結構」、「符號」、「資訊」等一系列範疇,明顯是自然科學的滲透或影響。

從人的社會生活來看,二十世紀又是一個動盪的時代。一方面是資本的高度壟斷,一方面是赤貧與失業;今天的富翁,明天可能淪為乞丐;這邊是燈紅酒綠,那邊是血與火的搏鬥……,特別是兩次世界性戰爭,把多少無辜的人拖進相互殘殺的深淵。在這些嚴酷的事實面前,作為社會集團中的個人,似乎已完全喪失了主宰自己命運的能力:「我是誰?」「你是誰?」「他是誰?」勝利的狂喜和失敗的悲愴、得意的幸運與失意的悔恨、傳統的崩潰與新世界的混亂,這一切的一切導致思想文化界的錯位與裂變:一方面不滿於現實,企圖抗爭,一方面又無能為力;一方面積極思索,尋求解釋世界的新答案,一方面又感到知識的貧困與陳舊。於是便有「新康德主義」、「新黑格爾主義」

的崛起，便有唯意志論、經驗主義的重新得勢，便有精神分析和存在主義關於人的深沉反思；而以羅素和維特根斯坦為代表的邏輯實證主義，以波普和庫恩為代表的科學主義以及現象學、符號學、闡釋學等等，則是對傳統的徹底悖離，他們放棄了自我而轉向了「實在」，企圖通過形式、語言、存在去發現一個新的世界，企圖通過主體的失落換取客體的再認識。二十世紀文藝學本體批評的興起正是適應了這樣一個文化氛圍。它感興趣的不是對象的內容、意義與價值，而是形式、結構與功能。與傳統相比，文藝學本體批評確是一種嶄新的思維方式，文學藝術在他那裡完全成為語言、符號與結構的存在，語言、符號與結構的分析成了文藝研究的全部內容。

無論是科學技術的驚人的發展，還是社會文化背景，只能是二十世紀本體批評產生的條件，而作為它的直接契機，則是現代語言學。從方法論的角度來說，現代語言學是本體批評的基本參照。

現代語言學

如上所論，所謂文藝學本體批評，實即文學語言形式的批評。如果就此為本體方法定義，那麼，我們可以這樣說，它在中國古代文藝理論中是屢見不鮮、極為豐富的。

「其為物也多姿，其為體也屢遷……。或仰逼於先條，或俯侵於後章。或辭害而理比，或言順而義妨……。或文繁理富，而意不指適……。或藻思綺合，清麗芊眠……。或苕發穎豎離眾絕致……。或託言於短韻，對窮跡而孤興……。或寄詞於瘁音，言徒靡而弗華……。

或遺理以存異，徒尋虛以逐微……。或奔放以諧合，務嘈囋而妖冶……。或清虛以婉約，每除煩而去濫……」。[1]── 這是陸機關於語言風格的論述。

「首尾開闔，繁簡奇正，各極其度，篇法也。抑揚頓挫，長短節奏，各極其致，句法也。點掇關鍵，金石綺彩，各極其造，字法也。篇有百尺之錦，句有千鈞之弩，字有百煉之金。文之與詩，固異象同則……。」[2]── 這是王世貞關於詩文篇法、句法、字法的論述。

「句法，宜婉曲不宜直致，宜溜亮不宜艱澀，宜輕俊不宜重滯，宜新采不宜陳腐，宜擺脫不宜堆垛，宜溫雅不宜激烈，宜細膩不宜粗率，宜芳潤不宜噍殺；又總之，宜自然不宜生造。意常則造語貴新，語常則倒換須奇。他人所道，我則引避；他人用拙，我獨用巧。平仄調停，陰陽諧葉。上下引帶，減一句不得，增一句不得。我本新語，而使人聞之，若是舊句，言機熟也；我本生曲，而使人歌之，容易上口，言音調也。一調之中句句琢煉，毋令有欺嗓音，積以成章，無遺恨矣。」[3]── 這是王驥德關於戲曲句法的論述。

「王荊公絕句云：『京口瓜洲一水間，鐘山只隔數重山。春風又綠江南岸，明月何時照我還』。吳中士人家藏其草，初云『又到江南岸』，圈去『到』字，注曰不好，改為『過』，復圈去而改為『入』，旋改為『滿』，凡如是十許字，始定為『綠』。黃魯直詩：『歸燕略無三月事，高蟬正用一枝鳴。』『用』字初曰『抱』，又改為『占』、曰

1 陸機：《文賦》，《陸平原集》第 3─5 頁。見《漢魏六朝百三名家集》。
2 王世貞：《藝苑厄言》卷一，《歷代詩話續編》第 16 冊，第 9 頁。上海文明書局版。
3 王驥德：《曲律》，《中國古典戲曲論著集成》（四），第 123─124 頁。中國戲劇出版社 1959 年版。

語言‧形式‧本體

『在』、曰『帶』、曰『要』，至『用』字始定」。[1]——這是洪邁關於
作詩煉字的著名論述。

　　除此之外，中國古代尚有詩論中的格律理論，書畫批評中的筆
法、技法理論，小說研究中的技巧理論等等，真可謂不勝枚舉。儘管
它也算一種本體批評（因為它是對文學藝術語言的批評），但缺乏思
辨的理論基礎，完全是憑藉經驗的一種經驗批評，因而還算不上典型
的本體批評。典型的本體批評不僅僅是關於文藝語言本體的批評，而
且有自己的理論基礎。因而它首先是一種方法論，一種把握與研究文
藝現象的思維方法。二十世紀的本體批評正是建立在現代語言學的基
礎之上，現代語言哲學是它的理論基礎。

　　現代語言學被稱為二十世紀的「顯學」之一，瑞士著名語言學家
索緒爾是它的奠基人。這位「現代語言學之父」從 1906 年開始在日
內瓦大學講授普通語言學，但當時並未付梓成書。1913 年索緒爾去
世後，他的學生根據大家的課堂筆記和索緒爾的一些手稿及其它材
料，編輯整理成《普通語言學教程》一書，於 1916 年首先以法文在
巴黎出版，1922 年出第二版，1949 年出第三版。此後便被各國語言
學家譯成德、西、俄、英、日、漢等文字，影響遍及全世界，涉及哲
學、人類學、心理學、文化學、文藝學等各個學科。

　　《普通語言學教程》之所以有這樣大的影響，除其豐富的內容、
廣闊的視野、翔實的材料和敏銳獨到的語言學見解等原因之外，還適
應了當時學術思潮激劇變革的需要。在索緒爾之前，歐洲語言學研究
是歷史比較方法占主導地位，後來發展到新語法學派的實證主義。它

1 洪邁：《容齋續筆‧詩詞改字》卷八，第 317 頁。上海古籍出版社 1978 年版。

們只是從心理方面去研究個人言語中的各種事實，給人以支離破碎之感，所以被世人批評為「原子主義」。自二十世紀初「格式塔思想」形成以後，包括語言學在內的許多學科都開始注重結構、系統和功能的研究。索緒爾正是在這一思想的影響下提出了這樣的觀點：研究語言不僅應該根據語言的各個部分，不僅應該歷時地進行研究，而且應根據語言個別部分之間的關係共時地進行研究。這就是說，要根據語言當時的適當性，把語言作為一種完整的形式（「格式塔」），作為一個統一的「領域」、一個自足的系統來研究。

「歷史性」與「共時性」的區分是索緒爾語言學中的一個基本思想。所謂「歷時性」，就是研究語言從一個狀態過渡到另一個狀態的現象，即研究語言的演化；所謂「共時性」，就是研究語言在一特定時間內的橫斷面，即研究語言的「靜態結構」。索緒爾強調語言「共時性」研究的重要性，也就是肯定了語言的系統性、結構性。詹姆森說「索緒爾的創新之處在於堅持這樣一個事實：作為一個完整系統的語言在任何時刻都是完整的，不管剛才在這系統中發生了什麼變化。」[1]這就是說，每一種語言除了它自身的歷史以外，還是一個地地道道的客觀存在、一個地地道道的客觀實體。

與「歷時性」和「共時性」相聯繫的另一對概念是「言語」和「語言」的區分。「言語」（parole）指人們實際交際活動中的說話；「語言」（language）則是一種抽象的符號系統。二者的區別猶如真實世界中人們實際所玩的一盤盤象棋與象棋那套抽象的規則之間的區別那樣，象棋的規則高於並超越每一局單獨的棋賽而存在，「規則」支配

語言・形式・本體

---

1 F・詹姆森《語言的牢房》，第5—6頁。普林斯頓大學出版社1972年版。

棋賽，並在棋賽的各棋子之間的相互關係中取得具體形式。語言也是這樣，語言的本質超出並支配著具體的言語活動；言語是露出水面的冰峰，語言則是支撐它的冰山並由它暗示出來。因此，索緒爾認為，人類的天賦「不是口頭的言語活動，而是構成語言……的機能」；[1]語言，而不是言語，理應屬於語言學的對象。

既然語言是一個符號系統，那麼，這個系統中的符號具有怎樣的性質呢？索緒爾認為，任何一個語言符號都是由能指（signifiant）和縮指（signifié）兩方面構成。能指即「音象」（soundimage），即有聲的意象或其書寫形式；所指即「概念」或意義。二者的關係是「任意的」和「差別的」。例如，「cat」（貓）這一符號，「c」、「a」、「t」這三個黑色記號的連寫就是一個能指；它在一個懂英語的人的頭腦裡喚起「貓」的概念就是所指。在這裡，能指和所指之間的關係完全是武斷的、任意的：為什麼這個符號而不是另外的符號表示「貓」的概念呢？這個符號為什麼表示「貓」而不表示「狗」的概念呢？沒有什麼內在的理由，只是文化的、歷史的約定俗成而已。否則，法文中用「chat」、中文中用「貓」，等等，為什麼可以表示同一的概念呢？其次，整個符號與它所指的事物之間的關係也是武斷的、任意的；符號的意義不在其自身，而在它與其它符號之間的差異。這也就是說，「cat」這個符號與真實的、毛茸茸的四足動物之間沒有任何聯繫；「cat」的意義在於它不是「cap」（帽）、「cad」（無賴）或「bat」（短棒）等等。在這裡，能指怎樣變化沒有關係（「cat」、「chat」或「貓」），只要它保持與其語言體系的其它能指的差別就行。從這一意義上來說，「語

1 索緒爾：《普通語言學教程》，第 32 頁。商務印書館 1982 年版。

言中只有差別。」[1]換言之，意義並不是神秘地存在於一個符號中，而是功能性的，是與其它符號相區別的結果。

繼索緒爾之後，現代語言學進入了一個突飛猛進的發展時期，特別是美國語言學家喬姆斯基的轉換生成語法（簡稱 TG）理論產生了很大的影響，被語言學界稱為「喬姆斯基的革命」。喬姆斯基企圖回答這樣一個問題：「說話人怎麼會說出並理解新的句子？」這就必然涉及人的內在的語言能力問題。以兒童為例，他生活在什麼樣的語言環境就會學會什麼樣的語言；兒童生下來後聽到的話語是有限的，但卻能聽懂和說出無數的新話語。這就是語言的生成性，它是天生的，屬於人的內在機能。人的這一天生的內在機能決定了語言的「深層結構」。也就是說，在每個句子表達出來之前，這個句子的概念結構就已在大腦中存在了；此後便通過「轉換」，把深層結構轉換成「表層結構」，這就是說話人的音響所表達出來的句子了。深層結構決定了句子的意義，表層結構則是它的形式。據此，喬姆斯基將語言學的研究分為三大部分：1.句法部分。它形成一個句子的深層結構，並進一步轉換成它的表層結構。這是語言學的主要對象。2.語義部分。這部分對句子的深層結構進行語義規則的說明。3.語音部分。這部分對句子的表層結構進行語音規則的說明。

可見，喬姆斯基的理論是對索緒爾語言學的進一步發揮。他所說的語言的深層結構其實就是索緒爾所說「語言」；他所說的表層結構其實就是索緒爾所說的「言語」。喬姆斯基的特點在於進一步強調了深層結構（「語言」）中的句法規則，並提出由此可以轉換成新句子的

語言・形式・本體

---

1 索緒爾：《普通語言學教程》，第 167 頁。

轉換規則，而這個規則內部又具有「自調性」，即不需借助外來因素進行調整的自給自足性和封閉性。

現代語言學提出的上述一系列重要命題，就語言學自身的發展來看，顯然具有開創性的意義。它不僅與傳統的語言學，而且與十九世紀的歷史比較語言學，都有很大的不同。由於它吸收了現代科學的一些成果，並且涉及到人類學、心理學中的一些領域，因而，現代語言學對於其它學科具有廣泛的普遍性和穿透力。從某種意義上說，它在方法論上已上升到哲學的層面，因而被稱為「語言哲學」。

這樣，二十世紀的本體批評將現代語言學的一些方法和理論移植過來就不足為奇了；換言之，既然語言事實是文學的本體，那麼，將語言學作為文學研究的參照也就成為必然。

例如，現代語言學將語言作為一個獨立自足的體系展開研究，這無疑為本體批評將文學作品作為獨立自足的體系展開研究提供了最富啟發性的理論基石。語言既然是獨立自足的，作為語言的文學作品當然也應當是獨立自足的；因而對於文學作品的研究也就無須考慮語言之外的文化、社會、歷史背景和作者的生平經歷等等，單從作品本身的語言特性便可理解作品的意義。因而，本體批評實際上便成了作品文本的語音、語義和結構的研究。

再如，現代語言學關於語言「共時性」的理論、關於「語言」（「深層結構」）和「言語」（「表層結構」）的區分、關於「能指」和「縮指」的界定，等等，無不對二十世紀的本體批評，特別是對結構主義和符號學，產生了直接的影響，無論是從方法論的角度還是從具體的理論來看，結構主義和符號學都是直接導源於以索緒爾為代表的現代語言

學。至於「俄國形式主義」和英美「新批評」等早期的本體批評,也無不直接或間接地受到索緒爾的影響。正如大衛·羅比所言:「索緒爾的理論於形式主義對於文學和文學研究的觀點有某些驚人的相似之處。儘管形式主義觀點大多是在與索緒爾理論毫無關聯的情況下產生。後期形式主義理論可能在某種程度上受索緒爾的影響,但是該思潮的前期觀點在索緒爾的《教程》(*Cours*)發表前已經形成。這兩個理論都把文學的起源和原因轉向其功能和效果;兩者感興趣的都不是語言如何反映現實,而是語言如何形成人們對事物的認識;兩者都以系統和差異觀點為中心。」[1]

無論是直接的還是間接的影響,語言學向文藝學的融匯和滲透已稱成為事實,文藝學借助語言學的方法和理論構築自己的「本體論」已成為二十世紀西方美學和文藝批評的潮流。這是美學和文藝學歷史上藝術觀念的大變革、文藝研究方法的大裂變。文藝學的本體模式正是在這樣一個條件下形成了自己的獨特風格。

本體方法

通過「俄國形式主義」和現代語言學的回顧,我們便可以確定文藝學本體方法之「本體」的概念了。

很顯然,文藝學方法論意義上的「本體」或「本體論」不同於哲學意義上的本體或本體論。哲學意義上的本體即世界的本原或本性,

語言·形式·本體

---

1 安納·傑弗森等著:《西方現代文學理論概述與比較》,第 37 頁。湖南文藝出版社 1986 年版。

與「方法論」和「認識論」相對而言的，即哲學上研究世界的本原或本性的那部分理論。文藝學方法論意義上的「本體」是指文學的形式、技巧和語言，即文學的存在方式——語言「文本」（text），「本體論」則是關於文學的語言文本的理論。

「本體論」（ontology）一詞最早出現在十七世紀，見於德國哲學家郭克蘭紐、克勞堡和法國哲學家杜阿姆爾等人的著作，後被哲學界所採用。「本體論」一詞最早進入文藝學是二十世紀四十年代初的事情，見之於美國著名批評家、「新批評」的代表人物之一約翰・克羅・蘭色姆的《新批評》（1941）一書。在《新批評》中，蘭色姆反對對文學進行社會的、心理的批評，呼籲一種「客觀的」、「科學的」、「本體批評」的出現。他所呼籲的這種「本體批評」便是關於作品文本、作品語言，即作品的「存在現實」的批評。從而便確立了文藝學本體方法的基本概念（本書就此採用）。

文藝學本體方法的確立是在同傳統的社會學批評、心理學批評、思想文化批評等文藝學方法的決裂中產生的。在本體批評家看來，上述傳統的批評方法的根本錯誤主要是出發點的錯誤：它不是從作品存在的現實（文本）出發，而是從主觀出發，因而具有極大的隨意性和非科學性；即使這種批評能夠闡釋作品的意義，這些意義也往往是批評家硬塞給作品的，帶有批評家強烈的主觀印記。文學作品的意義不在作家的頭腦裡，也不在批評家的主觀傾向中，而是在作品的文本。因而，只有通過作品文本的闡釋才能悟出文學的真諦，否則便只能是文學的「外部」批評。與傳統批評方法的這一「決裂」，導致了本體批評在文藝研究領域中的地位的確立。這一任務，主要是由英美「新批評」來完成的。

本體批評既然是對作品語言文本的批評，那麼，它就必然借鑒和移植語言學的方法和理論。於是，以索緒爾為代表的現代語言學便成了本體批評的參照系。本體批評對於語言學的借鑒和移植不僅僅表現在具體理論學說的應用和發揮，更表現在觀念和方法上的依賴和繼承。在本體批評看來，文學的本質特徵不在於作品能夠表現哲學的真理或社會的、心理的法則。這些真理或法則絕不是文學之所以成為文學的決定因素，即所謂屬於文學所特有的「文學性」。只有形式、技巧和語言文本才是作品之「文學性」的決定因素，語言文本的特徵便是文學的特徵。正是從這一觀念出發，作品的語音、語義及其結構方式的研究便成了本體批評的全部內容。如果說英美「新批評」重在作品的語音、語義的研究，那麼，結構主義則重在作品的語言結構方式的研究。

結構主義與「俄國形式主義」有著密切的關係，他的許多成員（例如雅格布森），前期便是「俄國形式主義」的中堅。如果說「俄國形式主義」和英美「新批評」是在與現代語言學的相互影響中並行發展起來的，那麼，結構主義則是直接導源於現代語言學，現代語言學中的許多概念、範疇都被結構主義所運用。

「新批評」發展到五十年代後期已成為強弩之末，這是因為，它太偏重於個別作品文本的微觀研究而忽略了宏觀考察。於是，當時「人們需要這樣一種文學理論，它既保持新批評派的形式主義傾向，以及新批評派頑固地把文學視為美學實體而非社會實踐的作法，同時，又將創造出某種更為系統和『科學的』東西。」[1] 1957 年弗萊《批評的

語言・形式・本體

---

1 伊格爾頓：《文學原理引論》，第 109 頁。

解剖》的發表是這一意向的最初表露，也是結構主義批評的先聲。

「同英美的新批評派一樣，結構主義也力求『回到作品文本』上來；但不同的是，結構主義認為，如果沒有一個方法論上的模式——一種使人得以辨認結構的理論——就不可能發現什麼結構。因此，結構主義自己並不相信人們能夠就作品文本和不帶任何先入之見去閱讀解釋每篇作品，他們尋求的目標是理解文學語言的活動方式。結構主義者並不以對個別作品文本作出解釋為目的，而是通過與個別作品文本的接觸作為研究文學語言活動方式和閱讀過程本身的一種方法。」[1]這是結構主義對於英美「新批評」的超越。這一超越顯然應當歸功於現代語言學方法的直接借鑒和應用。

儘管這樣，結構主義仍未擺脫將文學語言作為一個獨立自足的系統進行考察的封閉性；恰恰相反，由於他將自己的方法與理論緊緊拴在了語言學的戰車上，所以，從某種意義上說，他比「俄國形式主義」和英美「新批評」具有更頑固、更保守的文本崇拜主義。而這一點，在符號學美學那裡卻是另一番景象。符號學美學儘管也是導源於索緒爾（正是從這一意義上，許多學者將符號學和結構主義同日而語），但從方法論的角度來看，符號學美學由於從整個人類的文化體系出發規定藝術的本質，因而有著廣闊的視野。他不再拘泥於文學與語言學的對等關係的研究，而重在方法論上的借鑒，著力於整個藝術規律（而不僅是藝術的語言學規律）的研究。因而，在符號學美學那裡蘊含著對於文藝本體的人類學的新發現。

1　庫勒：《文學中的結構主義》，載《美學文藝學方法論》（下），第 505 頁。文化藝術出版社 1985 年版。

　　總之，從「俄國形式主義」到英美「新批評」，再到結構主義和符號學美學，作為二十世紀本體批評的代表性流派，在方法論上的共同特點是：首先將「形式」作為文學藝術的本體存在，從形式出發，參照現代語言學的模式揭示作品的語音、語義和內在結構的一般規律，從而發現文藝作品文本的審美意義。

「新批評」及其本體崇拜

關於「新批評」

「新批評」是二十世紀二十年代發軔於英國、三十年代至五十年代形成並極盛於美國的重要文藝理論流派。英國意象派詩歌理論應該是它最早的源頭,艾略特和瑞查茲被認為是它的直接開拓者,而「新批評」這一名稱則得之於美國著名文藝理論家、新批評派的代表人物之一約翰·蘭色姆 1941 年出版的《新批評》(*The New Criticism*)一書。「新批評」名稱的確立,標誌著這一理論流派「已經具備了某種統一的批評方法」──本體論批評。[1]

早在二十年代,瑞查茲就曾試圖將語文學應用於文藝研究。他將語言分為「科學」和「情感」兩種用法。語言的科學用法主要用來指涉事物;語言的情感用法則是用來表示這種指涉帶來的情感和態度的效果,這是文學交流的特徵。例如,我們說笛福的小說《魯濱遜漂流記》是真實的,是指它講述的事情的可接受性,並非指這些事情與任何真實的歷險故事有某種聯繫。也就是說,藝術真實不等於客觀事實,或者說與客觀事實無關,只是一種「偽陳述」(pseudo-statement),重在讀者心理上產生的效果如何。只要合情合理,符合自身的邏輯,這部作品就是一個獨立自主的世界,不必用「科學」和「歷史」要求

---

1 約翰·克羅·蘭色姆:《新批評》,第 10 頁。康乃狄格 New Directions 出版社 1941 年版。

它的真實。因為「重要的不是詩所云，而是詩本身」。[1]

無獨有偶，艾略特在他那篇著名的論文《傳統與個人才能》中則大聲呼喊「詩不是放縱感情，而是逃避感情；不是表現個性，而是逃避個性」。[2]因為在艾略特看來，任何詩人都不可能脫離傳統而「單獨」地創造，自古以來的一切詩歌是一個有機的整體；與詩人的感性和個性相比，傳統更重要、更有價值；詩人必須為了更有價值的東西而犧牲自己；詩人在詩歌創作的過程中僅僅起著一種媒介作用，就像鉑絲在含有氧氣和二氧化硫的容器裡所起的作用那樣，新的物質 —— 亞酸硫因它而產生，但卻絲毫不含有鉑的成分，因為鉑是中性的，本身並不發生變化。詩人的任務只是將個人的感情和經驗轉化成藝術的；一個藝術家只有不斷地犧牲自己、不斷地消滅自己的個性，才能走向成熟。艾略特提出的這種「非個性」論所針對的是浪漫主義的表現論，其目的是為了拉開作家與作品的距離，以便將批評的興趣由詩人的歷史轉移到詩本身。「誠實的批評和敏感的鑒賞，並不注意詩人，而注意詩。」「這樣一來，批評真正的詩，不論好壞，可以得到一個較為公正的評價」。[3]

儘管瑞查茲和艾略特都在竭力論證「詩本身」的重要，但是後來仍然遭到蘭色姆等人的尖銳批評。蘭色姆在其《新批評》一書中認為，與傳統相比，儘管他們的理論是一種「新批評」，但仍然不構成「成熟」。因為他們試圖以有關感情、情感、態度的術語作出文學評判，

---

1 瑞查茲：《科學與詩》，第 36 頁。1926 年英文版。
2 托‧斯‧艾略特：《傳統與個人才能》，轉引自《二十世紀文學評論》（上），第 138 頁，上海譯文出版社 1987 年版。
3 《二十世紀文學評論》（上），第 133、139 頁。

只是以一個心理學家的身份來論詩，沒有實現真正的本體批評。蘭色姆認為，心理學家是這樣一種思想家，他打斷我們的討論，插進來告訴我們，我們所說的知識很少能夠得到客觀對象（作品本身）的證實，而更多地是得到我們主觀情感和欲望的證實。情感的特性無法單純以有關情感的術語來界定，因為情感屬於使我們產生那種情感的對象本身。比如，並不存在一般的恐懼或原則上的恐懼，只存在對某個特定對象或情境的恐懼。也就是說，「感情是客觀情境的嚴格對應物」，瑞查茲的錯誤就在於「他沒能為美感找出客觀對應物」[1]至於艾略特對「傳統」的強調，蘭色姆認為根本就不是關於文學批評的判斷，而是一種歷史的判斷。文學批評根本就沒有必要去參照歷史或傳統。參照傳統進行批評只能證明某種創作的傳統性和正統性，而不能證明它的審美價值。因此，艾略特的理論只不過是「近似於瑞查茲心理學理論的某種翻版」。[2]因為儘管他的理論包含著許多有價值的觀點，但其術語仍是有關心理與感情的，我們必須將他的表述翻譯成客觀的、認識的術語。

這樣，蘭色姆便大聲呼喚一種真正的「本體」的批評家的出現。本體的批評家首先應該意識到詩與散文的差別。詩不是道德說教，也不是情感的表現，而是一種特殊的結構。這種結構「（a）與科技散文的結構不同，它通常不具嚴密的邏輯；（b）包含、攜帶大量離題的或相異的材料，這些材料顯然是與結構無關的，甚至是妨礙結構的」。因此，可以將詩看做是一種「具有離題的局部肌質的鬆散的邏輯結構」。詩作為一種論述，與邏輯論述的差異「是一個本體的差異。」

「新批評」及其本體崇拜

---

1 蘭色姆：《新批評》，第 50、51 頁。
2 蘭色姆：《新批評》，第 152 頁。

「詩是在本體上與科學認識大不相同的一種認識」，它的意圖在於恢復我們通過自己的知覺和記憶模糊地認識的那個更為繁榮更難把握的原初世界，而這個世界是科學所無法處理的世界。[1]總之，蘭色姆所呼喚、所期望出現的批評家便是這樣一種批評家：他能夠在本體上意識到文學與科學的區別，探索文學所獨有的那個本體的存在。

看來，排除心理學方法的干擾，成為蘭色姆所致力於確立本體批評的重要任務。這一任務，在新批評的另外兩位代表人物——W.K.溫薩特和M.C.比爾茲利合寫的《意圖說的謬誤》（1946）與《傳情說的謬誤》（1949）兩文裡得到充分的闡明。

溫薩特和比爾茲利所批評的「意圖說」是指實證主義和浪漫主義的文學評論，即以作家的創作意圖為標準判斷作品價值的理論學說。在這兩位理論家看來，「把作者的構思或意圖當作判斷文學藝術作品成功與否的標準，既不可行亦不足取。」[2]這是因為：儘管構思是作品產生的原因，但這並不等於說構思或意圖就是批評家判斷詩人創作實踐的價值標準；意圖不等於詩本身，詩本身才是價值判斷的標準；何況批評家尋找作家意圖的方法是不確定的，或在詩中找證據，或在詩外找證據，究竟什麼是作家創作的意圖，很難做出準確的判斷。一首詩不是一張遺囑、一紙契約或一項法則，「既不是批評家自己的，也並非作者的（詩一誕生，它就和作者分離了，它走向世界，作者對它再也不能賦予意圖或施加控制了）。這首詩屬於公眾。它體現為語言，而語言是公眾特殊的所有物；它涉及到人類——這是公眾所瞭解

---

1 蘭色姆：《新批評》，第 280—281 頁。
2 溫薩特、比爾茲利：《意圖說的謬誤》，載《二十世紀文學評論》（上），第 568 頁。

的對象。」[1]意圖批評將自己的注意力放在研究作家的傳記材料上面，並由此猜測作家的意圖，這等於在研究作者心理學；而作者心理學不等於詩歌評論。

新批評反對以作家的意圖判斷作品價值的觀點不能說毫無道理。意圖說通過搜尋歷史（包括作品本身）的材料推斷作家的心理，再由很不可靠的「作家心理」（意圖）判斷作品的價值，這種線型思維公式顯然不能窮盡複雜的藝術現象。早在十九世紀，義大利批評家桑克梯斯就首先注意到這一問題，他說：「作者意圖中的世界和作品實現出來的世界，或者說作者的願望和作者的實踐，是有區分的。一個人做事，不會順著自己的心願，只可以按照自己的能力。詩人的寫作總不能脫離他那時代的文藝理論、形式、思想以及大家注意的問題。愈是小作家，愈能確切地表現出他意圖中的世界，……在他們的作品裡，一切都簡單明瞭、有條理、不矛盾，現實變成了一個空虛的外象。一位真正的藝術家寫起詩來，矛盾就會爆發，所出現的不是他的意圖的世界而是藝術的世界。」[2]這就是恩格斯在分析巴爾扎克的作品時所說的「現實主義的最偉大的勝利」。現實主義，在恩格斯看來，「甚至可以違背作者的見解而表露出來」。因此，按照馬克思的說法，「對於一個著作家來說，把某個作者實際上提供的東西，與只是他自認為提供的東西區分開來，是十分必要的。」[3]

對於意圖說的批評，在新批評派發展的歷史上早已開始了。最著名的要數二十年代瑞查茲在劍橋大學執教時所做的那個教學實驗

1《二十世紀文學評論》（上），第 571 頁。
2 德·桑克梯斯：《論但丁》，《西方文論選》（下），第 464 頁。
3《馬克思恩格斯全集》第 34 卷，第 343 頁。

「新批評」及其本體崇拜

了。瑞查茲把一些詩略去署名分發給學生，請他們交上自己的理解和
評價。其結果是，這些有志於文學研究的英國名牌大學的學生，受到
良好的文學訓練，竟然會大捧二、三流詩人的詩作而否定大家的傑
作。瑞查茲據此得出結論說，傳統的文學研究方法——先講作者，講
作品產生的過程——實際上是讓學生或研究者在進入文本閱讀之前
就帶上了先入之見，其結果是學生根本不會獨立判斷文學作品的價
值。於是瑞查茲選取學生作業與隱名的原詩逐一評點，編成了著名的
《批評實踐：文學判斷研究》一書。

　　富有戲劇性的是，早在二十年代就對意圖說提出挑戰的瑞查茲居
然成了四十年代被新批評指責的對象。特別是他關於讀者閱讀心理反
應的「感受式批評」，被人攻擊為是將讀者當作了巴甫洛夫的狗。溫
薩特和比爾茲利的另一篇文章——《傳情說的謬誤》就是針對這一理
論的批評。

　　溫薩特和比爾茲利認為，如果說意圖說的謬誤在於混淆詩和詩的
來源，試圖從詩的心理原因推衍出批評標準著手，而以作家傳記和相
對主義告終，那麼，傳情說的謬誤，則在於混淆詩和詩的結果（效果），
試圖從讀者的心理效果推衍出批評標準入手，而以印象主義與相對主
義告終。前者以作家心理學代替詩的本體學，後者則是以讀者心理學
代替詩的本體學。「不論是意圖說還是傳情說，這種似是而非的理論，
結果都會使詩本身，作為批評判斷的具體對象，趨於消失。」[1]於是，
溫薩特和比爾茲利，從古希臘的淨化說到十八世紀朗吉納斯的欣喜若
狂說以及十九世紀托爾斯泰的感染說、立普斯的移情說、桑塔耶納的

1《二十世紀文學評論》（上冊），第 591 頁。

快感說和費希納的心理實驗，再到二十世紀佛洛伊德的欲望昇華說和新批評前期代表人物的感受說，等等，一一駁難，批評他們沒有將讀者感受到的意義與作品本文的意義區別開來，實際上是藉作品的事由表白自己。在溫薩特和比爾茲利看來，即使傳情說的批評家們通過測量某件藝術品在讀者身上的「心理電流反應」也無濟於事。例如這樣一次實驗，學生們在提到「母親」一詞時，都表示懷有某種感情，但電流計並沒有指出他們身體上的變化；當他們聽到「妓女」一詞時雖無任何感情，可電流卻發生了震動。再如，托瑪斯‧曼和一個朋友看完一場電影後涕淚滂沱，但這位作家敘述這件事正是為了證實他所謂「電影不是藝術」的觀點。因此，溫薩特和比爾茲利武斷地聲稱：「傳情說的一般理論，由於其綱領本身的複雜含義，幾乎沒有產生什麼實際的文學批評。」[1]因為傳情式的批評或是生理性的，或是過於含混，純粹是主觀感受，不是客觀的批評。況且，讀者從作品中所能感受到的東西只能是生動的概念，但「生動不是一部作品賴以辨識其存在的事物，而是一種認識結構的產物，而重要的是事物本身」[2] —— 詩的存在方式。

現在讓我們回顧一下，從新批評早期代表人物瑞查茲的「偽陳述」說、艾略特的「非個性」說、到新批評承前啟後的代表人物蘭色姆對於本體批評的呼喚，再到四十年代後期溫薩特和別爾茲利關於「意圖」說和「傳情」說的總批判，新批評派對於本體批評的崇拜經歷了一個從心理學的角度反對主觀批評，到最終徹底摒棄心理學等主觀批評這樣一個歷史行程。但是，他們共同的缺憾是：並沒有建立一個完整而

「新批評」及其本體崇拜

---

1 溫薩特、比爾茲利：《傳情說的謬誤》，《二十世紀文學評論》（上），第 591 頁。
2 同上書，第 606 頁。

系統的文藝學本體方法論體系；對於文藝學的本體方法，僅僅是「呼喚」而已；他們所反對的「心理學方法」實際上包容了社會學方法和道德評價等方面的內容，含混不清，從而影響了對於文學藝術之「本體」概念的界定。而這些任務，在雷內‧韋勒克和奧‧沃倫合著的《文學理論》一書中終於完成。

本體方法個案分析

美國學者雷內‧韋勒克被西方公認為是本世紀最著名的文學理論家和最博學的文學史家之一。儘管他不承認自己屬於「新批評」派，但就他的整個文學觀念和文藝學方法而言，許多學者將他劃入新批評之列並非對他的誤解。特別是他與奧‧沃倫合著的《文學理論》一書，可以看作是對新批評派的本體批評方法論上的總結。《文學理論》的寫作一開始便受到俄國形式主義的代表人物之一雅格布森和新批評的代表人物之一蘭色姆的支持和稱道。本書自 1948 年在美國首次問世以來，一版再版，大量發行，先後有印度文和中文等多種譯本風行於世，廣為流傳、成為近四十年來西方文藝學具有權威性的著作，至今仍被世界許多大學採用作為教材。從這一意義上說來，《文學理論》又可以被看作二十世紀初葉以來整個本體崇拜的縮影。剖析這一典型，將有助於我們認識文藝學本體方法論。

《文學理論》分四部（十九章）。第一部（第一～五章）對文學和文學研究的定義進行界定，重在廓清文藝學方法論上現存的各種問題。第二部（第六章）簡略地考察了文學研究的初步工作，即作品本文的搜集、校訂、真偽辨證以及作者、創作日期的考據等問題。第三

部（第七~十一章）從方法論的角度評述了作為「文學外部研究」的文學與傳記學、與心理學、與社會學、與哲學、與一般藝術學的關係，旨在證明這些「因果式」研究方法的非科學性。第四部（第十二~十九章）是其本體研究的具體實踐，分別對文學的存在方式、音韻節奏、意象、隱喻、象徵、神話、文體和類型等進行了逐一細緻的分析。單從上述篇章結構來看，整部《文學理論》就耗費了相當的筆墨用來討論文藝學方法論問題。難怪作者在給本書命名時就頗費躊躇，曾設想明確寫上「文學研究的方法學」之類的字樣，只因擔心題目過長才作罷。因此，正如學界所公論，與其將韋勒克和沃倫的這部書看作是一部關於文學理論的研究，不如將其看作一部文藝學方法論的著作更合它的本意。

　　《文學理論》開篇第一章就著手討論方法論問題。作者認為，我們首先應當認識到「自然科學與人文科學這兩門學科在方法和目的上都存在著差異」，無論是仿效科學的客觀性、無我性和確定性，還是「因襲自然科學的方法，探究文學作品的前身和起源」的「起因研究法」，「即將決定文學現象的原因簡單地歸結於經濟條件、社會背景和政治環境」，都「過於僵化」，「並不能達到預期的效果」。[1]因此，在作者看來，文學研究的當務之急是將文學理論作為「一種方法上的工具（an organon methods）」，[2]花氣力澄清文藝學方法上的是非，才能實現真正的文學研究。

　　這樣，韋勒克和沃倫在確定了自己的方向以後，便對被他們稱為非文學本體研究的「外部研究」方法進行了逐一的批評。

1　韋勒克、沃倫：《文學理論》，第2—3頁。三聯書店1984年第1版。
2　《文學理論》，第6頁。

1.關於文學的傳記式研究

所謂文學的傳記式研究，就是從作者的個性和生平方面來解釋作品的方法。正如溫薩特和比爾茲利所批評的，有些傳記是以詩人的作品為依據來撰寫的，現在再反過來用以解釋作品，其中有多大程度的可靠性呢？即使那些可靠的傳記，用來解釋文學也不一定是合適的。韋勒克和沃倫質問道：「是否一個作家必須處在一種悲傷的情境中才能寫悲劇，而當他對生活感到快意時就寫喜劇？……進一步說我們根本就找不到有關莎士比亞的這種悲傷的證據。莎士比亞不能為他的劇中人物泰門或麥克佩斯的生活態度負責，他也不能具有他的劇中人物蒂爾斯特和埃古等的觀點。我們沒有理由相信普洛斯帕羅說的話就是莎士比亞所要說的：作家不能成為他筆下的英雄人物的思想、感情、觀點、美德和罪行的代理人。而這一點不僅對於戲劇人物或小說人物來說是正確的，就是對於抒情詩中的那個『我』來說也是正確的。作家的生活與作品的關係，不是一種簡單的關係。」[1]

看來，韋勒克與沃倫的駁難是有說服力的。作家不僅不一定悲時寫悲、喜時寫喜，有時還恰恰相反：寫作的目的恰恰是為了實現在現實中不可能實現的東西。這也是文學與一般的回憶錄、日記、通訊、報導的區別。文學與現實的關係是一種間接的、另一個層面上的關係。這一層面就是幻想。幻想從哲學認識論的本質上說來是現實的反映，但幻想並非現實。何況藝術並非純粹的「自我表現」，並非作家生活的摹本。作家對於「自我」的表現是在社會氛圍和文學傳統中進行的，他不可能超越制約他的現實條件。這也就決定了通過傳記研究

1《文學理論》，第 70 頁。

作品的不可靠性。

2.關於文學的心理學研究

關於文學的心理學研究也就是「文學心理學」。它的含義「可以指從心理學的角度，把作家當作一種類型和個體來研究，也可以指創作過程的研究，或者指對文學作品中所表現的心理學類型和法則的研究」。[1]對於這一問題，韋勒克和沃倫首先批判地評述了佛洛伊德及其精神分析學派的理論，稱這一派的理論為「藝術即神經病的理論」。[2]即使榮格、尼采等人的心理類型理論，也不能機械地運用到對於作家類型的劃分中去。因為「在一個詩人的心理結構和一首詩的構思之間，即在印象和表現之間，是有所差別的」。[3]至於作品中所表現的人物的行為帶有「心理學的真理」，那完全屬於心理學本身的問題。心理學不等於文藝學，心理學上的真理不一定具有藝術價值。「對一些自覺的藝術家來說，心理學可能加深他們對現實的感受，使他們的觀察能力更加敏銳，或讓他們得到一種未曾發現的寫作方式。但心理學本身只不過是藝術創作活動的一種準備；而從作品本身來說，只有當心理學上的真理增強了作品的連貫性和複雜性時，它才有一種藝術上的價值——簡而言之，如果它本身就是藝術的話，它才有藝術的價值。」[4]

但是，韋勒克和沃倫忘記了，真正的藝術品恰恰是對於人的心理世界的深入發掘。我們讀托爾斯泰的作品，安娜·卡列尼娜那複雜的

1《文學理論》，第 75 頁。
2《文學理論》，第 78 頁。
3《文學理論》，第 81 頁。
4《文學理論》，第 90—91 頁。

內心世界深深地震動著每一個人的靈魂，每一個讀者在欣賞這部藝術
傑作時，難道還有必要區分什麼是「心理學的真理」、什麼屬於「藝
術價值」嗎？托爾斯泰筆下的藝術形象本身就是一個整體，這一整體
既體現了人類心靈的搏鬥及其運行的歷程，同時又是一個完美的藝術
品，批評家為什麼不能從心理學的角度分析這部藝術傑作呢？難道對
於安娜·卡列尼娜的心理分析就不是對於這部藝術品的審美判斷嗎？
也許，這就是韋勒克和沃倫所說的心理學價值與藝術價值的統一吧。

3.關於文學的社會學研究

　　韋勒克和沃倫並不一般地反對文學的社會學研究，並承認「馬克
思主義的文藝批評在其揭示一個作家的作品中所含蓄或潛在的社會
意義時，顯出它最大的優越性」。[1]問題在於以往有關這方面的探討大
多局限在文學與一定社會狀況、與經濟和政治制度方面的關係上，顯
得狹隘和表面。在他們看來，文學不是社會進程的一種簡單的反應，
而是全部歷史的精華、節略和概要。作家的出身與他的立場、作家的
言論與他的文學活動不是一回事，在作家的理論和實踐之間、信仰和
創造之間有著很大的差異。作家不僅受社會影響，也影響社會；藝術
不僅重現生活，也造就生活。因此，韋勒克與沃倫認為，簡單地把文
學作為生活的鏡子、生活的翻版或某種社會文獻來研究是沒有什麼價
值的。「只有當我們瞭解所研究的小說家的藝術手法，並且能夠具體
地而不是空泛地說明作品中的生活畫面與其所反映的社會現實是什
麼關係，這樣的研究才有意義。」[2]「只有在社會對文學形式的決定
性影響能夠明確地顯示出來之後，才談得上社會態度是否能變為藝術

1《文學理論》，第109頁。
2《文學理論》，第104頁。

作品的組成『要素』和藝術價值的一種有效部分的問題。」[1]與心理學不能代替文藝學一樣，社會學也不能代替文藝學，文藝學有它自己存在的理由和目的。

就一般情況而言，關於文學的社會學研究方面的弊端，韋勒克和沃倫的指責是符合實際的。但是，他們在批評丹納將文學的成因歸之於「環境」的同時又提出「文學作品最直接的背景就是它語言上和文學上的傳統」。[2]這一觀點，顯然等於否定對文學產生的社會環境的探討。語言和文學傳統就是文學本身，這無疑也就等於說：文學的動因就是文學！其次，儘管他們承認馬克思在《〈政治經濟學批判〉導言》中意識到的文學與社會之間的曲折關係，但是並沒有承認馬克思將「經濟」作為文學之最根本動因的偉大歷史意義。這顯然說明他們關於文學社會學的理解純屬皮相之見。馬克思主義的這一思想，是文學社會學研究的偉大發現，將永遠指導文學社會學研究的方向。

4.關於文學的哲學（思想史）研究

韋勒克和沃倫不同意把文學看作一種哲學的形式，一種包裹在形式中的「思想」。儘管他不否認文學和哲學、思想史的關係，但同時也不贊成運用「思想史」的研究方法分析文學作品，似乎文學研究的目的就是要獲得某種「中心思想」。在他們看來，「思想史」的研究方法僅僅把文學作為某種思想的記錄和圖解，實際上是「把藝術品貶低成一種教條的陳述，或者更進一步，把藝術品分割肢解，斷章取義」，這樣就對理解作品的內在統一性造成了障礙，即「分解了藝術品的結

1《文學理論》，第 111 頁。
2《文學理論》，第 106 頁。

構，硬塞給它一些陌生的價值標準」。哲學（思想史）與藝術有著不同的功能。文學不是把哲學知識轉換一下形式塞進意象和詩行中，而是要表達一種對生活的一般態度。文學研究者所應當注意的僅僅是思想怎樣進入文學。「思想」如果僅僅作為文學的原始素材而存在就算不上文學作品中的思想。「只有當這些思想與文學作品的肌理真正交織在一起，成為其組織的『基本要素』，質言之，只有當這些思想不再是通常意義和概念上的思想而成為象徵甚至神話時，才會出現文學作品中的思想問題。」[1]「哲學真理」正如社會學和心理學的真理一樣，其本身並沒有任何藝術價值，只有在恰當的環境中才能增強作品的複雜性和關聯性。在這種情形下，哲學（思想）與藝術才在某些方面取得了一致，即形象變成了概念，概念變成了形象。

韋勒克和沃倫提出的這一問題，實際上是作品的思想傾向統一的問題。任何一個作家都應該是一個思想家，都應該有自己對於生活的獨到見解和發現。但是，這些見解又不是在作品中赤裸裸地表現出來，「作者的見解愈隱蔽，對藝術品來說就愈好。」[2]作家的「傾向應當從場面和情節中自然而然地流露出來，而不應當特別把它指點出來。」[3]因此，作為文學批評的標準，也不能將作品的思想性作為唯一的標準；並且，即使對於文學之思想性的研究，也不能就思想而研究思想，換言之，也不能用一般思想史的方法研究文學中的思想，而應當研究被藝術化、美化了的作品中的思想。

1《文學理論》，第 114、128 頁。
2 恩格斯：《致瑪·哈克奈斯》(1888 年 4 月初)，《馬克思恩格斯列寧史達林文藝論著選讀》，第 267 頁。
3 恩格斯：《致敏娜·考茨基》(1885 年 11 月 26 日)，《馬克思恩格斯列寧史達林文藝論著選讀》，第 258 頁。

5.關於文學和其它藝術的關係的研究

從新批評崇拜本體研究的角度出發,如果說對於韋勒克和沃倫將文學的傳記式研究、心理學研究、社會學研究和哲學(思想史)研究作為文學的「外部研究」這一觀點還是可以理解的話,那麼,他們將文學和其它藝術的關係的研究也作為文學的「外部研究」就難以令人理解了。文學和藝術,都是審美文化,都有著相通的規律,將二者進行比較分析怎麼能說是「外部研究」呢?而在韋勒克和沃倫看來,儘管文學與其它藝術相互影響、相互借鑒,即所謂「詩中有畫,畫中有詩」,但「詩」與「畫」各有自己的「媒介」:詩的媒介是語言,畫的媒介卻是色彩和線條。而這些不同的媒介又各有自己的傳統,各有自己獨特的進化歷程和內在結構。這也就是說,只有對文學所獨有的媒介——語言的進化歷程和內在結構進行研究才能算是文學的「內部研究」;而不同媒介構成的文學和藝術之間的關係同樣屬於「外部」問題。因此,韋勒克和沃倫堅決反對將文學和其它藝術進行「平行對照」,認為一首詩的清冷和寧靜與人們接觸大理石時從雕塑中所感覺到的清冷和寧靜是兩碼事。我們聽一首莫札特的小步舞曲,看一幅華托的風景畫,讀一首阿克里翁體的詩歌,都會感到心情舒暢、精神愉快,但韋勒克和沃倫認為這是一種毫無價值的平行對照。因為這種對照僅滿足於描述我們對於這兩種藝術所產生的相似的感情,而這種感情在我們對於文學的認識中卻無法獲得確實的證明,只是在讀者和觀眾的反應中存在。而能夠獲得確證的當然只有文學的媒介本身。「各種藝術(造型藝術、文學和音樂)都有自己獨特的進化歷程,有自己不同的發展速度與包含各種因素的不同的內在結構。」它們相互之間的關係「應該被看成一種具有辯證關係的複雜結構,這種結構通過一

種藝術進入另一種藝術，反過來，又通過另一種藝術進入這種藝術，在進入某種藝術後可以發生形變。不是『時代精神』決定並滲透每一種藝術這樣一個簡單的問題。我們必須把人類文化活動的總和看作包含許多自我進化系列的完整體系，其中每一個系列都有它自己的一套標準，這套標準不必一定與相鄰系列的標準相同。」[1]

這樣，韋勒克和沃倫就將新批評的本體崇拜推向了極端：不是一般的藝術語言，而是某種藝術門類所特有的語言，才是文藝的本體所在。在他們看來，所謂文學作品的「存在方式」或者「本體論的地位」，既不是像一件雕刻或一幅畫一樣性質的「人工製品」，也不是講述者或詩歌讀者發出的聲音序列；既不是讀者的心理體驗，也不是作者創作時的經驗，而是由一些「標準」組成的動態結構。這些「標準」是由幾個層面構成的體系。這些層面是：（1）聲音層面，諧音、節奏和格律；（2）意義單元，它決定文學作品形式上的語言結構、風格與文體的規則；（3）意象和隱喻，即所有文體風格中可表現詩的最核心的部分；（4）存在於象徵和象徵系統中的詩的特殊「世界」（韋勒克和沃倫稱這些象徵和象徵系統為詩的「神話」）；（5）形式與技巧；（6）文學類型；（7）作品評價；（8）文學史。

韋勒克和沃倫為文學作品設計的這八大層面，就是新批評派所尋找的「本體存在」。在他們看來，這就是文學之所以為文學的本質；所謂文學的「內部研究」，也就是這八大層面的逐次研究；所謂文學研究的本體論方法，也就是這八大層面的逐次研究方法。《文學理論》的第四部，即「文學的內部研究」，便是作者所設計的這八大層面的

1《文學理論》，第142—143頁。

實踐與展開：首先闡述文學作品的語言結構和聲音層面諸要素，諸如諧音、節奏和格律以及聲音的三個層次等；接著是語言修辭、文體、各種文體的分析方法與風格問題等；然後分述詩的意象、隱喻、象徵和神話的內涵、意義與轉化；再後是從形式和技巧方面討論敘事體小說的性質、結構和模式；最後三章則是關於文學類型、文學評價和文學史研究方面的理論。

——到現在為止，新批評派終於為本體批評構造了完整的方法論體系；到此為止，《文學理論》的讀者們才終於明白，它的兩位作者在前半部著作中花費了那麼多的篇幅批評文學的「外部研究」的目的之所在：為其所崇拜的本體批評——「文學的內部研究」掃除方法論上的障礙。

實際上，從韋勒克和沃倫關於文學「外部研究」的批評來看，無論是對「傳記式研究」、「心理學研究」的批評，還是對「社會學研究」、「哲學（思想史）研究」的批評，他們所攻擊的集中到一點，就是對決定論式的起因研究法，即所謂「因果式」研究方法的詰難。在他們看來，「外部研究」之所以是「外部」的，就在於這類研究方法是從文學的「外部聯繫」中找起因。韋勒克和沃倫認為，「雖然『外在的』研究可以根據產生文學作品的社會背景和它的前身去解釋文學，可是在大多數的情況下，這樣的研究就成了『因果式』的研究，只是從作品產生的原因去評價和詮釋作品，終至於把它完全歸結於它的起因（此即『起因謬誤』）。文學作品產生於某些條件下，沒有人能否認適當認識這些條件有助於理解文學作品；這種研究法在作品釋義上的價值，似乎是無可置疑的。但是，研究起因顯然絕不可能解決對文學藝術作品這一對象的描述、分析和評價問題。起因與結果是不能同日而

語的：那些外在原因所產生的具體結果 —— 即文學藝術作品 —— 往往是無法預料的。」[1]

　　韋勒克和沃倫的批評對於二十世紀之前文藝研究中的機械決定論確實不無道理。一部完整的藝術品的產生是複雜的、多維的，既不是「理念」的派生物，也不是丹納「種族」、「環境」、「時代」三要素所能窮究得了的。即使單從作者和讀者的心理結構出發去分析評價一部作品，也不能窮盡藝術的精靈。文學藝術品是一個活的生命有機體，單從任何一方面規範它都難免偏頗。但是，難道唯有像韋勒克和沃倫等新批評派們所宣導的，單從作品的本體 —— 八大層面 —— 去分析、評價作品就可以了嗎？顯然也是行不通的。所謂文學的「外部」起因之所以是「起因」，就在於這種或這些「因」對作品能夠產生或產生了某種影響，甚至直接進入了作品（本文）。文學研究的任務就應當研究它們是怎樣影響或進入作品（本文）的，怎樣由「外」入「內」、怎樣在這一運動過程中發生形變或質變的，最後又是怎樣成為作品（本文）的有機構成的，等等。只有這樣的研究，才是文學的全方位研究，才能既避免「起因研究法」的弊端，又不拘泥於所謂「本文」的精雕細琢，從而有真正的、令人信服的批評的產生。

本體方法與語義分析

　　正如韋勒克和沃倫所說，「語言是文學藝術的材料。我們可以說，每一件文學作品都只是一種特定語言中文字詞彙的選擇。正如一件雕

1《文學理論》，第 65 頁。

塑是一塊削去了某些部分的大理石一樣。……語言理論在詩歌史上起著一個重要作用。……語言的研究對於詩歌的研究具有特別突出的重要性。」因為「文學是與語言的各個方面相關聯的」[1]。但是，從韋勒克和沃倫關於「文學的內部研究」及其他新批評派關於詩的本體研究來看，他們更注重的是作品的語義研究。「語義學」，作為語言學的一個分支，是新批評派本體方法的科學基礎。因為語義學（靜態語義學，不是歷史語義學）更適宜他們鑽進作品的「內部」展開批評，無須涉及作品與社會、心理等方面的「外部」關係。

語義學是符號學的一個部分，指關於語言符號及其所指的對象之間關係的研究，包括關於「外延（所指）」、「定義」等概念的研究（廣義語義學即符號學，指對語言符號的一般研究）。作為新批評方法論基礎的「語義學」直接來自瑞查茲。瑞查茲與人合著的語言學著作《意義之意義》（1923）一書被普通語義學哲學奉為「語義學史上一個非常重要的里程碑」，而在他的《修辭哲學》（1936）一書中，則開始系統地把語義學應用於文學批評。瑞查茲的文學語義學實際上就是文學修辭學。特別是他提出的「語境理論」，給新批評以很大的影響。

瑞查茲的語境理論認為，文詞的意義在作品中變動不居，意義的確定是文詞使用的具體語言環境複雜的相互作用的結果。一方面，一個詞從過去曾發生的一連串復現事件的組合中獲取意義；另一方面，詞義又是受具體使用時的環境（上下文、風格、情理、習俗等）的制約。也就是說，詞義是由上述一縱一橫兩種語境相互作用的結果。在詩歌中，這個選義過程就非常複雜而不穩定，選中的意義可以落在離

1《文學理論》，第186—188頁。

其主要意義很遠的暗示意義或聯想意義上。因此，詩歌批評就需要對詩的意象、比喻、象徵等手法進行「細讀式」的分析。「意象」，瑞查茲稱之為「感覺的殘留」，[1]產生在不同的語境中，如《馬克白》中有十處關於「赤裸的嬰孩」這一意象，但在文字上並不完全一致。「比喻」，瑞查茲將其定義為「語境間的交易」，非常不同的語境聯在一起的比喻就顯得有力，「狗象野獸般嗥叫」這一比喻無力就在於兩個語境（狗、野獸）距離太近。「象徵」，瑞查茲認為就是語言的「指稱性」，韋勒克和沃倫認為，這一術語在文學理論上較為確切的含義應該是「甲事物暗示了乙事物，但甲事物本身作為一種表現手段，也要求給予充分的注意」。[2]新批評派就是這樣對作品本文進行津津有味的語義分析。

1930 年，年僅二十四歲的燕卜蓀在其老師瑞查茲批改的一份作業的啟發下寫了著名的《歧義七型》一書，成為新批評派語義分析的典型的範例。

「歧義」，通常指某種機智而富於欺騙性的表達法。燕卜蓀試圖將這個詞用於一個較寬泛的意義上論述語義的細微差別可能引起的不斷反應。在他看來，「歧義」可以沿著三個等級或層面展開：邏輯或語法混亂的程度；對歧義理解的自覺程度；所涉及心理的複雜程度。歧義可分為七種。例如「說一事物與另一事物相似，但它們卻有幾種不同屬性的相似」[3]。莎士比亞《十四行詩集》中的第十三首有這樣的句子：「荒廢的唱詩壇，再不聞百鳥歌唱。」鳥歌唱的樹林為

---

1 瑞查茲：《文學批評原理》，第 176 頁。倫敦 1924 年版。

2《文學理論》，第 204 頁。

3 Willian Empsom：《Seven Types of Ambiguity》，第 2 頁。New Directions 出版社 1966 年版。

什麼被比成教堂中的唱詩壇？至少有以下各點相似：〈1〉教堂和樹林中都有歌聲；〈2〉教堂的唱詩班與林中的鳴鳥都排著隊唱歌；〈3〉教堂唱詩壇是木製的；〈4〉唱詩壇被教堂掩蔽著，像樹林一樣，而彩色玻璃的窗子和壁畫又如花和葉；〈5〉教堂荒廢了，灰牆象冬天的樹林可漏進天光；〈6〉唱詩班少年冷漠自憐的美色與莎氏《十四行詩集》受贈者的感覺相合；〈7〉其它各種現已難以追索其份量的社會和歷史原因。

這是第一種歧義類型，也就是說，一個詞或一個語法結構同時在這裡產生了幾個方面的效果。

第二種歧義類型是當兩個或兩個以上的意義被歸結為一個意義的時候，第二種類型的歧義就出現在詞句中，這是語法結構不嚴密所引起的複義。兩個意思，上下文都說得通，並存於一個詞之中所出現的歧義為第三種類型。一個陳述的兩種或兩種以上的意義相互不一致，但它們的結合能使作家較為複雜的思想狀態顯得清楚明白，這時便出現第四種歧義。作家在寫作時發現一個念頭，並沒有立刻抓住它，於是可能會出現一個比喻，這個比喻並不確切地應用於某個事物，而是懸在兩個事物之間，作家從一個事物滑向另一個事物，這時，第五種類型的歧義就出現了。一個陳述沒表達什麼意思，而是同義反復、自相矛盾、言不及義，於是就有第六種歧義類型的出現。一個詞的兩種意義，或者說歧義的兩種價值是上下文所決定的相反的兩種意義，於是整體效果就顯示了作家思想的基本的不一致，這時便出現第七種類型的歧義。

顯然，燕卜蓀精心炮製的七大類「歧義」，純屬語義學、修辭學

上的技巧；說到底，也就是一詞（句）多義、複義的問題，也可以說是文學語言的含混性、模糊性問題。我們一方面承認燕卜蓀的研究的確道出了文學語言的特性 —— 不像科學語言那樣精確、明晰；但是使我們難以理解的是，僅僅這麼一個問題居然需要那樣細緻地分析，洋洋二十餘萬言！燕卜蓀在闡釋完七種歧義之後，一方面強調歧義分析對於詩的理解如何如何重要，一方面也不得不承認他的分析考察太瑣細了，以致有些荒唐可笑。這恐怕便是新批評派對本文進行語義分析的致命弱點：拒絕將藝術放在整個社會、歷史、文化、心理等這些大系統中去分析考察，一味鑽在牛角尖裡搞些雕蟲小技；儘管不失精緻，但在文學大殿堂裡，只能供人玩賞消遣而已，難展博大宏深之批評家的氣概。因此，在人類關心世界、關心自身命運的今天，新批評走向衰亡也就會成為歷史必然。

1957 年，溫薩特和布魯克斯合著的巨著《文論簡史》問世，這是新批評發展史上的大事件。《文論簡史》從蘇格拉底一直論述到當代各家各派，以新批評的標準褒貶、取捨，實際上是將全部文藝理論史「新批評」化了，從而受到學界猛烈的抨擊。到現在為止，新批評派的許多主將相繼作古，所剩餘部也只有招架之功而無還手之力。於是，《文論簡史》既是新批評規模最大、最值得驕傲的著作，也成了新批評最後、最長的一曲輓歌。

「結構」及其消解

一、結構主義

　　結構主義文學理論是繼英美「新批評」之後形成的另一文藝學本體思維模式。美國學者羅伯特・斯各爾斯將結構主義界定為兩種含義：1.作為一種思想運動；2.作為一種思維方法。[1]

　　作為一種思想運動，結構主義發軔於六十年代的法國。社會學和文化人類學家列維－斯特勞斯的名著《野性的思維》（1962）的發表標誌著結構主義的開始。此後，哲學家和文化思想史家福柯、精神分析學家拉康、美學與符號學家巴爾特、馬克思學說研究家阿爾杜塞以及哲學和文學理論家德雷達等人，短短幾年內相繼在各自的研究領域中發表了別具一格的新作，轟動了巴黎，波及到歐美，在 20 世紀文壇上產生了強烈的影響。人們將這股突兀而出的新思潮通稱為「結構主義」。

　　「結構」一詞源於拉丁文 structura，它是從動詞 struere（構成）演變而來的，原指統一物各部分、各要素、各單元之間的關係或本質聯繫的總體。十七世紀之前，「結構」一詞的意義僅限於建築學，後來擴大到解剖學和語法學。到了 19 世紀，這個術語又從生物學移植到社會學。20 世紀以來，隨著科學技術的發展，人類對客觀世界的認識逐步深入，經驗論和歸納法顯出越來越大的局限性，因為世界上

1　羅伯特・斯各爾斯：《文學中的結構主義》，第 1-7 頁，耶魯大學出版社，1974。

有很多事物的認識不能單憑經驗觀察和歸納證明,「關係」、「過程」、「規律」、「微觀結構」等,靠傳統的思維方式顯然不夠用了,於是,一種向唯理論發展的趨勢蔓延開來,「結構主義」便由此應運而生。今天,「結構」這一概念已被廣泛地運用到從自然科學到社會科學的各個領域,各個學科都產生了自己的結構主義理論。在數學中,它反對的是分解主義;在語言學中,它表現為由對孤立語言現象的歷時態研究轉為對統一語言現象的共時態研究;在心理學中,它與原子論相對立;在哲學中,它反對歷史主義⋯⋯。

但是,在結構主義那裡,並沒有關於「結構」的統一的和普遍的定義。正如布洛克曼所說,目前我們尚不能從各學科的結構主義那裡歸納出一個具有普遍性的定義。[1]

列維-斯特勞斯認為,一種結構是由一種符合以下幾項特定要求的模式組成的:1.它由若干成分組成,其中任何一種成分的變化都會引起其它成分的變化;2.它有可能排列出在同一類型的一種模式中產生的一系列變化;3.它能夠預測當其中的一種或數種成分發生變化時整個模式將出現怎樣的反應;4.在組成這種模式時應做到使一切被觀察的事實都可以成為直接被理解的。[2]也就是說,所謂結構,實際上是各種關係的總和,它是一種系統或秩序,有著特定的生成和變化的規律。

瑞士心理學家皮亞傑在《結構主義》一書中認為結構具有「整體性」、「轉換性」和「自身調節性」三大特徵,這是關於結構概念的另

---

1 布洛克曼:《結構主義》,第 16 頁,北京,商務印書館,1980。
2 列維-斯特勞斯:《結構人類學》,轉引自徐崇溫:《結構主義與後結構主義》,第 25 頁,瀋陽,遼寧人民出版社,1986。

一權威性界定。所謂整體性，是指結構的排列組合本身是連貫的、有規則有秩序的，它是一個有機的整體，而不是各種獨立成分（因素）的混合；所謂轉換性，指結構不是靜止的，而是運動的，具有構成的功能，能夠不斷地整理或加工新材料，就像人的的語言能夠把各種各樣的基本句子轉化為形形色色的新話語一樣；所謂自身調節性，是指結構的轉換不需借助外來因素，它是一個自給自足的閉合系統，具有依靠自身的規律進行調節的能力，就像語言不是參照現實，而是根據自己內部的規律來構詞一樣，「dog」（狗）這個詞在英語結構中的存在與作用，與任何四條腿、汪汪叫的牲畜的實際存在毫無關係。

從列維－斯特勞斯和皮亞傑的論述中可以見出，結構主義之「結構」觀並不是某一具體學科的學術觀，而是包括文藝學在內的各具體學科所共同使用和信奉的一種研究方法；「結構主義」，首先是一種方法論、一種思維原則、一種分析各種社會文化現象的方式。它的最終目標是要尋找出指導人的社會行為各個方面的慣例和規則。

那麼，結構主義作為一種思維方法，它又有哪些特點呢？

1977年版《大英百科全書》認為：「結構主義是對於社會、經濟、政治與文化生活的模式的研究。研究的重點是現象之間的關係，而不是現象本身的性質」。也就是說，在結構主義看來，世界是由各種關係而不是由事物本身構成的；事物的本質不在於事物本身，而在於我們在各種事物之間的構造。這種新觀點是結構主義思維方式最基本、最重要的原則，正如特倫斯·霍克斯所說：「這條原則認為，在任何既定情境裡，一種因素的本質就其本身而言是沒有意義的，它的意義事實上由它和既定情境中的其它因素之間的關係所決定。總之，任何

實體或經驗的完整意義除非它被結合到結構（它是其中組成部分）中去，否則便不能被人們感覺到。」[1]

　　結構主義的這一基本觀念導致了它和存在主義的原則區別：存在主義頑強地表現人的主體性，以此作為思維的出發點，認為世界萬物都源於主體的設計、選擇和創造，只有主體才是能動的；但是，人在結構主義看來只是複雜關係網絡中的「關係項」，本身沒有獨立性和主動性，而是由結構決定的。列維－斯特勞斯宣稱人文科學的目的不是「創造人」，而是把人加以熔化；福柯認為人的形象遲早會像海邊沙灘上的圖畫一樣被完全抹掉，「人是一種臆想」，它「將要像海市蜃樓一樣消失」，在它之後留下的是世界秩序而不是人。可見，結構主義正是在與存在主義的對抗中產生的。這種對抗所導致的直接後果就是對人本主義的否定。

　　結構主義的文藝理論曾提出「作家已經死亡」的口號，主張離開個人、作家而轉向過程和系統的批評。這種藝術觀的確也反映了現代主義文學中的一個重要趨勢：越來越不去關心那些積極創造自己的命運，按照自己的意願來安排世界的全面的和充實的人物，而是去注意那些受著多種社會體系和文化體系支配、自己無能為力而且毫不理解這些體系的沒有獨特面貌的反主角。卡夫卡等人的作品便是這一趨勢的典型例證。結構主義的文學理論和藝術批評對於人本主義、人的主體性的摒棄，正是以現代主義作為自己的文學背景的。

　　結構主義的這一基本思維原則顯然是在索緒爾語言學理論的影響下產生的。索緒爾雖然沒有使用過「結構」這個概念，但他所說的

---

1 特倫斯・霍克斯：《結構主義和符號學》，第 8－9 頁，上海，上海譯文出版社，1987。

「體系」就是指結構，他的整個思想與方法都是結構主義的。索緒爾認為，我們看一個句子，不能將它看成是一串孤立的詞的總和，而必須從句子的整體出發去分析詞與整體的關係。語言體系是一系列語言的差別與另一系列意義差別的平列。這種差別就形成了語言結構的成分。據此，索緒爾提出了與「歷時態」研究相對立的「共時態」的語言學方法。歷時態把語言當做一種處於歷史發展過程中的連貫體系進行研究，即研究事物從一個狀態過渡到另一個狀態的演化過程；共時態則強調研究語言在一定時間互相並列、互相依存、互相制約而自成一體的靜態結構，即主張從橫斷面研究同一時間內各種事物之間的關係，特別是它們同整個系統的關係。

其實，共時與歷時、結構與過程都是不可分的。索緒爾片面強調前者而否定後者必將導致歷史的消失。事實上，自索緒爾結構語言學所創這種共時模式並被奉為經典以來，「歷史」這一概念已被視為線性的、機械的、無意義的歷時延續，在許多社會科學理論中悄然失寵而不為人們所關心，代之而起的是共時模式——結構的信奉與推崇。列維·斯特勞斯曾援引地質學的例證說明，世界是沒有意義的：在無數歲月中逐漸生成的複雜地質形態總是作為一種空間形象同時呈現於人的眼前。在這裡，時間與過程從人的視野中消失，剩下的只是並存的由各種地質成分組成的一個「關聯式結構」。在結構主義看來，正是這種「關聯式結構」及其法則才是科學研究唯一可及的對象，一如語言的意義不是來自歷時性的詞義演變，而是取決於語言系統內部的區別性關係一樣。結構主義便是這樣將索緒爾的結構語言學方法推廣到人類文明、文化及社會生活研究的各個領域，其中文學則被視為由詞語構成的封閉自足的文本結構，它的意義不再取決於它與歷史的

關聯，而是取決於文本結構內部諸成分之間的區別性關係。全部結構主義的文學理論與藝術批評就是關於文學藝術結構的分析。它所要著力尋找的便是文學系統的內部秩序和規則。因為在他們看來，「組織化的要求」對藝術與科學來說是共同的，「最卓越地進行著組織的分類學就具有顯著的美學價值」，審美本身就通向分類學。[1]正如安納‧傑弗森所說，將結構（系統）看得高於它所代表的東西，是結構主義詩學將索緒爾模式推及到文學基本原理後得出的一個結論。[2]

結構主義既然從「結構」的角度看世界，主張對事物進行「共時」研究，那麼，怎樣進行這一研究呢？這就是首先須將客體分解為碎片或組成成分，然後對這些碎片或組成成分重新組合和編配，進而便可以從中尋找意義。這就是結構主義的所謂「分割為成分」和「編配」的方法。正如巴爾特所說：「把客體一分解，就發現了它的鬆散碎片，在這些碎片間有著產生某種意義的細微區別。碎片自身無意義，但它們一旦被組合起來，其位置和形式上的最小變化，都會引起整體上的變化」，從而產生新的意義。[3]列維－斯特勞斯對俄狄浦斯神話的結構分析可謂是這一方法的傑作。現在就讓我們看看他是怎樣運用這一方法的。

他說，「如果我們無意把神話看成是直線發展的系列」，那麼，就可以把它看做是「一束關係」，「我們的任務是重新確立正確的排列。」比方說，如果我們遇到以下一系列數字：1，2，4，7，8，2，3，4，

1 列維－斯特勞斯：《野性的思維》，第 18 頁，北京，商務印書館，1987。
2 安納‧傑弗森等著：《西方現代文學理論概述與比較》，第 114 頁，長沙，湖南文藝出版社，1986。
3 巴爾特：《批評文集》，轉引自布洛克曼：《結構主義》，第 43 頁，北京，商務印書館，1980。

6，8，1，4，5，7，8，1，2，5，7，3，4，5，6，8……，那麼，我們便可以把所有的 1 放在一起，把所有的 2、3 等等也照此排列，就會出現如下結構圖表：

```
 1    2         4              7    8
      2    3    4         6         8
 1              4    5         7    8
 1    2              5         7
           3    4    5    6         8
```

列維・斯特勞斯認為，我們對俄狄浦斯神話也應做同樣的工作，即對其中的「神話素」進行最佳的排列組合。下面就是他對俄狄浦斯神話的神話素所進行的排列組合：

卡德摩斯尋找
他的妹妹
歐羅巴，她已被
宙斯劫去

　　　　　　　　　　　　　卡德摩斯殺死
　　　　　　　　　　　　　巨龍

　　　　　地生人（武士）
　　　　　互相
　　　　　殘殺

			拉布達科斯（拉伊俄斯的父親）＝跛子（？）
		俄狄浦斯殺死父親拉伊俄斯	拉伊俄斯（俄狄浦斯的父親）＝左撇子（？）
		俄狄浦斯殺死斯芬克斯	
			俄狄浦斯＝腫腳（？）
俄狄浦斯娶了他的母親尤卡斯忒			
	伊托克利斯殺死他的弟弟波呂尼塞斯		
安提貢埋葬了她的哥哥波呂尼塞斯不顧禁令			

　　這樣，我們就會看到四個垂直的欄目，每一欄目都包括了屬於同一束的幾種關係。列維‧斯特勞斯認為，如果我們敘述神話，那麼就會不顧這些欄目，從左向右、從上到下地閱讀；但是，如果我們企圖

理解（研究）這一神話，那麼就必須不顧歷時性範疇的那一半（從上到下），而是從左向右一個欄目一個欄目地閱讀，把每一欄目都看成是一個單位。這樣，屬於同一欄的全部關係便顯示出共同特徵：第一欄的全部事件都和血緣關係有關，它們被人們過分地強調了，即超過了他們本來的親密程度，是對血緣關係的過高估價。第二欄的共同特徵是對血緣關係的過低估價，與第一欄構成了一個「二元對立」。第三欄是怪物被人擊敗，第四欄則是人的缺陷。三、四兩欄又構成了一個「二元對立」。列維－斯特勞斯認為，通過這樣的排列組合，我們便可以使表面無秩序的神話具有明晰的秩序。這種秩序其實就是存在於人的思維和宇宙中的「二元對立」的秩序。[1]

列維·斯特勞斯便是這樣運用「分割為成分」和「編配」的方法研究了古希臘神話的「意義」！正如布洛克曼所說，對此我們也不必驚異，因為在結構主義看來，藝術的本質就是「秩序」，藝術活動就是創造「秩序」的活動，「毫無疑問，美學作用應該理解作一種秩序化的活動。……任何美學現實都是對混亂的制服」。[2]

從列維·斯特勞斯這一創造「秩序」的活動中我們可以發現，他所創造的這一「秩序」，即他所發現的俄狄浦斯神話的「結構」，並不是神話「故事」本身的結構，並不是通過「故事」本身發現的意義，而是故事後面的「故事」、意義後面的「意義」，即不為常人所理解的「故事」和「意義」。——這是結構主義作為方法論的另一顯著特點：強調研究對象時不停留在表面，要求深入其內部，發掘它的「深層結

「結構」及其消解

---

1 列維·斯特勞斯：《結構人類學》，轉引自特倫斯·霍克斯：《結構主義和符號學》，第40-44頁，上海，上海譯文出版社，1987。
2 布洛克曼：《結構主義》，第135頁，北京，商務印書館，1980。

構」。而這種所謂「深層結構」是看不見的，也不是對象本身所具有的，而是由人的先天構造能力所建構的。也就是說，首先是人的先天構造能力建構了語言、神話、親屬關係和文學系統等等，然後再創造出可以觀察到言語、神話故事、婚姻型式和文學情節等等。這顯然是康德先驗哲學的翻版，當然也是現代語言學的直接套用。

按照這一哲學，結構主義的文學理論認為，「作品只是作為抽象結構的表現形式，僅僅是結構表層中的一種顯現，而對抽象結構的認識才是結構分析的真正目的。因此，『結構』這個概念在這種情況下只具有邏輯意義而沒有空間感。」因此，他們的結構分析儘管也涉及到具體作品，但並不分析作品的實在的意義與個性，「也不喜歡依據心理學或社會學而實質上是哲學的方式來詮釋作品，換句話說，結構分析（在基本原則上）是與理論、詩學一致的。它的對象是文學話語而不是作品，是一種抽象的而不是實在的文學。……在這種意義上，現存的文學作品只是作為已經實現的個別例證。」[1]這就是結構主義所津津樂道的所謂文學的「內部研究」。無論是列維－斯特勞斯的神話分析，還是托多羅夫的《十日談》語法分析等等，所探尋的都是這種看不見的、抽象的「深層結構」分析。結構主義之「結構」觀，便是這一意義上的邏輯結構。

二、敘事結構分析

單就文學理論來看，結構主義最顯著的成就就是對於敘事文學的

1　茲韋坦・托多羅夫：《敘事體的結構分析》，載《文學研究參考》1987 年第 3 期，第 1 頁，北京。

結構分析，即所謂結構主義敘事學。

結構主義「敘事學」(narratology)，又稱「敘事文分析」，旨在發掘敘事文體的不變的深層結構，即試圖通過分析敘事文體共有的各種要素及其關係，建立一套敘事體的普遍結構模式。

結構主義敘事學的興起直接受到俄國民俗學家普洛普的影響，他的《民間故事形態學》（1928）引起了法國結構主義者對敘事結構研究的極大興趣，刺激了托多羅夫等人企圖建立「敘事學」的構想。

普洛普不滿意按照人物和主題對童話（民間故事）進行分類的方法，因為在他看來，童話的特徵是經常把同一的行動分配給各式各樣的人物；童話在表面上似乎細節縱橫交錯，其實「功能」的數目極小，而「人物」或「主題」的數目極大。例如這樣四個故事：（一）一個國王把一隻老鷹送給一位英雄。這隻老鷹隨著英雄到另一個王國去。（二）一個老人送給蘇森科一匹馬。這匹馬帶著蘇森科到另一個王國去。（三）一個巫師送給伊凡一艘小船。這艘船載著伊凡到另一個王國去。（四）一個公主送給伊凡一只戒指。一群青年從戒指中出現，把伊凡帶到另一個王國。這四個例子說明，它們的人物雖然不同，但情節的因素卻一成不變：「人物的功能是作為穩定不變的因素出現在故事中的，並不取決於這些功能是如何完成和由誰完成的。」[1]於是，普洛普得出結論說，應當按照「功能」，而不是按照人物和主題對童話進行分類，功能是童話的基本單位。所謂功能，就是從情節過程的意義出發所確定的某個人的行為。

「結構」及其消解

---

1 普洛普：《民間故事形態學》，轉引自《外國文學報導》，1985 年第 5 期第 55 頁，北京。

於是，普洛普便從一百個童話中提取了三十一種功能作為童話故事的基本形態，諸如主人翁受到禁止，主人翁離家，壞人遭到懲罰等等。在研究童話時，他首先將作品分解成一個個功能，然後將這些功能的標號列成一個排列式，顯示出故事的基本構架，最後再根據結構特徵進行分類。例如，關於《狼和山羊》的結構便可這樣分析：長者（老山羊）出走；告誡（小山羊）；（小羊）違禁；被壞人（狼）拐走；得知消息；尋找；殺死壞人（狼）；發現失散者；返回。這一故事便可按功能列出這樣一個序列：$\gamma^1 \beta^1 \delta^1 A^1 B^4 C\uparrow I^6 K^1 \downarrow$ 普洛普認為，通過這樣的結構顯示（排列）之後，便可以進行客觀的分類了。

普洛普《民間故事形態學》及其童話故事分析的最大貢獻就在於提出了敘事文學結構分析的依據——功能。功能概念的確立為結構主義敘事學在法國的興盛提供了最有價值的參照。格雷馬斯便是在借鑒普洛普成果的基礎上提出了敘事體中「行為者」（actant）的三組對立關係：主題與客體、發送者與接受者、敵對者與幫助者。格雷馬斯認為，這三對關係適合於敘事中所有人物，任何人物都具有這幾對「行為者」中的一種或幾種功能。如在一個簡單的愛情故事中，男子既是主體又是接受者，女子則是客體與發送者等等。這一劃分實際上是在更抽象的層次上排列了敘事體的結構與功能。為了能在更抽象的層次上描述敘事結構，格雷馬斯還將普洛普提出的三十一種功能簡化為三種結構：1.契約性結構（契約的建立和中止、離異或者重新統一等）；2.表演性結構（艱難的考驗、鬥爭，任務的執行情況等）；3.分離性結構（遷移、離別和到達等）。[1]格雷馬斯認為，正是這些組合關係把「行為者」的活動組合成情節，使文學作品的故事像語句那樣成為一種可

---

1 霍克斯：《結構主義和符號學》，第95頁，上海，上海譯文出版社，1987。

以分析的語義結構。他的名著《論意義》主要便是對敘事語義結構分析的典型範例，並由此建立了意義的基本結構——「符號學方陣」。[1]

法國另一位卓有建樹的敘事學理論家托多羅夫關於《十日談》的分析則是從句法的角度研究了薄伽丘的這一名著，「敘事學」一詞就是由他提出來的。

和普洛普一樣，托多羅夫也十分強調「功能」。他說：「結構是由功能組成的，功能產生結構」。[2]因此，我們應當像分析句法結構那樣，抓住敘事體自己的「主語」、「謂語」等去分析敘事體的結構。例如，《十日談》裡的每一個故事，都可以將其作為一個長句來讀：

1.一個小修士把一個年輕的姑娘帶進自己的房間，並與她發生了性行為。院長發現了他的劣跡，打算嚴厲地懲罰他。修士知道此事被院長看見，於是設下一個圈套。他自己假裝離開，等院長進入房間，被姑娘的姿色所征服時，他卻躲在房間裡偷看。最後當院長準備懲罰他時，這位修士指出，院長也犯了同樣的罪孽。結果，修士未被懲罰（第一天第四個故事）。

2.有個年輕的修女叫伊莎貝達，她常與情人幽會。有幾個修女發現了此事，她們嫉妒她，跑去叫醒女院長，要求懲罰伊莎貝達。當時女院長正陪著一位修士睡覺，倉促中將修士的短褲當成了頭巾。伊莎貝達被帶進教堂，當女院長開始教訓她時，伊莎貝達注意到女院長頭上的短褲，當眾指出了這一事實，從而逃脫了懲罰（第九天第二個故

「結構」及其消解

---

1 參見趙憲章：《20 世紀外國美學文藝學名著精義》，第 372－373 頁，南京，江蘇文藝出版社，1987。
2 托多羅夫：《文學的概念》，載《外國文學報導》1985 年第 5 期，第 35 頁

事）。

3.帕洛蕾拉乘她那當石匠的丈夫不在家時與情人相會。可是有一天，她的丈夫回來得很早，她只得將情人藏在一個桶裡。當她的丈夫進來時，她告訴他，有人要買這個桶，現正在裡面檢查。她的丈夫相信了她的話，很樂意這樁買賣。於是，她的情人付了錢，帶著桶走了（第七天第二個故事）。

4.有位婦人經常單獨待在鄉下，每晚都與情人相會。但是有天晚上她丈夫從城裡回來了，而她的情人還未到。稍後情人來敲門，這婦人說這是一個每天晚上都來打擾她的鬼，得驅除他。於是，她的丈夫念起了胡編的咒語，情人從中弄清了房內的情況就走開了，他很滿意這位女主人的機智（第七天第一個故事）。

對於這四個故事，托多羅夫分析說，它們顯然有些共通的東西：1.情節的最小圖解能由一個從句表示；2.從句中有兩個相當於「詞類」的實體：a.行使者（相當於專有名詞，代表從句的主語和賓語），b.謂語（它是一個動詞，如違抗、懲罰、逃脫等）。如果我們要找出這四個故事的共同結構，那麼便可以描畫出下面一個序列：

X犯了法─→Y要懲罰X─→X力圖逃脫懲罰─→Y犯了法，Y相信X沒有犯法─→Y沒有懲罰X。[1]

托多羅夫認為，如果我們企圖分析《十日談》中的更多的故事，還可以發現更多的與語言學類似的「詞類」、「情態」或「句法類型」

---

1 托多羅夫：《敘事體的結構分析》，載《文學研究參考》，1987年第3期，第3頁，北京。

（序列）。在他看來，這就是「理解文學」！[1]

　　繼托多羅夫之後，法國結構主義文藝理論家熱拉爾‧熱奈特於 1972 年出版了《敘事話語》一書，對敘事理論作了系統的論述，將結構主義敘事學推向高潮。這部敘事學專著由五個核心概念組成。這五個概念是：順序（order），進速（duration），頻率（frequency），語式（mood），語態（uoice）。

　　「順序」研究的是事件發生的時間與敘述時間的關係，包括敘述中的提前、閃回、交錯等技巧的運用。

　　「進速」指的是事件的處理，探討敘述過程中如何擴展、概述、刪節事件。

　　「頻率」指的是事件發生的次數與敘述次數的關係：二者相等為「同頻式」，二者不相等為「異頻式」。「異頻式」又包括兩種，一種是只發生一次的事件敘述幾次，另一種是經常或重複發生的事件只敘述一次。

　　「語式」分「距離」和「視點」（又稱「視角」）兩個方面。「距離」即敘述與敘述內容的遠近關係，如描述、再現、直接敘述、間接敘述等等；「視點」（視角）指敘述者與人物的關係，即所謂「取景角度」，熱奈特將其分為三大類型：1.敘述者比人物知道得多，即敘述者＞人物，可稱為無焦點或零點焦點；2.敘述者與人物知道得一樣多，即敘述者＝人物，可稱為內焦點；3.敘述者比人物知道的少，即敘述者＜人物，可稱為外焦點。熱奈特認為，「距離」和「視點」是

「結構」及其消解

1 托多羅夫：《敘事體的結構分析》，載《文學研究參考》，1987 年第 3 期，第 3 頁，北京。

「敘述資訊調節的兩種主要方式，即敘事語式的兩個主要方面。這就如同欣賞一幅油畫，要想看得真切，取決於我們與畫面之間的距離，要想看得完整，又取決於我們同可能影響我們視線的障礙物的角度」。[1]

最後一個概念是「語態」。如果說語式研究「誰在看」的問題，那麼，「語態」所研究的則是「誰在說」的問題，即研究敘述者是局外人，還是當事人或主人翁；敘述時間是在事件發生之前，還是在事件發生之中或之後等等。

由於熱奈特比較廣泛地吸收了眾多敘事學理論家的成果，所以，他的理論對於法國敘事學具有一定的代表性，為敘事理論研究開闢了許多新的領域。但萬變不離其宗，熱奈特對於敘事結構的研究仍與普洛普一樣重視「功能」。因此，他的所謂敘事結構仍是「功能的結構」，或者說是通過功能研究結構。

國內有些學者將結構主義敘事學分為兩派，一派是以普洛普為代表的功能派，一派是以加拿大著名文藝理論家弗萊為代表的原型派。[2]這一劃分實際上是不確切的。

弗萊認為，自然界的許多現象都有生老病死或往復循環，文學作品中的意象也是往復循環運動、首尾相連的。為摒棄文學批評中的主觀隨意性，他認為必須參照自然規律發現文學的規律。於是，弗萊根據一年有四季（春、夏、秋、冬），一天有四時（早、午、晚、夜），

---

1 熱奈特：《敘事語式》，載《當代西方文藝批評主潮》，第 193-194 頁，長沙，湖南人民出版社，1987。
2 張法：《從比較美學看茵加登的作品本體論》，載《文學研究參考》，1987 年第 3 期，第 9 頁，北京。

一水有四型（雨、泉、河、海或雪），一人有四齡（青年、壯年、老年、死亡）等類型，認為文學發展中也存在著這樣一個自然循環，即有著四種主要的文學作品：相對於春天，是喜劇作品；相對於夏天，是羅曼司；相對於秋天，是悲劇；相對於冬天，是反諷和諷刺性的作品。在喜劇中常出現森林這一背景，它是綠與生命的世界；羅曼司的情節大多是冒險，其中的英雄和神話故事中的太陽神很相像；悲劇中的死亡能夠將倖存者引向一種新的統一，英雄的精神並沒有殺死；反諷是羅曼司的一種嘲笑式的摹仿，諷刺則是好戰的反諷。[1]

顯然，弗萊所尋找的確是一種敘事結構，但是，他與「正宗」的結構主義又有所不同，正如伊格爾頓所說：「正宗的結構主義有一個在弗萊的著作中找不到的獨特信條，即認為任何一個體系的個別單元只是在它們的相互關係上才有意義。這並非簡單地認為：你應以『結構的眼光』看待事物。你可以把一首詩作為一個『結構』來檢查，而依然認為其中每一單元多少都具有自身的意義。也許這首詩中有一個關於太陽的意象，另一首中有一個關於月亮的意象，而你感興趣的是這兩個意象怎樣合在一起形成一個結構。然而，只有當你宣佈每個意象的意義完全是由相互間的關係而引起的，你才是一個貨真價實的結構主義者。意象沒有一個『實質性』的意義，只有一個『關係上』的意義。你不必走到詩的外面，去解釋你關於太陽和月亮的知識，因為它們會相互解釋、相互界定。」[2]

弗萊顯然沒有這樣去做，他所尋找的「原型」顯然具有自身獨立的意義，並且是與自然、社會相聯繫的文化原型。因此，他尚算不上

「結構」及其消解

1 參見弗萊：《批評的剖析·原型批評》，第192-299頁，天津，百花文藝出版社，1998。
2 伊格爾頓：《文學原理引論》，第113頁，北京，文化藝術出版社，1987。

一位「正宗」的結構主義者，儘管他的文學活動與結構主義並行並且影響了結構主義的興盛。這樣，結構主義有所謂兩派之分的說法也就難以立論了。

這實際上涉及到作為一般的文學「結構」概念與結構主義之「結構」概念的重要分野。弄清這一問題將有助於我們從文學觀念等方面認識結構主義模式的特點。

三、文學的結構和作為結構的文學

按照我們傳統的概念，所謂「結構」，便是「總文理，統首尾，定與奪，合涯際，彌綸一篇，使雜而不越者也。若築室之須基構，裁衣之待縫緝矣。」[1]在以群主編的《文學的基本原理》中，則將結構定為「形式的構成因素之一」。該書認為，「在具體的創作過程中，作家從現實生活中選取了一定的題材，在醞釀、形成作品主題的同時，必然考慮到如何安排這些材料，用以表現作品的思想內容，構成一部完整的文學作品。這就是作品的結構問題。」「作品的結構是表現作品內容、顯示作品主題的重要的藝術手段」，「在敘事性作品中，結構主要表現在情節的安排和組織上。」[2]這種傳統的「結構」概念顯然是指具體的敘事作品在單一情節層面上的橫向佈局。

結構主義敘事學雖然也研究情節，但與傳統的情節結構研究有很大的差別。首先，敘事學所研究的情節結構不是某一具體作品的情節

---

1 劉勰：《文心雕龍·附會》，見周振甫：《文心雕龍注釋》，第 650-651 頁，北京，人民文學出版社，1983。
2 以群主編：《文學的基本原理》，第 316 頁和第 323 頁，上海，上海文藝出版社，1979。

結構，而是某類作品所共有的「情節結構」。這也就決定了結構主義所研究的「情節結構」僅具有抽象的意義，本身並不負載任何資訊。例如茅盾在分析《水滸》結構的特點時指出，《水滸》中的故事一方面「各自獨立、自成整體」，一方面又「前後勾聯，一步緊一步」。[1]這一特點顯然是就《水滸》這部具體作品概括出來的，它負載著《水滸》整部小說的資訊。這樣的概括對《水滸》適用，而對其它作品就不一定適用。但是結構主義者，例如托多羅夫關於《十日談》結構的分析及其所得出的情節「公式」顯然不是就某一個故事而言的，而是就某一類（不限於《十日談》）故事概括出來的，因而適用於相當一部分敘事作品的結構分析。這是因為，托多羅夫的這一「公式」已不負載任何具體資訊，只是抽象的「功能符號」而已。

其次，由於敘事學之敘事結構具有極強的抽象性，因而它的所謂結構便不是單一層面上的橫向佈局，而是立體的、多層面的關係所構成的模式。熱奈特關於敘事作品五大結構特點的概括便是一個縱橫交錯的網路系統。在結構主義看來，這就是作品本文得以存在的方式。離開它，任何情節或情節單元（細節）都是無意義的碎片；整部作品的意義就是意義單元所建構起來的結構模型。「關係」決定了結構主義之「結構」概念的立體性。特里‧伊格爾頓曾舉了一個簡單的例子說明結構主義的這一特點：

有這樣一個故事：一個孩子與父親吵架出走，在烈日下穿過一座樹林，跌落在一個深坑裡。父親出來找他的兒子，向深坑裡張望，但因為光線很暗，看不到兒子。此時剛好太陽升到他們頭頂，照亮了坑的

---

1 茅盾：《談〈水滸〉的人物和結構》，茅盾：《鼓吹集》，第 23 頁，北京，作家出版社，1959。

深處，使父親救出了孩子。在歡樂中他們言歸於好。

　　精神分析批評家或許能在其中發現俄狄浦斯情結的暗示，人道主義批評家可以聯繫社會矛盾分析人際關係，而結構主義則會利用圖解的形式分析這個故事：第一個意義單元「兒子與父親爭吵」可改寫為「低對高的反叛」。孩子穿過樹林是沿著一條平行的軸線運動，可用「中」表示；掉進坑裡是「低」，太陽是「高」；太陽照進坑裡是「高」俯就於「低」。父子和好表示「低」與「高」恢復平衡；一路回家表示「中」。如果用圖表示這一敘事小品，那麼，它的結構就是這樣：低反叛高 —— 高俯就於低 —— 中（恢復平衡）。至於這一故事內容如何，那無關緊要，人們完全可以用不同的成分來取代父親和兒子、深坑和太陽等等，均可得到「相同的故事」，「只要各個單元之間的『關係』的結構不變，你挑選什麼項目都無足輕重」。[1]

　　這就是結構主義之「結構」觀念的基本點：重功能、重關係；所謂功能是關係中的功能，無須到文本之外尋找任何參照；所謂關係是功能的關係，無須關心文本之外的價值與意義。這樣，「結構」的概念在結構主義者那裡完全被賦予獨立自足的意義。於是，他們所研究的結構不再是文學中的結構，而是作為結構的文學。結構的存在就是文學的存在，結構本身便是文學的意義和本體。

　　—— 這是結構主義文學觀念與傳統觀念的重大分野。

　　結構主義的這一文學觀說明它是如何將文藝學與語言學緊緊地捆在了一起。正像巴爾特所說：「敘事作品是一個大句子」。[2]敘事作

---

1 伊格爾頓：《文學原理引論》，第113-115頁，北京，文化藝術出版社，1987。
2 巴爾特：《敘事作品分析導論》，載《美學文藝學方法論》（下），第535頁，北京，文化藝術出版社，1985。

品的結構當然也就是一個「大句子」的結構，有它自己特定的主語、謂語和賓語，名詞、動詞和形容詞。這個「大句子」的意義完全是由句子自身各成分間的關係決定的，無須參照句子以外的現實分析句子自身。這樣，就可以完全忽略語言的所指而集中研究它的能指，「大句子」於是也就成了一個徹底封閉的系統。因此，我們在結構主義的理論批評中幾乎看不到關於作品思想內容的分析，因為它所追求的唯一目標無非是揭示文學與語言的相似性，即用語言學的概念與法則分析文學，在文學中發現語言學的規則。正像熱奈特所表白的那樣：「文學被當作無編碼的資訊已由來已久，現在有必要暫且把它當作無資訊的編碼。」[1]文學，在結構主義的觀念中便是無資訊的編碼、無內容的形式、無價值的功能、無主題的結構。

當然，我們並不一筆抹殺結構主義的功績。自普洛普對童話進行結構分析以來，結構主義敘事學一直苦苦探索故事下面的故事，對各類作品不斷加以簡化、系統化，從而將紛紜複雜的文學現象概括成易為人們所把握的基本原則和規範，確實使我們更加明確地意識到人類藝術創作的共性和普遍聯繫。從這一意義上說，這是結構主義對人類文化研究的重要貢獻。

但是，文學畢竟是社會的人的文學，它不可能脫離社會而存在，不可能不與人的價值觀相聯繫，將文學作為獨立自足的封閉體系因而畢竟不是科學的判斷，至少不是唯一的科學判斷。人對於文學的創造和接受不可能脫離社會現實的影響，文學史上也絕無一部作品僅僅是作為語言的遊戲而獨立自足的。結構主義在把語言視為無所不包的認

「結構」及其消解

1 熱奈特語。轉引自安納・傑弗森等著：《西方現代文學理論概述與比較》，第 96 頁，長沙，湖南文藝出版社，1986。

識模式的同時萬沒料到自己已自動陷入了「語言的牢房」。衝破這牢房的束縛，看來已成為結構主義自身發展的關鍵。

四、從「結構」到「解構」

其實，結構主義並非鐵板一塊、千篇一律，早在六十年代中期，羅朗‧巴爾特的《敘事作品結構分析導論》(1966)就顯露出與其它敘事學的不同，即其企圖衝出「語言的牢房」的傾向。巴爾特在這部力作中不滿足於以往的敘事學僅限於描述敘事作品的幾個十分個別的種類，而是企圖從宏觀上進行分析和概括。於是，他建議從三個層次來描述敘事作品的結構，即：1.功能層，研究基本的敘述單位及其相互關係；2.行動層，研究人物的分類；3.敘述層，研究敘述者、作者和讀者的關係。巴爾特這一分析的獨特之處就在於將「功能」降格為敘事結構分析的依據之一，而不是「唯一」；更重要的是，巴爾特意識到研究敘事作品中敘述者、作者和讀者的關係的重要性，從而使敘事學「打開了通向外界的大門」[1]。

進入七十年代之後，巴爾特更加明確意識到結構主義的弊端。他在 1970 年發表的重要著作《S/Z》中，開篇第一句就是對結構主義的批判：「據說某些佛教徒憑著苦修，終於能在一粒蠶豆裡見出一個國家。這正是早期的作品分析家想做的事：在單一的結構裡……見出全世界的作品來。他們以為，我們應從每個故事裡抽出它的模型，然後從這些模型得出一個宏大的敘述結構，我們（為了驗證）再把這個結構應用於任何故事：這真是個令人殫精竭慮的任務……而且最終會

---

1 巴爾特：《敘事作品結構分析導論》，載《美學文藝學方法論》(下)，第 556 頁，北京，文化藝術出版社，1985。

叫人生厭，因為作品會因此顯不出任何差別。」[1]

這是對結構主義語言學崇拜的中肯批評。這一批評，標誌著巴爾特觀點的重大轉變。如果說在《敘事作品結構分析導論》中他還主張描述一種假設性的結構模型，那麼，在《Ｓ／Ｚ》一書中，巴爾特已對這種假設（結構模型的獨立自足性）提出了挑戰。因為不同的作品本文都自成體系，然而它們並不是從同一個結構中派生出來的。這樣，也就必須注意不同作品本文之間的差異。

—— 這，正是「後結構主義」的特徵。

所謂「後結構主義」，就是結構主義內部的人對自己的結構主義方法提出質疑，企圖用一個新的結構主義概念去代替、改造原來的結構主義概念，德里達的解構主義（deconstruction）[2]是它的理論代表。

deconstruction 是後結構主義的新造詞，源於海德格爾《存在與時間》一書中所用的 destruktion 一詞，意為分解、翻掘和揭示，以便使被消解的東西可以在被懷疑和超越中得到把握。正如阿布拉姆斯所說，解構主義「要推翻這樣一種過於絕對的理論，即：作品有充分的理由在所使用的語言範疇內確立自己的結構、整體性和含義。」[3]解構主義便是對結構的拆解，以證明語言的多義性和意義的非確定性。

但解構主義仍是建立在現代語言學的基礎之上的，無非是給索緒爾以重新解釋罷了。如果說結構主義主要強調能指與所指相對應這一

「結構」及其消解

1 巴爾特：《s/z》，轉引自張隆溪：《20世紀西方文論述評》，第152-153頁，北京，三聯書店，1986。
2 deconstruction 又譯作「分解主義」、「消解主義」、「拆散結構主義」等。
3 阿布拉姆斯：《文學術語詞典》「解構主義條」，見該書第69頁，北京，北京大學出版社，1990。

面，那麼，解構主義所強調的只不過是二者的區別與差異。

例如，「樹」與「植物」作為兩個不同的能指，可以指向同一所指；同樣，一個能指（「樹」或「植物」），可以指向多種所指。這是因為，語言的意思是由「不同」或「差異」產生的。「樹」不同於「菽」，也不同於「澍」等等，任何詞的意思都是在與其它詞的聯繫與差異中產生的；同理，同一個意思，也可以用不同的符號來表示，「樹」的意思就可以用「植物」來表示。這就是語言的歧義性：「今夜月光真好」如果出自正在湖畔漫步的情人之口，它象徵這對情人美妙的心境；如果出自魯迅《狂人日記》中的狂人之口，未免使人毛骨悚然。從這一意義上說，「今夜月光真好」這句話的所指在此就變成了能指，而這能指只有在具體的語境中才有意義。

由此可知，語言的意義是很不穩定的，存在著多種因素的交叉，不僅與文本之內的因素交叉，而且也與文本之外的因素交叉。因此，沒有任何文本是真正的獨立自足的，作品的意義總要超出文本的範圍，並不斷游移，就像一頂「破氈帽」，戴在游擊隊員的頭上與戴在阿Q的頭上完全是兩樣意義。結構主義設想有一個超然的「結構」決定語言的意義，為了尋找這種意義而竭力描述文本的結構，顯然是不現實的。正如伊格爾頓所說：「語言遠不像經典的結構主義學派所認為的那樣是穩定不變的。它不是一個包括一組組對稱的能指詞和所指詞的含義明確、界限分明的結構。現在看來，它酷似一張漫無頭緒的蜘蛛網，各種因素在那裡不斷地相互作用、變化，任何一種因素都不是一清二楚的，任何一種因素都受另一種因素的鉗制和影響。」[1]

---

1 伊格爾頓：《文學原理引論》，第154頁，北京，文化藝術出版社，1987。

　　這實際上是否認文本內在結構及其終極意義的存在，就像巴爾特所說的那樣，文學作品就像一顆蔥頭，「是許多層（或層次、系統）構成，裡邊到頭來並沒有心，沒有內核，沒有隱秘；沒有不能再簡約的本原，唯有無窮層的包膜，其中包著的只是它本身表層的統一。」[1]這並不是否認作品有意義，而是否認有唯一不變的、終極的意義；並不是否認作品作為結構的存在這一現實，而是否認結構概念的簡單化、模式化；並不是否認結構分析的科學性，而是否認結構分析的有限性、靜態性。正是從這一意義上說，解構主義是結構的解放、語言的解放、文本的解放。

　　伴隨著結構的解放，必然有讀者的介入。因為按照解構主義的觀點，文本像無數互相對立又相互關聯的符號網路，這些網路的會聚點便是意義，這一意義只有在讀者與其接觸時才能體驗到。這樣，不同的讀者便會有不同的理解，因而意義也就不會終極。而作品本文越能夠為讀者留出理解的餘地也就越令人滿意。這一觀點顯然是受現象學、闡釋學的影響，並直接啟發了接受理論的產生。

　　按照現象學美學家茵加登的說法，文學藝術品是一種多層次的複合結構，其存在要依賴作者與讀者的意向性活動。文學藝術品共有四個層次：（1）語音層次；（2）意義層次；（3）再現的客體層次；（4）圖式化觀相層次。這些層次之間相互作用，從而使作品成為一個有機的整體結構。文學藝術品的物質基礎（白紙黑字）保證讀者能夠重建作者的意圖。但作品本身還不是審美客體。作品中包含許多潛在因素和不定點。換言之，作品中的事物、人、動作或時間並沒有獲得它們

「結構」及其消解

---

1 轉引自張隆溪：《20世紀西方文論述評》，第159－160頁，北京，三聯書店，1986。

在現實世界中所具有的完全確定性。為了使作品成為審美客體，讀者一方必須完成作品的「具體化」。也就是說，讀者必須填寫再現的世界的「不定點」或「空白」，並使潛在的因素成為實在的東西。

繼結構主義之後的接受理論同樣突出了讀者的地位及其閱讀的作用。聯邦德國文藝理論家姚斯在其綱領性著作《作為向文學科學挑戰的文學史》(1967)中首先批評了迄今為止的文學史僅僅是作家作品的歷史，即在封閉的圈子裡考察文學進程及其結果的作法，認為對這一進程的研究不能無視第三種因素——讀者。讀者之所以被忽略，是因為傳統理論將作品的價值及由此決定的作家的歷史地位看做是超時空的。但事實上，姚斯認為，「文學作品不是一個自身而存在、並在任何時候為任何觀察者提供同樣面貌的客體。它不是一座獨自在那裡顯示其永恆本質的紀念碑。相反，它倒像一份多重奏樂曲總譜，是為了得到閱讀中不斷變幻的反響而寫的。閱讀把文本從詞句的物質材料中解放出來，使它成為現實的存在。」[1]因此，讀者與作品的關係並不是一種簡單的認識與被認識的因果關係，讀者是一種能動因素，作為文學唯一的對象，在歷史上和現實中對於作品的價值和地位起著直接的、決定性的影響。於是，姚斯認定所謂文學的歷史其實是作家、作品和讀者三者之間的關係史，是文學被不同時代的不同讀者所接受的歷史。

這就是解構主義在整個美學文藝學發展史上的地位，它對恒定結構和終極意義的質疑導致了本文結構的開放，為將讀者、接受者納入文藝學的視野打開了方便之門。

---

1 姚斯：《作為向文學科學挑戰的文學史》，見《讀者反映批評》，第44頁，文化藝術出版社，1989。

但是，解構主義在宣告作品本文沒有終極意義的同時，也宣告了作者意圖的消解，認為意義的游移連作者本人也無法控制，作者對於他自己寫下的文字也不是主人，只是一個「客人」。因此，後結構主義宣告「讀者的誕生必須以作者的死亡為代價」，[1]這未免又走向另一個極端。更重要的是，解構主義對結構和意義的消解必然導致非理性、非邏輯的世界觀，文學的世界實際上成了子虛烏有。既然如此，哪裡還有解構主義存在的一席之地呢？結構的消解還有什麼存在的價值和必要呢？

否定一切必然導致否定自身，消解一切必然導致消解自我。——這是等待著解構主義必然陷進去的困境！

原載《學術界》1988 年第 4 期

「結構」及其消解

---

1 巴爾特：《作者之死》，轉引自張隆溪：《20 世紀西方文論述評》，第 169 頁，北京，三聯書店，1986。

新文體的符號轉換[1]

一、兩種符號

新時期文學是繼十七年文化大革命之後，實則是在持續了十年之久的「文化大荒漠」之上，生發開來並繁榮起來的。

其實，將「十年文化大革命」貶為「十年文化大荒漠」是不確切的，是帶有強烈感情色彩的價值判斷。確切地說，這一「史無前例」的大事變、「大革命」，本身就是一大奇特的、史無前例的文化現象。不同的無非是，這一文化現象有著極其特殊的、有別於一般人類文化現象的符號系統。以文學藝術為代表的審美文化便是這樣。

審美文化作為人類精神文化的構成，其最基本的符號學特徵便是非特指性。一般精神文化，例如哲學、社會科學中的術語、概念、範疇等，有著固定的、明確的所指，不容混淆和多義。審美文化就不同了，例如文學藝術中的語言、意象、細節，如果企圖使它產生美感效應，那麼，它必然是非特指的、非確定的、多義的。貝多芬的《第九交響曲》指什麼？《蒙娜麗莎》的微笑指什麼？黛玉葬花和阿 Q 的破氈帽的所指是什麼？人們只能感受到它的存在，而不能斷定它的唯一的所指和意義，它的所指和意義是多重的、含蓄的、非確定的。「破氈帽」作為一般語言學意義上的能指，它的所指是很清楚、很確定的；但出現在文學作品中便不同了，阿 Q 頭上的破氈帽和游擊隊員戴的

1 本文原標題為《符號的轉換──新時期文學本體觀描述》，現標題中的「新文體」是指新時期的文學文體，相對新時期之前的「十七年文學」和「文革文學」而言。

破氈帽所象徵的完全是兩種不同的意義。這便是藝術符號與一般文化符號的重要區別。

但是，文革文學的符號系統與一般文化符號系統往往沒有這一明顯的區別。《杜鵑山》中的柯湘、雷剛象徵什麼？《龍江頌》和《海港》的矛盾衝突的所指是什麼？《紅燈記》和《沙家浜》中的「媽媽」的含義是什麼？等等，都有非常明確、不容置疑的現實所指。即使諸如太陽、北斗星，或顏色、光亮、溫度、氣候等自然符號，也被賦予了統一的、固定的指稱：黑暗、寒冷只能象徵醜陋、腐朽的力量；無論在什麼作品中，「鮮紅鮮紅的紅太陽」的所指只能是唯一的偶像……

文革文學的符號系統就是這樣規範了能指和所指的高度對應關係和絕對統一性，這在任何時代任何民族的文學史中都是罕見的、「史無前例」的。這顯然是對文學之審美規律的越規。文學之所以是文學而不是一般的文化，就在於它的審美本性，即「文學性」、「藝術性」，而文革文學之符號系統的特指性的強化，事實上是對「文學性」的疏離和對「非文學性」的親和，是用文學這一形式充任非文學的實用功能。這樣，文革文學就必然隸屬於、服務於那個時代的非文學，淪為直接為某種現實目效忠的侍臣和可操作的工具。

我們知道，就人類所創造的一般精神文化符號的本質來說，它是主體聯繫、認識和改造客觀世界的中介和工具，地圖、工程圖紙、語言等符號都是如此。既然作為「中介」和「工具」，它就必定有著對於客體世界的「特指」關係，有確定的、統一的意義，而能指和所指的錯位，即所謂「言不及意」、「言不達意」，是其大忌。但藝術就不同了。藝術作為符號，是人類情感的邏輯形式。它所表徵的不是客體

世界而是主體的情感或被情感化了的「內在生活」。而情感不同於客體實在的地方就在於它「在我們的感受中就像森林中的燈火那樣變幻不定、互相交叉和重迭；當它們沒有互相抵銷和掩蓋時，便又聚集成一定的形狀，但這種形狀又在時時分解著，或是在激烈的衝突中爆發為激情，或是在這種衝突中變得面目全非。所有這樣一些交融為一體而不可分割的主觀現實就組成了我們稱之為『內在生活』的東西。」[1]因此，一般意義上的語言根本無法將它忠實地再現和表達出來；儘管它有標示某種情感的字眼，如「歡樂」、「悲哀」、「恐懼」等等，也只能大致地、粗略地傳達它的主要特徵而不可能是它的全部狀態。藝術符號正是在這一意義上決定了它的非特指性，即只能用意會的、含蓄的、多義的語言，形象地顯現虛無縹緲、閃爍不定的情感世界。

當然，這並不否認文革文學也有感情，將文革文學說成是「無情文學」並非實事求是，特別是被稱為「革命現代京劇」的「樣板戲」，當年曾經引起多少人的狂熱和迷戀。但是，這種感情並非來自文學的「文學性」，即並非由審美活動的本體職能引發的激情，而是主要來自文革文學符號的特指對象，帶有明顯的現實功利感。文學不能沒有感情，但並非所有的感情都是文學。哭喪婦和宗教狂都有真誠的感情，但那絕不是文學的感情，因為這種感情是功利的、道德的、現實的。文學的感情必須是被形式化了的感情，是虛幻的、想像的、空靈世界的感情。我們從《紅樓夢》和《安娜·卡列妮娜》中所觸受到的感情陶染，既不能給當時的作者，也不能訴諸現在的讀者以實在的功利；換言之，我們並不一定是因為自己同作品有直接的利害關係才動之以情，也不會因其感情陶染而給我們帶來直接的現實利害，完全是

---

1 蘇珊·朗格：《藝術問題》，第21頁，中國社會科學出版社1983年版。

一種形式化、藝術化了的精神享受。由於文革文學符號所特指的對象與當代中國的現實密不可分，與當時幾乎每一位文學接受者的命運緊密相聯，因而人們必然地要從切身利害關係出發呼應文革文學的情感教育。這完全是兩種不同的文學符號所蘊含、所引發的不同性質的感情。

文學與非文學，藝術與非藝術，就是這樣可以通過符號指稱性質的認定做出判斷：文學性藝術性的符號是非特指的、虛幻的、自律的、形式化的；非文學性非藝術性的符號是特指的、實在的、他律的、非形式化的。也就是說，嚴格意義上的審美符號是一種獨立自足的虛幻性的形式，並不指稱任何特定的客體實在；非審美的一般精神文化符號則是客體實在的忠實代碼，它本身沒有任何意義，它的意義只能是它所指稱的對象的意義，正如任何工程圖紙或電報文本如果離開工程本身或電報文本的所指只能是一堆廢紙一樣。文革文學之所以也可以成為「文學」，就在於它並沒有蛻化為徹底的非文學符號，仍保留著一些基本的文學形式；但是，從總體上說，它並不是以文學符號的基本特性見長，而是以非文學的因素取勝，將非文學符號的「特指」效應偽裝上了文學符號的外衣，因而它只能是「偽文學」、「準文學」。

看來，文革文學之所以壽終正寢，除外在因素（政治變動，文革結束）之外，其本身的製作方式顯然也有很大的局限：首先，由於文革文學的符號體係直指現實客體，與現實功利關係休戚相關，因此，它的效應時限必然隨著現實生活的變遷而變遷，隨著現實功利關係的調整而沉浮，它的生命力隨著屬於它的那個時代的結束而結束。其次，由於文革文學的符號體系是特指的，能指和所指之間有著嚴格的、統一的、不可移位的對應關係，形成了一整套「樣板」、「程序」

和「框框」，也就限制了作者的自由。表現在作品上便是「千人一面、萬人一腔」的臉譜化和可操作性的重複。這兩個方面，看來是文革文學最致命的硬傷。因此，要想使中國文學復興，社會政治變革是前提，但僅此遠遠不夠，必須在文學觀念的層面對整個文學符號體系來一個徹底的改造——由非文學性符號向文學性符號的轉換。

因此，如果說新時期文學最重要、最具全域性和普遍意義的觀念變革是什麼，那麼，我們可以毫不猶豫地回答：符號的轉換，從非文學性向文學性的符號轉換。這一轉換便是文學從他律（或以他律取勝）向自律（或以自律取勝）的轉換，從實用功利觀向審美本體觀的轉換。新時期文學正是在這一觀念步步深入人心的過程中，才走向了自己的輝煌的時代。

具體說來，新時期的文學符號大體上經歷了由「工具論」到「認識論」再到「本體論」這樣三次轉換，這三次轉換同時也是文學觀念層面上由「從屬性」到「真實性」再到「審美本體性」的三次飛躍。儘管我們很難在物理時序上將這三次轉換和飛躍嚴格劃分開來（它們總是相互交叉），但是，由下文的探討我們便可知道，將其內在的邏輯過程描述出來並不是不可能的事。

二、符號轉換中的觀念型態之一：工具論

「文以載道」、「文以明道」、「文以貫道」、「文道合一」歷來是我國古代文化的傳統。它的基本內涵無非是講：「道」是內容，「文」是形式；「道」是目的，「文」是手段；「道」是主體，「文」是附庸……

總之一句話，「文」為「道」服務，是盛載、昌明道統的器皿和工具，其本身沒有獨立性，只是在依附於、服務於道統的條件下才有存在的意義。如果說這一觀念是就最廣義的精神文化而言的，那麼，它在反對形式主義文風方面是一個正確的主張；否則，將這一觀念移植到審美文化的規矩之內，則是荒謬的。以我國傳統文化為例，它那書法、繪畫、戲曲為什麼百看而不厭？《詩經》、《楚辭》、唐詩宋詞等為什麼百誦而不膩？難道僅僅是認知其「內容」方面的需要嗎？事實上，這些藝術符號所蘊含的內容人們早已瞭若指掌，「百看而不厭」、「百誦而不膩」首先是一種形式的欣賞。當然，這是一種負載著內容的形式。在這些審美符號中，內容完全被形式化了；形式，在這裡已經具備了獨立的意味，絕不僅僅是內容的載體、「工具」、「器皿」。

在中外文學史上，將一般的文化符號推廣到審美文化領域，從而將文學僅僅作為「實用工具」的觀念，恐怕莫過於十七世紀西歐的古典主義和我國的文革文學最為登峰造極了。古典主義所奉行的美學教條就是「理性」至上，認為文學的人物就在於道德說教和勸善懲惡，為當時的君主專制和集權政治服務。為此，統治者們才用高俸厚祿豢養文學侍臣，為文學製作了一系列清規戒律，成為後人的笑料。出現在二十世紀六十至七十年代的中國文革文學不也是這樣嗎？它的一個最響亮的口號便是「文藝是階級鬥爭的工具」，「文藝從屬於政治、為政治服務」。因此，從 1976 年粉碎「四人幫」到 1980 年前後，我國文藝界在文學觀念上的「撥亂反正」主要便是在這個圈子裡進行的。

自 1979 年第 1 期《華中師院學報》發表朱光潛《上層建築和意識形態之間關係的質疑》、同年 4 月號《上海文學》發表該刊評論員《為文藝正名——駁「文藝是階級鬥爭的工具」說》兩文之後，中國

文藝界開展了關於文藝與政治的關係的大討論。這是新時期以來牽動整個文藝界的第一次規模最大、影響最廣的理論爭鳴。無論是朱光潛先生引經據典闡釋他的文藝「非上層建築」說，還是《上海文學》評論員文章直搗「工具」論，他們的意向卻是共同的：鑒於文革文學對藝術規律的蔑視，特別是鑒於「四人幫」大搞「陰謀文藝」的沉痛教訓，力求疏離文藝與政治的膠合狀態，將文藝從政治的附庸、從屬地位中解脫出來，為文藝的發展拓展比較寬廣的道路。因此，這一呼聲必然得到文藝界大多數有識之士的回應。這是新時期文學觀念的第一次意義重大的突破。

值得回味的是，正當新時期文學在理論上熱火朝天、面紅耳赤地爭執「工具」說和「從屬」觀誰是誰非的時候，恰恰是它在創作上「傷痕文學」走紅、「反思文學」突起的時候。且不說「傷痕文學」和「反思文學」都有著鮮明強烈的政治傾向，就是這些作品的發表本身也成了當時足使全社會注目的政治新聞，對推動「撥亂反正」和「思想解放」運動產生了巨大的作用。而對於這一事實，無論是「工具」論者還是「非工具」論者都無疑義，都從政治上給這些作品以充分肯定和高度褒揚。這一「二律背反」現象說明了什麼呢？

這一事實首先說明，「文化大革命」這一動員八億人參加的政治運動雖然過去了，但是，文藝界在這次運動中養就的政治熱忱卻沒有、也不可能降溫，仍習慣於從政治的角度思考文學問題（這是必要的）、從事文學活動（這是允許的），全社會也期待著文學以更犀利的筆鋒鎮砭文革時弊，以更深刻的思想檢討國民屢遭劫難的根源，以更敏銳的眼光前瞻療救社會的良方。「傷痕文學」和「反思文學」正是在這樣的歷史條件下承擔起了人民的委託和社會的重負。因此，它和

文革文學不同的僅僅是：「工具」的性質變了，「從屬」的對象變了——由極「左」路線的「工具」變成了黨的三中全會路線的「工具」，由「從屬」於極少數人的政治變成了「從屬」於人民的政治。這一事實還說明，那些在這次觀念變革中企圖遠離政治塵囂、與政治脫離關係的企圖是不現實、不明智的。文革文學的要害不在於它與政治的緊密相連，而在於它是和腐朽的、陰謀的政治結緣。文學關心政治、干預政治並不是文學的恥辱和污點，而是文學的勇氣和力量所在。

但是，無論充任什麼樣的政治的「工具」，文學畢竟還是在充任「工具」的職能，仍處於「從屬」的地位。那麼，這說明文學觀念的深層次問題並未解決。儘管當時的文學產生了驚人心魄的轟動效應，但主要並非來自文學本身的「文學性」，而是來自文學符號的所指（內容），很難說與當時的政治事件或政治報告引起的轟動效應有什麼本質性的區別；儘管當時的文學有著催人淚下的動情力，但是很難說這種感情主要是審美的，藝術上粗糙是它不容迴避的事實。人民之所以原諒它的粗糙，首先得感謝十年文革給人民帶來的審美的饑渴，以致於「饑不擇食」，「有總比沒有好」。更重要的是，當時國人的政治熱情遠甚於對藝術的熱情，為了政治居然忘卻了這是藝術！一句話，這段時期的作品，特別是「傷痕文學」，主要的精力是投入當時火熱的政治生活之中，還沒有，也沒來得及撥冗思考一下自身——文學之所以是文學的「文學性」是什麼。

——這是新時期文學之本體觀念的蒙昧階段。

三、符號轉換中的觀念型態之二：認識論

在文藝與政治的關係的討論過程中，一些論者就已經提出以「認識論」代替「工具論」的文學主張。在他們看來，將文藝看作是「階級鬥爭的工具」之所以是錯誤的，就在於這一觀念片面地理解和規定了文藝的本質和作用。文藝作為人類把握世界的一種方式，通過藝術形象真實地反映社會生活才是它的根本任務。因此，如果說文藝是「工具」的話，那麼，應當說它是一種「認識生活的工具」，而不是「階級鬥爭的工具」。[1]

自此之後，特別是自《文學評論》1979 年第 4 期發表何西來等重評何直《現實主義 —— 廣闊道路》之後開始的關於現實主義問題的討論，《紅旗》1980 年第 4 期發表李玉銘等《對「寫真實」說的質疑》之後引起的關於文藝真實性問題的討論，以及與此有關的關於「歌頌與暴露」的討論、關於「反映論」和「本質說」的討論等等，將新時期文學觀念的變革引入另一個層面：從認識論的角度思考「文學是什麼」。

與以階級鬥爭「工具論」為基礎的文學觀相比，以社會生活「認識論」為基礎的文學觀顯然大大拓展了自己的視野。表現在創作上，它既不像文革文學那樣充任極「左」路線的奴婢，也不像幾年前以「傷痕文學」為代表的早期新時期文學那樣，僅限於如泣如訴地撫慰歷史的創傷，而是將整個社會生活和人的全靈魂作為文學表現的對象，上下幾千年、縱橫數萬里，一幅波瀾壯闊的藝術畫卷贏得多少文學赤子

新文體的符號轉換

---

1 易原符：《認識生活——文藝的普遍職能。兼駁〈文藝是階級鬥爭的工具〉》，載《上海文學》1979 年第 9 期。

如醉如狂。從硝煙瀰漫的越南戰場到冰封雪飄的北國，從燈紅酒綠的現代都市到黃土高原上的僻壞古道，從叱咤風雲的新時期的改革家到無人留意過的凡夫俗子，都有藝術家的筆觸，都可以在這幅畫卷中看到自身的影像。特別是 1980 至 1985 年間，是新時期現實主義精神大放光彩的輝煌歲月。人民永遠不會忘記，那土裡土氣的高曉聲，那鋼筋鐵骨的蔣子龍，那理直氣壯的張賢亮，那朝氣蓬勃的梁曉聲，那繪聲繪色的陸文夫，那撲朔迷離的王蒙……。

通過這些作家，人們確實認識了社會，也認識了自我；認識了過去，也認識了現在；認識了世界，也認識了中國。文學是「人類把握世界的一種方式」，是「社會生活的反映」；因此，「真實是文學的生命、是現實主義的核心」。看來，這些觀念已被新時期文學所實踐、所證實、所認可。

既然如此，文學的真實性便成了新時期文學最神聖的追求和最熱門的話題。藝術源於生活，是反映生活的鏡子，因此，真實性便成了藝術的生命。但什麼是藝術的真實呢？同是生活在當代中國的作家為什麼在創作上有那麼大的差異呢？我們到哪裡去找喬光朴、李向南這樣的時代英雄和寵兒呢？同是反映生活中確實存在的事實，為什麼《將軍，不能這樣做》、《苦戀》一類的作品為社會所不能容呢？直陳客觀社會生活的作品是真實的，那麼，像《春之聲》、《夜的眼》、《風箏飄帶》一類的作品呢？「準確、鮮明、生動」歷來是文學語言的基本要求，那麼，新崛起的「朦朧詩」是「非文學」還是表現了「新的美學原則」呢？新的文學現象一方面向傳統真實觀提出挑戰，同時也表明創作實踐事實上已經不再受傳統觀念的局限。文學作為人類認識世界的一種方式，不僅限於認識客體世界，也要認識主觀世界；不僅

反映社會生活，也表現自我心路歷程；並且，這種認識、反映和表現並非直接地、純客觀地、機械地映照，而是經過審美主體的加工、重建。這種加工、重建的過程就是想像。「想像」，是審美主體把握審美客體、認識社會生活的「加工廠」，文學世界中的一切——形象的圖景、深沉的思考、道德評價——無不是通過「想像」這一「加工場」生產出來的。正是在這一意義上，文學的真實不是生活事實、不是客觀實在，而是審美主體的虛幻，是一種特殊意義上的「假」。正如王蒙所說：「小說最大的特點恰恰在於它是『假』的……小說是根據生活的真實來的，但它本身是假的，這是它最大的一個特點。英文管小說叫『fiction』，『fiction』本身的意思是虛假。這個『假』是非常嚴肅的假，是從生活當中來的，是根據真的東西變出來的。但是它變了，它變的方式是通過虛擬。」[1]

按理說，文學之「真」與「假」的關係是文學之最基本的常識，無須深考細究。但是，對於新時期來說，這卻意味著文學本體觀方面正醞釀著重大突破。關鍵在於如何理解「文學本身」：「虛」還是「實」？「假」還是「真」？也就是說，文學的符號本體和存在方式是指向精神還是指向實在。

我們知道，「求真」、「揚善」歷來被認為是文學的功能。現在的問題是，文學的認識作用與一般哲學、科學的認識作用有什麼區別。在我們看來，這種區別最重要的是：文學的認識作用必須通過想像、虛擬才能實現，想像中的世界、虛擬出來的世界才是文學的世界，才是文學的本體存在方式。「真從來不美。美是一種只能符合於想像的

---

1 王蒙：《漫話小說創作》，第 78 頁，上海文藝出版社 1983 年版。

價值」。[1]非想像的「真」絕不是文學的「真」；人們儘管可以從非文學的「真」中獲得樂趣，但那絕不是審美的樂趣。我們之所以說某部文學作品是真實的，僅僅是指它講述的故事的可信性、可接受性、可理解性，絕不是指在歷史上或在現實生活中確有其事。

但是，多少年來，我們判斷一部作品是否真實，僅僅以「生活本身」為依據，「生活事實」成了我們判定藝術真偽的唯一的、直接的參照系。看完《紅樓夢》，非得把林黛玉和賈寶玉的檔案查出來不可；看了阿Q，非得自個去對號，看看魯迅是不是罵我。這種僵化和固執曾經閹割了多少藝術的生命和人的審美創造力。因此，如果僅僅承認文學是生活的反應，而不能從本體論的意義上區別這種反映與一般的非文學的反映有什麼不同，那麼，文學不又成了一種「工具」——一般意義上的認識世界的工具了嗎？新時期文學如果不是在這一觀念上有所突破，可以想見，那將是一付什麼模樣——指揮刀和棍棒揮舞下的臣民不是奴才就是屈死鬼，談何文學的自由、自主和繁榮！

這使我們想起馬克思恩格斯和拉薩爾關於歷史劇《濟金根》的論爭。針對馬克思恩格斯的批評，拉薩爾承認他所寫的《濟金根》不是歷史上的濟金根，而是他的（藝術上的）濟金根。在他看來，戲劇的根本目的是讓觀眾「信以為真」，能使讀者「出汗」，歷史上的真實和舞臺上的真實是兩回事，藝術只要能使觀眾相信舞臺上的真實就行了。也就是說，只要符合觀眾的經驗，只要讓觀眾在審美幻覺中相信舞臺上的表演也就足夠了。拉薩爾對藝術真實的這種理解不但沒受到馬克思恩格斯的批評，反而得到他們的默認。他們與拉薩爾的分歧主

---

1 薩特語，轉引自《薩特研究》第 333 頁，中國社會出版社 1983 年版。

要是在歷史觀上而不是在藝術觀上。在藝術上，他們都認為《濟》劇是一部「高明的」、令人激動的「美的文學」。[1]

　　這就是建立在審美經驗基礎之上的藝術假定性原則，即：作為一般的審美經驗，誰都清楚文學是作家「變」與「編」出來的，是想像和虛擬的世界。在這個世界裡，一切都是以虛擬、假定的條件以及假定性因素所交織成的假定性邏輯為轉移。無論是讀者接受還是作家創作文學文本之前，這一事實實際上已被接受和認同了；或者說，讀者或作家是在認同所謂藝術的真實是假定性的真實的前提下去進行閱讀或創作的。因此，無論是欣賞還是創作，它所參照的絕不是生活事實本身，絕不應該以是否符合生活事實為最高原則，而是在認同文學真實之假定性原則的前提下，在假定性原則的契約中才得以進行的精神活動。這一觀念意味著：文學作為符號，儘管與客體實在密切相關，但並不存在直接的關係，而是通過想像的中介；文學反映生活，但並非直觀地、機械地反映，而是經過主體的重建。

　　這便是新時期文學之本體真實的一種徹悟。如果說新時期文學的現實主義精神與傳統現實主義有什麼不同的話，那麼，主要便是對藝術真實性的這種新理解；如果說新時期建立在認識論基礎上的文學觀與傳統的「反映論」有什麼區別的話，那麼，主要便是對藝術之假定性原則的認同。否則，新時期文學在掙脫了「政治工具論」之後，也只能滑向另一種工具論。而任何「工具論」，只要將文學視為「工具」，那麼，它就必然否定、無視文學自身的規律，將文學符號與一般精神文化符號相混同。而對文學符號之想像性、虛擬性、非實指性的思考

---

1 詳見拙著《馬克思主義文藝美學基礎》第 109-116 頁，南京大學出版社 1992 年版。

和實踐，也就是向文學之「文學性」、「審美性」、非實用功利性的靠攏與親和。

——這是新時期文學之本體觀念的啟蒙階段。

四、符號轉換中的觀念型態之三：審美本體論

如果說七十年代末和八十年代初的新時期文學主要是忙於「傷痕」的療治、歷史的「反思」和現實的「改革」，還無暇靜下心來反省自身的話，那麼，從八十年代中期開始人們便越來越對「文學是什麼」、「文學不是什麼」發生了興趣。隨著現代西方文藝思潮的湧入，「文學本體論」的觀念也很快被文藝界廣泛地接受，文學之所以成為文學的「文學性」問題引起普遍的關注。這時期出現的以「尋根」文學為主要標誌的文化小說的興盛便是極好的說明。

文化小說對「文學性」的追求主要是通過審美距離的擴延實現文學符號能指和所指的錯位，從而強化了符號自身的獨立性和審美功能。這主要表現為「古」、「遠」、「淡」、「奧」四個方面。

所謂「古」，是指在時間上儘量捕捉古代的、傳統的文化遺風。儘管大多數作品並不是寫古人而是寫現代人，但作者的筆鋒所向卻是發掘現代人身上的古代傳統。汪曾祺的《大淖記事》、鄭義的《遠村》、烏熱爾圖的《狩獵圖》和李杭育的《最後一個》等，都是選擇現代社會中仍處於自然狀態下的村社文化表現初民的古風遺習和傳統的精神世界。這種原始主義創作傾向由於多以現代精神作參照，所以使「古」文化傳統越發顯得古樸、稚拙，在「現代精神」與「古代傳統」之間便不可避免地拉大了心理距離。

　　所謂「遠」，是指敘述視點的遙遠。有些作品敘述的本來是現代故事，與現代人有著密切的功利關係，但作者故意遠距離觀照以實現對現實功利的超越。例如《紅高粱》，本來可以用「現在時」直接敘述，但作者卻將敘述者轉讓給主人翁的孫子（我），選取孫子（我）的視角用「過去時」間接追憶，從而一下子把「鏡頭」的焦距推向遙遠的過去。敘述者（我）和所敘述的故事的心理距離拉遠了，就可以以旁觀者的口氣對這段血與火、愛與恨的歷史從容道來。這就是弗萊在《批評的解剖》中提出的「向後站」的審美原則。比如看一幅畫，如果離它很近，我們只能分析它的調色及用筆的細節；如果站得遠一點，畫面的構思就看得比較清楚；如果站在一幅離畫像十分遠的地方，那麼，我們除了看到這幅畫的「原型」之外，就看不到別的了，只看到一大塊向心的藍色和中間的一點而已。[1]像《紅高粱》之類的遠距離視點的審美目標是否也是在尋找什麼文化「原型」——「純種紅高粱」呢？

　　所謂「淡」，是指這些文化小說在主題、情節方面的淡化。它們不像傳統現實主義和「傷痕文學」、「反思文學」那樣以驚心動魄、扣人心弦的情節取勝，也不以提出什麼振聾發聵、針砭時弊的社會問題引發效應，而是以淡淡的趣味贏得讀者。張承志的「河」、鄧剛的「海」、賈平凹的「商州」，以及鄭義的《老井》、阿城的《棋王》和王安憶的《小鮑莊》等都有這一傾向。為了「趣」和「味」，作者甚至故意將本來可以連綴在一起的故事拆得七零八落交給讀者去重建，將本來可以清晰的意象塗抹得若隱若現交給讀者去猜度。在作者看來，文學的「趣」和「味」是在讀者自行「重建」和「猜度」中品出來的，否則，

新文體的符號轉換

---

1 參見弗萊：《批評的解剖》第 156 頁，百花文藝出版社 1998 年版。

作品只能成為「事」與「理」的符號載體，而與「文學性」甚遠。

　　所謂「奧」，是指對於人情世態和社會心理的揭橥不流於表面，力求在集體無意識的層面上展示人的全靈魂。最早打出「尋根」旗幟的韓少功一開始便提出「根不深，則葉難茂」的文學主張，[1]他的《爸爸爸》等作品所表現的不僅是湘西某偏遠角落的一些古舊習俗和人生悲劇，而且蘊含著對這些古習和悲劇的痛苦思索和深沉剖析。讀者從他那淡淡的情節和平靜的語氣背後反而感到一種高醇度的哲學理性，濃縮了湘西、楚文化，乃至整個民族的酸甜苦辣。這種表面不動聲色，實則聲色俱屬的「外冷內熱」式的處理方式同樣是由審美距離所造成的「間離效果」：「冷」的外部形式，「熱」是實質內容；只有通過「冷」的審美方式（敘述時貌似平淡、無傾向、零度情感），才能達到「熱」的效果（對整個民族文化的憂患與深思）。

　　這四個方面，「古」指時間、「遠」指空間、「淡」指事理、「奧」指意蘊，共同營造了審美主體與審美客體之間的心理距離。正是由於審美客體的古拙、遼遠、淡薄和奧妙，才與審美主體拉開了距離。否則，以摩登的現代生活為題，敘述者和被敘述者利害攸關，或僅以主題的鮮明和情節的曲折取勝，或流於一般愚昧文化的暴露，都會導致作品功利關係的增值和文化學的降值，從而使審美主客體之間失去距離。因為「文化學」不同於「認識論」，更不同於「政治學」；建立在文化學基礎之上的文學觀既不是將客觀地再現社會真實作為文學的基本旨歸，更不是站在某階級的立場僅僅給文學以政治學的規定。所謂「審美距離」的展開必然伴隨著功利關係的退隱。但是，這並不是

---

1 韓少功：《文學的「根」》，載《作家》1985 年第 4 期。

意味著文學「背對現實」、「遠離塵囂」，所謂「古」、「遠」、「淡」、「奧」
只是形式，是文學的「陌生化」手段，並非其審美理想。作為審美理
想，八十年代中期的文化小說無疑是一種現代意識，以「今」觀「古」、
寓莊於諧的現代意識，表現了現代人在現代化進程中背負沉重文化遺
產時的驕傲和憂患、欣慰和焦灼。

　　「心理距離」本是 20 世紀初英國心理學家布洛等人提出的一種
審美本質說，它的基本含義是指人的審美活動應在藝術和現實之間選
擇適當的心理距離。一方面，審美主體在感知對象時應採取一種超然
於和脫離開現實之實用目的的態度，否則，距離太近或失去距離就容
易引起功利目的，產生實際生活態度的反應，失去美的感受。另一方
面，如果距離太遠，就不易被人理解，當然也不能進行審美活動。布
洛將這一現象談成是美和美感的本質固然言過其辭，但至少揭示了審
美的重要規律。這是因為，文學作為符號，如前所述，它的基本特點
是情感（非邏輯）性和虛幻（非現實）性；邏輯性和現實性只是文學
符號的哲學規定，情感和虛幻才是其本體存在方式；而所謂審美的「心
理距離」，恰恰是由文學符號的這種本體存在方式決定的，因而它必
然有一種超然於和脫離開現實功利的態度。讀者欣賞《紅高粱》時為
什麼不去留意那場戰爭的是非曲直？或者說，《紅高粱》為什麼不像
傳統抗戰題材那樣以正義與邪惡的搏鬥感動讀者？為什麼沒有將現
實理性推向王座並讓其統轄一切？這顯然是作者有意識地拉開審美
主體與審美客體的距離，以期讀者從作品中主要獲得審美本體的意味
而不是非審美的教益。但是，作者弱化現實理性並非取消現實理性，
《紅高粱》的是非觀仍然是鮮明的，它與傳統寫作方式的區別僅僅在
於，「現實理性」在《紅高粱》中被形式化了，即被形式熔化、融解

了，並不是孤立的存在物，以至於使作品的是非觀隱蔽到不用心去尋找便不會引人注意的程度。

　　文學之所以成為文學的「文學性」就是這樣被新時期文學實踐著，「審美價值是文學最根本的價值和本體屬性」這一觀念為越來越多的作家和理論批評家所接受、所認同。相對於建立在「工具論」和「認識論」基礎上的文學觀來說，「審美本體論」顯然是對文學之更真切的理解。當然，這並不是對文學價值的全面評價，更不是對具體作品的全面評價。文學作為一個活的整體，是一個多稜鏡和萬花筒，具有多方面的價值和功能，審美只是其一，僅僅將審美標準作為唯一的圭臬是唯美主義，只能導向「玩文學」、「純形式」，不足為訓。但是，審美畢竟是文學之最基本的屬性，離開這一屬性談論其它都是非文學。就具體作品來說，其中既有文學因素也有非文學因素，但非文學在文學中並不具有獨立的意義，它已經被「文學化」了、與文學整體膠鑄在一起了，否則，便是硬塞進去的異物。因此，一方面，文學的價值體系當是多元的、複雜的；另方面，審美價值又是其統轄一切、熔化一切、貫通一切的本體價值。從這一角度來說，新時期中期出現的「文化小說」是否在整體上超過了前期的「反思文學」，很難據此一言斷定。任何時代的文學運動總是在「文學性」與「非文學性」、「審美的」與「功利的」相互撞擊中發展的。文學的整體功能不偏向任何一方，而在於二者的交融方式和結構形態。具體說來，它落實在文本的創造。

四、本體與文本

「新批評」著名代表人物之一，美國文藝理論家約翰・克羅・蘭色姆最早將哲學的「本體」概念引入文藝批評。在他之前，「新批評」的一些早期批評家儘管反覆強調「詩本身」，但在蘭色姆看來，由於他們僅僅停留在「情感論」的層面，以心理學家的身份談詩，因而並非本體的批評；文學的本體就是作品本身，作品的文本形態才是情感、心理的客觀對應物。在此之後，「新批評」關於「文學本體」的概念儘管屢有修正，但將「文本」作為文學本體的直接現實這一觀念無甚異議。

所謂「文本」（text），就是作品的存在方式，即文學的語言現實。它是作家創作和讀者接受的中介，是人類文學活動的軸心。因此，由作品語言，即文學文本出發思考文學本體問題，不失為一條可靠而有效的途徑。

事實證明，文學觀念的變革總離不開語言的變革並通過語言的變革表現出來。新時期文學觀念的變革也是這樣，從「工具論」到「反映論」再到「審美本體論」的生成，總是通過語言文本的變革表現出來的。

首先，以「傷痕文學」為代表的早期作品在語言上的主要特點是擺脫了文革文學的「幫風幫氣」，傳統的文風和技巧得到恢復。1980年之後，新時期文學本體觀開始覺醒，關於「朦朧詩」和「意識流小說」的出現是其最初表徵。其共同點是追求語言的多義性和非邏輯性，這恰恰是文學語言作為藝術符號的基本特性。由於它是多義的，作品的容量擴大了，內涵豐富了；由於它是非邏輯的，作品的情感色

彩濃烈了，想像的成份更多了。這在王蒙的《夜的眼》、《春之聲》、《海的夢》、《風箏飄帶》等作品中表現得尤其明顯。

　　發表於 1983 年《上海文學》上的《迷人的海》堪稱新時期文學語言的精品。作品無甚曲折的情節，只是對老少兩個海碰子下海、叉魚技能方面的描寫，不枝不蔓，全部功力使用在語言的精雕細刻上。《迷人的海》在語言上的貢獻，不僅表現在探幽燭微、天然嫵媚、出神入化的藝術傳達上，更重要的是表現了新時期文學語言觀的新突破：文學作為符號，它的基本特性是「象徵」。[1]文學的象徵不是簡單的「比喻」，它在跨向第二項時依然保持「本體」的自足性。因此，我們無須追問《迷人的海》究竟象徵什麼，它的文本本身就具有獨立自足的審美意味。當然，我們並不反對有興趣的讀者去追尋它所象徵的主題，例如有人將其歸納為「代溝及其溝通」，[2]但是，這將使作品變得索然無味。因為既然是文學整體的象徵，就必然言近而旨遠、言有盡而意無窮，其「旨」其「意」必然是多層次、多向度的。鄧剛的貢獻就在這裡，他真正是在審美的層面將作品文本引向了無限空靈的世界而不是引向客體實在，從而賦予文本以獨立自足性。

　　新時期文學語言觀的第三次突破當是莫言「紅高粱」系列的問世。「紅高粱」系列的語言除保持文學符號的多義性和非邏輯性之外，又躍上了更高的層面：淡化它的褒貶內涵，現實生活中的尊卑、善惡、真偽等一切價值觀念都在「紅高粱」世界裡被美化、被藝術化、被形式化了。那「最美麗最醜陋、最超脫最世俗、最聖潔最齷齪、最英雄

---

1 「符號」與「象徵」在英文中都可以用 symbol 一詞，這說明「符號」本身就有「象徵」的含義。
2 見馮牧《文學十年風雨路》，第 313 頁，作家出版社 1989 年版。

好漢最王八蛋、最能喝酒最能愛的」高密東北鄉；那匪氣十足的抗日英雄余占鰲爺爺和「花花事多」的老闆娘戴鳳蓮奶奶及其他們野合後生下來的父親豆官；羅漢爺那兩隻被割下的耳朵在瓷盤裡活潑地跳動叮咚做響，整個頭部顯得非常簡潔；餘大牙因強姦民女被槍斃後一隻眼球震出眶外象粒大葡萄掛在耳旁……還有奶奶那被槍彈射穿了的「高貴的乳房」，王文義腹部被幾十顆子彈打成的「月亮般透明的大窟窿」，甚至連饕餮療饑、酒中撒尿都被莫言寫得那麼富有詩意，以至於使讀者又噁心又興奮、越噁心越興奮，完全進入審美的境界。現實生活中的價值關係就是這樣被莫言形式化了，就是這樣在《紅高粱》中變形了。這種語言方式是運用「二律背反」的規律製造內在張力以形成審美距離，從而使審美主體能夠在完全屬於自身的虛幻世界中縱橫馳騁，酣暢淋漓、痛痛快快地表演人生的苦與樂、愛與恨。從這一意義上說，文學只有構築了純正的本體世界，才能夠有創作和想像的充分自由。

從「朦朧詩」和「意識流小說」到《迷人的海》再到《紅高粱》，是新時期文學語言觀念變革的三個「里程碑」，標識著作品文本逐步遠離一般文化符號而走向藝術符號的進程。無論是「朦朧詩」對語言彈性的鍛煉還是王蒙增加句號、減少引號，增加修飾詞、減少謂語動詞等方面的修辭主張；無論是鄧剛的精工細作，捕捉微妙的感覺，還是莫言粗獷豪放的語義落差，都在追求一個目標——文學的本體，尋找文學之所以成為文學的東西是什麼。「本體」和「文本」就是在一意義上實現了重合。

但是，文學的「本體」是否就等於作品的「文本」呢？「新批評」以來，包括結構主義、符號學美學的一些理論家多持有這一觀念，將

本體等同於文本。但是,當他們對具體文本展開分析時,又不得不涉及所蘊含的意味、情感、思想和文化背景。我國新時期以來,一方面出現了有些論者將形式、技巧等同於文學本體的觀點,同時也出現了一些論者撇開文本扯談「本體」的偏向。看來,這兩種傾向都是片面的。嚴格地說,作品本文就是印刷品,即「白紙黑字」,屬於物理事實;文學作品通過它得以存在但並不等於它;文學作品是精神存在物,精神、意識、感覺等非物理世界才是其本體存在;並且,這一非物理世界又是形式和形式化的世界,思想、理性、意志等在這一世界中都被形式化了。因此,所謂文學本體,一方面以文本為符碼,另方面,在這一符碼中又熔鑄著整個人類精神世界——被形式化和符號化了的世界。這才是文學本體的全部內涵。

不難判斷,新時期文學由工具論向反映論再向本體論的觀念性嬗變,從總體上說是健康的,即在強化「文學性」的同時並沒有放棄文學的責任,只是將這責任更加形式化罷了。因此,單就作品語言風格、敘述方式和文本結構來看,新時期文學就是一個足以令人眼花繚亂的世界,這對推動我國文學成為真正的文學無疑是強大的內在張力。一個簡單的事實是,文學依賴思想的深刻和問題的尖銳已很難引起前些年那樣的轟動效應,人民似乎不再將這些責任推給文學以強其所難。但是,我們必須清醒的意識到,那些逃避任何責任的「純技巧」、「小把戲」、「玩文學」絕不可能佔領神聖的文學殿堂,責任心和使命感一直是中國文學的傳統,因為這塊土地上的人民仍然需要它。

原載《學術月刊》1992 年第 1 期,略有更改。

新文體的價值座標[1]

一、價值與人

「『價值』這個普遍的概念是從人們對待滿足他們需要的外界物的關係中產生的」,[2]「是人們所利用的並表現了對人的需要的關係的物的屬性」,「表示物的對人有用或使人愉快等等的屬性」,「實際上是表示物為人而存在」。[3]

馬克思的這些論述告訴我們:所謂「價值」,是一種關係範疇。它既不表現為客體性,也不表現為主體性,而是客體與主體之間的一種客觀關係;即表示客體怎樣為主體而存在和主體怎樣通過客體滿足自己的需要。因此,討論文學的價值,無論是強調「主體性」還是否定主體性而強調「客體性」,都是對價值觀念的誤解。其次,馬克思的論述還告訴我們,所謂「價值」,是相對人而言的外在物的屬性。「人」是主體,是目的;離開人,一切外物都無價值可言,任何外物的價值都以滿足人的需要而存在。因此,討論文學的價值,便不能不回到「文學是人學」這一似乎無甚新意的命題上了。

由這兩個基本點出發去看新時期文學,我們就可以發現,它的價值表現在這一特定時期人民的普遍需要和文學現實之間的關係之

---

1 本文原標題為《人的和諧──新時期文學價值觀描述》,現標題中的「新文體」是指新時期的文學文體,相對新時期之前的「十七年文學」和「文革文學」而言。
2《馬克思恩格斯全集》第 19 卷,第 406 頁,人民出版社 1963 年版。
3《馬克思恩格斯全集》第 26 卷 III,第 139 頁和第 326 頁,人民出版社 1973 年版。

中；考察這一時期的價值觀，當然也就是對這種關係形態的客觀描述，即考察這一時期的文學在何種程度上並以怎樣的形式滿足了讀者的需要。因此，如果說文學本體觀是關於文學自律的觀念，那麼，文學價值觀則是關於文學他律的觀念，即「文學與人」、「文學與人學」之價值關係的觀念。

事實是，新時期文學是在人性、人道主義、人的尊嚴和權利遭到長期摧殘和壓抑之後，在「人」的觀念已經差不多從文學藝術的視野中消失之後崛起並繁榮起來的。因此，它在整個歷史進程中所表現出來的對於人的渴望、追求和呼喚，是中國文學史上任何一個時期所不能比擬的。這一強烈的反彈作用力再次證明：「人」與「文學」是不可分割的，文學的價值就是人的價值，脫離開「人」和人的需要，文學便無價值可言，「文學是人學」是一個永遠不會過時的命題。

但是，文學之外的哲學社會科學，特別是人文科學不也是和「人」不可分割的嗎？人類學、法學、倫理學、史學、心理學、政治學……不都是為了人、環繞人，將「人」作為研究的對象嗎？它們同文學作為「人學」的區別在哪兒呢？毫無疑問，這一區別可以從本體論和價值論兩個側面見出：如果說情感性、虛幻性、非邏輯性、直觀形象性等是文學之「人學」的基本屬性，那麼，追求人的和諧和內心世界的完善便是其最重要的價值形態。「樂者為同，禮者為異。同則相親，異則相敬。樂勝則流，禮勝則離」……「禮儀立，則貴賤等矣；樂文同，則上下和矣」……「樂者，天地之和之；禮者，天地之序也。和，故百物皆化；序，群物皆別」……「故樂也者，動於內者也；禮也者，動於外者也。樂極和，禮極順，內和而外順，則民瞻其顏色而勿與爭也，望其容貌而民不生易慢焉」……「禮節民心，樂和民聲，政以行

之，刑以防之。禮樂刑政，四達而不悖，則王道備矣。」[1]總之一句話，「樂」、藝術等審美文化的意義是作用於人的內心，使人與人相親合；「禮」等非藝術意識形態的意義作用於人的行為，規範社會之「序」。這當是文學作為「人學」有別於一般意識形態之「人學」的最基本的價值特點。

沿著這一思路去考察新時期文學我們就會發現，新時期文學最重要的價值就在於在人的深層心理世界發動了一場革命，以摧枯拉朽之勢蕩滌著一切因陋守舊的積垢，為整個民族適應並參與以改革開放為主旋律的新生活方式鍛造了健康的心靈。人們不會忘記「傷痕文學」和「反思文學」為新時期的思想解放運動所做出的貢獻，不會忘記蔣子龍的改革家系列和李存葆對軍人形象的重塑為張揚時代精神所做的努力，不會忘記八十年代中期興起的「文化小說」對民族傳統的深沉反思，還有「意識流小說」和「朦朧詩」對人的心理空間和自我感覺的新發現……。

重要的是，這些作品題材不同，風格迥異，但為什麼能引起不同階層和職業、不同年齡和性別、不同閱歷和文化修養的廣大讀者的共鳴呢？這就是人性、人情在起作用。我們可能沒有王曉華的「傷痕」，但有一顆為人撫慰創傷的心；我不是廠長或企業家，但不能不對經濟改革漠不關心；我不是軍人，但看到梁三喜的欠帳單後不能不動之以情……。文學的價值和意義就是這樣溝通了人與人的聯繫──因為我們都是血肉之軀，七情六欲人皆有之，惻隱之心人皆有之。正是人類所共通的人性、人情和人道決定了人與人的相互理解和同情。新時期

新文體的價值座標

---

1 見《禮記・樂記》〈樂論篇〉、〈樂化篇〉和〈樂本篇〉。

文學正是在這一意義上化解了人們心靈上的積鬱與隔膜，成為整個民族承受十年新生活挑戰的心理凝聚力和情感寄託的家園。

這，可能就是早在兩千多年前中國第一部美學著作《禮記·樂記》中就已論述過的「樂」之「和」的價值吧！

二、階級鬥爭與人的和諧

所謂「和」，就是和諧、和順、協調；所謂「樂」之「和」的價值，就是說藝術具有協調人與人相互關係的功能和意義，或者說人可以在藝術活動中實現個體與社會的和諧。新時期文學之所以在這方面滿足了人民的需要，當然有著深刻的社會背景和文學背景。

按照歷史唯物主義的觀點，社會是劃分為階級的，階級鬥爭是社會基本矛盾的表現並推動歷史的進步；但是，階級鬥爭並非在任何條件下都是激烈的、主要的，特別是在無產階級取得政權之後，如何滿足廣大人民群眾日益增長的物質和文化需要已成為社會的主要矛盾。但是，在極「左」路線的干擾下，我們只記住了前半句而忘記了後半句，將剛剛擺脫了「三座大山」的新中國又馬上投向緊張的「階級鬥爭」的漩渦中去，直至演變為「文化大革命」這場全民性的大動亂。在這些一場接一場、一場比一場更激烈、更具規模的「階級鬥爭」實則是「窩裡鬥」的悲劇中，社會生產力遭到大破壞，更重要的是傷害了人心，破壞了人心的和諧和寧靜。人與人相交往首先是猜疑、敵視、鬥爭，而不是信任、親和、友愛。「與人為善」、「和為貴」等中華民族的傳統美德以及「民主、自由、博愛」等人類社會的現代文明

都被貶為封建主義、資產階級的意識遭到全盤否定。人民疲憊了，精神壓抑、孤獨、迷惘、萎縮，智力驚人的下降。只是在這種境況下，人世間的理解、信任、友誼、和善才顯得彌足珍貴；只是在這種境況下，新時期文學的一些作品，特別是早期的一些作品，哪怕藝術上很不成熟，只要溶進了這些「人情味」，都會贏得讀者的強烈呼應。

　　從文學背景來看，在「以階級鬥爭為綱」的思想指導下，新中國文學儘管取得了不小成績，但「概念化」、「公式化」始終是驅不散的陰雲。為什麼？很簡單，文學要服從「階級鬥爭」的需要。「階級鬥爭」是「綱」，文學創作是「目」；綱舉目張、以綱帶目，文學沒有自己的目的和獨立性，只能為「階級鬥爭」的形勢服務，只能證明「階級鬥爭」是長期的、複雜的，有時是很激烈的，必須「年年講、月月講、天天講」。這樣，人們從文學中就不可能得到「和」的補償，只能接受「鬥」的訓導。在現實中難以得到的東西在藝術中同樣難以得到，在生活中避之不及的「鬥爭」在藝術中依照原樣重演，文學的價值何在？即使那些有自己獨立見解的作家在自己的作品中哪怕是小心翼翼地流露出點人性、人情味，也會立即被指責為「小資產階級情調」而難免厄運。從這一意義上說，「文革文學」的價值是「非文學」，是「工具」和「傳聲筒」，它所承擔的責任並不是文學所應當承擔的，文學所應承擔的「和民聲」、「同民心」的責任它沒有、在當時也不可能承擔。新時期文學的價值就在於，它的主旋律雖然與改革開放的時代主旋律完全合拍，但它絕不是某種觀念、政策或時代精神的傳聲筒，而是立足於自己的陣地完成屬於文學自身的社會責任──在滿足讀者審美需要的同時追求人的和諧與完善。這主要表現在：

　　1.直接控訴所謂的「階級鬥爭」給人民所留下的創傷。這在「傷

痕文學」和那些反映特定時期冤獄生活的「大牆文學」中表現得特別明顯。無論是描寫十年動亂給人民留下的「內傷」或「外傷」，還是描寫更早一段時期的「反右」運動所造成的遍地冤獄，那一幕幕妻離子散、背井離鄉、含辛茹苦、忍辱負重的圖畫正是對那些無休止的「鬥爭」的血淚控訴。從空軍某兵團司令彭其的所謂「反黨」冤案（《將軍吟》），到普通青年學生的愛情悲劇（《楓》）；從黨的忠誠戰士葛翎所受的折磨（《大牆下的紅玉蘭》），到微不足道的小商販田玉堂的無故（《內奸》）；從二十幾歲就開始勞改生活的知識份子章永璘（《綠化樹》），到奮鬥了大半輩子都蓋不起幾間房的農民李順大（《李順大造屋》）……閱讀這樣的作品，人們會想些什麼？「階級鬥爭擴大化」已經擴大到上至國家領袖、下至平民百姓中的每一個人，已經擴大到外至社會政治、內至個人隱私的各個角落，已經擴大到整個民族社稷、家庭個人、心理情感都無法繼續承受的地步了！

　　2.揭櫫精神的麻木、心理的隔膜和變態。正如人們早已指出的，劉心武寫出宋寶琦的愚昧無知和性格畸形並不算什麼神來之筆，重要的是寫出了人們從未懷疑和思考過的謝惠敏式的性格畸形和內傷，因為她所表現出來的一些品質向來都是作為天經地義、理所當然的東西被社會所認同、所肯定的。謝惠敏身上的「謝氣」不僅表現出青年學生，更深刻的是燭照出整個民族精神麻木、遲鈍、僵化和孱弱（無論是小流氓還是團支書，居然都認為《牛虻》是「黃書」而羞於問津）。以寫老實憨厚的鄉下佬聞名的高曉聲為什麼突然玩起「現代派」來了？你看他那釣魚反被魚釣的《魚釣》，以及在《繩子》、《山中》、《飛磨》和《心獄》等作品所描繪的那些疑神疑鬼、惶惑不安、處處戒備、相互猜疑、苦悶孤獨或神經過敏等眾生相，不正是一幅幅變態、失常

的「心電圖」嗎？至於本來就以「意識流」見長的王蒙為什麼選擇這一手法展示人心的隔膜（《風箏飄帶》）和「莊生曉夢迷蝴蝶」似的感覺重疊（《蝴蝶》），還不是為了讓讀者能夠設身處地地、更真切地去體驗深層心理世界的困惑、動盪和焦灼嗎？

　　3.張揚個性、人情的真誠、善良和美好。即使在那些「暴露」文革創傷、控訴冤獄生活的作品中，我們同樣可以看到人性、人情的亮點和閃光。一方面是殘苦的政治批判，一方面有人與人之間的關心和友誼（《三生石》）；一方面是壁壘森嚴鐵絲網，一方面有含情脈脈兩相愛（《雪落黃河靜無聲》）；一方面是「大牆」裡的持槍看守，一方面是純潔、善良、極富同情心的天使（《土牢情話》）；一方面是牢騷滿腹、玩世不恭的大兵，一方面又是疾惡如仇、一腔熱血的男子漢（《高山下的花環》）……中華民族雖然屢遭磨難，仍然生生不息、頑強拚搏，靠的是什麼？就是這種以「和」為核心的精神向心力和心理凝聚力。她歷史悠久、根深柢固，不能夠，也絕不會在幾次災難過後便喪魂落魄、一蹶不振。改革開放的新生活在呼喚，各種利益關係在迅速地調整，迎接這樣的時代不僅需要先進的科學技術和豐富的物質條件，更需要堅強的人格力量和健康的心理素養。新時期文學正是在這一關鍵時刻擔當起了整個民族的心理調節責任，為整個社會塑造著現代文明的精神風貌。

　　4.表現人際關係的新調整和個體意識的新覺醒。「改革」，不僅是經濟關係的改革，同樣是人際關係的調整，並深刻影響、啟發著人的心靈世界。一向忍氣吞聲的馮么爸的脊樑終於挺直起來了（《鄉場上》），手裡有了錢的黑娃也可以開次「洋葷」照張相了（《黑娃照相》）。他們開始意識到自己是一個獨立的、有血有肉的個體存在，應該具有

一個完整的人所應具有的一切。這種個體意識的覺醒在詩歌中主要則是表現為自我的反思和探求:「假如我重活一次,我要像修訂一本書那樣,把我的一生修訂一番。有的地方,我要整段地塗掉⋯⋯」(未央:《假如我重活一百次》);「黑夜給了我黑色的眼睛/我卻用它尋找光明」(顧城:《一代人》)。它們往往在抒寫悔恨的同時表現出悔悟,在傾訴失落的同時表現出獲得,在反思歷史的同時表現出嚮往,在發洩迷惘的同時表現出尋覓。還有那些冠之為「探索」、「新潮」的影視文學所表現出的充分的主體精神,以及其它一些作品所塑造的一系列具有鮮活個性的藝術形象,都標示著個體意識的新覺醒,對十億人民在改革開放的大潮中創造性的勞動和個人才能充分發揮無疑是一種精神支持和藝術肯定。

種種跡象表明,新時期文學主潮的流向既不是抽象的人道主義,也不是「反封建」所能概括得了的,而是實實在在的、看得見抓得著的、具體的現實的「人」,這就是屢遭「鬥爭」的磨難和痛苦、尋找和諧與完善、渴望民族的振興和發展的、大寫的中國「人」。離開這一現實的基本點討論新時期文學的「主潮」、「價值」和「意義」都難免坐而論道的弊端。中國的現實就是:一方面有著外部世界現代文明的強大誘惑,一方面又必須保持中華民族固有之血脈;一方面急切地盼望物質文明的高度現代化,一方面又必須注重人的素質的同步提高和完善;一方面是改革開放給人民帶來了實惠,一方面又伴隨著腐朽沒落的社會病對人的靈魂的侵襲;一方面是新的生活方式為人民創造了更多更平等的競爭機遇,一方面是對這種生活的不適應和由此而引起的困惑、焦灼、壓抑感以及人與人的陌生化、疏遠化;一方面是高科技、高效率的社會化大生產,一方面是人與自然的日趨分離和遙

遠……新時期文學正是在這些矛盾中顯示出自己的價值——對人的和諧的美學理想的嚮往和追求。

　　具體地說,「人的和諧」應當包括人與人的和諧、人與自然的和諧這兩個基本方面。應當說,這兩個方面是馬克思主義者終身為之奮鬥的共產主義目標,自然也是整個人類社會的審美理想。正如馬克思所說:「這種共產主義,作為完成了的自然主義,等於人道主義,而作為完成了的人道主義,等於自然主義,它是人和自然之間、人和人之間的矛盾的真正解決,是存在和本質、對象化和自我確證、自由和必然、個體和類之間的鬥爭的真正解決。」[1]自然主義把自然界認作世界的唯一的真正本體,把人僅僅看作自然界的一部分,人的本質完全成了自然的本質;人道主義則強調人是世界的本體,認定只有人才具有最高的價值。而在馬克思看來,過分地強調自然或過分地強調人都是片面的,二者應當統一起來,徹底的自然主義應當以人為中心,徹底的人道主義應該首先把人看作自然界的一部分。也就是說,我們應該在自然唯物主義的基礎上強調人的作用和意義,同時要把人及其活動理解為自然物質的感性活動。只有這樣,才能實現真正的人的和諧。

　　我們所說的新時期文學對於療治屢受「動亂」和「鬥爭」之苦的中國人的心理病所做的貢獻,對於溝通新形勢下人與人之間的理解、同情和互助所做的努力,主要也是在這兩個方面所表現出來的人的和諧,即一方面是人與人的和諧,一方面是人與自然的和諧。如果說表現愚昧與文明的衝突、尋找新的倫理規範是新時期文學人與人相和諧

新文體的價值座標

1《馬克思恩格斯全集》第 42 卷,第 120 頁,人民出版社 1979 年版。

的審美理想之達成，那麼，在人化的自然和自然的人化中營造新的精神家園則是新時期文學人與自然相和諧的藝術情結之寄託。這兩個方面構成了新時期文學價值觀的兩大指向：前者指向「未來」，後者指向「過去」，又都是立足於「現在」，由「現在」（新時期的新現實）生髮開去、擴展開來。這就是新時期文學的價值結構。看來，我們有必要對這一結構模型進行必要的描述。

三、人的和諧與現代文明之嚮往

「正像達爾文發現有機界的發展規律一樣，馬克思發現了人類歷史的發展規律，即歷來為繁茂蕪雜的意識形態所掩蓋著的一個簡單事實：人們首先必須吃、喝、住、穿，然後才能從事政治、科學、藝術、宗教等等。」[1]但是，在極「左」思潮的干擾下，在相當長的一段時期內我們所忽略的恰恰是這一「簡單事實」和簡單道理，以至於新時期以來人們首先關注的是外部世界的物質文明。被作者自命為「唯物論者啟示錄」的《綠化樹》、《男人的一半是女人》等作品，正是深刻地揭示了這一淺顯的道理。其主人翁章永璘以驚人的坦率和誠實鳴告世人：人，一旦失去了最基本的物質條件，心理變態如斯，人性淪喪如斯，談何人的尊嚴、價值和理想！談何人的和諧、完善與發展！有了最基本的物質需要的滿足，才能萌發情欲的感受、政治的信仰和理想的追求。正是在這一意義上，作者張賢亮才將主人翁最終推向經道濟世的征途，甚至與黃久香的離異也成了章永璘的一大義舉。

1《馬克思恩格斯選集》第 3 卷，第 574 頁，人民出版社 1972 年版。

　　事實說明，物質與精神在任何條件下都是不可分的整體，物質的匱乏總是伴隨著精神的貧困。不難發現，新時期文學對於國民劣根性和愚昧現象的批判，總是將其置於經濟不發達的窮困「角落」，將物質的窮困作為精神窮困的現實背景。這也可稱為新時期文學「唯物論者」的重要啟示吧！無論是李順大、陳奐生、丙崽那副「阿Q相」，還是胡玉音、盤青青、彭竹妹這組「芙蓉姐」姊妹家族譜；無論是《被愛情遺忘的角落》，還是《遠村》、《老井》等所輪番上演的人生悲喜劇，都寓意著這樣一個簡單而深刻的道理：對於那些尚未擺脫經濟窮困的人群和個人說來，不可能有豐富而健康的精神生活和對於現代文明的真切理解，人的愚昧、麻木和片面總是和物質文明的匱乏有著直接或間接的聯繫。就像《棋王》中的王一生那樣，他那副令人心酸的饕餮相，再好不過的證明「囿於粗陋的實際需要的感覺只具有有限的意義。對於一個忍饑挨餓的人說來並不存在人的食物形式，而只有作為食物的抽象存在；食物同樣也可能具有最粗糙的形式，而且不能說，這種飲食與動物的飲食有什麼不同。」[1]

　　從這一意義上說，人的和諧與完善首先是物質文明的豐富和發展，「君子言義不言利」的思想觀念和社會體制必須革除。也正是在這一意義上，中國人民在七十年代末正確選擇了改革開放的道路。事實證明，這是一條走向民族復興的現代化之路。但是，隨著改革開放的深入，人民又馬上發現這並不是一條一帆風順的道路。隨著經濟關係的調整，人與人的關係也發生裂變，「義」和「利」的矛盾日趨尖銳化、白熱化，於是出現了《魯班的子孫》和《人生》一類的小說。在魯班的忠實後裔及其不肖子孫之間的矛盾中究竟誰是誰非？高加

新文體的價值座標

1《馬克思恩格斯全集》第 42 卷，第 126 頁，人民出版社 1979 年版。

林對於事業、生活和愛情的選擇究竟是對是錯？讀者眾說紛紜、難得共識。這些作品一方面成功地表現了新經濟因素對於人的精神世界的強大刺激，一方面又流露出面對歷史進步和倫理規範的尖銳矛盾而無可奈何。「一切都翻了一個身，一切都剛剛開始安排」──列寧非常欣賞托爾斯泰借列文的話對十九世紀最後三十年俄國歷史的這一描繪，現在我們用這句話來形容我國新時期整個民族的心態也是再恰當不過了。這「翻了一個身」的東西，是每一個中國人非常瞭解或比較熟悉的傳統文化和價值標準；那「剛剛開始安排」的東西，卻是最廣大的人民群眾很不瞭解的、陌生的生活方式和行為準則。

人們注意到，在新時期文學的藝術畫廊裡，有一大批喬光朴、李向南一樣的叱咤風雲的改革家，他們是時代的弄潮兒，是新生活的創造者，同時也有許靈鈞、陸文婷一樣的默默無聞的奉獻者，他們在普通的崗位上背負沉重的壓力艱難地行進；有一大批梁三喜、鄭志桐一樣的無畏無私的軍人形象，他們為了祖國和人民的利益犧牲了愛情、家庭、直至生命，也有一心為群眾利益巧妙周旋的魏支書（《河的子孫》）和給每個家庭帶來溫馨和愛心的父親（《父親》）或母親（《敬禮！媽媽》）。他們是中華民族的脊樑和靈魂，是使我們這個民族生生不息的血脈之源。他們的鴻鵠之志、博大胸懷和勤勞勇敢、善良克己的美德必將激勵人民同心同德、頑強奮鬥。這是毫無疑問的。

人們同樣注意到，在新時期文學的藝術畫廊裡也成功地塑造了一些「多餘人」的形象，並抨擊了那些自私自利的個人主義人生觀。《醒來吧，弟弟》中的彭曉雷、《命運交響曲》中的韋乃川、《燕兒窩之夜》中的任海萍就是這樣。長期的「階級鬥爭」，特別是十年動亂摧毀了他們的人生信念，於是便「看破紅塵」、玩世不恭、逃避生活、沉淪

冷漠、自謂超度、逍遙自得。他們曾一度被欺騙，有心靈的創傷或生活的失意，但是，有人可以從欺騙中學來聰明，撫慰著創傷繼續投入新生活，他們卻由此而產生幻滅感，自外於生活，成為時代的落伍者。《飄逝的花頭巾》中的沈萍原是一個敢於同命運抗爭的女大學生，但是，她卻經不起拉關係、「走後門」等不正之風的誘惑，最終導致受騙、沉淪。究其原因，是她沒有將「個人奮鬥」與民族振興的大業聯繫在一起，只是「為個人而奮鬥」的自私自利而已。儘管人們對秀川、高加林褒貶不一，但是，一旦生意興隆便偷工減料（秀川）、一旦地位改善便見異思遷（高加林）總是不道德的行為；老木匠儘管缺乏商品意識，但他恪守魯班祖訓，為人處事以「和」為上，畢竟為人們所稱道。「商品意識」是經濟發展的槓桿，但人與人的關係不能商品化，人的意義和價值不能以商品的追求為最高目標。新時期文學對這類不健康的人生觀的鞭撻，無疑具有振聾發聵，以警世人的作用。

正如高爾基所說：「美學是未來的倫理學」。[1]新時期文學正是在這一意義上充任了新時期生活方式的「未來的倫理學」。當然，文學充任「倫理學」絕不是簡單地褒貶、真偽、善惡、對錯或美醜的判斷，也不是強制讀者去恪守，而是「未來」性的，即僅僅是作為一種理想而存在，並將這種理想消解在豐富、完美的審美過程之中。因此，新時期文學對於民族精神的重塑往往表現為多向的維度，而這多向維度的總體指向便是對現代文明的嚮往。

首先，人與人在人格、機會和自我發展等方面的「平等」，是現代文明的重要標誌之一。但是，中國封建社會悠悠兩千多年，以驚人

新文體的價值座標

---

1 轉引自斯托洛維奇：《審美價值的本質》，第 99 頁，中國社會出版社 1984 年版。

的超穩態系統矗立在亞細亞的大地上，為世界歷史所絕無僅有。作為一種社會制度，今天它已不復存在；但是，作為一種社會意識，它又不可能立即消失。作為社會意識，封建主義的核心是講究「君君、臣臣、父父、子子」的等級觀念。所謂「等級」，就是不平等，即一些人在人格、機會和自我發展等方面享有特權。在個人崇拜的狂熱年代，電影放映員只因倉促中誤將領袖形象倒置幾秒鐘便被戴上反革命帽子，宣傳部長只因用印有領袖外事活動照片的報紙包東西便受到殘酷鬥爭（《記憶》），這種在人格上所佔有的特權給人民留下的創痛至今仍記憶猶新。新時期以來，隨著商品經濟的發展，我們一些領導幹部經不起金錢的誘惑，利用職務之便中飽私囊，或拉關係、走後門，大搞不正之風，敗壞了黨風、民風。這種在政治、經濟等方面的特權造成了機會和自我發展的不平等，同樣受到新時期文學（特別是紀實文學）的揭露和批判。這種不平等說到底是家族關係的社會化。家庭是社會的細胞，血緣關係是封建關係的自然基礎。封建血緣關係最直接的特權是夫對婦、父對子的絕對控制權，它的社會表現便是君對臣、臣對民在政治、經濟及一切社會生活中的絕對佔有。可以設想，在這樣的社會之網中不可能實現現代化，只能產生大大小小的、家庭或個人的悲劇，人們的政治、經濟活動和婚姻、愛情生活不可能是正常的、健康的。新時期文學正是通過對這些畸形的、變態的人緣關係的揭櫫和否定，表達出渴望現代化的中國人對於現代文明生活方式的嚮往。從改革家形象的艱難步履中，從改革中首先受惠的農民的笑聲中，從「尋根文學」的文化脈搏中，人們已經看到、聽到、感覺到春的資訊，她正蹣跚而來。

其次，人與人之間的信任、理解、同情、尊重、互助和友愛也是

現代文明的重要標誌之一。人們不會忘記歷史上的資本主義在其原始積累時期所走過的痛苦道路。儘管他們口頭上也喊自由、平等、博愛，而在現實生活中卻是金錢至上、商品第一。為了「錢」爾虞我詐、不擇手段，這在十九世紀批判現實主義文學中得到淋漓盡致地暴露。中國實現現代化不能重蹈覆轍，而應當在引進商品經濟的同時保持民族德性的優良傳統。因此，新時期文學對於新經濟因素給傳統人倫美德所帶來的危機的描寫也完全不同於批判現實主義，總是在揭發痼疾的同時流露出愛心，在暴露醜惡的同時閃出亮色。《赤橙黃綠青藍紫》不但寫出了一群年輕人的傷痛和玩世不恭，而且寫出了他們告別歷史、面對現實和迎接未來的人生探求；不僅寫出了他們的牢騷和精神空虛，更重要的是寫出了新一代年輕人的相互理解、信任和友愛。史鐵生對當年「插隊」的回憶儘管悽楚、寒酸，但充滿了對故園人民質樸品格的懷戀和情感。因為文學不是歷史，歷史一旦進入文學，便不是功與過的問題，而是善與惡、美與醜的問題。歷史上的秦始皇、武則天都是有功的，但老百姓不喜歡；文化大革命是一場動亂，但有很多值得回味的東西；沒有人願去窮鄉僻壤落戶，但那裡簡約的人事關係和人天一體的生存狀態卻可以成為審美的對象……因為文學的價值在於以情動人，往往「感情用事」，人的和諧與完善往往是其最普遍的道德準繩。

再次，允許個性發展的充分自由，是現代文明的重要標誌。人一是要生存，二是要發展；一是要社會的充分發展，二是要個體的充分自由；一是要體魄發展的自由，二是要個性的無拘無束。因為人應該是完整的、豐富的，尊重他人的個性也就是尊重人的完整性和豐富性。封建階級將人隸屬於封建專制，「溥天之下，莫非王土；率土之

濱，莫非王臣」，[1]否則便是異端、亂黨。在資本主義社會，人是金錢
的奴隸，同樣不可能有自由全面的發展。於是，追逐這一目標便成了
新時期文學的美好理想。鄧剛的《迷人的海》寫得那樣迷人，他不僅
是人的體力與智力的自由較量，更是人與人、人與自然的完美融合。
莫言的《紅高粱》寫得那樣痛快，它昭示讀者：一個人，要愛就痛痛
快快地愛，要恨就痛痛快快地恨這才算是一個真正的「人」——喝紅
高粱酒長大的「人」！如果說徐遲的《哥德巴赫猜想》發表後人們開
始理解、原諒知識份子的個性和怪癖的話，那麼，新詩潮的出現、「現
代派」的崛起，則進一步促成了人們對各種思維方式和審美趣味的認
同：你有你的世界，我有我的世界，各有各的路數與愛好，沒有必要
整齊劃一。這才是對人的個性的尊重和寬容，只有在這種心平氣和的
氣氛中，才能出現自由發展的局面，才能孕育出生動的精神個性。這
是一種胸懷、一種境界，是一種文化的解放和開明，是掙脫愚昧、啟
迪心智、走向現代文明的必由之路。儘管新時期文學中的某些作品隱
含著某些不健康的個人主義，或者宣導「自我表現」的文學觀，但是，
從總體上說，它對於個性的肯定和寬容，為達成人的和諧起到了積極
的意義和作用。

四、人的和諧與精神家園之回歸

　　就像每個人不僅需要理想的追求、事業的成功，也需要精神的寄
託和家庭的溫馨一樣，文學的價值也不僅表現為目標的涉及、未來的
嚮往，也表現為意識的還原和歷史的回歸。文學的這兩種價值指向就

1 出自《詩經・小雅・北山》。

像天平的兩極，忽略任何一方都會失去心理的平衡，無助於人的和諧之達成。

一個最顯然的例子是，文學和回憶有著密切的關係。文學作為幻想、想像、虛擬、美化，不僅屬於未來，也屬於過去，屬於歷史，屬於往事，屬於失去了的時光。為什麼？正如陸文夫所言：「因為回憶像個篩子，能把灰塵和癟籽都篩光，剩下的都是顆顆好樣，一等一級。即使留點兒灰塵，那灰塵也成了銀粉，可以增添光輝；即使留幾顆癟籽，那癟籽也成了胚芽，可以長成大樹……痛苦中也能品咂出美味。」[1]過去的事物雖然已經過去，但是它們所表現出來的精神不會中斷，仍然屬於今天，影響甚至制約著今天，激勵甚至決定著明天。因此，作家藝術家總是像美化未來一樣美化著歷史，在藝術想像中回憶那些不可讓渡、難以忘懷的屬於我們的今天或明天的歷史。這，就是文學所依依留戀、所苦苦追索的歷史情結和精神家園。

那麼，就新時期文學來說，它所留戀和追索的歷史情結和精神家園是什麼呢？概括地說，它主要是在「人性的童真」、「文化的原生態」和「歷史的自然化」三個方面表現出特別地一往情深、魂牽夢縈，追憶著心靈的慰藉和寄託。

事實上，文學表現人性的童真向來為理論家所論及：「童子者，人之初也；童心者，心之初也。」「夫童心者，真心也，若以童心為不可，是以真心為不可也。夫童心者，絕假純真，最初一念之本心也。若失卻童心，便失卻真心；失卻真心，便失卻真人。人而非真，全不

1 陸文夫：《藝海入潛記》，第 32 頁，上海文藝出版社 1987 年版。

復有初矣」[1]早在十六世紀，我國明代思想家李贄就看到文學的這一價值。本世紀以來，隨著心理學和人類學的崛起，文學與兒童、文學精神與兒童心理、文學活動與兒童遊戲等成了西方一些學者感興趣的話題，佛洛伊德就曾將兒童的天性作為探索人類文化原型的重要參照之一。如果說李贄「童心」說的提出是針對封建道德對人性的壓抑，具有張揚個性解放的意義的話，那麼，本世紀以來西方學者對於童真的價值發現則是針對資本主義對人性的扭曲，企圖追尋一種「複樂園」式的人生境界。

　　新時期文學對於人性的童真發現首先表現在兒童的文學化和文學的兒童化。所謂「兒童的文學化」，是指那些以兒童生活為題材的作品一改文革文學政治化、成人化的傾向，抓住兒童所特有的天真、稚趣、好奇心和求知欲，展現他們對大自然的嚮往、對小生命的熱愛、對弱者愛憐和對美好事物的憧憬。那綺麗的幻想、活潑的童趣、無暇的心靈、晶瑩的世界不僅使兒童流連忘返，也足以勾起成人對童年的回憶。童年之所以能在作家的藝術世界佔有一席之位，是因為那時的印象總是最清新的，猶如晨露新月，朦朧迷人，潔亮無暇。所謂「文學的兒童化」，是指那些選擇兒童的敘述視角和感覺方式，直接或間接地運用兒童的眼睛觀察世界、思考人生和描述事件的文學作品。在這類作品中，一方是真誠純潔，一方是胸藏城府；一方是鮮活稚嫩，一方是老辣狡黠，形成強烈的反差。在這種反差中，讀者會更加真切地看到那一顆顆沒有被污染、沒有被畸變的自然童心。鐵凝筆下的香雪姑娘（《哦，香雪》）和安然同學（《沒有鈕扣的紅襯衫》）不都有這樣一顆自然童心嗎？「一個成人不能再變成兒童，否則就變得稚氣

---

1 郭紹虞主編：《中國歷代文論選》第三冊，第 117 頁，上海古籍出版社 1980 年版。

了。但是，兒童的天真不使他感到愉快嗎？他自己不該努力在一個更高的階梯上把自己的真實再現出來嗎？在每一個時代，它的固有的性格不是在兒童的天性中純真的復活著嗎？」[1]

更重要的是，新時期文學對人的童真的眷戀還表現在作家始終以赤子之心美化生活。梁曉聲對北大荒的深情，李杭育對葛川江的緬懷，張承志對黃河的虔誠，鄧友梅對鄉土的執著，總是在澀果中咂出甜味、在麻辣中品出清香。讀過王蒙《在伊犁》的人總企圖在那逍遙遊的精神狀態下看到骨子裡的血淚和抽噎，但他卻告訴我們這並非佯顛佯狂，在他的思想深處確有一種對於生活的執著興趣和愛，是一種與人民在一起的自得、自在。[2]新時期的一些作家正是以這樣一顆赤子之心回憶過去，真誠地對待生活、表現生活。即使在高曉聲的幽默或諷刺中，我們也可以感受到作家的大度、原諒和寬容。讀這類作品時，與其說讀者靈魂的淨化來自作品，不如說來自作品背後的作家，是作家的童真塑造了文學的品格。

八十年代中期，中國文壇上出現了一股被稱為「原始主義」的文化尋根思潮。從汪曾祺的風情小說，到阿城的《棋王》、《樹王》、《孩子王》和《遍地風流》；從韓少功的楚文化探尋，到鄭萬隆的《黃煙》、《空山》和《野店》；從李杭育的「最後一個」，到鄭義的《遠村》、《老井》；從賈平凹的商州文化，到張承志的《黑駿馬》、《北方的河》；從莫言的紅彤彤的高密東北鄉，到王安憶的《小鮑莊》和馬原的《岡底斯的誘惑》；從「森林之子」烏熱爾圖的大興安嶺世界，到藏族後裔紮西達娃的世界屋脊之「魂」……他們的一個共同特點是用浪漫主義

新文體的價值座標

1《馬克思恩格斯選集》第2卷，第114頁，人民出版社1972年版。
2 王蒙：《致何士光》，載《當代作家評論》1984年第4期。

的筆法描繪遠離現代文明的邊地情調和恬淡安適的田園生活，或用粗
獷雄渾的語言鋪寫在神秘的傳統文化籠罩下的人的生命衝動和原始
欲望，或用貌似心平氣和的方式敘述現代社會的某些角落仍舊沿襲的
古老文化風習和生存方式。其中不乏愚昧落後之痼疾，更有真誠純樸
之鄉情；不乏粗野凶悍之鮮血，更有率直簡約之人緣；不乏閉塞滯後
之沉悶，更有和諧溫馨之氣氛。這股來勢洶湧的尚古主義思潮是新時
期出新的一個重要文學現象。

其實，「尚古主義」並非文學史上的新鮮貨。早在歐洲文藝復興
和啟蒙運動時期，就有過不少次「回到古希臘」思潮的發生。這股思
潮在十九世紀的表現便是浪漫主義對工業文明的唾棄和對古代田園
生活的歌頌。二十世紀以來，現代派以人與社會、人與人、人與自然、
人與自我的全面異化為主題反證人類社會原生態的必然性，呼喚人性
的復歸，嚮往人的自然存在方式。畢卡索的繪畫、奧尼爾的戲劇、福
克納的小說、弗萊的神話原型理論，以及拉美的魔幻現實主義等，都
流露出返歸自然、崇尚遠古文化的創作傾向。如果說這一傾向產生的
重要社會心理動因是出於對西方社會現代文明的厭倦，像《黑暗的心》
（康拉德）、《月亮和六便士》（毛姆）和《騎馬出走的女人》（勞倫斯）
中所描寫的那樣，那麼，這對於一個剛剛走出動亂之淵、尚未解除溫
飽之虞的中國社會來說，有什麼資格絕聖棄智、厭倦現代文明呢？

首先，中國的現代化不同於西方現代文明之路，它並不是純粹的
無外力介入的自我生發，而是從它萌生的那一天開始，便受到西方文
明的影響和滲透。因此，中國的現代化之路必然自始至終伴隨著中西
文化的衝突。這種衝突在任何條件下都有可能導致激化和創痛。因
此，無論我們的現代化之路是否剛剛起步，也不管我們距離現代化目

標還多麼遙遠，兩種文化的選擇在任何時候都必然是艱難的、痛苦的。從這一意義上說，新時期文學尚古主義思潮的出現，是中國社會對西方文明挑戰的一種逆反性反應，即在這一挑戰面前，急不可耐地要尋找精神休憩的港灣，生怕被海浪捲走，先抓住一條「根」。其次，改革開放啟動的商品經濟的發展，也啟動了人的利欲；「放」進來現代文明，也「放」進來了精神鴉片。我們沒能在建設精神文明的同時有效地控制道德的淪喪和腐敗的滋長。這樣，人們在大塊吃肉、大碗喝酒的同時，又在大發牢騷、大聲罵娘，開始懷念那塊失去了的「淨土」。更重要的是，新經濟因素的增長將人們投入緊張激烈的競爭之中，緊迫感、疲憊感無時不在襲擊著人們的心靈，因此，那種「日入群動息，歸鳥趨林鳴」的境界作為一種心理補償自然成為人們思戀的生活。於是，那種基本上處於自然經濟狀態下的漁獵、放牧和村社生活便成為作家筆下的樂園。「回憶」這只「篩子」就是這樣通過文學的形式，將顆顆都是好樣的「種籽」呈現在人們面前。正如維特根斯坦所說：「早期的文化將變成一堆瓦礫，最後變成一堆灰土。但精神將縈繞著灰土。」[1]這是一堆令人一往情深、魂牽夢縈的「灰土」和永遠不能忘卻、時時企望回歸的精神家園。

與這種對文化原生態的鍾情相伴而來的是，新時期文化尋根小說同時表現出對大自然的傾慕和崇拜。高山流水，大漠孤煙，夕陽古道，秋水長天；或萋萋芳草，幽幽空山，茫茫雪海，融融日暖。在那神秘蠻荒的「藍色的高地」上（李曉樺），在那「琥珀色的篝火」旁（烏熱爾圖），在那曲折漫遠的「葛川江」岸（李杭育），在那「黑駿馬」奔馳的大草原（張承志），處處瀰漫著古樸的靜穆與安祥。或如深山

新文體的價值座標

---

1 維特根斯坦：《文化和價值》，第 5 頁，清華大學出版社 1987 年版。

野廟之蒼涼，或如天涯行旅之孤獨，或如地老天荒之闊大，或如遠離
塵囂之野趣。這般高蹈的風神和剽悍的氣韻究竟標識著我們的文學何
種大精神？在嚮往現代文明的今天，在新變革來臨的今天，我們的作
家為什麼要遠離現代文明標誌的大都市去浪跡天涯？離開鋼筋混凝
土澆鑄的都市文化而投向大自然的懷抱？

　　需要首先認同的是，新時期文學的大自然崇拜絕不是寫作技巧上
的「比喻」或「環境襯托」，諸如將「楊柳依依」比喻「情意綿綿」、
用「暴風驟雨」襯托「心旌搖盪」之類，而是將大自然作為獨立的審
美對象，或在天人合一的境界歌頌大自然的永恆和雄渾。因此，這種
意義上的自然界已經成為人類社會不可分割的一部分，是被人化、社
會化了的自然。正像烏熱爾圖對大興安嶺自然景觀的描寫一樣，離開
那莽莽林海和人獸搏鬥就沒有鄂溫克人的義勇、強悍和古樸。恰如歌
德所說，「人和大自然是生活在一起的」。[1]自然界是初民的食庫，也
是現代人的母腹；無論現代文明如何發展，人總是自然界的一部分，
人的肉體、理性、心理都源於自然界；世界統一於物質，人統一於自
然，自然界對人和人的精神說來是唯一沒有起源的存在。這是辯證唯
物主義的基本原理，也是自然界成為新時期文學獨立審美對象的根本
原因。

　　正是基於對自然的這一認識，馬克思主義者始終認為社會歷史也
像自然界一樣表現為「自然歷史過程」。[2]「社會是人同自然界的完成
了的本質的統一，是自然界的真正復活，是人的實現了的自然主義和
自然界實現了的人道主義」，「歷史本身是自然史的即自然界成為人這

1《歌德談話錄》，第 112 頁，人民文學出版社 1972 年版。
2《列寧選集》第 1 卷，第 10 頁，人民出版社 1972 年版。

一過程的一個現實部分」，就是「自然界對人說來的生成過程。」[1]因此，新時期文學對大自然的崇拜也是對人、對社會歷史的崇拜，是人與社會歷史的自然化，寄託著作家關於人與歷史的社會理想。這一理想就是：人與歷史應當是自然的人、自然的歷史，即像自然界那樣有著自然而然的客觀發展規律，任何人為的外力對它的扭曲和阻障都必然是短命的、暫時的。這是對中華民族精神和中國歷史文化最凝重、最深沉的反思和最真誠、最深情的呼喚！

在我國古代，「自然」一詞較早出現在老莊論著中是被作為哲學概念使用的。老子主張「無為」，認為人本身和社會現實也像自然萬物那樣自生自化，不必人去「為」，「有為」就「偽」，人或萬物就失去了自己的原貌、本色和質樸。莊子往往是在談論人性時談論自然，將自然天性視為人性的理想極致，認為一切後天的禮法名分都是對人性真淳的破壞和玷污，就像「落（絡）馬首、穿牛鼻」違反動物的天性一樣，只有天人合一、彼此不分的人才是「真人」、「至人」，「天與人不相勝也，是之為真人」。[2]這些言論概括地說主要有兩大要義：1.自然就是「無為」；2.自然就是人性之「原本」。可以說，這種道學思想與佛禪精神一樣，作為儒家正統的異端，對我國文化品格的塑造產生了極大的影響，這在晉宋山林文學中表現得尤其突出，即使在《紅樓夢》這樣的文學巨著中也能現出它的影像，足見它已消解在整個民族文化的血脈之中。因此，我們也不能斷定新時期文學對自然的崇拜與老莊精神毫無干係，特別是在某些作品中所流露出來消極遁世、自我陶醉之情緒，以及對人的自然本能的玩賞和過分展露，都是不同程

1 依次見《馬克思恩格斯全集》第 42 卷，第 122、128、131 頁，人民出版社 1979 年版。
2 《莊子‧秋水‧大宗師》

度的對道學自然觀中消極成份的認同，表現出文學回歸自然的負價
值。

首先，文學的自然崇拜是一種精神家園的寄託，是人類在大自然
母親懷抱中的一種安全和安適感、皈依感，這和所謂「背對現實、面
向自我」是兩碼事。文學對自然的崇拜在本體的意義上是對人的崇
拜、對歷史的崇拜，人與歷史在這裡表現為自然的復活，脫離人與歷
史的自然描寫是不存在或不成功的。其次，文學的自然崇拜也是人的
自然化過程，人表現為自然存在物在這裡必然得到充分顯示。但是，
「人的自然化」只是作為「過程」而不是作為「目的」，其目的是最
終實現人的和諧，即一方面是人與人的和諧，一方面是人與自然的和
諧。如果在自然的崇拜過程中過份偏向人的自然本能的玩賞或展露，
無異於將人降低為動物。這樣便不僅不能實現人的和諧，反而製造了
人與自然的對立並必然波及人與人的對立，就像在某些作品中對兩性
關係的過份渲染必然導致向人的自然屬性嚴重偏斜那樣，這種意義上
的人當然也不會是和諧的、完善的，只能是一種自然畸形。

總之，人與自然的和諧、人與人的和諧是一個整體，是「人的和
諧」總價值的兩大指向，人的現實存在是其膠結的支點和軸心。新時
期文學的價值觀儘管五花八門，但似乎都可以在這幅結構圖中找到自
己的座標。

原載《學習與探索》1991 年第 3 期，略有更改。

形式美學之文本調查

——以《美食家》為例

　　所謂「形式美學」，就是關於形式的美學研究，或者說是關於審美對象的形式研究。如何將形式美學的方法落實到具體的文學研究中當是目前學術界深為關切的問題。

　　如果從整個世界範圍來看美學和文藝學的現代轉型，那麼我們就可以發現：從社會學和思想史的方法向語言形式研究的轉向當是二十世紀文學研究的重要特徵之一，於是，關於文學的形式研究就成了二十世紀文學理論批評的主潮。新時期以來，我國文學理論界對這一思潮已經做出了不少回應，有關俄國形式主義、英美新批評、結構主義和敘事學等形式理論的譯介或研究連篇累牘，但是，真正能夠沉下心來細細消化並將其付諸於文學研究的實踐卻不是那麼理想，特別是將形式美學的方法應用到具體的文學評論中去的成功範例尚不多見。究其原因，可能在於我們已經習慣了根深柢固的「文以載道」傳統，似乎只有關於文學的社會評論和思想分析才顯得厚重、深刻，而關於文學的形式研究似乎只是雕蟲小技，不足掛齒。而事實是，二十世紀以來的形式美學絕不是唯形式而形式的純形式研究，即所謂「形式主義」，而是通過形式的研究闡發文學的深層意蘊，就像結構主義所著力探討的是作品的「深層結構」而不是傳統的篇章結構那樣。道理很簡單，按照現代文學觀念，任何作品及其風格、個性，首先是由其獨特的形式得以展現的，形式並非只是文學的「外表」，更是文學的本

體及其存在方式。因此，通過形式研究文學當是文學評論的必經之路，而不是像我們所習慣了的那樣超越形式直奔主題。「超越形式直奔主題」可以是政治家、社會學家或思想家評論文學的方法，但不應該是文學評論家評論文學的方法；文學評論家評論文學的獨特性就在於他始終從形式出發闡發文學的意義。在文學評論家的心目中不應該有離開形式的文學的意義，離開文學形式的意義絕非文學本身的意義。也就是說，我們倡導文學評論中形式美學方法絕不是在提倡所謂「形式主義」，而是呼籲文學評論應當回到文學本身、文學評論家應當是關於文學的評論家，而不是簡單地充任「思想」的員警。

　　當然，我們的文學評論之所以難以消化和接受形式美學方法還有更重要的原因，這就是關於文學的形式研究需要充分的實證精神和足夠的學術耐心，而不像主題學研究那樣只須憑籍感性經驗或抽象推理就可在自己頭腦裡完成。這是因為，相對「主題」、「思想」和「內容」而言，文學的形式既然是文學的本體存在方式，那麼，它就具有相對客觀的實在性，就需要我們對文學形式本身有一個相對確定的界說，而這方面的細緻和技能恰恰是我們現在的文學評論家們所缺乏的。就像我們讀過一部作品之後無須進行任何文本調查就可以很快寫出洋洋灑灑的評論那樣，審美經驗、主觀想像和抽象推理是其最主要的思維工具。形式美學的文學研究就不同了。文學的形式主要表露在它的文本中，文學文本是文學形式的基本載體。因此，形式美學的文學研究所要做的首要工作就應當是「文本調查」，「文本調查」當是文學形式研究的前提，只有「文本調查」才能賦予評論家發言的權利。而這一技能和耐心並非每位評論家都具有、甚或都希望具有的。

　　我們所說的「文本調查」類似考古學的「田野調查」。沒有「田

野調查」的「考古發現」只能是已有文獻的歸納整合，這是一種帶有很大局限、片面和殘缺的考古學。同理，我們的文學評論如果不甘於「鑑賞」的層面，而是企圖將自己提升到「文學學術」的高度，那麼，類似「田野調查」一樣的「文本調查」肯定是不可省略的，因為只有建立在文本調查基礎之上的思想分析才是可靠的，才能達到「學術」本身的確定性和無可置疑性。

正是基於上述考量，我們將選擇小說《美食家》進行這樣的實驗，即通過《美食家》的詞頻分析驗證將形式美學及其文本調查方法應用到文學評論中去的可能性。這一實驗將向我們證明：對於同一部作品，傳統主題學和思想史式的文學評論只能描述作品的一般特性和表層意義，形式美學的方法才可能發現它的深層意蘊。[1]當然，「文本調查」的方法多種多樣，詞頻分析只是其中一種。我們之所以選擇「詞頻分析」對《美食家》展開文本調查，是因為它的成功和「美食家」這一陌生語詞的使用有著密切的關係。

陸文夫發表於 1983 年的《美食家》[2]是中國新時期最著名的小說之一。此前，「美食家」一詞尚未出現在漢語中；[3]此後，這語詞不逕而走，在民間廣為流行，特別是對於那些津津樂道於「民以食為天」

形式美學之文本調查──以《美食家》為例

---

1 在以往的文學評論和文學史著作中，陸文夫的《美食家》多被評價為具有「蘇州味」的「小巷文學」；本文通過對小說詞頻形式的分析將發現另外的意義，即在其「蘇州味」這一表像背後所隱含的更深層的意蘊。
2 《收穫》1983 年第 1 期。
3 確切地說，「美食」一詞早在先秦諸子的著作中就已經出現（見《墨子‧辭過》和《韓非子‧六反》）；但是，「美食家」一詞是從陸文夫的同名小說才開始出現在漢語中的。這也是我的形式美學實驗為什麼選擇《美食家》，為什麼選擇對《美食家》進行詞頻分析的原因之所在。因為，通過一部小說的流播使古老的漢語增加了一個新語彙，一個能夠被社會所普遍認可的新語彙，當是文學最偉大的貢獻之一。就「文學是語言的藝術」這一意義而言，改造和更新語言表達當是文學的本分，文學的其它功能都不過是這一功能的演繹和引申。

者,「美食」及「美食家」也就成了他們的口頭禪。就這一意義而言,小說《美食家》的揚名是否在很大程度上得益於「美食家」這一陌生語詞的使用?「陌生」意味著「新奇」。任何陌生語詞的出現,只要是應時或應運而生,就會在新奇感的催生中迅速蔓延,並隨著時間渦流的淘洗凝鑄為永恆。現在,「美食」及「美食家」不僅成為正規現代漢語的常用詞,而且成了飲食文化業用以冠名的美稱和招牌詞。從這一角度來說,陸文夫小說的首發之功不可磨滅。由此觀之,《美食家》的真實意蘊很可能就浸潤在它所使用的這類語詞中,所以,將其中某些高頻詞揪出來進行拷問和分析可能是有意義的。

　　「高頻詞」是指在同一作品中使用頻率較高的語詞。相對而言,任何作品都有自己的高頻詞,即在同一作品中反覆和多次使用某些語詞。另一方面,任何高頻詞的使用也絕非無緣無故;也就是說,某一作品之所以反覆和多次使用某些語詞,其中必然浸潤著某種意義。但是,這種藏匿在高頻詞的背後的意義往往不易被人察覺,甚至連寫作者本人也不一定能夠察覺,因為寫作者本人不一定能夠察覺自己在作品中使用了哪些高頻詞,不一定能夠察覺哪些語詞是自己寫作時所慣用的高頻詞,當然也就不可能察覺隱匿在這些高頻詞背後的意義是什麼。這種「不察覺」,即所謂潛意識使然,也可以說是寫作者的潛意識散落在作品中的「證據」,當然也就成了我們解讀作品的重要密碼。將這些證據串聯起來拷問,分析他們之間的內在聯繫,是另一種形態的「文學考證」,當是作品分析的可靠方法之一。

一、「美食」和「好吃」

　　《美食家》之「食」者，就字面義而言就是「吃飯」。吃飯問題始終是中國民眾最重要和最關心的問題。特別是在八十年代初，多年的經濟蕭條使億萬中國人將解決「吃飯」問題提升為社會的首要問題。《美食家》在這樣的背景下面世，當是它一時走紅的重要社會原因之一。當然，《美食家》之「食」者，並不是一般的「吃飽」，而是「吃好」；也不是一般的「吃好」，而是吃出美和藝術，將「吃」作為審美和藝術活動，此即所謂「美食」是也。當然，在社會民眾尚有溫飽之虞的年代奢談「美食」似乎過於超前；但是，小說作為藝術，它的意義恐怕也正在於此──令人垂涎欲滴的「美食」恰恰是當時人們最實際和最急迫的嚮往。《美食家》用藝術的形式誘惑人們的胃欲，挑逗人們的饞涎，使那已經麻木和遲鈍了多年的「口味」重新復活，為中國讀者提供了一次別開生面的「精神會餐」。既然如此，「美食」和「美食家」理應成為小說的高頻詞。讓我們由此切入，試作分析。

　　「美食」和「美食家」的核心字是「食」。在《美食家》中，由「食」組合而成的語詞共有 25 個，其中只有一個（「食指」）距離「食」的本義較遠，不列入我們分析的範圍，其它 24 個均是由「食」組合而成的衍生詞，是「食」義的延伸。這些衍生詞總計出現 66 次。現依照詞頻多少，將其分列如下：

形式美學之文本調查──以《美食家》為例

語詞	美食家	食譜	美食	甜食	食物、食品	伙食、糧食、自食其力、食而不知其味	食客、好食、吃食癩皮、衣食、飲食、副食、取食、食時、分食制、飽食一頓、食而不化、食不厭精、不食人間煙火、不勞動者不得食	合計
詞數	1	1	1	1	2	4	14	24
詞頻	21	7	6	4	3	2	1	66

　　由上表可知，在上述 24 個「食」的衍生詞中，使用頻率最高的是「美食家」，共出現 21 次，接近總頻率（66 次）的三分之一，遠遠超過其它語詞。就小說的意旨來說，以「美食家」命名的小說，「美食家」一詞的頻率較高當在意料之中；另一方面，和「美食家」相近的「美食」只出現 6 次，二者懸殊很大。這一事實意味著該小說的主旨是寫「美食」之「人」，即寫和「美食」有關的「專家」，而並非寫「美食」本身。這顯然是傳統小說的慣常路數——通過事件的敘述表現人物的性格——不必贅言。

　　那麼，小說所要表現的「美食家」是一個怎樣的人物呢？

　　《美食家》由 12 篇組成，其中第 1 和第 11 兩篇出現「美食家」一詞最為集中，達 14 次之多，接近總頻率（21 次）的 67%，對小說所要描述的「美食專家」朱自治的著墨也是最多。

　　第 1 篇題為《吃喝小引》，引出房屋資本家朱自治的吃喝之道：

　　美食家這個名稱很好聽，讀起來還真有點美味！如果用通俗的語言來加以解釋的話，不妨了：一個十分好吃的人。

　　這就是小說開篇為「美食家」所下的定義 —— 所謂「美食家」，不過是「一個十分好吃的人」！

　　小說這樣為「美食家」定義，似乎未帶什麼惡意，但是它那輕鬆、調侃的口吻，顯然將敘說者自身置於居高臨下的地位，從而毋庸置疑地規定了「美食家」一詞在整部小說中被俯視、被貶抑的基調：

　　我們的民族傳統是講究勤勞樸實，生活節儉，好吃歷來就遭到反對。母親對孩子從小便進行「反好吃」教育，雖然那教育總是以責罵的形式出現：「好吃鬼，沒出息！」好吃成鬼，而且是沒有出息的。孩子羞孩子的時候，總是用手指刮著自己的臉皮：「不要臉，饞癆坯；饞癆坯，不要臉！」因此怕羞的姑娘從來不敢在馬路上啃大餅油條；戲臺上的小姐飲酒時總是用水袖遮起來的。我從小便接受了此種「反好吃」的教育，因此對饕餮之徒總有點瞧不起。特別是碰上那個自幼好吃，如今成「家」的朱自治以後，見到了好吃的人便像醋滴在鼻子裡。

　　也就是說，在敘述者看來，「好吃」不符合我們的民族傳統，「好吃的人」就是「好吃鬼」、「饞癆坯」，總被人斥之為「沒出息」、「不要臉」，無非是一些「饕餮之徒」，應當堅決反對，即「反好吃」。

　　小說第11篇題為《口福不淺》，寫吃客們被「美食家」之美食絕技所傾倒，絞盡腦汁要給「自幼好吃，如今成『家』的朱自治找一個光彩的頭銜，可惜在我們的漢語中只有「好吃鬼」、「饞癆坯」等等，最多只能拼湊出一個「吃的專家」，也是「罵人的」語詞。正當百思

不得其名時，某吃客靈感一閃，發現外國語詞中有一個「美食家」[1]，用來稱呼朱自治再合適不過了。

——這就是「美食家」一詞的來源：它居然是個外來詞，「舶來品」，是從外國語中移植過來的！「美食」和「美食家」在「我」[2]的敘述中之所以總是處於被人指手劃腳、說三道四和被貶抑地位，個中真委豁然大白：這語詞和我們的民族話語不能相容。也就是說，它是作為漢語的異類侵入進來的，所以就難逃被窺視、被奚落、被嘲弄、被責難的厄運，在《美食家》中就不可能被賦予褒揚的意義。

這就不能不使我們大為驚訝：已經被現代漢語接受並作為美譽、美稱而廣為流行的「美食」和「美食家」，在它的發源地《美食家》小說中居然是一個貶義詞！？

為了驗證這一結論，我們有必要回到小說的敘述者為「美食家」所下的定義——「一個十分好吃的人」。按照這個定義，所謂「美食」，也就是「好吃」[3]。「食」和「吃」雖然是同義詞，但在現代漢語的實際運用中，卻能給人以不相同的感覺：「吃」是俗語，是「食」的通俗表達；「食」則給人一種文縐縐感覺，似乎是「吃」的雅語（書面語）。在《美食家》中，敘說者正是用中國人最慣用的「吃」、「好吃」去闡釋陌生的「美食」、「美食家」的。這就是小說開篇已經明確交代

1　英文 Epicure 意為講究飲食的人，即「美食家」。
2　小說中的「我」即高小庭，也是小說的敘述者。
3　「好吃」一詞因「好」字的讀聲不同而意義也不相同：「好」（音ㄏㄠˇ），「好吃」表示吃得好，和「壞」相對而言，如「清炒蝦仁比白菜炒肉絲好吃」、「那牢飯可不是好吃的」等；「好」讀四聲（音ㄏㄠˋ），「好吃」表示嗜吃成癮，是貶義詞，如「好吃成性」、「好吃鬼」等。小說《美食家》出現 41 次「好吃」，只有 7 次屬於前義，其餘 44 次均為後義。由於前義基本上是「好吃鬼」對「吃」的評價，所以也可以說前義隸屬於後義，小說敘述者為「美食」所下的定義也就包含「好吃」的上述雙重意義。

過的敘述方法：「用通俗的語言」來解釋「美食家」這個「很好聽」的名稱。因為後者是「雅語」、「外來語」，是中國「通俗的語言」所陌生的語詞，需要闡釋。

那麼，「吃」及其衍生詞「好吃」等在《美食家》中的使用情況怎樣呢？

「吃」字在《美食家》中出現 344 次，接近「食」字頻率（25次）的 14 倍。14 比 1，這就是闡釋語詞和被闡釋語詞在小說中的比例關係，就像用 14 句話去解釋一句話那樣，可謂「費盡口舌」。

需要說明的是：「吃」可以獨立成詞，如「吃罷飯」、「吃喜酒」、「吃頭湯麵」中的「吃」，就是一個獨立語詞；另一方面，「吃」也可以和其它字詞組合為新詞，這是它和「食」不同的地方──「食」字儘管也可以獨立成詞，但在小說《美食家》中並沒有出現，《美食家》中的「食」字都是在它的組合詞中出現的。這一現象再次證實了小說的敘述風格：通俗化、大眾化、中國化，即用「通俗話」、「大眾話」、「中國話」展開敘說，在雅語和外來語的侵襲中頑強地固守著民族話語的堡壘。

《美食家》中可以獨立成詞的「吃」出現 207 次，其餘（137 次）均為由「吃」組合而成的衍生詞。現將它們的頻率列表如下：

語詞	吃	好吃	吃飯	吃客	小吃	吃喝	想吃	吃友、吃法、會吃	吃家、吃經、吃福、大吃大喝	吃齡、白吃、吃不起、吃食癩皮、一吃銷魂	合計
詞數	1	1	1	1	1	1	1	3	4	5	19
詞頻	207	41	25	12	11	9	8	6	2	1	344

　　在這一表格中，小說用來闡釋「美食」的詞除「好吃」之外，還有「吃喝」、「想吃」、「吃法」、「會吃」、「吃經」、「吃福」、「白吃」、「大吃大喝」、「一吃銷魂」等，都是不雅和不美的詞；此外，在這一表格中，小說用來闡釋「美食家」的詞有「吃客」、「吃友」、「吃家」、「吃齡」、「吃食癩皮」等，也是不雅和不美的詞。總之，這些不雅和不美的詞恰恰是漢語中固有的語詞。也就是說，在小說的敘述者看來，漢語中大凡涉及到「吃」，總不會給人以「美」的感覺，即所謂「君子遠庖廚」；大凡以「美」命名的「吃」，無非是「開洋葷」，為「好吃」尋找的藉口，與我們的民族傳統大相逕庭。

　　值得注意的是：如前文所說，這小說是發表在廣大民眾尚有溫飽之虞的年代，敘述者為什麼對「吃」抱有如此固執的偏見？毫無疑問，這是固窮者的自慰和自戀。《美食家》對「美食」和「美食家」的貶斥，即對「吃」之美譽的避諱，正是這種不得（美）食者的自慰和自戀。可以想像，在這種自慰和自戀中，自慰和自戀者說不定已經流出

了酸酸的口水——可謂是典型的阿Q的精神勝利法！

顯然，小說《美食家》為「食」和「吃」、「美食」和「好吃」所設置的這一對立，實際上就是中外文化的對立、傳統和現代的對立，洩漏出改革開放初期深藏在中國人內心的隱痛：一方面意識到閉關自守的窮途末路，不改革開放就沒有出路；一方面又惟我為大、惟我獨尊，固守著沉重的歷史包袱，用敵視的目光窺視來自域外的異類。

二、「我」說「他」

儘管小說以「美食家」冠名，主旨是寫「好吃的專家」，但是，「美食」和「美食家」並非小說使用頻率最高的語詞。《美食家》使用頻率最高的語詞是「我」。究其原因，可能是由於「我」既是小說的主要人物又是小說的敘說者，「美食家」（他）的全部故事是由「我」來敘說的。也就是說，「我說他」是《美食家》的基本敘說模式。

我們不妨考察一下《美食家》十二篇的敘說線索。

第一篇，《吃喝小引》：「反好吃」是我們的民族傳統。資本家朱自治自幼好吃：他一大早趕到朱鴻興去吃頭湯麵，然後到閶門石路去蹲茶樓，和其他吃客一起回味昨天的美食、討論今天的計畫……

第二篇，《與我有涉》：朱自治進澡堂消化那頓豐盛的午餐。晚餐進酒店需要我為他跑街，搜集小吃給他做下酒菜，我用他賞的零錢給奶奶買肉吃。這屈辱促使我信仰共產主義。

第三篇，《快樂的誤會》：我被亂點鴛鴦譜分配到蘇州幹商業。反霸、鎮反、三反五反都沒有擦到朱自治的皮，他照樣好吃不誤，反而

發福了，沒想到革命對他來說也含有解放的意義。我氣不過，便鼓動阿二不給他拉黃包車，致使阿二失業，艱難度日。

第四篇，《鳴鼓而攻》：公私合營時我被派到一個名菜館當經理，由於看不慣大吃大喝，開始了大刀闊斧的改革，經營「大眾菜」。

第五篇，《化險為夷》：我的改革影響到蘇州其它菜館紛紛仿效，朱自治再也吃不到他的美食了，便藉酒澆愁，極力反對，碰壁後便和燒得一手好菜的孔碧霞混到一起，由同吃而同居、而結婚。

第六篇，《人之於味》：菜館的改革遭到越來越多的人的不滿，1957年鳴放時有人貼我的大字報。經過老戰友的一番教育，我對自己的「改革」有所懷疑。

第七篇，《南瓜之類》：我正想改變經營「大眾菜」的時候，反右開始了，來不及了，接著是大躍進和困難年。阿二接濟我一車南瓜，我可憐朱自治登門求救，也分給了他一份充饑。

第八篇，《殊途同歸》：文革中，我成了「走資派」，朱自治成了「吸血鬼」，一起接受造反派的批鬥。

第九篇，《士別三日》：我被下放到蘇北農村九年後又回到蘇州，官復原職。文革後的旅遊熱帶動了飲食業，我招賢納士，聘請退休老廚師楊中寶來店講課，不料又將朱自治招引出來。

第十篇，《吃客傳經》：朱自治也被請來講課，頗受歡迎，包坤年前後張羅，並決定成立烹飪學會。

第十一篇，《口福不淺》：朱自治和孔碧霞為慶祝烹飪學會成立要設家宴，席間提出給朱自治一個「美食家」的名義來我們飯店做技術

指導，我很反感，提早離席。

第十二篇，《巧克力》：我從朱自治家來到阿二家，這是一個沒有應酬和虛偽的歡樂世界。剛滿周歲的小外孫不肯吃糖，要吃更好的巧克力，長大後說不定又是一個「美食家」！我惱羞成怒。

—— 這就是經由「我」的話語敘說出來的「美食家」朱自治的故事。在這一話語系統中，朱自治所有的言說和動作，包括他的好吃、會吃、吃經、吃友，以及由「吃」引起的窘態、癡言、醜行和詭譎等等，都不過是我之言說的產物。因此，「我」在《美食家》中實際上承擔了一個「說書人」的角色；也就是說，《美食家》是由「我」（高小庭）敘說「他」（朱自治）的故事，「他」的故事並非「他」的獨立言說或表演，是經由「我」的嘴「說」出來的，是由「我」的話語建構的，我是《美食家》人物和事件的「說書人」。於是，我之「言說」也就建構了作品的全部意義，由此決定了《美食家》必定是一部主題鮮明的單聲部小說。[1]

《美食家》的主題，顯然和中國社會政治的主題同構，中國社會政治的風雲決定了「美食家」的人生變遷。請看：

解放前，朱自治「吃」得逍遙得意 —— 解放後，朱自治「吃」得磕磕絆絆 —— 困難年，朱自治食不果腹 —— 文革中，朱自治淪為階下囚 —— 文革後，朱自治榮升烹飪學會主席，名聲大噪，成了名副其實的美食家。

---

1 用第一人稱「我」作為敘述者的小說不一定全是「單聲部」，前者只是後者的重要條件；但是，《美食家》毫無疑問是單聲部的，因為「我」不僅是它的敘述者，而且是它的主人公之一；更重要的是，整部小說的人物、情節和傾向始終沒有離開「我」的牽制（這一問題將在下文論及）。

形式美學之文本調查 —— 以《美食家》為例

也就是說，決定《美食家》主要人物命運的不是人物本身，而是人物背後的社會政治；朱自治的人生變遷說到底是其無可選擇的生存環境決定的，他本人不過是中國社會政治變遷的玩偶和藝術克隆。這一寫作模式，不僅建構了《美食家》的文本結構，也是陸文夫其它小說的慣常路數；[1]進一步說，這一模式也是陸文夫這一代作家們所慣用的寫技，很有代表性。

《美食家》的這一主題，即通過「我」的話語建構，應合與回應中國社會政治的需要，顯然能夠為小說獲取社會政治方面的聲譽資本。而其應合與回應的強度，也就決定了小說獲得這種資本多寡的程度。《美食家》在整個敘說過程中頻頻凸顯「我」的存在，從而使「我」（而不是「美食」和「美食家」）成為小說的第一高頻詞，便是寫作者強化其應合與回應社會政治，以便獲得更多聲譽資本的主要表現。請看下麵的統計數字：

「我」在《美食家》中總計出現 910 次。小說文本總計約 44600 字，也就是說，每約 49 個字就出現一個「我」字；小說文本共分 1766 句，[2]也就是說，不到兩句（約 1.9 句），就出現一個「我」字！其頻率之高著實令人震驚，充分說明敘說者在整個敘說過程中是如何頑強地凸顯自我。「我說」、「我說」、「我說」……可以想見，即使在「我」之外尚有其他言說，也會在這一個接一個的「我說」聲浪中被淹沒、被消弭、被忽略。

---

1 無論是《小巷深處》、《小販世家》等短篇小說，還是他後來發表的長篇小說《人之窩》等，將人物命運和社會政治變遷同構，或者說用社會政治變遷的軌跡勾勒小說的人物臉譜和故事情節，當是陸文夫文學創作的基本套路。

2《美食家》使用句號 1205 次，使用感嘆號 561 次，二者合計 1766 次，此即文本的句數。

　　顯然，在「我說他」這一話語系統中，「我」就像一隻無形的手牽制著「他」的言說和行為。表面上看來，作品中的人物紛紛登場，好不熱鬧；而實際上，被說者都是不在場的言說者，確切地說，被說者是不在言說現場的言說者，他們的言說和行動全是由「我」說出來的。由於被說者的不在場，當然也就失去了任何獨立行動和自我辯解的空間。「我」，於是佔有了整個故事發生和發展的絕對控制權，成了操縱「美食家」思想和行為的上帝。這種話語霸權就是被巴赫金稱之為「獨白型（單聲部）」小說的敘述模式。[1]

　　那麼，在《美食家》中，敘說者「我」敘說的價值傾向是什麼呢？首先，小說中的主要人物，「美食家」和「我」，都不是完美無缺的人，都有自己的缺陷：前者「好吃」成癖，後者死板教條，即由一個思想僵化的人敘說一個「好吃」成癖、後又成為著名「吃家」的人。否定之否定等於肯定，《美食家》所要肯定的是什麼呢？顯然是勤儉節約和思想開放的德性。這一德性的化身，顯然不是小說中的任何人物，而是寫作者本身，小說文本背後的寫作者才是全知全能的「上帝」。

　　文本背後的寫作者作為德性的化身，就在於他從人民大眾最為關心的「吃飯問題」入手，揭示了「吃飯之難」及其背後的社會政治力量。關於這一問題，我們通過分析《美食家》所使用的詞類就可窺見一斑：

　　據統計，《美食家》的基本語詞共 235 個。就語詞的意義分類來說，使用頻率最高的是「吃」和「政治」兩類語詞。「吃」類語詞，

形式美學之文本調查——以《美食家》為例

1　見巴赫金：《陀思妥耶夫斯基詩學問題》第 30 頁，白春仁、顧亞玲譯，三聯書店 1988 年版。「單聲部」原譯「單旋律」，又譯「主調」，譯為「單聲部」比較準確。

即和「吃」相關的語詞，如上文所列「美食」、「好吃」等等，計 43 個，約佔基本語詞的 18%，並不是最多的。最多的是政治類語詞，即和社會政治相關的語詞，達 76 個，諸如舊世界、舊社會、新中國、國民黨、共產黨、共產主義、三民主義、自由主義、抗日戰爭、解放區、蔣管區、無產階級、戰士、同志、工農兵、資本家、小資產階級、地主、走資派、公私合營、鎮反、三反五反、文化大革命、改造、改革等等，約佔基本語詞的 32%，接近前者的兩倍。上述兩類語詞合計約占全部語詞（235 個）的 50%。

這一統計數據說明，寫作者主要是從政治的角度去解讀「吃」的，或者說《美食家》所設置的矛盾衝突（主要表現為「我」和「他」的衝突），就事物的本質來說，是「政治」和「吃飯」的衝突。前者屬於主流社會意識形態，後者表徵普通社會民眾的需要。

這也許就是寫作者的高明之處：急風暴雨式的階級鬥爭（文革）剛結束不久，他就能以清醒的頭腦沉著冷對此前的歷史，將包括文革在內的整個新中國的歷史看作是「吃飯」和「政治」相對峙的歷史。就這一意義而言，寫作者賦予「吃」以多麼沉重和嚴肅的政治內涵，絕非我們現在笑談「美食」和「美食家」這樣輕鬆。

原載《唯實》2003 年第 6 期，《廣西師範大學學報》2004 年第 3 期全文發表。

詞典體小說形式分析

　　塞爾維亞作家、哲學家和語文學博士米洛拉德‧帕維奇於 1984 年發表了辭典體小說《哈扎爾辭典》[1]，立即引起世人注目，當年即獲南斯拉夫最佳小說獎，美國、英國、俄羅斯等許多國家的著名文學評論家也紛紛發表評論，認為這是一部「美妙絕倫的藝術品」，是一部「出神入化、令人眼花繚亂的成功之作」，是「21 世紀的第一部小說」，憑此即可使「作者得以躋身於博爾赫斯、科塔薩爾和埃科這樣的當代文學大師的行列」，讀者們「不會懷疑又有一位名副其實的大師進入了世界文壇，在其編年史上寫下了罕見其匹的美麗的一頁。」[2]目前，《哈扎爾辭典》已被譯成二十幾種文字，產生了世界性影響。無獨有偶，中國作家韓少功也於 1997 年發表了與《哈扎爾辭典》文體相類似的《馬橋詞典》。這部長篇小說儘管沒能象《哈扎爾辭典》那樣引起評論界的廣泛讚譽，但其獨特的文體樣式同樣引起了人們的關注和議論。這兩部作品之所以特別引人注目，最重要的原因正如它們的書名所示，是用「詞典」（辭典）[3]文體寫作的小說。

　　「詞典」和「小說」畢竟屬於兩種迥然不同的文體，將它們融為一爐，或者說用詞典的體式寫作小說，可謂小說文體的「革命」，於是不能不引起人們的思考：帕維奇和韓少功都是嚴肅的作家，他們這

---

1 米洛拉德‧帕維奇的《哈扎爾辭典》由南山等譯為中文，上海譯文出版社 1998 年出版。
2 米洛拉德‧帕維奇著、南山等譯：《哈扎爾辭典‧中譯本編者的話》，上海譯文出版社，1998 年版。
3 「詞典」與「辭典」同義。

樣「革」小說文體的「命」僅僅是為了獵奇嗎？如果不是，那麼，這種詞典體小說與傳統小說在文體學的意義上究竟有什麼不同呢？在這種奇特的小說文體形式中究竟蘊含著怎樣的用心和意義？它給讀者的閱讀活動可能造成什麼、引發什麼？等等，值得我們重視和研究。

一、詞典與小說：共時與歷時

詞典，作為工具書是讀書人的案頭必備，它對於我們來說再熟悉不過了。按照《辭海》（1979 年版）的權威解釋，詞典是「彙集語言裡的詞語，按某種次序排列，並一一加以解釋，供人查閱的工具書」；小說則是「文學的一大類別，敘事性的文學體裁之一。」前者是語言工具書，後者是文學作品；前者是對詞語的解釋，後者是故事的敘述；前者是知識的彙集，後者是想像與虛構……完全是風馬牛不相及的兩類文體。

就顯在形式來看，詞典和小說最大的不同在於它們的文本編排：為了便於「查閱」，詞典總是「按某種次序排列」詞語。但是，詞典的詞語排列次序並不規定讀者的閱讀過程，只是使讀者有規律可循，便於讀者在龐大的文本中很快選擇出自己所要查閱的詞語。就此而言，詞典的文本編排是一種共時結構，只為讀者「查閱」提供便利，它的排列順序並非讀者的閱讀順序，讀者可以任意選擇自己所需要的詞條進行閱讀。因此，詞語按照某種規律排列的先後次序只是詞典文本的「印刷結構」而不是它的「文本結構」，它的文本結構實際上是詞語在讀者面前的共時呈現。

　　小說就不同了。小說是典型的「敘事性的文學體裁」，也就是說，小說文本的基本功能是「敘事」，因此，把故事敘述得有頭有尾、完整順達、生動有趣當是小說的基本要求。於是，小說文本必然是一種歷時結構，即從頭至尾、先頭後尾的敘事順序。儘管小說的敘事順序不一定刻板地與事件的發生過程完全吻合，敘事也有正敘、倒敘、插敘之別，但就敘事本身的總體特徵和根本性質而言，小說的文本順序先驗地規定了閱讀順序，讀者閱讀文本的順序沒有選擇的自由。否則，任意選擇其中某一部分閱讀，或者違背敘事的先後次序閱讀，就會丈二和尚摸不著頭腦，如墜五里霧中。

　　《哈扎爾辭典》和《馬橋詞典》的文本結構正是詞典的共時結構；確切地說，這兩部小說都在力圖模仿詞典文本的共時結構。

　　《哈扎爾辭典》的副標題是「一部十萬個詞語的辭典小說」，首先標明了它的奇特之處：它是「小說」，但其文體又是「詞典」的式樣——一部由「十萬個詞語」建構的小說，即通過詞語的個別敘說，記述了哈扎爾民族在中世紀突然消失之謎。全書主體由「紅書」、「綠書」和「黃書」三大板塊構成，分別彙集了基督教、伊斯蘭教和古猶太教關於哈扎爾問題的「史料」，各書均列「詞條」若干。我們可將這些「詞條」分為一級詞條和二級詞條。所謂「一級詞條」，是指紅、綠、黃三種書中的一級標題，如「阿捷赫」、「勃朗科維奇」等；所謂「二級詞條」，是指在「阿捷赫」詞條下列出的「快鏡和慢鏡」、在「勃朗科維奇」詞條下列出的「配特庫坦和卡莉娜的故事」等二級標題。[1]就內容來說，後者從屬於前者，是前者的延續或組成部分，所以二

詞典體小說形式分析

---

1 有些詞條中間還有某種圖案間隔以示行文的層次，此略。

者並非並列關係。這樣算來,「紅書」含 12 個一級詞條和 3 個二級詞條,「綠書」含 15 個一級詞條和 3 個二級詞條,「黃書」含 14 個一級詞條和 20 個二級詞條。紅、綠、黃三書共含一級詞條 41 個,二級詞條 26 個,總計詞條不過 67 個。即使將「補編一」和「補編二」算上,距離 「十萬個詞語」仍然相差甚遠,《哈扎爾辭典》副題所示「十萬個詞語」顯然是不實之詞,我們只能將其理解成這是作者為了使「小說」更像「詞典」而虛張聲勢罷了(或者另有所指)。

　　《馬橋詞典》以馬橋人的日常用詞為引子講述馬橋的故事,共列詞語 115 條,數目比《哈扎爾辭典》多出不少;另外,作者又編寫了《〈馬橋詞典〉條目首字筆劃索引》[1]置於正文之前,使其似乎更像「詞典」了。值得注意的是,這一「筆劃索引」並不是小說文本(詞條)的排列順序,小說文本(詞條)的排列順序並沒有另外列出目錄。對此,作者在《編撰者序》中作了如下說明:「筆者原來是依照各詞條首字的筆劃多少,來決定詞條的排列順序。為了便於讀者較為清晰地把握事實脈絡,也為了增強一些可讀性,後來改成現在的排列順序,但保留了詞條的首字索引目錄於後,方便讀者查檢。」[2]這顯然是自相矛盾、欲蓋彌彰的辯白:一方面,作者承認《馬橋詞典》有自己的「事實脈絡」,即小說敘事的先後順序,並且明示只有按照小說文本「現在的排列順序」閱讀,本小說才具有「可讀性」;另一方面,為了使這小說更像詞典的模樣,又畫蛇添足地列出一個《條目首字筆劃索引》來,並明示讀者不可以按照這「索引」所排列的先後順序閱讀,

---

1《〈馬橋詞典〉條目首字筆劃索引》列入條目 115 個,該書封底有文字稱收入詞彙 150 個,二者不符。
2 韓少功:《馬橋詞典・編撰者序》,第 2 頁,作家出版社 1997 年版。

「索引」只是為了「方便讀者查檢」。但是，就心理學的角度來說，任何故事情節（即「事實脈絡」）對於人的大腦都具有「刻錄功能」，讀者對於小說的記憶主要是以故事情節（即「事實脈絡」）為根據的，讀者如果需要重新「查檢」閱讀過的小說，憑藉對於故事情節的記憶就可以實現，根本不需要依照「筆劃索引」之類。這是因為，「故事情節」和「漢字筆劃」隸屬於語言的不同指向：前者是語言的「所指」，後者是語言的「能指」。由「所指」刺激刻錄下來的記憶怎麼能夠通過「能指」重新喚醒呢？傳統小說的章回標題並沒有排列所謂「首字筆劃索引」，但由於故事情節（即「事實脈絡」）的記憶功能，讀者通過章回標題不就可以「查檢」有關內容了嗎？《馬橋詞典》既然有「事實脈絡」（儘管不像傳統小說那樣緊密連貫），也就是說，它可以以「事實脈絡」刺激閱讀記憶，讀者有什麼必要按照「首字筆劃」去「查檢」呢？除非對馬橋方言有特別興趣或其它不將《馬橋詞典》作為小說進行閱讀的閱讀者，恐怕不會有人按照所謂「首字筆劃」去「查檢」《馬橋詞典》。一方面承認自己的作品有一定的故事情節，屬於「小說」，一方面又盡可能地將其裝扮成「詞典」的模樣，這就是《馬橋詞典》欲蓋彌彰的矛盾。這一矛盾表現了它同《哈扎爾辭典》一樣的動機——無非是作者為了使這小說更像「詞典」而故意虛張聲勢罷了。

傳統小說的章回標題往往是特定故事情節的標識，它們的先後排列次序往往標識著整部小說的敘事順序、敘事過程和敘事的階段性。章回標題目錄往往是小說梗概的最簡化形式。通過章回標題目錄，讀者可以最簡要地把握小說究竟「說什麼」和「怎樣說」，實際上就是整部小說的「敘事里程碑」和「敘事索引」。《哈扎爾辭典》和《馬橋詞典》兩部小說為了模仿詞典，在文體形式方面所做的主要工作便是

將傳統小說的「章回標題」改為「語詞標題」。同時，為了使這些「語詞」在編排方面更加詞典化，《哈扎爾辭典》還在正文之前煞有介事地炮製了《〈哈扎爾辭典〉使用說明》，《馬橋詞典》也在正文之前煞有介事地炮製了《〈馬橋詞典〉條目首字筆劃索引》，並且不約而同地使用各種符號標示本「詞典」的語詞互釋。

當然，這種詞典體小說在標題和版式等方面的改頭換面並非純粹玩弄形式，在其別樣的形式之中當然蘊含著特定的意義，即力圖改變或弱化小說敘事的歷時性，在以「歷時敘事」為能事的小說文體中嘗試「共時敘事」之可能。

傳統小說的章回標題由於需要盡可能完整準確地標示不同章回的主要故事情節，所以往往使用較長的句段進行標示，換言之，完整準確地標示各章各回的主要故事情節是傳統小說章回標題的主要功能。以《哈扎爾辭典》和《馬橋詞典》為代表的詞典體小說使用「語詞」作為各篇章的標題並不標示故事情節，只是故事情節的「引子」，或者是以語詞解釋為「由頭」展開敘事。於是，由每一「語詞」所引發的敘事便具有相對獨立性，各篇章的內容基本上環繞這「語詞」本身展開。這樣，詞典體小說在敘事的連貫性和歷時性方面也就被大大弱化；也就是說，「語詞」與「語詞」的不同意義也就形成了小說各篇章之間的「空場」，從而將一部小說間隔成一個個相對獨立的「意義島」。這不僅十分接近詞典對於每一個語詞的獨立解釋，也創建了小說共時敘事的別樣文本體式。

那麼，與傳統小說的「歷時敘事」相對而言，詞典體小說的「共時敘事」究竟蘊含著怎樣的意義呢？

二、「可讀之文」與「可寫之文」

　　法國著名文學理論家羅蘭‧巴特在解構巴爾扎克的小說《薩拉辛》時曾經對「可讀之文」與「可寫之文」進行了區分。[1]所謂「可讀之文」，就是能夠引人閱讀，甚至能夠引人入勝，具有可讀性的作品；所謂「可寫之文」，就是能夠引發讀者重新寫作的欲望，可以將原作重寫或重構的作品。巴特將前者稱之為「古典之文」，即傳統文學作品，實際上也包括運用傳統方法進行創作的現代作品，這是文學家族的主體；而後者則是「罕遇之至」的文學特例，只「在某些邊緣性的作品中，偶一露面，倏忽而逝，躲躲閃閃地呈現」。[2]可能是「物以稀為貴」吧，巴特明顯地推崇「可寫之文」。這是因為，在巴特看來，「作品」作為「實踐」或「生產」，它的評估標準只能與某種「實踐」或「生產」，即與寫作的「實踐」或「生產」相關，而不能用科學和意識形態的標準對其進行價值評估，因為後者的評估標準顯然是「再現」或「反映」的價值，二者不可同日而語。依照這一思路，「可讀之文」是傳統文學體制的產物，它在作者與讀者、生產者與消費者之間構築了不可逾越的壁壘，「讀者因而陷入一種閒置的境地，他不與對象交合（intransitivité），總之，一副守身如玉的正經樣（sérieux）：不把自身的功能施展出來，不能完全地體味到能指（signifiant）的狂喜，無法領略及寫作的快感」，讀者只是享有「要麼接受文要麼拒絕文這一可憐的自由罷了」。[3]「可寫之文」正是在這一意義上具有較高的價值：它擺脫了只有作家才能進行寫作的權利，讀者也能進入寫作的實踐和

1　見羅蘭‧巴特著《S/Z》中的「評估」和「解釋」兩部分，屠友祥譯，上海人民出版社 2000 年版。原譯「能引人閱讀之文」和「能引人寫作之文」。
2　羅蘭‧巴特著、屠友祥譯：《S/Z》，第 61 頁，上海人民出版社 2000 年版。
3　羅蘭‧巴特著、屠友祥譯：《S/Z》，第 56 頁，上海人民出版社 2000 年版。

生產。「為什麼這種能引人寫作者是我們的價值所在呢？因為文學工作(將文學看作工作)的目的，在令讀者做文的生產者，而非消費者。」[1]可以說，所謂「詞典體小說」，正是在這一意義上確立了自己的文學價值。

《哈扎爾辭典》自稱是關於哈扎爾民族的「史料彙編」及其「集大成形式」，即未經過小說家加工或改編過的、原汁原味的第一手資料。這一自白本身就為讀者參與寫作提供了可能——《哈扎爾辭典》只為讀者重新梳理和鑑別這些「史料」提供平臺，它只是讀者參與重寫哈扎爾歷史的「工具書」。

就《哈扎爾辭典》對「史料」的記述方式來看，似乎是純客觀的「有聞必錄」，沒有主觀傾向，並不試圖影響讀者對哈扎爾歷史的判斷。例如，《哈扎爾辭典》中的某些詞條可能同時出現在「紅書」、「綠書」或「黃書」中，但是，由於這「三色書」分屬於三個宗教派別的「史料彙編」，所以，它們關於哈扎爾問題的記載就大不一樣。「哈扎爾大辯論」是《哈扎爾辭典》中的重要詞條之一，所以在紅、綠、黃三書中同時出現，因為正是這次大辯論改變了哈扎爾人命運，使其從一個獨立、強盛的部族不知在什麼年代突然解體。「哈扎爾大辯論」的核心是哈扎爾人改信宗教問題，基督教、伊斯蘭教和古猶太教都派代表來到位於裏海西南面撒曼達上的可汗夏宮參加大辯論。毫無疑問，這些代表當然都從自己的立場出發，在這場大辯論中極力勸說可汗改信自己的宗教。根據基督教的「紅書」記述，是哈扎爾的使團首先抵達拜占庭，主動請求教皇在即將進行的論辯中戰勝猶太人和阿拉

1　羅蘭・巴特著、屠友祥譯：《S/Z》，第 56 頁，上海人民出版社 2000 年版。

伯人（時稱「撒拉遜人」），並答應改信希臘人的基督教；根據伊斯蘭教的「綠書」記述，哈扎爾人通過大辯論最終選擇的是伊斯蘭教；根據古猶太教的「黃書」記述，這場大辯論致使哈扎爾人改信了猶太教。於是，同是關於「哈扎爾大辯論」的記述，由於出自不同宗教的不同「文獻記載」，其「史實」也就大相逕庭。那麼，「三色書」中關於「哈扎爾大辯論」的三種相互矛盾的記述，究竟哪種說法是真實的或者更接近真實？歷史上關於「哈扎爾大辯論」的實際情況究竟怎樣？「大辯論」之後，哈扎爾人究竟改信了哪種宗教？等等，《哈扎爾辭典》語焉不詳，沒有定論。於是，《哈扎爾辭典》美其名曰記述「關於哈扎爾問題的史料」，但是並沒有解答任何問題，反而提出了許多問題；它留給讀者的不是現成的結論，而是一系列類似「哈扎爾大辯論」這樣的串串「謎團」，交由讀者自己去思考、去破解。用《〈哈扎爾辭典〉使用說明》中的話來說，本書只是「供不同類型讀者翻閱之用。它廣集百家之言，讀者可以各取所需，讀罷掩卷，也可以自寫續篇——從古達今本書編纂者何止千百，將來當然也會出現新的編纂家，將其重新整理、續寫和補遺……」[1]這就是作者有意建構的「可寫之文」。

為了有效地建構「可寫之文」，《哈扎爾辭典》多使用模稜兩可的語言，故意模糊事實真相，將事物的解釋多元化。例如，在追溯該辭典的編纂始末時，作者寫下了如下文字：

本辭典所記述的那個事件大約發生在西元八世紀或九世紀（其實可能發生過一系列此類事件）。在專門文獻中，也有把這個事件叫作『哈扎爾大辯論』的。哈扎爾是個獨立、強盛的部族。這群慓悍的遊

1 米洛拉德·帕維奇著、南山等譯：《哈扎爾辭典·卷首導語》，第 13 頁，上海譯文出版社 1998 年版。

牧民不知在歷史上什麼年代被死寂的灼人的黃沙逐出本土,從七世紀到十世紀定居於黑海與裡海之間的這塊陸地之上。[1]

　　在這段只被譯為 140 個漢字的簡短敘述中,先後出現了「大約」、「可能」、「也有」、「不知」等四個具有選擇意義的詞彙,以表示所指的模糊、多義、多元和不確定性。「時間」本身是最具確定性的能指,但是,為了表達同樣模糊和不確定的指向,作者只得使用「世紀」這樣的大概念,用「西元八世紀或九世紀」、「從七世紀到十世紀」之類的計時概念解構了時間的確定性,最大程度地展示了文本的開放性。

　　至於文本順序,如前所述,無論是《哈扎爾辭典》還是《馬橋詞典》,由於它們以獨立的「語詞」為敘事單位,每個語詞形成了相對獨立的「意義島」,所以,讀者的讀取順序當然也就可以違背文本的編排順序,按照自己的喜好或習慣隨意決定自己的閱讀方向。「換言之,讀者可按自己認為便利的方式來查閱。一些讀者可像查閱任何辭典那樣查閱他們在彼時彼地感到興趣的名字和辭彙,另一些讀者可把這本辭典看作一本書,從頭至尾一口氣看完,由而獲得關於哈扎爾問題以及與哈扎爾問題有關的人物、事件的完整概念。閱讀可從左及右,也可從右及左……。閱讀本辭典黃、紅、綠三卷的順序,純按讀者意願,你可任意翻開一頁,便從那兒讀起……」。這就是《哈扎爾辭典》「閱讀指南」所言,讀者可以按照三卷中相互重複的詞條閱讀,也可以按照人物或事件的內容分類閱讀,或者根本不考慮什麼順序,「像玩魔方一樣把頁碼任意編排,壓根兒不計較什麼先後程序,而且也用不著遵從任何先後程序。每個讀者可以像玩骨牌或紙牌那樣自己

---

1 米洛拉德・帕維奇著、南山等譯:《哈扎爾辭典・卷首導語》,第 3-4 頁,上海譯文出版社 1998 年版。著重號為引著所加。

動手來編輯一本屬於他自己的完整的書。」[1]

——這就是詞典體小說所創造的與古典小說完全不同的文體意味：鋼鐵澆鑄的文本順序變成了可以任意把玩的「魔術方塊」，讀者的讀取順序變成了對文本順序的「重新洗牌」，所謂讀者參與寫作和重寫的「可寫之文」的價值，即其「實踐性」或「生產性」價值，包括讀者對小說意義的重構，也就蘊涵其中和不言而喻了。

值得注意的是，羅蘭‧巴特所崇尚的「可寫之文」與我們所說的「辭典體小說」並不完全等同。巴特的「可寫之文」是通過對傳統小說的解構提出的文本理論。他首先將巴爾扎克的小說《薩拉辛》分割為 561 個語義單位（又稱「閱讀單位」），然後概括出「冥想」、「笑」、「接觸」、「景象描繪」、「告別」、「狂喜」、「魅惑力」、「愛的意願」、「死的意願」、「約會」、「警告」、「謀殺」、「短途旅行」等共 48 項「情節序列」，將 561 個語義單位分別納入 48 項情節序列，然後又分 93 題對《薩拉辛》進行了評點，[2]最後將這 93 題按照內容歸納為「能引人閱讀者」、「符號」、「複數」等三大類別（大類別中又分若干小類別），匯總了巴特對於《薩拉辛》的「所思內容」。這樣，《薩拉辛》就被羅蘭‧巴特的解構之刀橫豎斬為碎片，巴爾扎克的原作已經面目全非、蹤影難覓，其最終結果《S/Z》是巴特的新作而不是《薩拉辛》的延續，與傳統的文學評論完全兩樣，其中所保留的只不過是《薩拉辛》的碎片。

巴特對傳統小說進行解構的另一個典型案例是《戀人絮語》。《戀

詞典體小說形式分析

---

1 米洛拉德‧帕維奇著、南山等譯：《哈扎爾辭典‧卷首導語》，第 13-14 頁，上海譯文出版社 1998 年版。
2 羅蘭‧巴特對《薩拉辛》的評點是其《S/Z》的主體，中文譯者稱其為「旁逸的筆墨」。

人絮語》以歌德的《少年維特之煩惱》為解構對象，將傳統的愛情故事拆解為戀人情話。維特是充滿激情的思辨型戀人的原型，他的一派癡語是典型的戀人絮語，於是，戀人的傾吐方式和話語載體就成了巴特所關注的主題。但是，巴特並不是用思辨的語言從理論上研究戀人情話的種種特點，而是融合自身及其學生的生活體驗，通過虛構特定場景或直接演示將這種話語方式呈現出來。於是，戀人的萬千思緒，雜亂的語絲，莫名的醋意，柔情的沉醉，苦苦的思念，等待的焦灼，無言的默契，興奮和倦怠，自信和自卑，爭吵和閒話，放縱和節制，以及那些說不清道不明意念和偏執等等，在《戀人絮語》中被描繪得活靈活現。通過這種方式，巴特不僅解構了歌德的《少年維特之煩惱》，而且解構了所有的愛情故事，因為在他看來，一個精心結構的愛情故事是「社會以一種異己的語言讓戀人與社會妥協的方式」，敷衍這樣一段故事不啻是編織一個自我束縛的羅網，真正為愛情而痛苦的戀人並不能從中獲益。愛情不可能構成故事，它只是一番感受，幾段思緒，諸般情景，寄託在一片癡愚之中，剪不斷，理還亂。[1]正因為戀人話語的這一特點，所以，《戀人絮語》的文本順序是按標題的字母順序排列的，巴特試圖通過這種詞典式的文體形式表達自己並不試圖建構所謂「愛情哲學」或「思想體系」的用心。

可見，羅蘭・巴特心目中的「可寫之文」就是他可以用來解構的《薩拉辛》和《少年維特之煩惱》，而他通過「可寫之文」的解構所自行「寫」出來的「文」則是《S/Z》和《戀人絮語》。就文體形式來看，前者顯然是一種傳統的「古典之文」，但在其「傳統的」和「古

---

[1] 羅蘭・巴特：《戀人絮語》譯者前言（汪耀進：《羅蘭・巴特和他的〈戀人絮語〉》），第 4 頁，上海人民出版社 1988 年版。

典的」文體形式背後，巴特卻發現了解構的可能性，這就是他所說的「邊緣性作品」。正是通過這類「邊緣性作品」的重寫和重構，巴特證實了讀者（批評家）參與寫作的可能性，同時也證實了「可寫之文」的「實踐性」或「生產性」價值。

但是，《哈扎爾辭典》和《馬橋詞典》本身並不是傳統的「古典之文」，而是飽含現代文學觀念、創製「邊緣性」文體形式的作品。作者之所以將其文體形式本身建構為「詞典體」，無非是為了便於讀者解構或重寫。換言之，與傳統的「可寫之文」或以傳統文體形式出現的「可寫之文」相比，這種詞典體小說作為「可寫之文」，其價值取向無非是為了更加鮮明和更加直率地向讀者表明文本的開放性，撕下了一切不利於讀者解構或重寫的偽裝，向讀者赤裸裸地敞開了「可寫之文」的寬廣胸懷。

三、消解「虛構本體」，建構「零距離真實」

中國「小說」一詞最早見於《莊子・外物》，本意是指淺薄瑣屑的言論。《漢書・藝文志》謂「小說家者流，蓋出於稗官，街談巷語，道聽塗說者之所造也」，將小說看成是小官吏和下層社會編造和流傳的故事，不足為信。就其源頭來看，先秦的神話、傳說和寓言，魏晉志怪，唐代傳奇等都屬此體，但直到宋代平話出現之後，「小說」才成為敘事性文體的專稱。可見，中國小說敘事最早是淵源於虛構或想像，並非是對客觀世界真實事件的敘述。中國「小說」的這一特點和英語中的小說概念是完全一致的：novel 作為名詞指（長篇）小說，作為形容詞意為「新奇的」和「異常的」；fiction 一詞既是「小說」

的統稱，又有「虛構」、「想像」、「假定」、「假想」、「虛設」、「編造」和「捏造」之意。總之，小說作為一種敘事文體是虛構和想像的產物，虛構和想像是小說的本體特徵，這已經是被普遍認同的公識，無須贅言。而詞典體小說的出現，恰恰就是對這一普遍公識的挑戰。

韓少功之所以決定「為一個村寨編輯出版一本詞典」，主要是有感於「說話之難」。例如，海南島的漁業非常發達，當地漁民對於幾百種魚，甚至每種魚的部位、習性和狀態等都有特定的語詞，表達細緻而準確。但是，一旦他們試圖使用普通話表達「魚」的概念時，就只剩下「海魚」和「大魚」兩個詞了。除此之外，他們關於魚的語詞幾乎都無法進入普通話，當然也無法被各種字典和詞典收錄。也就是說，人類許多豐富、深切、鮮活的感受，在交流日益頻繁的今天，卻被冷冷地排除在共用語言之外。一方面，為了交流的方便，人們需要學習和使用共用語言；另一方面，隨著共用語言對地域性語言的濾洗，人類的語言表達也就變得更加簡單、粗糙、貧乏。面對這一兩難困境，韓少功不希望「交流」成為一種相互抵銷和磨滅，認為「必須對交流保持警覺和抗拒，在妥協中守護自己某種頑強的表達——這正是一種良性交流的前提。這就意味著，人們在說話的時候，如果可能的話，每個人都需要一本自己特有的詞典」。因為「詞是有生命的東西。……它們在特定的事實情境裡度過或長或短的生命」，是人類特定生命形態的標識。於是，韓少功就開始搜集和儲存這樣一些詞，對其「反覆端詳和揣度，審訊和調查，力圖像一個偵探，發現隱藏在這些詞後面的故事，於是就有了這一本書。」[1]作者關於《馬橋詞典》

---

1 本節引文參見韓少功為《馬橋詞典》所寫的「編撰者序」及其「後記」，見韓少功：《馬橋詞典·編撰者序》第 1 頁和《馬橋詞典》第 401 頁，作家出版社 1997 年版。

寫作動機的這一表白顯然是向小說虛構本體的挑戰。這一表白試圖給讀者製造這樣的印象：作者並非在寫小說，而是在做「方言文化學」方面的調查和研究。

就《馬橋詞典》所收語詞及其釋義來看，作者似乎確實是在做方言文化學方面的工作。這些語詞並不涉及天文地理、國家社稷等方面的高深學問或重要問題，都是馬橋人的日常用語。作者通過這些日常用語的翻譯和解釋，引出語詞背後的故事，並發現了馬橋人並沒有覺察到的微言大義。現試舉五例如下：[1]

醒：「蠢」的意思，「醒子」即蠢貨。這個詞可能和馬橋的先人屈原有關。羅人曾被強大的楚國驅殺流落此地，後來屈原被流放幾乎循著同樣的路線。可以想見，曾做過楚國左圖的屈原淪落在此的複雜心境：羅地是一面鏡子，讓他看透興衰分合的荒誕；羅地是一劑猛藥，讓他開懷宣洩朝臣的矜持，拷問天地和良心。也就是說，他「醒」了。馬橋人對「醒」字的使用隱含著先人對強國政治和異質文化的闡釋，是不同歷史定位之間的必然歧義，也是當年羅人留在今日馬橋的一脈語詞活化石。

臺灣：合作化時，茂公家死不肯入社，馬橋人就將他家的那塊田稱之為「臺灣丘」。一天，社長本義終於忍無可忍，率眾「解放臺灣」，茂公被氣死，兩家由此也結下了不解之仇。於是，「臺灣」在馬橋就被賦予「頑固」、「落後」、「孤立」等種種貶義。

夢婆：指精神病人。志煌的婆娘水水成了「夢婆」之後反而變成

詞典體小說形式分析

---

1 下述五例不是《馬橋詞典》的原文，是筆者對原文的概括或縮寫。

預測彩票的神靈，於是「夢婆」又有了另外的含義：遠離知識和理智的人在一般人的心目中只是可憐的弱者，但在一些重要命運關頭，突然又成了最接近真理和最可信賴的人，從而印證了只有學術大師（佛洛伊德）才可能研究出來的理論。

不和氣：即漂亮。在馬橋，凡漂亮的女子遇到風大水急時過江，都要用泥巴將自己的臉蛋兒塗黑，否則就容易翻船。它隱含著一種讓人不寒而慄的觀念：漂亮是一種危險，總會帶來某種不祥（「不和氣」）。本義的婆娘就「不和氣」，她是挺著大肚子主動找上門來嫁給本義的，曾經和三個男人有染，最後和三耳朵私奔，死在外鄉。

嘴煞（以及翻腳板的）：羅伯沒有借錢給復查，復查就罵他是「翻腳板的」，這是馬橋惡毒等級最高的咒語。使復查沒有料到的是，羅伯第二天就被瘋狗咬傷了，不久便命歸黃泉。於是，這成了復查的一塊心病，後悔當初「犯煞」之後沒有「退煞」。「嘴煞」就是這樣一種忌語，不但使羅伯去世，還影響了復查幾十年，可見語言的神力已經關涉到我們的生命。

就這些詞條本身來說，我們確實很難看出這是一部「小說」，而是一部「詞典」，一部方言文化學方面的詞典，因為它並沒有留下一般小說必定「編」故事的跡象，即沒有虛構和想像的斧痕，而是對於一個偏遠村寨特有方言的文化學分析。韓少功之所以這樣有意為之，正如他自己所言：「我寫了十多年的小說，但越來越不愛讀小說，不愛編寫小說——當然是指那種情節性很強的傳統小說。那種小說裡，主導性人物，主導性情節，主導性情緒，一手遮天地獨霸了作者和讀者的視野，讓人們無法旁顧。即便有一些偶作的閒筆，也只不過是對

主線的零星點綴，是主線專制下的一點點君恩。必須承認，這種小說充當了接近真實的一個視角，沒有什麼不可以。但只要稍微想一想，在更多的時候，實際生活不是這樣，不符合這種主線因果導控的模式。一個人常常處在兩個、三個、四個乃至更多更多的因果線索交叉之中，每一線因果之外還有大量其它的物事和物相呈現，成為了我們生活不可缺少的一部分。在這樣萬端紛紜的因果網路裡，小說的主線霸權（人物的、情節的、情緒的）有什麼合法性呢？……於是，我經常希望從主線因果中跳出來，旁顧一些似乎毫無意義的事物……」[1]

可見，韓少功將「小說」寫成「詞典」，並非只在文本形式方面玩花樣，而是針對「那種情節性很強的傳統小說」反其道而行之，以表達和實踐自己的獨特的小說觀念。在那種小說裡，為了增強情節的引力設置了「主線因果導控」機制，「一手遮天地獨霸了作者和讀者的視野」，讀者只能遵照作者設置的導控線索循規蹈矩、循序解讀。但是，「在更多的時候，實際生活不是這樣」，實際生活中發生的事件往往紛紜複雜、千頭萬緒、零星散亂，處在「萬端紛紜的因果網路裡」，人們從不同的立場、不同的角度和價值座標觀看、敘述或評價這些事件，往往千差萬別、千模百樣，不存在什麼「主線霸權」。傳統小說正是在這一意義上顯露出破綻：儘管「這種小說充當了接近真實的一個視角」，能夠引導讀者信以為真，但是，它所達到的「真實」畢竟是建基在虛構和想像之上，無論創作還是閱讀，沒有虛構和想像都不可能生成。也就是說，虛構和想像既是傳統小說的基石和本體存在，也是飄逸在文學主體（作家與讀者）與文學對象（生活與作品）之間的山嵐。韓少功寫作《馬橋詞典》就是為了驅散飄逸在文學主體與文

詞典體小說形式分析

---

1 韓少功：《馬橋詞典》，第 68 頁，作家出版社 1997 年版。

學對象之間的山嵐，使作家和讀者直面廬山真面目，將小說中所表現的生活作為「實際生活」、未加修飾過的「真生活」，這是一種粗糙但有生命力的「原生態生活」。

正是抱著對於小說的這一獨特理解，韓少功摒棄了為馬橋「編故事」的敘事方法，改為調查、搜集和審訊馬橋人的日常語詞，用「詞典文體」將這些日常用語及其背後的故事和意義裝訂成冊，交由讀者自由地選擇閱讀。由此，馬橋人實際生活的萬端紛紜、枝枝蔓蔓、零星散亂的原貌似乎被如實地呈現出來了。《馬橋詞典》就是馬橋的「寫真集」，讀者閱讀《馬橋詞典》如同身臨其境，馬橋的一草一木和風吹草動盡收眼底。於是，作家挖空心思「編」故事的種種斧痕被這種「詞典體」淡化了、磨平了、遮蔽了；於是，傳統小說那種虛構和想像的真實讓位於詞典體小說的「零距離真實」。前一種真實只有進入特定的藝術語境才得以感受，脫離特定的藝術語境就可能煙消雲散，在滿足讀者渴望藝術真實的同時也留下了追尋生活真實的遺憾；後一種真實由於驅散了虛構和想像的山嵐，讀者似乎可以「零距離」直面生活本身，文本的虛構和假想本質事實上已被讀者所淡忘。

事實上，無論是傳統小說還是詞典體小說，既然是「小說」，就不可能捨棄虛構和想像。詞典體小說之所以使人淡忘其虛構和想像的本質，完全在於它那獨特的文體形式。「詞典」本來是知識的載體，是人類求知和學習真理的工具書，小說創作的虛構和想像就是在這樣的文體形式中被遮蔽了；換句話說，是詞典文體使小說的虛構和想像本質模糊了、淡化了。詞典體小說只是在這一意義上對傳統小說的真實觀提出了挑戰：它首先通過「文體革命」，將一個真切而不是虛構和想像的世界「零距離」推到讀者面前，逼迫讀者的視覺認可這部「攝

影集」而不是「繪畫集」。在這個世界裡，讀者首先感受到的是其敘述方式的直接性和敘述對象的客觀性、真切性，然後才有可能思索或推敲它的真實性或可能性。而在傳統小說中，虛構和想像是它的先驗規定，讀者在進入小說文本之前已經先驗地認可了它那虛構和想像的本質。總之，詞典體小說無非是為虛構和想像的小說本質披上了一件「零距離真實」的外衣。

　　為了達到「零距離真實」這一目的，詞典體小說當然也會故弄玄虛。例如，《哈扎爾辭典》在正文之前使用了相當大的篇幅交代本「詞典」的「編纂始末」和「版本溯源」等所謂「史實真相」。它自稱本書是「第二版」，是對「第一版」的「補遺」和「修訂」，而第一版早在 1691 年就已面世，編纂者是傑奧克季斯特・尼科爾斯基神甫等，出版人是約翰涅斯・達烏勃馬奴斯，然後就煞有介事地編造了許多細節以示其「史實」的確鑿。在正文之後，《哈扎爾辭典》還附有「補編」兩篇，再次向讀者確證本「詞典」的「史實」確鑿無誤，可謂煞費苦心。這樣，由所謂的「史料」和「史實」建構起來的真實也就迥異於由「虛構」和「想像」建構起來的真實：前者拆解了「讀者」與「讀物」之間的虛構本體，實現了二者之間的「零距離」接觸。《馬橋詞典》收錄了不少「續」詞，如「馬疤子」和「馬疤子（續）」、「不和氣」和「不和氣（續）」等，為了使其更像詞典文體，作者故意不將它們編在一起，打亂前後順序，將一種散亂的生活原生態直接交由讀者解讀。

　　這使我們想起了時下興盛的倉儲式超市。在傳統購物商店，顧客和商品之間實際上是隔著三堵牆：櫃檯、售貨員和貨架。顧客購買商品需要隔著櫃檯請售貨員到貨架上索取，選擇的自由受到很大限制；

倉儲式超市拆解了顧客和商品之間的三堵牆，由顧客直接進倉面對全部商品，享受最充分地選擇自由，成了君臨世界的「上帝」。所以，花費同樣的時間，超市購物比傳統商店購物會有更多的收穫，可能購得更多的物品，並且往往購得許多事先並沒有計畫購買的商品，商家從顧客的口袋裡掏出來錢幣當然也就更多。更重要的是，顧客在超市所得到的不僅僅是購物的愉快，還品嘗到做「上帝」的精神樂趣。詞典體小說所創設的「共時敘事」其實就是「倉儲式語詞」，同「倉儲式超市」不是很相似嗎？也就是說，詞典體小說消解了建立在虛構和想像基礎之上的真實之後，由其文體形式所引發的「零距離」真實具有更大的吸引力。無論如何，猶如倉儲超市「零距離」購物迎合了現代人的購物觀念一樣，詞典體小說的「零距離」閱讀更符合現代人的審美觀和價值觀。但是，另一方面，讀者的想像力以及建基在想像力之上的審美趣味，恐怕也就隨之散失殆盡！

四、撩撥神秘往事，製造現代魔幻

　　如前所述，詞典體小說所創設的共時敘事為讀者提供了選擇和重寫的自由，它對傳統小說虛構本體的解構為讀者展現了「零距離真實」，那麼，詞典體小說提供了什麼東西值得讀者去選擇或重寫呢？它為什麼或有什麼必要一定要展現所謂「零距離真實」呢？

　　首先，就《哈扎爾辭典》和《馬橋詞典》的共同點來看，都傾向於撩撥神秘往事，或者製造現代魔幻，這恐怕是解答上述疑案的重要線索之一。也就是說，詞典體小說所崇尚的「可寫之文」並非一般小說所必定追求的文本，它只為解讀神秘主義提供了重寫的平臺；神秘

主義儘管也可以是一般小說的表現對象，但是，「可讀之文」只能為解讀神秘主義提供有限的方向，遠不如「可寫之文」享有最充分的自由。神秘主義之「神秘」就在於它是說不清道不明的東西，單向地解讀絕非絕對可能、可靠、可信，「可寫之文」所提供的多向選擇和重寫自由，正是在這一意義上顯示出它的價值。

《馬橋詞典》所列詞條涉及地名、人名、動物名、植物名、醫藥名，以及歷史遺風、鄉規民俗、男女情事、圖騰禁忌、愉悅取樂、德行品評等諸多方面，從古到今、從自然到社會、從族群到個人、從事物到心理，可以說無所不包，每個詞條都有引人入勝之處。為什麼？概出於所選詞條大都指向某種神秘性；也就是說，它們都沒有被「共用語言」（普通話）所濾洗、所招安、所改造，仍然頑強地守護著自己的表達。正是這樣一本「特有的詞典」，而不是一般意義上的詞典，不是共用語言（普通話）的詞典，才顯示出其特有的魅力。

「馬橋弓」是馬橋的全稱。「弓」是古代的面積單位，一弓就是方圓一矢之地，但從馬橋的弓頭到弓尾得走上一個多時辰，這不能不使人驚訝馬橋的先人是何等偉大和雄武！

馬橋弓有一幢無主老屋，人稱「神仙府」，是馬橋極盛時代的殘存。這裡曾經居住著四個不作田的「爛桿子」，又稱馬橋「四大金剛」，現只剩下馬鳴一人，他是一個懶惰、食古不化、與公眾沒有聯繫的怪人。於是，由「神仙府」和「爛桿子」二詞的解釋引出馬鳴之怪奇。

秋天的山嶺間會飄移著一種藍色氤氳，即「黃茅瘴」，瘴氣的一種，對人體有害。為了避免它的侵害，馬橋人在上嶺的前一天夜裡就不能吃零食，也不能睡女人，戒掉七情六欲，臨上嶺前最好還要喝口

酒,暖暖身子,壯壯陽氣。瘴氣並非馬橋所獨有,但馬橋人對其有自己的理解:人和自然之間是否存在著某種說不清的關係?

「驚訝」、「怪奇」、「說不清」,諸如此類,這就是《馬橋詞典》所收詞條的總體傾向 —— 通過馬橋人特有語詞的解釋,製造一種地老天荒的神秘文化氛圍。

無獨有偶,《哈扎爾辭典》也是如此,甚至有過之而無不及。

首先,關於版本,如前所述,它自稱是對於 1691 年在普魯士出版的達烏勃馬奴斯版的補遺和修訂,還煞有介事地將初版的封面置於本辭典的首頁。在初版封面的背後印有這樣幾行小字:

在此躺著的這位讀者

永遠也不會

打開這本書,

因為他已長眠於此。

僅這幾行文字就給人一種神秘感,緊接其後的《卷首導語》使這種神秘感進一步加強:

「本書現在的作者保證讀者諸君讀罷本書後絕不會招來殺身之禍,而此種不幸命運曾於 1691 年《哈扎爾辭典》初版面世後,降在當時的讀者身上……」[1]

---

1 米洛拉德・帕維奇著、南山等譯:《哈扎爾辭典・卷首導語》,第 3 頁,上海譯文出版社 1998 年版。

　　原來，初版《哈扎爾辭典》「共印五百部，其中一部由達烏勃馬奴斯用劇毒油墨印刷而成。這部沾著毒汁的辭典由一把金鎖鎖住，和另一部上了銀鎖的辭典放在一起。1692 年，宗教裁判所下令銷毀達烏勃馬奴斯的辭典時，只有這兩本躲過劫難，得以倖免。這樣以來，那些膽大妄為的人或異教徒若讀了這部禁書，定遭死亡之凶。誰若打開此書便會立即全身癱瘓，胸口像被針尖刺中一般。讀者會在看至第九頁上的幾個字時死去，這幾個字是：詞句已成血肉。倘若讀者同時閱讀帶銀鎖的辭典，便能知曉死亡何時降臨。帶銀鎖的辭典裡有下述提示：

倘若你已蘇醒卻未覺痛苦，須知你已不在活人世界。[1]

　　這樣的文字使人頓感毛骨悚然！

　　據說，《哈扎爾辭典》還有陰、陽兩種版本，但是，它們的區別是什麼？作者語焉不詳，其它各種譯本也諱莫如深，只有美國一本作家辭典中提及，發現二者僅僅 17 行文字有所不同。中文本的譯者認為其目的是「把識破陰陽玄機的樂趣讓與讀者。」[2]很明顯，《哈扎爾辭典》的作者是在故意製造神秘！

　　至於《哈扎爾辭典》將文本分為「紅書」、「綠書」和「黃書」三大板塊，分別記述不同宗教派別關於哈扎爾歷史的文獻，同樣給所謂「哈扎爾問題」蒙上了一層神秘的面紗。

---

1 米洛拉德・帕維奇著、南山等譯：《哈扎爾辭典・卷首導語》，第 8 頁，上海譯文出版社 1998 年版。

2 米洛拉德・帕維奇著、南山等譯：《哈扎爾辭典・中文本編者的話》，第 2-3 頁，上海譯文出版社 1998 年版。

　　就《哈扎爾辭典》所記述的內容來看，更是一些神秘莫測甚或匪夷所思的故事。例如，關於阿勃拉姆·勃朗科維奇三個親屬的故事，就充滿魔幻和神奇：

　　1.勃朗科維奇的次子每晚都要遭受食屍吸血女鬼的折磨，當他將其刺死時聽到一聲很熟悉的慘叫，哪知次日他母親來看望他時，在門檻上叫了聲他的名字便頹然倒下，並在她身上發現了刀傷，於是這孩子變得驚恐不安……。

　　2.勃朗科維奇的第三個兒子是用泥巴做的，和新婚妻子卡莉娜野餐時眼前突然出現了古羅馬劇場，120個亡靈吞食了卡莉娜的屍體，卡莉娜也加入這人肉宴席，吞食自己身體的殘餘部分；然後，卡莉娜的亡靈又與她的丈夫對話，隨即將其丈夫撕碎，吸他的血，將他的屍骨拋向劇場階梯，亡靈們便向這屍骨撲去……。

　　3.勃朗科維奇的家父在廁所裡結束了一個雪魔的生命，回屋晚餐時自己的頭落進了湯盆，可他吻了吻湯盆裡的自個兒的臉，照吃不誤，他像抱戀人似的雙手緊緊抱著湯盆，彷彿他面前不是湯盆而是戀人的臉蛋兒……。[1]

　　——《哈扎爾辭典》就是這樣一部現代神話，它將古代與現代，神話於真實，夢境與現實攪和在一起，時空錯亂、人鬼轉換、真假難辨、似是而非，像一幅色彩斑駁的拼貼畫，令人恍兮惚兮，撲朔迷離。這恐怕就是它值得讀者去選擇、去重寫的迷人之處吧。

---

1 阿勃拉姆·勃朗科維奇是《哈扎爾辭典》最初的作者之一，這僅僅是詞典的「紅書」中所記述的有關其親屬的三個故事。

更重要的是，《哈扎爾辭典》所記述的是人類歷史上一個民族突然消失之謎，這一問題恰恰迎合了現代人對於自我生存環境的擔憂。和平共處、友善相待、世界大同是人類共同和共通的願望和理想，政治、經濟、宗教、文化等領域中出現的一大堆問題和難題如何解決或緩解？一個民族的興衰和它的宗教信仰或精神支柱究竟有怎樣的關係？等等，這是一些沒有任何現成答案而又需要人類做出回答的重大問題。在這些問題面前，人類所能做的只能是探索，各種各樣的探索，探索各種各樣的可能；而不是限於某一種探索，也不是限於探索某一種可能。於是，歷史作為「鏡子」也就不能是原來意義上的「一面」鏡子，而是通過多種鏡片進行多重組合的千萬種鏡子，即通過歷史的多重組合探索未來人類社會的多種可能。

就此而言，「可寫之文」有可能提供一種新的真實，或者說達到了真實的新高度。但是，它那離奇的故事和魔幻般的場景很可能將讀者引向「神話」語境。而神話只是人類在孩童時代虛構和想像的產物，只能為現代人提供「遠距離」觀賞的效應，與詞典體小說的本義當然大相逕庭。於是，追求「零距離」真實也就成了詞典體小說的必由之路。所謂「零距離」真實，就是在這一意義上充任了詞典體小說有效補充，吸納讀者在神秘往事中重寫現代故事，在魔幻場景中發現現實意義。

五、語詞戰爭：本體或工具

在《馬橋詞典》所收詞條中，不少語詞的背後都隱含著一場驚心動魄的戰爭。例如「虧元」，馬橋特有的一個語詞，它就來源於由「一

詞典體小說形式分析

字之差」所引發的復仇和錯亂：

　　鹽午的父親和叔父已經過世，當年因政治問題沒有舉辦喪禮。文革後鹽午一躍成為馬橋最有錢的人，父親和叔父的問題也已平反，當然要好好補償，大宴賓客。胡魁元收到邀請帖子後發現將自己的名字寫錯了，「魁元」成了「虧元」。一字之差，意義相反，同為生意人的胡魁元當然很是忌諱，認為很不吉利，並具有挑釁性，於是大為惱火。他不但沒有赴宴，還設法尋機報復，於是偷了鹽午家正在裝修店鋪用的一台電鑽。正得意之際，被鹽午的手下一陣痛打，不得不如實交代。魁元嚥不下這口氣，多喝了幾杯酒之後居然錯把村長的耳朵割了下來，最後落得自己進了監獄……。

　　這是一場語詞戰爭，確切地說是由語詞所引發的戰爭，即匪夷所思又司空見慣。匪夷所思的是，一字之差居然引發一場大爭鬥，語詞真的會有如此巨大的魔力？司空見慣的是，在人類歷史上，由「一字之差」所引發的災難太多太多了，《馬橋詞典》所記述的那位播音員，不就因為將共產黨要人「安子文」誤讀成國民黨要人「宋子文」而被判十五年大牢嗎？對此，韓少功很是感慨。他自稱既讀過《聖經》也讀過《古蘭經》，他認為這兩本書「除了『上帝』和『真主』一類用語的差別，兩種宗教在強化道德律令方面，在警告人們不得殺生、不得盜竊、不得淫亂、不得說謊等等方面，卻是驚人的一致，幾乎是一本書的兩個譯本」。於是，他不能理解十字軍東征，不能理解「十字與新月之間為什麼會爆發一次又一次大規模聖戰？他們用什麼魔力驅使那麼多人從東邊殺到西邊又從西邊殺到東邊，留下遍地的白骨和數以萬計孤兒寡母的哭嚎？在黑雲低壓以及人們不會永遠記住的曠

野，歷史只是一場語詞之間的戰爭嗎？」[1]

對此，韓少功持否定態度。在他看來，歷史上一次次由語詞所引發的衝突和戰爭並非語言本身的魔力，「恰恰相反，一旦某些詞語進入不可冒犯的神位，就無一不在剎那間喪失了各自與事實的聯繫，……成為戰爭主導者們權勢、榮耀、財產、王國版圖的無謂包裝。如果說語言曾經是推動過文化演進以及積累的工具，那麼正是神聖的光環使語言失重和蛻變，成為了對人的傷害。」[2]也就是說，語言在人際衝突和戰爭中的作用已經剝離了它與事實的聯繫，僅僅是事實的一種「無謂包裝」和「工具」。所謂「語言戰爭」，在他看來，蓋出於對於語言的「迷狂」：「語言迷狂是一種文明病，是語言最常見的險境。……一旦語言僵固下來，一旦語言不再成為尋求真理的工具而被當作了真理本身，一旦言語者臉上露出自我獨尊自我獨寵的勁頭，表現出無情討伐異類的語言迷狂」，這種衝突和戰爭就會發生。[3]那麼，我們不僅要問，如果「虧」字沒有對魁元造成極大的精神傷害，他有什麼必要無事生非，向比他強大得多的勢力挑釁呢？事實是，「魁」和「虧」兩個字的意義和所指截然相反，其中所蘊含的吉凶意識與現實利害關係密不可分，是幾千年中國社會、歷史、文化、心理、道德、理性和情感的積澱，具有相對穩定和獨立的意義所指，並非僅僅是事實的「包裝」和利害關係的「工具」。

顯然，韓少功的「工具論」是站不住腳的，這從他在《馬橋詞典》中所列的相關詞條中也可以得到驗證：

詞典體小說形式分析

---

1 韓少功：《馬橋詞典》，第 366 頁，作家出版社 1997 年版。
2 韓少功：《馬橋詞典》，第 366-367 頁，作家出版社 1997 年版。
3 韓少功：《馬橋詞典》，第 367 頁，作家出版社 1997 年版。

　　「壓字」是馬橋人入族儀式的重要程序，一般在繼父葬禮之後進行，由族中長者念繼父、繼祖父……等等前輩的名字，目的是讓過繼者承繼祖業，防止日後帶著家產回到原來的家族。「在他們看來，姓名是神聖的，死者的姓名更有一種神秘的威力，可以鎮壓邪魔，懲罰不孝。」[1]如果按照韓少功的「工具論」，前輩的名字無所謂神聖不神聖，不過是族人製造的語詞「迷狂」，「壓字」和入族者在入族之後的德行約束這一「事實」也沒有什麼必然的聯繫。這能講得通嗎？

　　當然，「壓字」以及「虧元」和「煞嘴」等語詞，在《馬橋詞典》裡都表現出語言的神秘魔力。這種魔力往往製造某種陷阱，使人甘於受困。「結草箍」就是如此：幾位女子結草為盟，發誓誰也不嫁給復查，即「結草箍」。此後，儘管有人將她們與復查說合，她們對於復查也情有獨鍾，但有「結草箍」在先，誰也不肯做不義之人，也就作罷，留下終生遺憾。這是一種對於往日言詞的忠誠，其實和「嘴煞」一樣，是語言的暴政和牢籠。如果按照韓少功的「工具論」，人們是否可以朝三暮四、朝令夕改嘍？是否可以不在乎自己以前說過什麼或許諾過什麼？那麼，一個人的信用也就無從談起。

　　總之，就韓少功在《馬橋詞典》中對漢語特點所進行的這些探討來看，他將「語言戰爭」僅僅看作是事實的「無謂包裝」和「工具」是站不住腳的，既輕視了語言本身的力量，也否定了語言本身的獨立性，即否定了語言本身所積澱下來的社會、歷史、文化、心理、道德、理性和情感等方面的內容及其與現實利害的密切關係。人們之所以對某些詞產生「迷狂」，完全是因為這些詞本身具有相對穩定和獨立的

1　韓少功：《馬橋詞典》，第 332 頁，作家出版社 1997 年版。

意義所指，這種「意義所指」與其所指稱的「事實」是一枚硬幣的兩面，不可剝離，絕非事實的「無謂包裝」。

韓少功的這種「包裝論」和「工具論」顯然同米洛拉德·帕維奇的語言觀大相逕庭。帕氏在《哈扎爾辭典》中所表現出來的語言觀顯然是本體論的語言觀，即從世界本體和語言本體的高度解釋語言戰爭及其人際衝突的根源。

帕氏的《哈扎爾辭典》所記述的主體事件是所謂「哈扎爾問題」，「哈扎爾問題」的核心是宗教信仰問題，宗教信仰的背後就是語言問題。據古猶太教史料「黃書」記載，哈扎爾人本是一個強悍和好戰的民族，有自己的宗教和語言，但在他們的宗教信仰改變之後，人們就用另外的語詞來代替「哈扎爾人」這一名詞：在信仰基督教的希臘人居住區被稱為「非希臘人」，在信仰猶太教的猶太人居住區被稱為「非猶太人」，在信仰伊斯蘭教的阿拉伯人居住區被稱為「非伊斯蘭人」……總之，不再被稱為「哈扎爾人」。至於那些已經改宗其它教派的哈扎爾人，則依照他們所改宗的教派直接稱之為希臘人、猶太人或阿拉伯人等。也就是說，哈扎爾人的「哈扎爾」稱謂已經消失，「哈扎爾」作為一個民族的符號標識已經消失。這就意味著民族信仰的改變必然導致其名號的消失，而一個民族的名號的消失也就意味著這個民族的不存在，即整個民族的消失。俗話說「名存實亡」尚有「名存」焉，「實亡名亦亡」則是徹底的消亡。這是一個多麼可怕的語言現象！民族語言就是這樣與一個民族的存在事實血肉相連。

哈扎爾人名稱的消失只是其整個民族語言逐步消失過程中的典型。就哈扎爾語言本身來說，原本優美和諧，有七種性，表達豐富動

聽。改宗其它教派後，哈扎爾人如在國外邂逅，絕不會主動承認自己
是哈扎爾人，並裝出一副不會說哈扎爾語、而且也聽不懂的樣子。在
哈扎爾人集中的地方，儘管哈扎爾語是官方語言，但官府欣賞和重用
的卻是那些哈扎爾語講不好的人，那些精通哈扎爾語的人在說這門語
言時也就盡可能顯得結結巴巴，最好還帶點外國口音，這樣就可以無
往而不利。在從事筆譯的人當中，最受歡迎的是那些經常譯錯的哈扎
爾文譯者。這樣，哈扎爾語的徹底消失也就在所難免。直至 17 世紀
末編纂第一版《哈扎爾辭典》時，哈扎爾語已經徹底消失，編纂者是
從鸚鵡的嘴裡才瞭解到些許哈扎爾語——幸虧當年的阿捷赫公主將
自己的一些詩教給了鸚鵡，據阿勃拉姆‧勃朗科維奇考證，鸚鵡說得
是哈扎爾語。[1]這雖然是作者編造的神話，但卻實實在在地告誡人們：
「倘若一個民族消亡，最先消失的是它的貴族階級和它的文學」。[2]米
洛拉德‧帕維奇就是這樣在《哈扎爾辭典》中記述了哈扎爾語及其民
族消亡的歷史，將語言文學作為一個民族賴以存在的精神家園，賦予
語言以本體論的意義。

　　至於為什麼會發生語詞戰爭，帕氏將其解釋為語言的多義性。在
《哈扎爾辭典》「綠書」中，作者用穆斯林的觀點闡發了語言的多義
性問題。在穆斯林看來，《聖書》有三個層面的含義：第一層是文字
本身的含義，第二層是暗喻層，第三層是神秘玄奧層，第四層是預言
層。由於每個民族從中選取了與之最相適應的含義，於是就產生了不
同的宗教。另外，《聖書》的「每句話都有八種不同的領悟方法：字

---

1 此乃《哈扎爾辭典》編寫的神話之一，見米洛拉德‧帕維奇著、南山等譯：《哈扎爾辭
　典》，第 179 和 290-291 頁，上海譯文出版社 1998 年版。
2 米洛拉德‧帕維奇著、南山等譯：《哈扎爾辭典》，第 225 頁，上海譯文出版社 1998 年
　版。廣義的「文學」包括語言。

面含義和心理含義，前一句可改變後一句的含義，後一句又可改變再後一句的含義，還有秘密含義、雙重含義、特殊含義和一般含義」，如此等等。[1] 這樣，所謂宗教和信仰問題也就成了語言問題，不同的宗教信仰也就成了對於同一文本的不同截取和闡釋，語言的多義性於是被提升到信仰之本源，當然也就成了現實世界人際衝突和戰爭的本源。正如美麗的詩人阿捷赫公主的那句格言：「兩個『是』之間的差別也許大於『是』與『非』之間的差別。」[2]

　　一方面，就語言的一般意義來說，「達意」是交流得以實現的前提；另一方面，「多義」又是語言的普遍規律。這就構成了語言的矛盾，一個不可迴避的矛盾。《哈扎爾辭典》之所以比較關注語言的多義性，主要在於它所展示的歷史和宗教信仰有關：宗教信仰改變了哈扎爾民族的歷史，而不同的宗教只是源自對於同一文本的不同闡釋。正是在這一意義上，語言及其多義性被賦予本體論的意義。事實上，民族語言的衰微既是一個民族走向衰微的先兆，也是它的最後守護者和陪葬人。脫離了民族本身的內涵，語言的多義性也就無從何談起。如前所述，語言與事實只是一枚硬幣的兩面，是一個不可分割的整體。人們之所以使用語言，毫無疑問是為了真實的表達和有效的交流；另一方面，人們之所以「迷狂」某些語詞，也是因為在這些語詞中真實有效地積澱著人類社會的歷史內涵。由此論之，無論是韓少功的「工具論」還是帕維奇的「本體論」，都在理論上割裂了語詞表達與其內涵的有機聯繫，不足為訓。

詞典體小說形式分析

---

1 米洛拉德・帕維奇著、南山等譯：《哈扎爾辭典》，第 105 頁，上海譯文出版社 1998 年版。
2 米洛拉德・帕維奇著、南山等譯：《哈扎爾辭典》，第 107 頁，上海譯文出版社 1998 年版。

　　據聯合國教科文組織 2002 年 2 月 21 日發表的一項公報說，在世界上 6000 多種語言中，由近一半的語言已經消失或瀕臨消失。其中，在澳洲，到上世紀 70 年代，已有數百種土著語言消失；在美國，已有 150 多種印第安人的土著語不復存在；在非洲，原先有 1400 多種土著語言，現在只剩下 850 多種，而且其中 250 多種面臨危機；在歐洲也有 50 多種語言行將消失。在亞洲的情況也大致如此。這些已經消失和行將消失的語言都是寶貴的人類文化遺產，都是人類文明歷程的符號載體和歷史「銘文」。公報認為，造成語言消失的原因大體上是由於早期殖民主義和現代經濟生活所致，各國政府應當採取措施，拯救和保護瀕臨消失的稀有語言。[1]可以說，詞典體小說的出現，正是這樣一個時代的產兒，是全球化時代人類關注和思考語言問題之必然，誠如韓少功所說，當人類追求「共同語言」的同時，我們需要防止「交流成為一種互相抵銷，互相磨滅」，需要「對交流保持警覺和抗拒，在妥協中守護自己某種頑強的表達」。[2]詞典體小說正是運用小說的形式進行著這方面的努力，這不僅體現在「詞典」本身是語詞之集大成，用詞典文體進行寫作的小說在形式上已經表現出對於稀有語言的關注和保護，更重要的是，就其所涉及的內容來說，詞典體小說圍繞語詞所展開的敘說和議論，更表現出對於語言問題，特別是對於稀有語言問題的關切和思考。無論如何，這種關切和思考是必然的、必要的，功不可抹。

---

1 見《新華日報》2002 年 2 月 22 日 B3 版。
2 韓少功：《馬橋詞典》，第 401 頁，作家出版社 1997 年版。

原連載於《南京大學學報》2002 年第 3 期和《審美文化叢刊》創刊
號（中國文史出版社 2002 年 8 月第 1 版）。

網路寫作及其文本載體[1]

所謂「網路寫作」，確切地說，是指互聯網上的「即時寫作」，也可稱為「在線寫作」。我們這樣定義網路寫作，是為了和「網上作品」區別開來，後者包括將經典作品或其它現成的作品貼到網上去的發表方式，並不能顯示網路寫作最重要的特徵。而網路上的「在線寫作」，因其充分代表了現代多媒體技術對寫作方式的重大影響，所以最明顯地表現出與傳統寫作的不同及其對傳統寫作的挑戰。

網路寫作最明顯的特點是它的高自由度。它不像傳統寫作那樣依靠作品的出版和發行實現社會的最終認可，因而不僅擺脫了資金和物質基礎的困擾，更重要的是繞過了意識形態和審查制度的干涉，加上署名的虛擬性和隱秘性，使寫作者實現了真正的暢所欲言。從這一意義上說，馬克思早在 160 年前、列寧早在 100 年前就曾呼籲過的寫作自由，[2]在網路時代真正實現了。網路寫作是真正自由的寫作，網路時代是人人都可以成為作家的時代。當然，網路寫作的高自由度也引發不少負面問題，諸如作品良莠不齊，文化垃圾成堆等，對人文生態環境必將產生並已經產生嚴重污染。無論其利其弊如何，「高自由度」是網路寫作最明顯的特徵之一。關於這一問題，許多學者已經多有論及，恕不贅述。

---

1 本文原題為《論網路寫作及其對傳統寫作的挑戰》。
2 指馬克思寫於 1842 年的《評普魯士最近的書報檢查令》和列寧寫於 1905 年的《黨的文學和黨的出版物》兩篇聲討文化專制、呼籲寫作自由的檄文。分別見《馬克思恩格斯全集》第 1 卷第 6-9 頁和《紅旗》雜誌 1982 年第 22 期。

　　網路寫作的第二個特點是它的非功利性。寫作是一種言說，是人類表達和交流思想情感的一種權利，也可以說是「天賦人權」。傳統寫作正是迎合了人類的這一普遍需要，逐步形成了一種特殊的專業技能和獨立的職業。特別是在文化水準普遍低下的古代社會，寫作技能只被少數文人學士所擁有，於是，它的稀有性也就決定了以寫作為職業的文人學士必然具有較高的社會地位和經濟收入，這些文人學士於是成了以寫作為基本技能而獲得社會回報的階層。即使以消遣娛樂為目的的文學寫作，也與作者日後可能獲得豐厚的名利回報為背景。網路寫作就不同了，它並不以是否贏得名利回報為目的。痞子蔡（蔡智恒）當初寫作《第一次親密接觸》時絕沒有料到此後所發生的一切。如果說網路寫作也有回報的話，那麼，網路寫手只是在網上找到了一個宣洩思想和情感的平臺 —— 一個高自由度和隱秘性的平臺。在這個平臺上，寫手們可以任意揮灑、激情表演、無拘無束，而又可以隱藏自己的真實身份以免受到傷害。如此而已，如此足矣，網路寫作絕無傳統寫作名利目的的纏繞和累贅。

　　網路寫作還有其它許多特點，諸如言說方式的口語話、符號化，傳播方式的及時性、廣延性，寫作風格的通俗性、民間性，等等。但是，這些特點大多還屬於網路寫作的一般特點。如果我們試圖探討其最具網路特徵的特點，就需要從認識網路寫作的「載體」開始。從下文的分析可知，載體的不同是網路寫作與傳統寫作最根本的不同。

　　寫作是人類的思想和感情外化為符號的活動。既然是「外化」，就要有精神外化後的物質載體，即寫作的載體。從「結繩記事」開始，人類把「事」記錄在「繩」上，「繩」實際上就成了「事」的載體。此後，龜殼、獸皮、岩石、陶皿、竹簡、布帛等原始資料，都曾經是

人類寫作的載體。由於這類原始載體十分笨重，不便於寫作及其傳播，所以，直至紙張和印刷術的發明，寫作才有了最適宜的載體。紙張的輕便性和印刷術的快速複製使寫作十分便利，使作品有可能廣為傳播。所謂「有文字記載以來的人類文明史」，指的就是上述以原始載體和紙質載體為代表的人類文明史，其中，紙質載體則是記錄和傳承人類文明之最適宜、最穩定和最主要的載體。

　網路寫作的載體不僅不是龜殼、獸皮等原始質料，也不是傳統的紙質印刷，而是燒錄在磁片上的電子資料。無論是寫作的原始載體還是紙質載體，都是一種可視、可感、可觸摸的物體。作者在紙上揮毫潑墨、筆走龍蛇，讀者閱讀白紙黑字過程中心旌激蕩、浮想聯翩，所面對的文本載體都是一個真實的存在，一個不需要假借什麼中介而直接面對的真實存在。網路寫作的電子載體則不然，作者和讀者所面對的電腦螢幕只是它的外在（顯示）形式，它的真正載體是磁片上的電子資料，而磁片上的電子資料並不能為人們的感官所直覺，必須通過一系列複雜的中介（電子程序）才能顯示出來。這一系列複雜的電子程序「中介」，實際上就是網路寫作所面對的「虛擬世界」。寫作活動中的作者、讀者、文本、現實等，正是在這個由電子資料所構造的世界中被虛擬化了，他們可視、可感、可觸摸的真實性被電子資料所構造的世界遮蔽了。於是，人們對於紙質寫作（特別是作者和文本），總有一種「追問真實」的願望和情結，這就是經久不衰的「考據學」；而對於網路寫作（包括作者和文本），「考其真偽」則大可不必。這是因為，網路文本及其作者已被電子世界虛擬化了，「虛擬性」本身就是網路寫作的特性。寫作的電子載體決定了網路寫作的虛擬性，沒有虛擬便沒有網路寫作。正是這種虛擬性，才使網路寫作獲得充分的自

由；正是網路的虛擬性，才使網路寫作不可能獲得現實的名利回報。總之，虛擬性是網路寫作的重要特徵。

原始寫作和紙質寫作之所以能夠記載人類文明的發展，是因為它的載體具有恆久性。無論是原始載體還是紙質載體，被銘刻或記載下來的文字都具有相對的穩定性和恆久性，除非著意改動或載體腐朽而不會變化或丟失。原始載體和紙質載體的文字即使變化或丟失，人們總是設法使其復原或重新面世，這就是上文所說的傳統寫作所具有的「追問真實」的情結。網路文本就不同了，它隨時都有可能被人修改得面目全非，或被網路系統管理員刪除得無影無蹤，或被某種病毒席捲而去然後通過 E-mail 擴散到四面八方，以至於說不定在另外的網站或陌生人的信箱裡發現你的寫作文本的蹤影或變種。網路文本就是這樣飄移不定，一種隨時可能改變面貌或時隱時現的「怪物」。因此，它當然也就不可能具有原始文本和紙質文本的「傳世」價值和「文明載體」功能，傳統文本的「傳世」價值和「文明載體」功能在網路文本中已經不復存在。重要的是，電子文本的這種飄移性使網路寫作成為一種即時的「速食文化」，歷史的深度被網路寫作的即時性消解了、平面化了。當然，這並不是否認網路寫作也有可能寫出具有歷史深度的作品，問題是即使出現了這類作品，它也不可能在網上永久地保存，除非將其下載到軟碟或光碟上，或者通過印表機將其轉化為紙質載體。但是，這已經超出了我們所要論述的「網路寫作」的範圍，從網上下載或被紙質載體轉化後的文本已經不是網路文本了。

即時性和速食式的網路寫作雖然不能像傳統寫作那樣作為文明載體而恆久地保存和傳世，卻為作者和讀者的溝通大開方便之門。傳統寫作從書寫到讀者閱讀，中間需要經過審查、排版、校閱、印刷、

發行（流通）等多道環節，網路寫作就不存在這一問題，作者寫作和讀者閱讀之間就沒有這些間隔（聊天室最為典型）。於是，有一定規模的長篇寫作，往往在寫作過程中就可以不時地得到讀者的回饋，從而影響到作者此後的寫作。我們在許多文學網站都可以看到這類未完成的長篇小說以及眾多讀者對它的即時回饋。從這一意義上說，網路寫作真正實現了讀者和作者的「對話」。正如巴赫金對陀思妥耶夫斯基所作的評論那樣：過去的小說是一種受作者統一意志支配的「獨白」小說，陀思妥耶夫斯基的小說則是一種「多聲部」的「複調」小說，其中，作者與讀者，作者與主人翁，以及作品人物之間實現了平等的「全面對話」。巴赫金的這一著名的「對話」理論基於這樣一種認識：世界是多元的，人是平等的，各種現象同時並存、相互影響，一個聲音不能代表人的生活關系，兩個聲音或多重聲音才是人類生存的基礎。在他看來，人的生活從根本上說就是相互交往和對話，「人真實地存在於『我』和『他人』的形式中」，「我不能沒有別人，不能成為沒有別人的自我，我應在他人身上找到自我，在我身上發現別人，我的名字得之於他人，它為別人而存在，不可能存在一種對自我的愛情。」[1] 如果說巴赫金所宣導的「對話」主要限於文本內部，即強調小說人物、主題、情節和結構等方面的「多元對話」和「同聲合唱」，那麼，對於網路寫作來說，真正實現了作者和讀者的「多元對話」和「同聲合唱」。於是，對話，從文本內部走到文本外部，從文本本身走到整個寫作活動。這種意義上的「對話」，在傳統寫作載體中是不可能進行的，只能在互聯網出現之後，在以電子為載體的「在線寫作」

---

1 巴赫金：《語言創作美學》，第312頁，轉引自巴赫金：《陀思妥耶夫斯基詩學問題》，第11-12頁，三聯書店，北京，1988。

中才能進行，是網路寫作所獨有的「對話」。

　　由於網路寫作以電子為載體，使文本由平面轉為立體成為可能。就電腦顯示幕上的「頁面」而言，在我們的視覺和感覺中與傳統文本無甚區別。但是，我們所看到的互聯網上的「頁面」只是我們「即時線上」的「一頁」，而通過網頁和網站之間的「連結」，我們可以看到無數張頁面，這就可以使同一部作品存放在不同的網頁，並且可以對其進行各種不同的排列組合。例如，米羅‧卡索發表在「歧路花園」網站上的一篇名為《心在變》的作品，[1]進入網頁，首先呈現在我們眼前的是一首詩的整體形式，但是它卻隱含了六段相對獨立的小詩。讀者如果試圖循序漸進地讀到這六段小詩，就必須在詩中找到一個旋轉的「心」字，然後按下滑鼠，即可讀到第一段小詩；繼續閱讀以下幾段，同樣按照這種方式，依此類推。如果說前述一般網路作品通過印表機可以轉化為紙質作品，那麼，像《心在變》這類作品就不能了，因為紙質作品是對文本的一種平面印刷，而《心在變》的文本是非平面的，是一種只有電子（程序）載體才能燒錄和顯現的文本存在方式。這就是所謂「超文本」。

　　當然，紙質印刷也有類似電子超文本之處。例如正文的注釋、辭典的參閱條目等，在讀者按照文本的正常順序閱讀時可以得到某種「提示」，提示讀者可以暫時中斷文本的正常順序閱讀轉向另外的文本，諸如此類。但是，在紙質文本中，這種所謂的「超文本」只是「正

---

1 米羅‧卡索，真名蘇紹連，臺灣著名超文本作家，在歧路花園等網站發表了許多超文本作品。「歧路花園」是臺灣超文本文學網站，也是目前我們所能看到的最著名的中文超文本網站，所以，本文所引超文本作品都出自該網站，不一一注明。歧路花園的網址為：http://audi.nchu.edu.tw/~garden/garden.htm。
臺灣的另一超文本網站是 http://www.hello.com.tw/~chiyang，但是很難上去。

常文本」的「非常現象」，紙質文本從其本質上說是平面的、順序的。相反，超文本是網路文本的「正常文本」，因為它在瞬時提供給讀者閱讀的「頁面空間」（電腦螢幕的空間）是唯一的、有限的，而它可供讀者閱讀的頁面卻是多元的、無限的，網路讀者就是依靠「連結」從「唯一」向「多元」、從「有限」向「無限」延伸，網路寫作的特技之一便是依靠「連結」將文本通過唯一有限的「視窗」編織為多維的、立體的、互動式的「超文本」。

事實上，「文本」與「超文本」歷來是人類語言表達的兩種基本邏輯，前者是自然順序的邏輯，後者是分類存儲的邏輯。例如，《中國通史》教科書按照時間順序敘述中國的歷史，而《中國通史辭典》則按照中國歷史知識的類別進行空間歸類；小說《紅樓夢》按照情節發展的順序敘述四大家族的興衰及其悲歡離合的故事，而《〈紅樓夢〉辭典》則按照《紅樓夢》的創作及其人物、故事、場景、語言等等一切有關《紅樓夢》的知識進行分類歸納。人類的知識、思想和情感就是通過這樣兩種文本邏輯得以表達的：順序的或分類的，平面的或立體的，時間的或空間的。所謂「分類的」、「立體的」、「空間的」，在傳統社會是以「辭典」為代表，在當今的資訊社會則以「資料庫」為代表。因此，相對傳統寫作而言，網路寫作的最大特點就在這裡，即以「資料庫」為標誌的文本存儲方式。

應當說，上述兩種文本邏輯各有自身的特殊功能和文體適應性：順序的、平面的、時間的邏輯最適合歷史或故事的敘述；分類的、立體的、空間的邏輯最適合知識的存儲。但是，在網路寫作中，這兩種邏輯已經交互使用了：以資料庫為文本載體的網路同時也承擔著敘事文體的功能。同義反復，我們現在也注意到，在小說寫作中，有些作

家也在嘗試分類式的「超文本」寫作，例如塞爾維亞作家米洛拉德·帕維奇的《哈扎爾詞典》和中國作家韓少功的《馬橋詞典》，其中究竟隱含著作者怎樣的文體意識，值得研究。但是，無論怎樣，用「辭典」文體寫作敘事作品畢竟屬於敘事寫作的特例。

　　網路寫作以電子文本為載體不僅模糊了兩種表達邏輯的界限，而且還使文本由靜態轉變為動態成為可能。紙質文本是靜態的，所謂「白紙黑字」指的就是傳統紙質文本的穩固性和不可變異性，就好像「鐵板上釘釘」一樣不可動搖。網路寫作就不同了，通過特定的程序完全可以使頁面上的文字達到動感效果。例如一首名為《西雅圖漂流》的小詩，打開網頁，整整齊齊寫著這樣五行字：

> 我是一篇壞文字
> 曾經是一首好詩
> 只是生性愛漂流
> 啟動我吧
> 讓我再次漂流而去

　　當讀者點擊詩上端的連結「啟動文字」四個字，這詩中的文字就開始抖動起來，歪歪斜斜地朝網頁的右下方擴散開來，像雪花一樣飄飄灑灑，並逐漸溢出網頁，游離我們的視線，電腦螢幕上的文字逐漸稀疏起來……。這時，一種失落感和孤獨感在讀者心裡油然而生，捨不得它們全部散落和游離螢幕的心理迅速增強。於是，讀者就會像急切地抓住落水的孩子或遠去的親人那樣，不得不趕快嵌下「停止文字」按鈕，然後再嵌一下「端正文字」按鈕，《西雅圖漂流》恢復了原樣。這時，緊張的讀者才能平靜下來，開始細細回味這首小詩的「漂流」

滋味。顯然，欣賞這樣的作品與欣賞傳統作品大不一樣，讀者的興奮點不在作品的內容，而在作品的形式；另一方面，所謂就「作品的形式」來說，也不是傳統意義上的語言、結構、韻律等，而是它的「動感形式」，即由電子軟體所支援、所操縱的「文字舞蹈」，讀者的心理感受是在它的影響下升降起伏的。

　　實際上，許多網路超文本遠比我們所列舉的作品複雜得多。美國寫手 Rick Pryll 在網上製作了一篇題為 Lies（《謊言》）的超文本小說，講述了一男一女在共有的日記中分享彼此的內心告白、猜忌、偷情、說謊等等男女情事。其中，每一個故事片段都有兩個「超連結」供讀者選擇進入下一片段，這兩個「超連結」一律定名為「真話」（truth）和「謊言」（lies），選擇不同的連結就進入不同的片段。如果僅僅從內容來看，可以說這篇愛情小說了無新意，敘述的是一則老而又老的故事。然而，有這兩個「超連結」的存在，使其內涵和意義變得豐富多彩並且變幻莫測。在英美戲劇界並不出名的 Charles Deemer 在超文本戲劇方面倒是出盡風頭，他用超連結允許讀者自由地串連劇本中的各場景，因路徑不同而得到不同的欣賞效果。他把不同地點發生但在同一時間進行的事件全部搬上舞臺，人物按劇碼要求進出各相關事件和區域，無須退場回到幕後，觀眾依據自己的興趣點擊所要觀看的內容。正如作者所言，傳統戲劇的演出是單一的觀賞焦點，人物分主角、配角，情節分主線、副線，而超文本戲劇則允許多種觀賞焦點，人物不分主、配，情節不分主、副，人物的編配和情節的進程很大程度上掌握在觀賞者手裡。這就是超文本作品的作者和讀者的「互動創作」。

　　我們知道，自從康德和席勒提出審美和藝術的「遊戲」說之後，人們一直在探索文學藝術和遊戲活動的本質聯繫。但是，康德和席勒

所說的「遊戲」，著重是從審美和藝術的哲學本質的角度，即從人的完整性和豐富性的角度來闡發的，人性論是傳統遊戲說的核心。而從上述超文本作品來看，無論是「文字舞蹈」還是「互動創造」，網路寫作活動本身就是一種遊戲。事實上，網上許多超文本文學作品和遊戲軟體已經無甚差別了。如前所述，在這類作品中，作者和讀者的注意力已經不在作品的內涵和意蘊，而在文本的載體——電子程序——的形式表演，文學的娛樂、快慰和感受主要不是來自作品本身，而是支援文本得以顯現的電子軟體。於是，作為語言藝術的文學創作，在網路寫作中變成了「電子的藝術」、「技術的藝術」。這，恐怕是網路寫作對傳統寫作的最嚴峻的挑戰。

進一步說，如果將整個網路（例如 Internet 網），看做一個文本巨無霸，那麼，從傳統文體學的角度來看，它屬於哪一類文體呢？散文抑或韻文？抒情抑或敘事？戲劇抑或影視？大眾文化抑或民間文學？……都是又都不是。一句話，傳統文體概念在「網路」這一「新文體」面前已經失去了應對的效力；換言之，網路寫作的出現，事實上意味著傳統文體概念的涅槃。當然，如果就網路上的某一頁面或某一篇文章孤立地看，它和傳統文體無甚差別：繪畫或詩歌，散文或小說，戲劇或影視，等等；但是，如果將整個網路電子文本看作為一種「文體」，它屬於什麼呢？除非我們另外給它命名——網路文體。

無論如何，網路寫作已經進入我們的生活，已經成為人類寫作活動的新形式。這種形式無論是在技能、技術方面，還是在思想、觀念方面，都與傳統寫作大相逕庭，其傳播速度、廣度和影響力又是傳統寫作所不可比擬的。因此，如何趨利避害、正確引導，使有著悠久歷史傳統的漢語寫作不僅不在新寫作形式中落伍，而且能夠煥發新的活

力，確實是當前寫作學界需要認真思考和研究的問題。

　　　　　原載《東南大學學報》2002 年第 1 期，略有修改。

《靈山》文體分析

　　《靈山》不僅沒有「鮮明的人物」和「生動的情節」，即使人物名稱或稱謂也模糊不清，情節散亂不堪或顛三倒四。因此，如果基於傳統小說經驗閱讀《靈山》，那麼，這部小說幾乎難以卒讀：夾雜著議論或說明、警句或箴言、追憶或訪談、想像或夢幻，甚至包括科普知識或環保宣傳等等，是一部無所不及、無奇不有、無根無蒂、無源無本的小品或特寫、遊記或散記、隨想或隨感、筆記或雜錄、寓言或神話，總之，是各種文體的雜匯，[1]雲譎波詭，使讀者如墜五里霧中。如果我們追問這樣一部小說隱含著作者怎樣的用心，恐怕首先應該從其文體形式進行探討，而不能越過它的形式直奔主題，否則，只能作出經驗性的感悟或判斷。文體形式既是作品意蘊的載體，也是作品意蘊的存在方式。因此，只有通過形式分析得出的結論才是實證的、可靠的、科學的。正是基於這一觀念，本文嘗試就《靈山》的文體形式進行個案分析。這種分析可能是技術性的、形而下的，但不是經驗的、隨意的，而是實證的、可靠的；它可能不涉及或較少涉及作品的主題、思想、傾向、意蘊，但卻可以為這類研究提供可靠的基石或參照系統，並可在形式分析中自然彰顯。

1　高行健認為，「中國古小說的觀念原本十分寬闊，從風物地理志，到志人志怪，神話寓言，傳奇史話，章回，筆記，雜錄，皆小說也。我在破除現今小說格式的時候，自然而然，返回到這個傳統，將各種文體都包容到我這部小說裡。」見高行健：《文學與玄學‧關於〈靈山〉》，載《諾貝爾文學獎衝擊波》第 322 頁，中國文化出版社 2000 年版。

一、人稱代詞：言說的獨裁與偽裝

作為敘事或敘述文體的小說，萬變不離其宗的是它的敘述者不可能缺席，否則就不可能敘事或敘述。小說家為了獨創或翻新盡可以在形式方面走得很遠，絞盡腦汁或耍盡花招，但他不可能不「說」。既然「說」，就有「說者」，即敘述者，並會說出點什麼，即敘述的對象。這當是我們解讀《靈山》文體的第一步。

讓我們從認識《靈山》的人物開始。

《靈山》的主要人物是「你」和「我」，貫穿小說的始終。第三號人物是「她」，但「她」在第五十章就消逝了，「她」在此後的篇章繼續出現是用來指稱另外的女人。[1]「他」只是在第七十二和第七十六兩章中作為主人翁出現的。其他篇章中的「他」和其他以傳統方式命名的人物，如羌族退休鄉長、神奇的石老爺、土匪頭子宋國泰、撰寫地方風物志的吳老師、勾引男人的朱花婆等，都是小說展開過程中的匆匆過客，即顯即逝。

這就是《靈山》人物最顯在的特點：用人稱代詞為人物命名。其中，單數第一人稱代詞「我」，既是主要人物，也是小說的敘述者，因為按照作者的說法，整部小說無非是「我」的「自言自語」和「漫長的獨白」。[2]因此，就《靈山》的這一特點來說，與其使用敘事學慣用的「敘述者」稱呼「我」，不如稱「我」為「言說者」或「獨白者」更為恰當：整部《靈山》無非是「我」的自言自語，「我」的獨白，「我」

1　在第七十八章類似夢囈的敘說中，第五十章之前的「她」似乎又被憶起。
2　見作者在《靈山》第五十二章的自我表白。

的自我言說。

　　單數第二人稱代詞「你」是小說的第二號人物，但並不是小說的敘述者，只是某些篇章的主人翁。「你」在這些篇章中的言行、見聞、經驗或感受、感想、想像等，仍然是幕後的操縱者「我」在敘述。沒有「我」哪來的「你」？當「我」稱呼「你」的同時不就隱含著是「我」在言說嗎？用作者的話來說，「你」只是「我」的外化或對象化，只是「我」的「講述的對象」、「談話的對手」、「傾聽我的我自己」，即「我的影子」。[1]總之，「你」這個人稱代詞本身就是站在「我」的立場、從「我」的角度、用「我」的口氣對言說對象的稱謂。所以，「你」的言說者仍然是「我」。

　　作為第三號人物的「她」，根據作者的自我表白，也是「我讓你造出個她」，從而為「你」也「尋個談話的對手。你於是訴諸她，恰如我之訴諸你。她派生於你，又反過來確認我自己。」[2]

　　至於「他」，作者解釋說，則是「你離開我轉過身去的一個背影」，因為儘管「你」離開「我」到處遊蕩，但完全是循著「我」的心思，所以「遊得越遠反倒越近，以至於不可避免又走到一起難以分開，這就又需要後退一步，隔開一段距離，那距離就是他」。[3]

　　也就是說，《靈山》的敘述者實際上只有「我」自己，由「我」對「我」、對「你」、對「她」、對「他」和其他展開敘說。除「我」之外，作者之所以還使用了其他為人物命名的人稱代詞，無非是為了

《靈山》文體分析

1 見作者在《靈山》第五十二章的自我表白。
2 見作者在《靈山》第五十二章的自我表白。
3 見作者在《靈山》第五十二章的自我表白。

「變更這主體感受的角度，……同一主體通過人稱轉換，感知角度也就有所不同。《靈山》中，三個人稱（指『我』、『你』、『他』——引者注）相互轉換表述的都是同一主體的感受，這便是本書的語言結構。而第三人稱她，則不如說是這一主體對於無法直接溝通的異性，種種不同的經驗與意念。換言之，這部小說不過是個長篇獨白，只人稱不斷變化而已，我自己寧願稱之為語言流。」[1]之所以需要「變更」、「轉換」一下敘說的角度，很顯然，是為了消弭只一個敘說者進行「長篇獨白」的寂寞和單調。可見，《靈山》的敘述者，就其內在心理世界來說，顯然是一個遠離親人、朋友、故土、社會、祖國等一切人間親情的孤獨者。他之所以孤獨，是因為他所遠離的東西恰恰是他之由來；他之所以言說，是因為他之遠離並非自願，只能以言說排解難以割捨的情懷，排解一個遊子和流浪者的寂寞和單調。根據作者的說法，這種言說是「一個作家純然個人的聲音」，「純然為了排遣內心的寂寞，為自己而寫」，至於這種聲音能否被人聽懂、理解，能否被社會接受、認可，似乎無關緊要：「自言自語可以說是文學的起點，籍語言而交流則在其次。」[2]

於是，一方面是「我」的獨白，一個十足的言說獨裁者，一方面又力圖消弭言說獨裁的劣跡；一方面自言自語、自說自話，大搞「一言堂」，一方面又力圖營造眾口紛紜、眾聲喧嘩的民主假像；一方面迸發著強烈的自我言說欲望，一方面又虛偽地將這種欲望通過轉嫁他人為自己代言。總之，一方面竭力反對語言的暴政，[3]一方面又陷入

---

1 高行健：《文學與玄學・關於〈靈山〉》，載《諾貝爾文學獎衝擊波》第 318 頁，中國文化出版社 2000 年版。

2 高行健：《文學的理由》（2000 年在瑞典皇家科學院的講演，載 chinesenewsnet.com）。

3 高行健主張應當對「語言的暴政」造反。見《文學與玄學・關於〈靈山〉》，載《諾貝爾文學獎衝擊波》第 315 頁，中國文化出版社 2000 年版。

自我施暴的怪圈。正是敘述者的這種雙重人格，使《靈山》在人稱代詞的使用方面挖空心思、絞盡腦汁。

《靈山》全書（臺灣聯經豎排本）563 頁，8432 行，使用人稱代詞 11822 次，平均每頁出現近 21 次，平均每行出現 1.4 次。其中，使用單數人稱代詞 11283 次，平均每頁出現 20 多次，平均每行出現 1.33 次。人稱代詞的使用頻率如此之高實屬罕見，如果說不是作者有意為之便很難做出解釋，其目的當然是使傳統閱讀經驗感受陌生，以便在讀者的閱讀障礙中隱匿言說獨裁的尷尬。

名稱是一種符號、一種標識，對人物怎樣命名，包括用人稱代詞為人物命名，一般不會影響對小說的理解。歌德的《少年維特之煩惱》、魯迅的《一件小事》等，「我」就是小說的主要人物，不足為奇。但是，《靈山》用人稱代詞為人物命名卻給人眼花繚亂甚至莫名其妙的陌生感，阻隔了我們對小說的理解。究其原因，除其使用頻率太高外，人稱代詞所代替的人物太多恐怕也是一個重要原因。不僅有「我」，「你」、「她」、「他」等幾乎所有單數人稱代詞都成了小說的人物，而且還是主要人物。此外，人稱代詞所特有的在不同語境中的所指轉換，當是最主要的原因。

我們知道，人稱代詞與作為特指的一般人物名稱（包括姓名和其他習慣性的人物名稱）具有不同的功能：前者的能指在不同的語境中可以轉換為多向所指，後者則具有唯一性。試想，即使不用正規的姓名或「退休鄉長」、「石老爺」、「吳老師」之類的習慣性人物名稱，而用「A」、「B」、「C」、「D」指稱人物，與用「我」、「你」、「她」、「他」為人物命名所產生的效果肯定也會兩樣。將「A」、「B」、「C」、「D」

《靈山》文體分析

作為代詞用來指稱人物，儘管也不是習慣性的命名方式，但與習慣性的人物命名方式在符號學的意義上沒有根本區別：它們的所指都具有唯一性。而人稱代詞就不同了，人稱代詞在不同語境中所指的對象卻不相同。現以第十一章為例：

　　小說第十一章使用人稱代詞 151 次。全章共 779 字，大約平均每 5 個字就使用一次人稱代詞；全章共 75 句（68 個句號，5 個感嘆號，2 個省略號），大約平均每句話就使用 2 次人稱代詞。全章共出現 11 次「你」，其中 7 次指稱與小說中的主人翁「我」（本章未出現）相對應的次主人翁「你」，另有 4 次在特定的語境中指稱與次主人翁「你」相對應的第三號主人翁「她」的父親。全章共出現 32 次「他」，其中 7 次指稱第三號主人翁「她」的父親，25 次指稱「她」的情人。換言之，「她」的父親這個人物，在某些語境中用「你」來指稱，在另外的語境中又用「他」來指稱。由於本章是「你」聽「她」講述「她」的故事，所以，「她」出現頻率最高，共 104 次，平均不到 7.5 個字就出現一個「她」字，平均每句約有 1.38 個「她」字出現。這個「她」，主要是指與「你」相對應的第三號主人翁，但在某一語境中，「她」又用來指稱「她」的繼母。很清楚，作者高頻使用人稱代詞，是有意識地、自覺地通過其所指對象的頻繁轉換干擾文本的閱讀理解。再加上這一章雖有很多對話，但都沒有用冒號和引號等標點標出（《靈山》許多篇章都是這樣），閱讀理解過程更易產生阻隔或混亂。稍不留意，就會雲天霧罩，墜入作者設置的語言陷阱。

　　至於人稱代詞的所指從敘述語境到對話語境的轉換，那就不足為奇了。例如第三章，「你」來到烏伊鎮一家旅店準備住宿——

　　你枠著旅行包進去，裡面有兩個鋪位。一張床上繞腿躺著個人，抱了本《飛狐外傳》，書名寫在包著封面的牛皮紙上，顯然是書攤上租來的。你同他打個招呼，他也放下書衝著你點頭。

　　你好。
　　來了？
　　來了。
　　抽根煙。他甩根煙給你。
　　多謝。

　　這段文字，敘述語境中的「你」和對話中的「你」就是兩個人，這是很常見的人稱代詞的所指轉換現象。我們所要強調的是，《靈山》用人稱代詞代替人物，為名稱符號的所指轉換提供了極大便利，這在傳統的人物名稱符號中是不可能的，從而使人稱代詞的所指具有很大的不穩定性，增加了閱讀理解的多向維度。也就是說，人稱代詞的語境限定性決定了它的所指的不穩定性，從而在客觀上增加了閱讀視角的維度和理解文本的難度。

　　其次，傳統人物命名方式，包括「A」、「B」、「C」、「D」在內的特指稱謂，是一種客觀的人物標識和純客體符號，獨立於敘述者之外，與敘述主體和敘述對象沒有必然的紐襟。人稱代詞就不同了，它是「言說」的產物，「誰在說」和「對誰說」是它的先驗規定和隱性意義，敘述主體不「說」或者沒有說的對象，就不會產生人稱代詞。就人稱代詞所隱含的意義而言，第一人稱隱含著言說的主體，也就是說，「我」和「我們」本身就意味著這個符號所指稱的是言說主體；第二人稱隱含著言說的對象，也就是說，「你」（您）和「你們」本身

就意味這個符號所指稱的是言說客體；第三人稱則是言說的賓詞，也就是說，她（他）和她們（他們）本身就意味著這個符號所指稱的是言說主客體之外的第三者。於是，用人稱代詞代替人物名稱就造成了敘述主客體的游移——具有言說先驗規定的人稱代詞和小說敘述主客體的混亂和游移。例如，「我」，是小說的人物呢還是小說的敘述者？從作者自白和小說實際來看，二者兼而有之，一字兼有二義，從而造成小說之「說者」，即敘述者，和小說之人物，即「被說者」、「被敘述者」的混亂和游移，進一步增加了閱讀視角的維度和理解文本的難度。

閱讀視角的多向維度之所以會造成理解文本的難度，是因為它將意義的多向選擇推到讀者面前，要求讀者通過符號認知啟動自己的理解力和想像力，由讀者在多種可能和多向選擇中實現文本的理解或再創造。傳統小說的文本並非沒有多義性，並非沒有閱讀視角的多向維度和文本理解的多向選擇，但是，那多是在語言之外，追求的是「言外之意」、「韻外之旨」，將「不著一字，盡得風流」作為文學的極致；現代小說就不同了，它們的多向維度和多向選擇往往就是語言本身，「只認可這語言的實現，」[1]而不是語言之外的任何東西。也就是說，《靈山》所追求的並不是語言背後難以言明的韻味，而是語言本身的多項歧義。這就是《靈山》擯棄傳統小說人物命名方式，用人稱代詞指稱人物的良苦用心，也是小說的敘說者為遮蔽自己作為一個言說獨裁者的真實面目所使用的玩弄語言、遊戲語言的伎倆，[2]敘說者的「一

---

1 高行健：《文學與玄學‧關於〈靈山〉》，載《諾貝爾文學獎衝擊波》第 319 頁，中國文化出版社 2000 年版。
2 高行健承認自己有時也「玩弄語言」、「遊戲語言」，但依然主張「尊重漢語的基本結構」，反對「把字或片語當作撲克牌來玩」。見高行健：《文學與玄學‧關於〈靈山〉》，載《諾貝爾文學獎衝擊波》第 318 頁，中國文化出版社 2000 年版。

言堂」本質在「你」、「我」、「她」、「他」的一片喧嘩聲中被淹沒、被
掩飾、被蒙混、被消弭了。

二、「你」「我」交織的藤狀結構

如前所述，在《靈山》主要人物中，「你」和「我」貫穿小說始
終。儘管這兩個人稱代詞的所指也具有語境的規定性，但其作為主要
人物的指稱，在小說展開的整個過程中並沒有溢出情節之外，「她」、
「他」和其他以傳統方式命名的人物不過是小說的匆匆過客。於是，
「你」和「我」就成了《靈山》敘述的主要對象和全程見證人。以前
幾章為例：第一章敘述「你」在火車上偶爾聽到有個叫靈山的地方，
就乘車 12 小時來到它所在的南方小城，擬於次日前往烏伊鎮繼續探
尋。第二章敘述「我」在青藏高原和四川盆地的過渡地帶——邛崍山
中段的羌族地區的見聞。第三章敘述「你」初到烏伊鎮，住進小旅店，
觀看古樸鎮容。第四章敘述「我」在臥龍自然保護區看到路邊一座空
寂的大房子，引出四十年前土匪頭子宋國泰的故事。第五章敘述「你」
在烏伊鎮的涼亭邊上碰上了她，與她初次相識。第六章敘述「我」在
臥龍大熊貓營地……如此「你」「我」反覆，直至小說終結。

由此我們發現，《靈山》關於這兩個主要人物的敘述似乎有著特
定的程式：

全書八十一章，大體上是「你」「我」輪番作為主要敘述對象。
第一章至第三十一章，奇數章敘述「你」，偶數章敘述「我」；第三十
二章至第八十一章，偶數章敘述「你」，奇數章敘述「我」。也就是說，

除第三十一章和第三十二章連續將「你」作為敘述的主人翁之外，其它各章對「你」「我」的敘述都是交叉進行的。[1]並且，對這兩個主要人物的敘述篇幅也大體平衡。如果說用眾多人稱代詞偽裝「我」的言說獨裁是《靈山》的**敘述者結構**，那麼，「你」「我」交叉敘述當是《靈山》的**敘述結構**。前者是「誰在說」，後者是「怎樣說」；前者是言說主體，後者是言說過程。「你」顯「我」隱和「我」顯「你」隱，兩條線索交織展開的藤狀結構就是《靈山》的言說過程本身。

現在就讓我們將這兩條線索梳理清楚。

1.「我」線索：

春天，我在青藏高原和四川盆地的過渡地帶，邛崍山中段羌族地區看到羌族對火的崇拜、「跳歌莊」和念咒語，以及神奇的石老爺 —— 這就是臥龍自然保護區，四十年前曾是土匪頭子宋國泰的天下 —— 大熊貓保護區的環境，保護自然和對自然的掠奪 —— 我探尋沒有任何人工痕跡的真正的原始森林 —— 回憶我被誤診癌症之後對生命和生活的新理解：超越人生的恩恩怨怨，撿來的這條新生命要換個活法 —— 小山城裡的靈姑為我算命 —— 從龍潭到大靈岩 —— 在烏江的發源地草海子自然保護區，我發現諸多被人為破壞的生態環境 —— 草海子背後的彝族山寨：民歌，畢摩（祭司）頌經，喪葬習俗，考古發現 —— 安順的夜晚和街景，勾起我對童年的回憶 —— 參觀貴陽博物館，人面獸頭木雕 —— 對自我的不理解：萬像皆虛妄 —— 我在長途汽車上遭

---

1 需要說明的是，第五十二章是「你」聽「我」表白本小說的人稱，第七十章是「你」和「我」討論繪畫，主人翁是「你」還是「我」不易界定，為了討論方便，我們故且先將其認定為主要是對「你」的敘述；第七十二章和第七十六章的主人公是「他」，根據作者的解釋，「他」是「你」的延伸，所以也可將其看作是對「你」的敘述。

遇蠻橫的司機和查票員 —— 各種毒蛇 —— 貴州自然保護區：實在、淡泊的站長和瘋瘋癲癲的玩蛇女人，郁黑的河灣和獨木橋，鏽色的木屋和灰黑色的狼狗 —— 夢童年，與死去的家人交談 —— 離開武陵山，經銅仁到凱裡，觀看苗寨龍船節 —— 祭師祭祖與《祭鼓詞》，感慨古風衰落 —— 搭車到縣城，與文化館女圖書管理員的豔遇 —— 青城山道士、江心洲僧人、天臺山穿僧衣的年輕人：出世來自世俗的不幸 —— 認識一老者，到他家看他做道場、聽他唱葷曲 —— 從白帝城到巫山，從荊州到湖南：文物，考古，文獻，歷史，訪古，訪故，神農架的野人和民歌 —— 從長沙到株州：訪友 —— 路過貴溪龍虎山，回憶路遇的小姑娘以及此前的青城山 —— 武夷山和武當山 —— 在江南水鄉遊蕩 —— 國清寺留宿 —— 從天臺山到紹興大禹陵：對歷史的追問 —— 在東海之濱小鎮，我聽一離婚單身醜陋的中年女人傾訴她原先一位女友的故事 —— 回北京時路過上海：回憶親屬和文革，污染 —— 冰雪季節 —— 與朋友交談 —— 窗外雪地裡一隻小青蛙就是上帝。

2.「你」線索。

你偶爾聽到有個叫靈山的地方，就來到南方小城，擬於次日前往烏伊鎮繼續探尋 —— 初到烏伊鎮，涼亭邊上與她初次相識 —— 在涼亭與她再次相逢，你向她講述這涼亭、這烏伊鎮的故事 —— 你再次與她相會，向她講述一女子在這河裡殉情的故事。她想像自盡之後的情形，她也有這念頭，因為她討厭她的工作、她的家、她剛開始的戀愛生活 —— 你向她講述風騷女人朱花婆的故事 —— 在靈岩鎮，你向她講述這鎮上的故事 —— 你和她在一村婦家留宿，再次談論戀愛生活的不幸和那朱花婆的故事 —— 深秋，寧靜的湖面之夜，你和她依偎在一起，性交 —— 她向你訴說性交後的感受：第一次與自己的男朋友是被

迫的，這一次與你獲得了真正的享受 —— 你醒來後向她訴說你的夢 —— 某豪宅遺址的故事 —— 她回憶她的童年、她的家人、她的老師 —— 木雕匠之死 —— 你和她分別講述關於男人和女人的故事 —— 你和她分別講述了自己的童年，她質詢你當時和一個女孩的關係 —— 她講她的初戀以及後來的淫蕩，你講你太爺爺見到紅孩兒（火神）、被人暗算和森林起火的故事 —— 你向她講述寺廟主持圓寂與寺廟被燒，這廢棄了的古廟的歷史。她想沉淪又怕沉淪 —— 她向你講述她一位同事的豔遇 —— 你無目的、無目標的漫遊：危樓、老人、囈語 —— 她對你說她老了，心也老了；她看透了男人，也看透了自己 —— 她恨你害了她，又怕你離開她，她要你和她做愛 —— 你為她講述晉代筆記小說中的一則故事 —— 她悔悟，要回到原來的生活中，離開了你 —— 你尋找童年，尋找你夢中的故鄉 —— 給三個姑娘看手相：愛情、事業、錢財 —— 警句 —— 舞會上你認識了她 —— 你向她（一個蕩女人）說他找鑰匙的故事，你和她做愛 —— 你迷失在武當山茫茫原始林海中 —— 去山洞看望羌族山民所說的神秘的石老爺 —— 他和你討論何為小說 —— 你探訪濱海的山上一座神秘的道觀 —— 他從烏伊鎮來到河這邊，向一位長者詢問去靈山的路 —— 一個染上痲瘋病的村莊，被大雪封住，只有你和她。你逆冰川而行。

現在就讓我們對這兩條線索作一簡要分析。

按照作者的解釋，「我」「在現實世界中旅行」，由「我」派生出的「你」「則在想像中神遊。」[1]那麼，這個現實世界和想像世界有什麼不同呢？

---

1 高行健：《文學與玄學·關於〈靈山〉》，載《諾貝爾文學獎衝擊波》第 321 頁，中國文化出版社 2000 年版。

首先，「我」的長途旅行有著明確的起因，即被誤診癌症之後對生命的意義有了新理解：人生不應是「一團解不開恩怨的結」，對「撿來的這條性命」應當「換個活法」。「你」呢？只是偶爾聽到有個叫靈山的地方，就去苦苦追尋，為什麼追尋？沒有交代任何起因；追尋什麼？沒有交代任何目的；怎樣追尋？沒有制定任何計畫；尋到或尋不到各會產生什麼後果？沒有任何預想……。總之，前者是因果、邏輯、必然的世界，後者則是無因果、無邏輯、偶然的世界。

其次，「我」從臥龍自然保護區到草海子自然保護區，再到貴州自然保護區，分別敘說了羌族、彝族和苗族地區的風土人情；從貴陽到白帝城、到巫山、到荊州，再到紹興，分別敘說了歷史與考古發現；從湖北到湖南、到江南水鄉、到東海之濱、到上海，再到北京，分別敘說了親朋故友與世事冷暖；從春天到夏天、到秋天，再到冬天，四季變化依稀可見。總之，「我」線索的時間和地點雖然影影綽綽，有的甚至顛三倒四，但卻也能給人以「旅遊」的實在感，使這部不以情節見長的小說似乎也有言說的軌跡可尋。「你」呢？整個敘說多是講述無窮無盡的故事，更重要的是，這些故事之間並沒有什麼必然的關聯，沒有先後、可先可後，沒有秩序、不需要秩序，呈現出沒有時間和空間的混沌。

再次，「我」在旅途中的所見所聞大多同人類所面對的現實生活有關，諸如生態環境保護，民間社會風情，人性的善良和冷漠，「我」的童年和親友的滄桑，漢文化的歷史與困境，等等。「你」呢？主要部分是邂逅女人，同「她」一次又一次交談，向「她」講故事、聽「她」講故事，和「她」做愛，直至「她」悔悟離開「你」；「她」離開後，

「你」又與其他女人萍水相逢，給她們看手相、跳舞、做愛……。也就是說，前者是人類生存的物質世界，後者則是男女情性的精神世界。

由於敘說「我」在旅途中的所見所聞，所以，「我」線索直接展現耳聞目睹的現實場景：人跡罕至的原始森林，鄉村野寨的萬般風情，旅途的幸運和遭遇，深谷野廟的恐懼和神秘，故國遺存前的懷古和對歷史的追問，訪親會友時的親情和關懷……展現出一幅幅奇特瑰麗的畫卷。如果說《靈山》也有情節的話，那麼，「我」線索當是推動情節發展的主線。「你」呢？「你」線索多是「故事」的雜匯，這些「故事」經過「你」或「她」的轉述，很少有直接的場景描寫，多是男女情事、巫婆神漢、奇聞傳說之類的介紹描述，與小說情節的進展無甚干係。

毫無疑問，「我」「你」兩條線索儘管也有交叉，但從總體上說，這是兩個不同的世界：前者是現實界，後者是想像的世界。現實界是因果的、邏輯的、必然的、有時空條件的世界；想像的世界是無因果、無邏輯、偶然的、超時空的世界。物質、功利是現實界的支柱，精神、情性是想像世界的主題。兩個世界交叉敘說，猶如兩條藤蔓交織盤繞，共同編織成《靈山》的敘說結構。

需要特別指出的是，《靈山》第五十章之後，「她」離開了「你」，導致「你」線索發生了變化。用作者的話說，「她之化解又導致我之異化為他之出現。」[1]「他」之作為敘說的主人翁出現在第七十二和第七十六章。第七十二章「他」和批評家討論「何為小說」，第七十

---

1 高行健：《文學與玄學·關於〈靈山〉》，載《諾貝爾文學獎衝擊波》第 321 頁，中國文化出版社 2000 年版。

六章「他」向長者詢問去靈山的路。顯然，這兩章中的「他」，與其說是「你離開我轉過身去的一個背影」，不如說是「我」的代言人：「我」對「我」的存在方式（即小說文體）和追求目標（探尋靈山）進行辯解和反省。於是，第五十章之後，「你」線索就分裂為兩條子線索：一條是原來的「你」線索，同「她」分手之後繼續邂逅其他女人，繼續神遊想像中的世界；另一條是新生出的「他」線索，作為「你」的背影和「我」的代言人，對「我」的存在方式和行為目標進行反思和反省。

三、粉碎鏡像，感受混沌

如前所述，作者認為，《靈山》中「人稱相互轉換表述的都是同一主體的感受」；《靈山》之所以使用不同的人稱，無非是要「變更這主體感受的角度，……同一主體通過人稱轉換，感知角度也就有所不同。」[1]因此，嚴格地說，我們上文所分析的《靈山》的「你」「我」結構並非它的情節結構，也不是它所展現的客體世界的結構，而是主體的感受結構，是主體所感受的客體世界的結構。《靈山》之所以用人稱代替人物，就是為了使角度的轉換更加自由，以便更加充分地、全方位地表達主體感受。因此，《靈山》「誰在敘述」及其「敘述誰」似乎並不重要，重要的是它敘述了什麼。換言之，《靈山》的人稱轉換與作品的人物似乎並無關係；人稱無論如何轉換，實際的敘述者和被敘述者其實都是同一個「我」。正如作者自己所言：「我在小說中，

----

1 高行健：《文學與玄學·關於〈靈山〉》，載《諾貝爾文學獎衝擊波》第 318 頁，中國文化出版社 2000 年版。

以人稱來取代通常的人物，又以我、你、他這樣不同的人稱來陳述或
關注同一個主人翁。」[1]

　　由此看來，我們上文對於《靈山》敘述結構的分析，說到底還沒
有脫離傳統小說的文體經驗，傳統小說的文體經驗仍然是影響我們研
讀《靈山》的先驗形式和分析座標。而事實上，《靈山》的敘述方法
與傳統小說相比已經走得很遠很遠。儘管《靈山》用人稱代替人物、
用「你」「我」兩條藤蔓的交織盤繞營造兩個世界，已經是對傳統的
很大突破了，但是，我們如果能夠進一步透視這一結構所營造的鏡
像，就會發現，《靈山》作為敘述文體，其敘述的故事或營造的鏡像
不僅不具有傳統小說的完整性和明晰性，而且相反，故意將本可以完
整敘述的故事撕得粉碎，然後再從主體感受出發進行重新拼貼，從而
呈現出一片片破碎而混沌的鏡像。這才是《靈山》比傳統小說走得更
遠的地方。

　　關於童年的回憶是《靈山》反復呈現的鏡像。童年生活完全可以
集中敘述，但在《靈山》中卻被分散敘述，像是被粉碎的鏡片一樣散
落在《靈山》許多章節，模模糊糊，一片混沌。

　　第十七章敘述「你」和「她」在一村婦家留宿，暮色迷蒙，「你」
聽到溪對面深深的山影裡孩子們的笑聲，復活了遺忘的童年，回想起
兒時的丫丫，你和她兩小無猜；還有後院裡那神秘的樹洞，戰爭的恐
懼和逃難的卡車。

　　第二十七章敘述「她」的童年，無憂無慮，文革中父親被隔離審

---

1 高行健：《文學的理由》（2000 年在瑞典皇家科學院的講演，載 chinesenewsnet.com）。

查，然後下放到農村。還憶起當時的小朋友玲玲、做演員的漂亮姑媽，以及她喜歡過的數學老師。

第三十二章「你」和「她」分別講述了自己的童年：你小時候看過一個算命先生，他有很長的指甲，用黃銅棋子在八卦圖陣上擺開你的生辰八字，說你一生會有很多磨難，需要破相免災，引起你媽和你外婆意見不一而大吵一場。「她」說她媽死在「五七」幹校裡，於是回憶起她和她媽下放到「五七」幹校的前前後後。然後，「你」又憶起你兒時男女之間的純情和頑皮。

第三十五章敘述「我」的夢。夢中的景象開始是四川灌縣的二王廟外，江水滾滾，白花花的河灘有人釣魚，然後是童年的我，以及那些說下流話的小學同學，自己也想入非非，似夢似醒。「我」不止一次做過這樣的夢，夢中尋找幼年住過的房子、幼年的朋友和家人，渴求得到只屬於自己的溫暖和親切。

第三十七章回憶「我」和已死去的父親、母親、外婆圍坐在一起吃飯，渴望談點可同家人談論的話題，譬如我那位一心想當官而捐光了家產最後上當受騙的瘋子曾祖父。還有我那中風癱瘓了的祖父對戰爭的恐懼，逃難經歷，以及那神秘的後院，斷牆、殘壁、荒草，打穀場上的嬉笑，淹死小狗的小河，河灘上挖出的沙窩，沙窩裡浸出清水……

第五十四章敘述「你」尋找你的童年。那幢孤零零的小樓，樓前的瓦礫，瓦礫和斷牆間的狗尾草，不時可以翻出蟋蟀。你曾住過一個很深的庭院，那厚重的黑大門，門上裝有鐵扣環，裡面是一堵影壁，

影壁後潮濕的天井，天井角落裡長了青苔，還有那隻被黃鼠狼咬死又被淹在尿缸裡的紅眼白毛兔。然後你又憶起曾經住過的其它幾個庭院。你重遊了這些舊地，童年的痕跡似乎蕩然無存，又似乎到處都是。原來，你尋找的童年其實未必有確鑿的地方，所有小鎮炊煙都會引起你的鄉愁，只是那龐大的都市不是你心中的故鄉。

第七十五章敘述「我」路過上海，回想起已在上海去世多年的遠房伯父，他的慈祥、卓見和風度，他的革命經歷及其後來的政治遭遇。

《靈山》關於童年的回憶就是這樣散落在上述七章。需要指出的是，這七章的內容並非全是童年回憶，童年回憶是被拆分為大小不等的若干碎片散落在這七個章節中的。這是其一。其二，如前所述，《靈山》的實際敘述者和被敘述者（即人物）實際上只「我」一人，但是，關於童年的回憶卻被拆分到「我」「你」「她」三人的頭上，似乎是三個人各自回憶各自的童年。即使這樣，他們各自的童年回憶也是被拆分到各個章節進行敘述的：「我」的童年回憶分散在第三十五、第三十七和七十五章，「你」的童年回憶分散在第十七、第三十二和第五十四章，「她」的童年回憶分散在第二十七和第三十二章（第三十二章「你」和「她」的童年回憶交叉進行）。也就是說，童年的回憶在《靈山》中首先是被「人稱」和「篇章」兩把刀切割成了碎片。

更重要的是，無論是「我」的、還是「你」的或「她」的童年回憶，很少或者說幾乎沒有完整的故事，《靈山》的跳躍性敘述將這些童年生活解構為若明若暗的光影閃爍不定、撲朔迷離。現以插在第十七章中的童年回憶為例：

對面。深深的山影裡，你聽見了孩子們的笑聲，隔著溪水，那邊是一片稻田。山影裡像是有一塊打穀場，孩子們興許就在打穀場上捉迷藏。這濃黑的山影裡，隔著那片稻田。一個大女孩呵呵的笑聲就在打穀場上（第三十五章的童年回憶也有類似場景的描寫——引者注）。那便是她。就活在你對面的黑暗裡，遺忘的童年正在復活。那群孩子中的一個，將來哪一天，也會回憶起自己的童年。那調皮的尖聲鬼叫的嘎小子的聲音，有一天也會變得粗厚，也會帶上喉音，也會變得低沉。那雙在打穀場的石板上拍打的光腳板也會留下潮濕的印跡，走出童年，到廣大的世界上去。你就聽見赤腳拍打青石板的聲音。一個孩子在水塘邊上，拿他奶奶的針線板當拖船。奶奶叫了，他轉身拔腳就跑，赤腳在石板上拍打的聲音那樣清脆。你就又看見了她的背影，拖著一條烏黑的長辮子，在一條小巷子裡。那烏伊鎮的水巷，冬天寒風也一定挺冷。她挑著一擔水，碎步走在石板路上，水桶壓在她未成年的俏瘦的肩上，身腰也很吃力。你叫住了她，桶裡的水蕩漾著，濺到青石板上，她回過頭來，看著你就那麼笑了一下。後來是她細碎的腳步，她穿著一雙紫紅色的布鞋。黑暗中孩子們依依呀呀。叫聲那麼清晰，那怕你並聽不清楚他們叫喊的是什麼，好像還有重疊的回聲，就這一剎那都復活了，丫丫——

剎那間，童年的記憶變得明亮了，飛機也跟著呼嘯，俯衝下來，黑色的機器從頭頂上一閃而過。你趴在母親懷裡，在一棵小酸棗樹下，棗樹枝條上的刺扎破了母親的布褂子，露出渾圓的胳膊。之後，又是你的奶媽。抱著你，你喜歡偎在她懷裡，

她有一雙晃晃的大奶，她在炕得焦黃香噴噴的鍋巴上給你撒上鹽，你就喜歡躲在她灶屋裡。黑暗中紅炯炯的眼睛，是你養的一對白毛兔子，有一隻被黃鼠狼咬死在籠子裡，另一隻失蹤了，後來你才發現牠漂在後院廁所的尿缸裡，毛都很髒。後院有一棵樹，長在殘磚和瓦礫當中，瓦片上總長的青苔。你的視線從未超過齊牆高的那根枝椏，它伸出牆外是什麼樣子你無從知道。你只知道你跟起腳尖，夠得到樹幹上的一個洞，你曾經往那樹洞裡扔過石片。他們說樹也會成精，成精的樹妖同人一樣也都怕癢，你只要用棍子去鑿那樹洞，整棵樹就全身會笑，像你搔了她的胳肢窩，她立刻縮著肩膀，笑得都喘不過氣來。你總記得她掉了一顆牙，缺牙巴，缺牙巴，她小名叫丫丫。你一喊她缺牙巴她真的生氣，扭頭就走，再也不理你。泥土像黑煙一樣冒了起來，落了人一頭一臉一身，母親爬起來，拍了拍你，竟一點沒事。可你就聽見了拖長的尖聲嚎叫，是一個別的女人，不像是人能叫得出來的聲音。然後你就在山路上沒完沒了顛簸，坐在蓋上帆布篷子的卡車裡，擠在大人們的腿和行李箱中間，雨水從鼻尖上往下滴，媽的巴子，都下來推車吧！車輪直在泥中打轉，把人濺得滿身是泥。媽的巴子，你也學著司機罵人，那是你學會的第一句罵人話，罵的是泥濘把腳上的鞋給拔掉啦，丫丫——孩子們的聲音還在打穀場上叫，追逐時還又笑又鬧。再也沒有童年了，你面對著只是黑暗的山影……。

　　插在第十七章中的這兩小節關於「你」的童年回憶才一千兩百字，但就其憶起的內容而言就有兒時的女孩丫丫、母親、奶奶、戰爭

的恐懼和逃難、被黃鼠狼咬死的白毛兔、後院的殘磚瓦礫和樹洞等六
片鏡像。況且，丫丫的鏡像是在三處先後出現的，戰爭和母親的鏡像
也被分別拆分在兩處先後出現，在這些鏡像之間還插入了即時的場景
（深深的山影裡嬉鬧的打穀場），以及不久前在烏伊鎮小巷裡見到的
挑水的「她」。並且，童年的鏡像和這些「即時插入」之間在整個敘
述過程中並沒有明顯的界限，過去和即時、回憶和現實混為一體，按
照作者的見解，「現實與想像，回憶與意念，毋需刻意區分，都統一
在敘訴的過程之中」就行了。[1] 於是，童年在《靈山》的整個敘述過
程之中就呈現為支離破碎、一片朦朧的鏡像。因此，與其說《靈山》
敘述了關於童年的「回憶」，不如說是敘述者訴說了關於童年的「記
憶」，一種支離破碎、朦朧混沌的「記憶」，一種已被時間消釋但又著
意憶起的模糊影像。

　　《靈山》就是這樣不僅將童年生活粉碎化、混沌化，而且將整部
小說的鏡像粉碎化、混沌化。除童年的回憶之外，《靈山》所呈現的
鏡像還有這樣幾類（不含關於小說和藝術的直白或評論）：1.自然鏡
像；2.風物人情；3.男女情事；4.歷史文化；5.俗塵瑣事；6.夢境。無
論是哪種類型的鏡像，《靈山》都採取了著意模糊時空界限的敘述方
式，將本來可以完整和清晰敘述的故事粉碎化和混沌化。這就是《靈
山》的世界——一個被切割成碎片的世界，一個被「我」重新拼貼的
世界，這個世界就是「我」所感受的世界，也是「我」的混沌和迷茫
然的主觀世界。

《靈山》文體分析

---

1 高行健：《文學與玄學・關於〈靈山〉》，載《諾貝爾文學獎衝擊波》第 319 頁，中國文
　化出版社 2000 年版。

　　「我」所感受的世界之所以是混沌的、迷茫的，因為「我」在這個世界遭遇了太多的尷尬和難堪，而又無力、也無意改變這個世界，「我」對這個世界是畏懼的、無奈的，於是，三十六計「走」為上，只能一「逃」了之。可以說，「逃逸」是《靈山》的基本精神徵候，「逃逸精神」是《靈山》所追尋的「靈山」之山靈。[1]

四、語言流，音樂流

　　小說文體無論如何改變，不可能改掉形象的塑造，變成概念的闡釋，這是文學史公理和大眾共識。高行健曾提出一系列小說革新主張，但未曾對這一點表示過異議，儘管他的小說總免不了在某些章節急不可耐地將敘述者從後臺揪到前臺自說自話，[2]但畢竟還是有克制地違規。問題在於，《靈山》所塑造的形象已不是傳統意義上的小說形象，傳統小說形象好比一面大鏡子裡的映像，《靈山》已將這面大鏡子擊碎，其形象則是在無數不規則的碎鏡片中折射出來的映射。一面大鏡子裡的映射給人以整體感、實在感，而破碎了的鏡片由於其局部性、散亂性和不規則性，它所反射的映射必然是破碎的、零亂的和變形的。而這些不規則的破碎了的鏡片一旦被重新編排整合，也就成了一支「萬花筒」，一片片細小的鏡像相互映照，五光十色、變幻莫

1 劉再復稱高行健的作品充滿了「隱逸精神」（見劉再復：《論高行健狀態》第 78 頁，明報出版社 2000 年 11 月初版），在我們看來，不如用「逃逸精神」更為恰當。
2 例如《靈山》第五十二章對本小說的解釋、第五十八章的警句、第七十章論畫、第七十二章論小說等，將敘述者從後臺揪到前臺自說自話，顯然是對藝術常規的違反。但高行健又意識到「一切思想觀念如果不能變成真實的感受的時候，就純粹只是一種觀念遊戲、文字遊戲，小聰明是代替不了真正的創作」的。（見《回到人性回到自己——高行健談創作》，載《諾貝爾文學獎衝擊波》第 149 頁，中國文化出版社 2000 年版。）

測，煞是好看。但是，如果要追問這「萬花筒」裡的圖案是什麼，那就很難回答了，因為這「圖案」並不是物理世界的反映和現實事物的再現，只是物理世界和現實事物在光線與色彩中的轉換和組合。這就是「萬花筒」與「鏡子」的不同：它雖然不能像「鏡子」那樣真實地映照現實界，但是卻能將構成現實界的光線和色彩凸顯出來；它的意義不是現實界的意義，而是這光線與色彩本身。

《靈山》就是這樣一種「萬花筒」文體，它追求的不是現實世界的完整映射，而是構成現實世界的光線與色彩本身；換言之，它不像傳統小說那樣具有鮮明的人物和完整的故事，只關注用以敘述人物和故事的語言本身。這就是作者在《文學與玄學‧關於〈靈山〉》中所反復表白的，一個作家應當「只對他的語言負責」，一個用漢語寫作的中國作家應當發揮、發掘漢語的功能，應當創造出一種「新鮮的漢語」「表達現代人的感受」；作者認為，文學在掙脫了政治、經濟等各種外在權力和他律的束縛之後，只有語言才是它存在的理由，至於「這語言的終極意義，我並不在意」，云云。

毫無疑問，這就是《靈山》所追求的藝術效果，即語言本身的藝術效果。為了達到這一效果，《靈山》在發揮和發掘漢語的功能方面確實下了一番功夫，特別是在展現漢語的音樂性方面頗為用心。

高行健的《靈山》寫作有個很獨特的習慣，那就是用答錄機寫作第一稿，然後反覆修改；並且，他邊聽音樂邊進行寫作，不同的章節還選擇不同的音樂協助寫作。[1]他這樣做的目的只有一個，那就是追

---

1 我們不能確切地知道高行健是如何邊聽音樂邊運用答錄機進行寫作的。我們設想，由於他用答錄機寫作，那麼，他只能借助耳機聽音樂了？否則，音樂和他的聲音將會同時進入

求語言的音樂性。他說：「文學的語言應該可以朗讀，也就是說，不只訴諸文字，也還訴諸聽覺，音響是語言的靈魂，這便是語言藝術同詞章學的區別。人哪怕竊竊私語，或自言自語，喃喃呐呐，也還離不開這種直覺。無法藉聲響表達語感和直覺的字句，我一概不用。」[1]他還說：「我重視音樂性，不喜歡雕鑿，講究活的語言，希望發揮漢語特色，有音樂感，能立刻喚起讀者聽覺感受力，但這不只是四聲的問題，還包括節奏、韻律、情緒……」[2]何況漢語的單音節基本結構、字字有韻母，以及四聲的區分等，本身就為營造語言的音樂感提供了可能和便利。

那麼，高行健是如何營造漢語的音樂感的呢？

　　你坐的是長途公共汽車，那破舊的車子，城市裡淘汰下來的，在保養的極差的山區公路上，路面到處坑坑窪窪，從早起顛簸了十二個小時，來到這座南方山區的小縣城。

這是《靈山》開篇第一小節，只有一個句號。在不改變任何涵義的前提下，可將這句話改寫為：「你坐的是破舊的城市裡淘汰下來的長途公共汽車，在保養極差的坑坑窪窪的山區公路上，從早起顛簸了十二個小時，來到這座南方山區的小縣城。」但是，改寫後的句子變

磁帶，修改時便會帶來很多麻煩。高行健的表白詳見其《文學與玄學・關於〈靈山〉》和《回到人性回到自己——高行健談創作》，載《諾貝爾文學獎衝擊波》第 322 頁和第 149 頁，中國文化出版社 2000 年版。

1 高行健：《文學與玄學・關於〈靈山〉》，載《諾貝爾文學獎衝擊波》第 317 頁，中國文化出版社 2000 年版。
2 《回到人性回到自己——高行健談創作》，載《諾貝爾文學獎衝擊波》第 149 頁，中國文化出版社 2000 年版。

成了靜態的敘述,原句中那跳動的旋律喪失殆盡。這不僅僅是因為句子由短變長了的緣故,更重要的句子的結構發生了改變:由後補修飾結構變成了前定修飾結構。原句「公共汽車」之後「那破舊的車子」和「城市裡淘汰下來的」兩小句都具有相對完整的意義,是對「公共汽車」的後補修飾;「山區公路」之後「路面到處坑坑窪窪」也具有相對完整的意義,是對「山區公路」的後補修飾,改寫後的句子則將這些具有相對完整意義的後補修飾改變成了前定修飾。後補修飾是一種疊加結構,一開始就訴諸一個完整的意象,後者對前者層層疊加,所以就產生了節奏,給人一種律動感;前定修飾則指向後者,前者對後者限定,直到句終才產生完整意象,所以只有聲調的頓挫而不能產生節奏感,有聲調的頓挫而沒有完整的意象只能是一種未完成的節奏。這可能就是作者所自稱的「賓語提前」吧![1]

　　當然,使用短語小句也是產生節奏感的重要動因[2]。在《靈山》中,無論是對話還是敘述,短語小句都被普遍、大量採用。在某些章節段落,短語小句不僅強化了節奏,還起到了其它奇特的作用。例如第十五章,在靈岩鎮,你向老婆婆們詢問去靈岩的路,「她們都張著沒牙的癟嘴,發出絲絲絲絲的聲音,沒有一個說得清去靈岩的路」,然後是一段詰問:

　　有一座石橋?沒有石橋?就順著溪澗進去?還是走大路的好?走大路就遠了?繞點路心裡明白?心裡明白了一找就到?

1　高行健:《文學與玄學・關於〈靈山〉》,載《諾貝爾文學獎衝擊波》第 316 頁,中國文化出版社 2000 年版。
2　「小句是最小的具有表述性和獨立性的語法單位」。見邢福義著:《漢語語法學》第 13 頁,東北師範大學出版社 1996 年版。

要緊的是心誠？心誠就靈驗？靈驗不靈驗全在運氣，有福之人無須去找？這就叫踏破鐵鞋無處尋，尋來全不費功夫！說這靈岩無非是頑石一塊？不好這麼說的，那麼該怎麼說？這不好說是不好說還是不能說？就全看你了，你看她是什麼模樣就什麼模樣，你想是個美女就是個美女，心裡中了邪惡就只見鬼怪。

這段詰問沒有引號、沒有分行、沒有主語、沒有回答，但同時也沒有任何閱讀障礙。誰在問、問什麼，誰在答、答什麼，清清楚楚，只是把被問者及其回答隱去罷了。之所以隱去，是因為這些老太婆們只是「張著沒牙的癟嘴，發出絲絲絲絲的聲音」，沒有一個說得清，合乎邏輯；之所以省略了主語、引號，也沒有分行，是為了更加簡潔、明快，增強節奏感。是節奏將詰問中的「石橋—溪澗—大路—心裡明白—心誠—靈驗—運氣—尋找—說靈岩—不好說—不能說—模樣—美女—鬼怪」幾個意象連結在一起，從而將外在的語音節奏與內在的意蘊結構融為一體，二者的同構與協調使這段詰問活像一首明快的抒情詩。

當然，《靈山》個別地方也使用過長語大句，但顯然是故意為之。最典型的當是第七十二章「他」和批評家爭執「何為小說」的問題。在這一長語大句之前，是一段很有音樂感的疑問句式，我們不妨首先作一分析。

關於「何為小說」問題，由於「他」和批評家各執一端，難以對話，批評家就拂袖而去，於是——

他倒有些茫然，不明白這所謂小說重要的是在於講故事呢？還是在於講述的方式？還是不在於講述的方式而在於敘述時的態度？還是不在於態度而在於對態度的確定？還是不在於對態度的確定而在於確定態度的出發點？還是不在於這出發點而在於出發點的自我？還是不在於這自我而在於對自我的感知？還是不在於對自我的感知而在於感知的過程？還是不在於這一過程而在於這行為本身？還是不在於這行為本身而在於這行為的可能？還是不在於這種可能而在於對可能的選擇？還是不在於這種選擇與否而在於有無選擇的必要？還是也不在於這種必要而在於語言？還是不在於語言而在於語言之有無趣味？

這裡有十四個疑問句連用，在一般的敘事文中是很少見的，也可以說是違規的。但是，這種連用在意義上很能表達「他對於小說的盲然」，所以也就消釋了在敘事文中大發議論的違規，自然而並不顯得牽強。這十四個疑問句的前兩句由「在於……還是在於……」聯結，後十二句的句式均為「還是不在於……而在於……」，其句式的重複方式本身就構成了節律。其次，就這十四個疑問句串聯的方式來看，使用了「講故事—講述方式—講述態度—態度的確定—確定的出發點—出發點的自我—自我的感知—感知的過程—感知的行為—行為的可能—可能的選擇—選擇的必要—必要在語言—語言之趣味」等共十四個關鍵字，這十四個關鍵字就是將整個疑問句式串聯在一起的十四個接點，它們猶如五線譜上的十四個音符熠熠跳動，啟動了閱讀的旋律，讀起來琅琅上口，節奏明快。再次，這些疑問句式的串聯方式很象民間的「拍手歌」、「順口溜」或「接龍」遊戲，下句重複上句一

個關鍵字，通俗而又凝煉。這恐怕就是作者所說的「用活的語言寫作」吧。他說：「我主張用活的語言寫作，現今人講的口語新鮮活潑，是文學語言一個豐富的源泉。民間口頭文學，諸如相聲和評彈，以及未經文化人套用五言七言的格式規範過的民歌，……能大大豐富漢語的表現力。」[1]

　　緊接疑問句的便是長達四百九十六字的長句：

　　而他又無非迷醉於用語言來講述這女人與男人與愛情與情愛與性與生命與死亡與靈魂與肉體之軀之快感與疼痛與人與政治對人之關切與人對政治之躲避與躲不開現實與非現實之想像與何者更為真實與功利之目的之否定之否定不等於肯定與邏輯之非邏輯與理性之思辨之遠離科學超過內容與形式之爭與有意義的形式與無意義的內容與何為意義與對意義之規定與上帝是誰都要當上帝與無神論的偶像之崇拜與崇尚自我封為哲人與自戀與性冷淡而發狂到走火入魔與特異功能與神經分裂與坐禪與坐而不禪與冥想與養身之道非道與道可道與可不道與不可不道與時髦與對俗氣之造反乃大板扣殺與一棍子打死之於棒喝與孺子之不可教與受教育者先受教育與喝一肚子墨水與近墨者黑與黑有何不好與好人與壞人非人與人性比狼性更惡與最惡是他人是地獄乃在己心中與自尋煩惱與漢梁與全完了與什麼完了什麼都不是與什麼是是與不是與生成語法之結構之生成與什麼也未說不等於不說與說也無益於功能的辯論與男女之間的戰爭誰也

1 高行健：《文學與玄學‧關於〈靈山〉》，載《諾貝爾文學獎衝擊波》第 317 頁，中國文化出版社 2000 年版。

打不贏與下棋只來回走子乃涵養性情乃人性之本與人要吃飯與
餓死事小失節事大不過真理之無法判斷與不可知論與經驗之不
可靠的只有拐杖與該跌跤准跌跤與打倒迷信文學之革命小說與
小說革命與革小說的命。

　　顯然，這一長語大句是「他」對於小說「有些茫然」的繼續，是
對於「小說是什麼」反覆質疑而又無任何答案之後的一種更加無奈的
表達，在意義的邏輯上當是無可厚非的，有著深長的意味。但由於過
於冗長，顯然不堪卒讀。對此，作者解釋說，是由於當時「找不到合
適的音樂，等我後來錄到一盤德國的具體音樂，這一章已經寫完，所
以這一章寫得佶屈聱牙。」[1]這從另一個側面說明《靈山》語言與音
樂的密切關係：作者所追求的並不是語言的古雅或西化，而是具有音
樂感的「語言流」，或者說是語言的「音樂流」。

　　為了追求具有音樂感的「語言流」和語言的「音樂流」，《靈山》
在修辭等方面也進行了許多的嘗試，主要有：

　　1.省略主語：

視窗支架著一台長筒的高倍望遠鏡，幾公里之外的水面在鏡子裡成為
白晃晃的一片。肉眼看有一點點影子的地方，原來是一隻船，船頭上
站著兩個人影，看不清面目，船尾還有個人影晃動，像是在撒網。（第
十八章）

1 高行健：《文學與玄學‧關於〈靈山〉》，載《諾貝爾文學獎衝擊波》第 322 頁，中國文
　化出版社 2000 年版。

　　這是「我」在烏江的發源地草海子自然保護區管理處的小樓上所看到的一幕，主語「我」被省略了。省略了「我」，語感更加流暢了。《靈山》許多篇章段落和對話都沒有使用主語，但並不會產生誤解。主語的缺省使表達更加簡潔明快，增強了敘述的跳躍性和節奏感。

　　2.省略賓語：

前面有一個村落，全一色的青磚黑瓦，在河邊，梯田和山崗下，錯落有致。（第十三章）

　　「全一色的青磚黑瓦」後應有「房屋」作為「村落」的賓語，意為「村落裡是全一色的青磚黑瓦的房屋」，並同後文「錯落有致」相對應，《靈山》將其省略了，用「青磚黑瓦」代替和指涉「房屋」。「青磚黑瓦」無論在音調上還是在排列上都很富有音樂性，在整個句子中同「梯田山崗」和「錯落有致」構成有機的韻律整體，此後如果再加「房屋」二字，顯然是對這一韻律整體的破壞。於是，修飾性片語代替了賓語名詞（借代），也可以說省略了賓語。

　　3.省略引號：

……

這故事講了一千年了，你在她耳邊說。

還會講下去，她像是你的回聲。再講一千年？你問。

嗯，她也抿嘴應答，像個調皮的孩子，你非常開心。（第五章）

　　這是「你」在烏伊鎮與「她」初次相識，在一茶館聽說書人講蛇

公蛇婆的故事後兩人的一段對話，省略了引號。《靈山》許多對話或轉述都沒用引號，引號的缺省將對話與敘述融為一體，消弭了敘述過程的間歇和停留，使「語言流」更加暢快無礙。

4.省略副詞助詞：

漢語沒有時態區分，「明天我走」沒有必要寫成「明天我將走」，副詞「將」可省略；表達假設或虛擬，通過詞序排列即可，動詞並不變化，「一看就有數」不必寫成「如果怎樣，於是將怎樣」之類的句型。漢語的名詞、動詞、形容詞並無形態，詞性也可以靈活轉變，「聲音冰冷」不必寫成「冰冷的聲音」，「匆匆地跑來」不如「匆匆跑來」，「他氣急敗壞地宣告」中的「地」可有可無，「更換著指揮棒」中的「著」顯然是多餘的（並且容易引起歧義：正在「更換」還是已經「換了」）。漢語片語大多可以直接連綴，沒有必要「的」「地」「著」濫用。[1]副詞和助詞的省略使語句更加口語化，而口語相對書面語而言，最大的優勢就是它的音樂感，音樂感使口語易說、易聽、易記。

5‧無間隙遊弋：

河邊不知何時又熱鬧起來了，這回都是女人。一個挨著一個，都在貼水邊的石階上，不是洗衣服就是洗菜淘米。有一條烏篷船正要靠岸，站在船頭撐篙的漢子衝著石階上的女人叫喊。女人們嘰嘰喳喳也都不讓，你聽不清是打情賣俏還是真吵，你於是竟又見到了她的身影，你說你想她會來的，會再來這涼亭邊上，你好向她講述這涼亭的歷史。

1 高行健：《文學與玄學‧關於〈靈山〉》，載《諾貝爾文學獎衝擊波》第315-316頁，中國文化出版社2000年版。

《靈山》文體分析

你說是一位老人告訴你的，他當時也坐在這涼亭裡，乾瘦得像根劈柴，兩片風乾了的嘴皮子囁囁嚅嚅活像個幽靈，她說她害怕幽靈，那便不如說嗚嗚的像高壓線上吹過的風。

這小節由三片鏡象組成：從「你於是竟又見到了她的身影」到「你好向她講述這涼亭的歷史」，講述了「你」在河岸涼亭邊又見到了「她」，此前描述熱鬧的河邊，此後是「你」向「她」描述給「你」講這故事的那位老人以及「她」的感受。我們發現，這三個鏡像之間沒有任何過渡的痕跡，連標點符號的痕跡也沒有，甚至故意將句號（每句的標識）橫跨兩個鏡像之間。即使由逗號隔離開的意象之間，敘述節奏也是快速轉移，從船上的漢子和岸邊的女人「打情賣俏」到「又見到了她的身影」，從你希望「向她講述這涼亭的歷史」到你向她描述給你講這涼亭歷史的「老人」，然後就是她「害怕」、你轉換比喻等，其間的意象呈現可謂是無間隙遊弋，像游絲一樣尖利、柔滑，隨心遊弋。

此外，《靈山》使用的字詞極為通俗，沒有使用任何拗口、偏僻或怪異的字詞，諒一個普通初中生也不會遇到生僻的字詞，從而為暢快地閱讀創造了條件。

五、光影交錯　黑色嚮往

高行健不僅是音樂的癡迷者，將「音樂流」注入他的「語言流」，還是一位畫家，善於將繪畫的光影藝術訴諸於漢語言說。如果說音樂是《靈山》的游絲，將其破碎的鏡像串連為動聽的小夜曲，那麼，被

這遊絲所串連在一起的鏡像本身，則是一幅幅光影交錯、色彩斑斕的畫圖。其中，關於自然鏡像的描寫就非常典型，現以第十章為例：

> 樹幹上的苔蘚，頭頂上的樹枝丫，垂吊在樹枝間鬚髮狀的松蘿，以及空中，說不清哪兒，都在滴水。大滴的水珠晶瑩透明，不慌不忙，一顆一顆，落在臉上，掉進脖子裡，冰涼冰涼的。腳下踩著厚厚的綿軟的毛茸茸的苔蘚，一層又一層，重重疊疊。寄生在縱橫倒伏的巨樹的軀幹上，生生死死，死死生生，每走一步，濕透了的鞋子都呱嘰作響。帽子頭髮羽絨衣褲子全都濕淋淋的，內衣又被汗水濕透了，貼在身上，只有小腹還感到有點熱氣。

這段關於原始森林的描寫依照視覺運動的順序，從平視樹幹到仰視樹枝，再仰視空中的水滴；順著水滴的下落，是臉和脖子的感覺，然後寫腳下的苔蘚，最後是濕透的衣褲和身體的感覺。好一幅幽美的畫面！真實、細緻、寧靜、生動。

《靈山》描寫大自然之所以十分動人，在於它不是將自然作為純客體對象，而是將敘說主體融會其中、使敘說主體成為自然的有機構成。於是，《靈山》的自然不是主體的外物，而是融會到主體精神世界、與主體精神世界渾然一體的構成。前引關於自然的描寫，從「樹幹」到「樹枝」之間加上「頭頂上」三字，「空中滴水」用「說不清哪兒」進行修飾，「厚厚的綿軟的毛茸茸的苔蘚」是在「腳下踩著」的，潮濕陰冷的環境通過「濕透了的」鞋子、帽子、頭髮、衣褲表現出來，再加上「不慌不忙」的水滴、「生生死死、死死生生」的寄生

植物等擬人化描寫，大自然在《靈山》中被人化了，自然成了人化的自然；同時，人也被自然化了，人成了自然界的一部分，所謂「天人合一」的境界在這裡得以生成：

> 我深深吸著林中清新的氣息，喘息著卻並不費氣力，肺腑像洗滌過了一般，又滲透到腳心，全身心似乎都進入了自然的大循環之中，得到一種從未有過的舒暢。

可見，《靈山》描寫大自然之所以十分動人，還在於它對於大自然的親近和細緻體味，特別是對於光影和色彩的敏感，堪稱《靈山》語言之一絕：

> 霧氣飄移過來，離地面只一公尺多高，在我面前散漫開來，我一邊退讓，一邊用手撩撥它，分明得就像炊煙。我小跑著，但是來不及了，它就從我身上掠過，眼前的景象立刻模糊了。隨即消失了色彩，後面再來的雲霧，倒更為分明，飄移的時候還一團團旋轉。我一邊退讓，不覺也跟著它轉，到了一個山坡，剛避開它，轉身突然發現腳下是很深的峽谷。一道藍靄靄奇雄的山脈就在對面，上端白雲籠罩，濃厚的雲層滾滾翻騰，山谷裡則只有幾縷煙雲，正迅速消融。那雪白的一線，當是湍急的河水，貫穿在陰森的峽谷中間。這當然不是幾天前我進山來曾經越過的那道河谷，畢竟有個村寨，多少也有些田地，懸掛在兩岸的鐵索橋從高山上望下去，顯得十分精巧。這幽冥的峽谷裡卻只有黑森森的林莽和崢嶸的怪石，全無一丁點人世間的氣

息，望著都令人脊背生涼。

太陽跟著出來了，一下子照亮了對面的山脈，空氣竟然那般明淨，雲層之下的針葉林帶刹時間蒼翠得令人心喜欲狂，像發自肺腑底蘊的歌聲，而且隨著光影的遊動，瞬息變化著色調。我奔跑，跳躍，追蹤著雲影的變化，搶拍下一張又一張照片。

灰白的雲霧從身後又來了，全然不顧溝壑，凹地，倒伏的樹幹，我實在無法趕到它前面，它卻從容不迫，追上了我。將我繚繞其中。景象從我眼前消失了，一片模糊。只腦子裡還殘留著剛才視覺的印象。就在我困惑的時刻，一線陽光又從頭頂上射下來，照亮了腳下的獸蹤，我才發現這腳下竟又是個奇異的菌藻植物的世界，一樣有山脈、林莽、草甸和矮的灌叢，而且都晶瑩欲滴，翠綠得可愛。我剛蹲下，它又來了，那無所不在的迷漫的霧，像魔術一樣，瞬間又只剩下灰黑模糊的一片。

我站了起來。茫然期待。喊叫了一聲，沒有回音。我又叫喊了一聲，只聽見自己沉悶顫抖的聲音頓然消失了，也沒有迴響，立刻感到一種恐怖。這恐怖從腳底升起，血都變得冰涼。我又叫喊，還是沒有回音。周圍只有冷杉黑呼呼的樹影，而且都一個模樣，凹地和坡上全都一樣，我奔跑，叫喊，忽而向左，忽而向右，神智錯亂了。我得馬上鎮定下來，得先回到原來的地方，不，得先認定個方向，可四面八方都是森然矗立的灰黑的樹影，已無從辨認，全都見過，又似乎未曾見過，腦門上的血管突突跳著。我明白是自然在捉弄我，捉弄我這個沒有信仰不知畏懼目空一切的渺小的人。

　　我啊——喂——哎——喊叫著，我沒有問過領我一路上山來的人的姓名，只能歇斯底里這樣叫喊，像一頭野獸，這聲音聽起來也令我自己毛骨驚然。我本以為山林裡都有回聲，那回聲再淒涼再孤寂都莫過於這一無回應更令人恐怖，<u>回聲在這裡也被濃霧和濕度飽和了的空氣吸收了</u>，我於是醒悟到連我的聲音也未必傳送得出去，完全陷入絕望之中。[1]

　　讀著這些文字，你會感到，「我」並不是大自然的遊客和觀賞者，只是遠距離觀看；而是大自然的存在物，「我」的肌膚貼緊大自然的肌膚，「我」的肺腑與大自然的肺腑共同呼吸。因此，大自然任何細小的徵候都可以被「我」察覺，大自然任何微妙的變化都是「我」的變化。「我」對大自然的這種親近和細緻體味，在語言上就表現為「我」對於光影和色彩的敏感。

　　這五小節不足千字，就出現了 「色彩」、「色調」、「視覺」、「太陽」、「陽光」、「照亮」、「明淨」、「分明」、「白雲」、「雪白」、「灰白」、「蒼翠」、「翠綠」、「晶瑩欲滴」、「藍靄靄」、「黑乎乎」、「灰黑」、「模糊」、「灰黑模糊」、「黑森森」、「森然」、「陰森」、「幽冥」、「濃霧」、「光影」、「雲影」、「樹影」等，共二十七個指稱或顯示光影和色彩的單詞或片語（如黑體字所標），出現了黑、白、灰、藍、綠等五種顏色種類（此前幾小節已出現過「紅」、「赤」概念），用來表達或顯示光影和色彩的短語和語句也有多處（如底線所示），真可謂光影交錯、色彩斑斕！好一幅濃墨重彩的風景畫。

---

1 引文的黑體字和底線為引者所標示。

　　值得一提的是，這幅風景畫並不是靜止的，而是流動的，其光影和色彩的流動是隨著「我」的感覺和心境而發生著變化。開始，「我」在雲霧繚繞之間，色調若明若暗，以「明」為主；特別是太陽出來之後，光影和色調的瞬息變化使「我」欣喜若狂，搶拍下一張又一張照片。此後，灰白的雲霧再次將「我」繚繞其中，景象從我眼前消失了，一片模糊，只有腦子裡殘留著剛才的視覺印象，「我」產生了困惑，色調趨暗，直至那無所不在的迷漫的霧，像魔術一樣，瞬間只剩下灰黑模糊一片。再後，當「我」用力喊叫沒有回聲，發現與嚮導失去聯繫之後，恐怖感「從腳底升起，血都變得冰涼」，眼前只有「黑呼呼的樹影」，黑色籠罩了整個畫面。從「明亮」到「模糊」再到一片「黑呼呼」，這幅風景畫的色調隨著「我」的感受和心境而流動，靜態的「畫」成了動態的「影」。

　　其實，由「明」趨「暗」、由「白」向「黑」，同時也是整個《靈山》光影色調變化的總趨向，也可以說是其語言色調設計的審美理想。這一審美理想不僅表現在關於自然鏡像的描寫上，還表現在《靈山》對於人文和情性的敘述中。特別是當「你」和「她」接觸時，每每最動情處，往往是黑色調描繪，黑色成為主調：

《靈山》文體分析

　　這寒冷的深秋的**夜晚**，深厚濃重的黑暗包圍著一片<u>原始的混沌</u>，分不清天和地、樹和岩石，更**看不見道路**，你只能在原地，挪不開腳步，身子前傾，伸出雙臂，摸索著，摸索這**稠密的暗夜**，你聽見它流動，<u>**流動的不是風，是這種黑暗**</u>，不分上下左右遠近和層次，你就整個兒**融化在這混沌之中**，你只意識到你有過一個身體的輪廓，而這輪廓在你意念中也趨消融，有

一股光亮從你體內升起，**幽冥冥像昏暗**中舉起的一支燭火，只
有光亮沒有溫暖的火焰，一種<u>冰冷的光</u>，充盈你的身體，超越
你身體的輪廓，你意念中身體的輪廓，你雙臂收攏，努力守護
這團火光，這冰涼而透明的意識，你需要這種感覺，你努力維
護，你面前顯示出一個平靜的湖面，湖面對岸叢林一片，落葉
了和葉子尚未完全脫落的樹木，掛著一片片黃葉的修長的楊樹
和枝條，**黑錚錚的棗樹**上一兩片淺黃的小葉子在抖動，赤紅的
烏桕，有的濃密，有的稀疏，都像一團團**煙霧**，湖面上沒有波
浪，只有倒影，清晰而分明，色彩豐富，從暗紅到赤紅到橙黃
到鵝黃到墨綠，到灰褐，到月白，許許多多層次，你仔細琢磨，
又**頓然失色**，變成深淺不一的**灰黑白**，也還有許多不同的調子，
像一張褪色的舊的黑白照片，影像還歷歷在目，你與其說在一
片土地上，不如說在另一個空間裡，屏息注視著自己的心像，
那麼安靜，靜得讓你擔心，你覺得是個夢，毋須憂慮，可你又
止不住憂慮，就因為太寧靜了，靜得出奇。（第十九章）

　　這是「你」和「她」發生性關係之前的場景描寫。兩人的親密接
觸需要寧靜，這是黑暗的寧靜，寧靜的黑暗。

　　發生性關係時，激情達到高潮，整個過程更是一片黑暗。但是那
是一種衝動的黑暗、激情的黑暗、「原始的黑暗」，他們「立刻被黑暗
吞沒了」：

　　　啊——這濃密的可以觸摸到的黑暗，混飩未開，沒有天，
沒有地，沒有空間，沒有時間，沒有有，沒有沒有，沒有有和

沒有，有沒有有沒有有，沒有沒有有沒有沒有……（同前章）

發生性關係之後，是「你」那黑色夢幻的回想和訴說：「你」看見黑色的海面升起來，感到了她鼓脹的乳房象黑色的海潮，然後變成一匹展開的黑緞子，象黑色的瀑布傾瀉而下，不可阻擋，佔據了整個視野，落入幽冥的深處……（見第二十三章）

可見，在光影交錯和色彩斑斕的影像中，「黑色」是《靈山》最崇尚、最嚮往的顏色。如果說「我」與自然的和諧是「天人合一」，那麼，「我」與「她」的交融則是「人人合一」。按照馬克思的觀點，這兩種「合一」，即人與自然、人與人的和諧統一，是人類社會的最高理想。[1]當然，《靈山》所追求、所嚮往的是不是馬克思所追求、所嚮往的共產主義理想，可另當別論；但是，小說在人與自然、人與人和諧統一問題上傾注了全身心情感，當是不爭的事實。這一事實說明，這兩種「合一」或和諧也是《靈山》的最高審美理想，而這理想的語言表達徵候，就是對黑色的崇尚。黑色是《靈山》語言的最高審

《靈山》文體分析

---

1 馬克思在《1844年經濟學哲學手稿·共產主義》中說：「人和人之間的直接的、自然的、必然的關係是**男女之間的關係**。在這種自然的、類的關係中，人同自然界的關係直接就是人和人之間的關係，而人和人之間的關係直接就是人同自然界的關係，就是他自己的**自然的**規定。因此，這種關係通過**感性**的形式，作為一種顯而易見的**事實**，**表現出**人的本質在何種程度上對人說來成了自然界，或者自然界在何種程度上成了人具有的人的本質。因此，從這種關係就可以判斷人的整個教養程度。從這種關係的性質就可以看出，人在何種程度上成為並把自己理解為**類的存在物、人**。男女之間的關係是人和人之間**最自然的**關係。因此，這種關係表明人的**自然的**行為在何種程度上成了**人的**行為，或者**人**的本質在何種程度上對人說來成了**自然的**本質，他的**人的本性**在何種程度上對他說來成了**自然界**。這種關係還表明，人具有的**需要**在何種程度上成了**人的**需要，也就是說，**別人**作為人在何種程度上對他說來成了需要，他作為個人的存在物在何種程度上同時又是社會的存在物。」（載《馬克思恩格斯全集》第42卷第119頁，人民出版社1979年版。）關於對馬克思這一觀點的具體闡釋，可參見拙文《〈1844年經濟學哲學手稿〉對人的美學發現》，載《南京大學學報》1985年第3期。

美色調，也是其理想之寄託、未來之嚮往。

現在就讓我們對色彩詞在整個小說中出現的頻率作一統計：[1]

表一：七色詞頻率統計：

赤和紅	橙	黃	綠	青	藍	紫
228 次	23 次	341 次	52 次	115 次	52 次	90 次
合計：901 次						

表二：黑白詞頻率統計：

顏色詞類別	黑色詞			白色詞		
顏色詞	黑	暗	灰	白	明	亮
出現次數	287 次	253 次	521 次	346 次	330 次	185 次
合計	1061 次			861 次		

顯然，黑色詞出現的頻率不僅遠遠超過了七色詞的任何一個詞，

---

1 《表一》選取了通常所說的「七彩」，即七種顏色進行詞頻統計。《表二》選取了「黑」和「白」兩種顏色詞進行統計。由於指稱黑白兩色的不僅有「黑」「白」兩詞，所以又分別選取了與其最相近的「暗」、「灰」和「明」、「亮」四個詞加入其中進行統計。無論是《表一》還是《表二》，詞與詞的重疊（重複統計）均在所難免，由於各詞的重複概率大體相當，故可忽略不計。此外，有些詞、片語、短語或句段等，雖然沒有出現色調和色彩詞，但其表達的鏡像或意境卻具有光影或色彩的意義，恕不包括在本統計之列。

而且超過了它們的總和！那麼，白色詞的出現頻率為什麼比較高，只差黑色詞 200 次呢？關於這一問題，我們從上引第十九章「這寒冷的深秋的夜晚……」段就可以找到答案：「白」、「明」、「亮」往往充當了「黑」、「暗」、「灰」的陪襯：「有一股光亮從你體內升起，幽冥冥像昏暗中舉起的一支燭火……」，「光亮」和「燭火」襯托「幽冥冥」的「昏暗」，主調還是「昏暗」。

在豐富多彩、光影交錯、色彩斑斕的世界，黑色之所以成為《靈山》所追求、所崇尚、所嚮往的顏色，成為《靈山》的主調，當然和作者的世界觀、語言觀密切地聯繫在一起。高行健說：「是與不是，簡單的一分為二，是一種粗鄙的哲學。一分為三，或一分為無數、乃至於複歸於混沌，這種認識更為高明。語言的意義不在語義的確定，只在語言實現的過程，意義是他人賦予的。」[1]也就是說，在高行健看來，「混沌」是世界觀的最高境界，也是語言的最高境界。可見，他追求、崇尚、嚮往黑色的背後是追求、崇尚、嚮往混沌的世界，「黑色」與「混沌」是高行健世界觀和語言觀的同義反復。

尼采宣告「上帝死了」，「自我」才是真正的上帝，在推翻偶像崇拜的同時又樹立起「自我」的偶像。高行健更進一步，不僅不承認「上帝」，同時也不承認「自我」是上帝：「我之於我，同自我崇尚沒有關係。以自我來代替上帝，這類包打天下的英雄，或悲劇式的自我渲洩，也令我厭惡。我除了我，什麼都不是。我僅僅體現為一種觀點、或者說，一種敘述角度，言語的一個主語，由此誘發出一番感受。我之存

《靈山》文體分析

---

1 高行健：《文學與玄學‧關於〈靈山〉》，載《諾貝爾文學獎衝擊波》第 319 頁，中國文化出版社 2000 年版。

在，無非如此這般這番表述。」[1]既然「我」是如此這般，那麼，「我」之言說以外的任何責任，認識的、教化的、政治的、社會的、歷史的等等，都無須承擔。於是，一切「復歸於混沌」、一切復歸於黑暗也就成為必然。顯然，這種作為宇宙觀和語言觀的黑色和混沌，是逃避理性、逃避倫理、逃避政治、逃避社會、逃避歷史的遁詞，總之，是「我」逃避一切責任的不歸路和避難所，也是「我」對世界、對未來，對社會、對自我的價值判斷。

原載馬來西亞《人文雜誌》2001 年第 6 期。

---

1 高行健：《文學與玄學·關於〈靈山〉》，載《諾貝爾文學獎衝擊波》第 319 頁。在《靈山》最後一章，「我」將窗外雪地裡的一隻青蛙認作上帝，可笑而又耐人尋味。

後　記

　　《文心雕龍》凡五十篇，其「論文敘筆」和語言辭格方面的篇章超過大半，可見劉勰對文體與形式的重視。這很能反映中國古代文學理論的某些特點，一個不被當下所重視但卻非常重要的一個特點：中國古代文論儘管尊崇「文以載道」，但是，就其本身的總體存在來說，關於文體與形式的研究更見功夫。原因很簡單：「道」與「文」的關係儘管重要，但「道」本身並非文學理論的話題。就像《文心雕龍》一樣，「原道」雖被劉勰奉為「文之樞紐」置於篇首，但是所論篇幅並非全書的主體。

　　近代以降，隨著社會與政治關係的緊張，中國文學理論的興奮點多被引向「道」的闡發去了。於是，文體與形式問題無暇顧及或較少顧及，甚或被視為雕蟲小技不屑一顧，充任「文學員警」[1]成了評論家們所樂此不疲的職業。毋須否認這一職業是很有前途的，但是，面對當下文學的形式魔幻，是否也應給形式研究留下些許空間？窮究「思想性」和「人文精神」的責任感固然令人蕭然起敬，只是不要忘記我們的對象是文學的、形式的；再說，很有前途的職業做久了也難免倒胃口，何況這職業本身就有越位之嫌。

　　收入本文集的幾篇論文就是我的雕蟲小技，記錄了十多年來我對形式美學和當代文體形式的思考，傾情和專心於道統的文學員警們是

1　羅曼・雅格布森語。參見本書第 69 頁。

不必讀的。這些篇什大部分是曾經發表過的論文（在篇末注明），某些觀點和篇章曾被《文藝學方法通論》和《西方形式美學》兩書所吸納。

　　本書的寫作得到南京大學中國現代文學研究中心和山東大學文藝美學研究中心的資助，特此鳴謝！

2003 年 7 月 21 日
於南京草場門寓所

再 版 後 記

　　《文體與形式》是我的第二本論文集。作為南京大學「雞鳴叢書」的一種，本文集曾於 2004 年由人民文學出版社初版，多次重印，蒙受了許多讀者的厚愛和鼓勵。但是，當初這本文集的出版卻有不為人知的隱情，一直潛藏在我的心底令人不快。這就是〈靈山文體分析〉這篇論文，在本文集即將付梓之前被強行撤下，給我留下的陰影久久不能消散。所以，在我的心目中，《文體與形式》一直是一本的文集。一般而言，作為「論文集」，增加或刪減幾篇並無關係，無所謂「殘缺」不全，更沒必要耿耿於懷；我之所以不能釋懷，就在於被撤下來的這篇論文傾注了我的太多的心力和希望，儘管它至今仍然沒能在大陸公開發表。

　　從上世紀九十年代中期開始，我的形式美學研究告一段落，於是設想著將這一方法如何移植到文學研究中來。使我萬萬沒有想到的是，這一學術轉型竟然遇到如此巨大的困難：四處碰壁，幾乎無路可走；橫衝直撞，眼前一團漆黑；求其友聲，周圍一片死寂……直至看到高行健的《靈山》，才使我的眼睛一亮，果斷決定將其作為墊腳石，由此突圍。於是，我花費了一年多的時間細讀這部作品，逐字逐句地拷問它的語言形式，這才有了〈靈山文體分析〉。聯想到當年巴赫金通過陀思妥耶夫斯基的解讀，發現了小說敘事的「複調」並由此提出了「對話」理論，那麼，高行健的《靈山》就是一部典型的「單聲部」和「獨白」小說。托氏和高氏的不同，概源於他們植根于不同的文化

語境，且根深蒂固，身不由己，恐怕作家本人也不甚了然。我想，如果巴赫金在世，定會將高氏作為自己的另類典型，以便同托氏的「複調」與「對話」互相映襯。這一發現使我興奮不已，於是決定選擇「文體」視角切入文學理論，從而踏上了我在新世紀「文學之形式美學研究」的漫漫長路。

所以，〈靈山文體分析〉對於我不是一篇普通的論文，而是我在學術道路上苦苦探索、死裡求生的見證。迄今為止，我不敢說我的探索可能被普遍認同；但是，我敢說我的探索絕不傍人籬壁、拾人涕唾，無論他們是「古人」、「今人」和「外國人」。我也清醒地意識到，在「文以載道」文學觀作為主流話語的學術語境中，思想史（或稱「主題學」）方法可能會一直雄霸文學研究的主流，所以，我的學術絕不會捲進任何「新潮」而走紅，只能作為「末流」、「支流」、「不入流」而靜靜地、自在地流淌。正像我當初選擇《靈山》作為學術轉型的墊腳石那樣，明知不可以在大陸發表而為之，全在於將學術視為自己的神聖和唯一。

就此而言，《文體與形式》正體字版在臺灣的面世，實則是本文集的第一個「足本」，積鬱心頭的不快終於可以一吐為快了。謝謝萬卷樓圖書公司和廈門外圖的同仁們，謝謝我的摯友張叔言君！

是為記。

辛卯年正月十五日
于南京秦淮河左岸

國家圖書館出版品預行編目(CIP)資料

文體與形式 / 趙憲章著. -- 初版. – 臺北市：萬卷樓, 2011.02
面；　公分
ISBN 978-957-739-702-7 (平裝)
1.漢語　2.文體　3.美學　4.文集

802.72　　　　　　　　　　　　　　　　　　100001559

文體與形式

ISBN 978-957-739-702-7

2011 年 2 月初版 平裝　　　　　　　　　　定價：新台幣 500 元

作　　者	趙憲章	出　版　者	萬卷樓圖書股份有限公司
發 行 人	陳滿銘	編輯部地址	106 臺北市羅斯福路二段 41 號 9 樓之 4
總 編 輯	陳滿銘	電話	02-23216565
副總編輯	張晏瑞	傳真	02-23218698
主　　編	陳欣欣	電郵	editor@wanjuan.com.tw
校　　對	林秋芬	發行所地址	106 臺北市羅斯福路二段 41 號 6 樓之 3
封面設計	耶麗米	電話	02-23216565
		傳真	02-23944113
		印　刷　者	百通科技股份有限公司

如有缺頁、破損、倒裝　　網 路 書 店　www.wanjuan.com.tw
請寄回更換　　　　　　　劃 撥 帳 號　15624015